Fabienne Herion

The Way to Your Heart

Über die Autorin

Fabienne Herion, geboren 1994 in Karlsruhe, wohnt in der sonnigen Südpfalz. Seit ihrer glorreichen Idee in der Grundschule den »Der Herr der Ringe« umzuschreiben, begleitet sie die Faszination für Bücher schon ihr ganzes Leben. Ihre Inspiration findet Fabienne vor allem in der Natur bei Burgenwanderungen und auf Entdeckungstouren durch fremde Länder und Kulturen. Ihr erster Liebesroman »The Way to Your Heart« ist im Sommer 2021 bei beHEARTBEAT erschienen. Auf Instagram findet ihr sie unter @fabienneherion oder auf ihrer Homepage www.fabienne-herion.de.

Fabienne Herion

THE WAY TO
YOUR HEART

*be*HEARTBEAT

Vollständige ePub-to-Print-Ausgabe des in der Bastei Lübbe AG
erschienenen eBooks »The Way to Your Heart« von Fabienne Herion

Copyright © 2021 by Bastei Lübbe AG, Köln
Covergestaltung: Guter Punkt, München unter Verwendung von Motiven
von © MoreISO/iStock/Getty Images Plus; © Vasyl Dolmatov/iStock/Getty
Images Plus; © Thomas Pajot/Adobe Stock
Satz: 3w+p GmbH, Rimpar
Druck: Books on Demand GmbH, Norderstedt

ISBN 978-3-7413-0253-4

www.be-ebooks.de
www.lesejury.de

Für Didi.
Auch wenn du es nie lesen können wirst.

Playlist

Australia – Emilio Lanza, Sara Vanderwert
Nowhere – Black Match
Lys (feat. Menke) – Christian Löffler, Menke
Hold Me Down – James Gillespie
Permanent Way – Charlie Cunningham
Red – Mt. Wolf
Girl (Acoustic) – SYML
Fuel to Fire – Agnes Obel
Oceans – RY X, Ólafur Arnalds
Search Light – Jason Walker
Body – SYML
Still – Daughter
Promise – Ben Howard
After The Landslide – Matt Simons
Calm After The Storm – The Common Linnets

Philadelphia

Eine wackelnde Hulapuppe mit Bastrock, eine Miniaturausgabe der Golden Gate Bridge und ein Collegeblock mit verschiedenfarbigen Textmarkern – Erinnerungen an ein Leben, das mir in diesem Moment schon weit weg erschien.

»Wir verstehen, dass diese Situation für Sie nicht leicht ist. Seien Sie versichert, dass wir alles in unserer Macht Stehende tun werden, um Ihnen den Übergang so angenehm wie möglich zu gestalten«, hatte der Mann am anderen Ende des Landes gesagt.

Ich saß in einem spärlich beleuchteten Raum. Die schlechte Verbindung ließ sein Gesicht auf dem kleinen Bildschirm vor mir grotesk aufflackern. Ich dachte, er wollte mir die Wahrheit sagen – wie unfair das Leben nur allzu häufig sein konnte, wie enttäuschend. Doch ihm kamen keine anderen Worte über die Lippen außer denen, die schon viele meiner Kollegen vor mir hören mussten. *Es tut uns leid* waren keine davon.

Der Mann am anderen Ende der Leitung verlor ja auch nicht seinen Job. Er war nur irgendein externer HR-Mensch, der uns alle nicht einmal kannte. Nach einem Jahr, in dem ich wirklich hart gearbeitet und alles gegeben hatte, fanden sie keine anderen Worte für mich außer einem Verweis auf die Broschüren vor mir. Sie sollten mir die Motivation geben, nicht in der Niedergeschlagenheit steckenzubleiben, nach vorn zu blicken, eine Perspektive zu haben, auch wenn es mir im Moment so vorkam, als gäbe es kein Licht mehr am Ende des Tunnels.

Also packte ich meine Sachen in einen kleinen Karton und lief zum Aufzug, der mich in eine Welt voller Ungewissheit entlassen sollte.

Die von Sonnenlicht durchflutete Lobby hatte sich an diesem Tag in einen düsteren Ort des Chaos verwandelt. Eine Empfangsdame war dabei, alles, was in Reichweite lag, in Boxen zu verstauen. Sie legte auf besondere Sorgfalt keinen Wert. Bildschirme wurden mitsamt den Kabeln aus ihren Halterungen gerissen.

»Ist doch unglaublich, was hier passiert«, beschwerte sie sich lautstark bei mir. »Sollen sie doch alle zur Hölle fahren! Wenn sie mir meinen Lohn nicht geben wollen, nehme ich mir eben, was ich kriegen kann.«

»Dafür werden Sie aber mehr als ein paar Bildschirme brauchen«, antwortete ich entgeistert.

Unsere Löhne hatten sie schon seit einiger Zeit nicht mehr gezahlt. Wir dachten, es sei temporär – dass es uns, wenn wir nur genug arbeiten würden, bestimmt bald wieder besser ginge. Falsch gedacht. Keinen Cent würden wir jemals davon sehen.

»Sie haben sich verzockt. Sollen alles auf das falsche Pferd gesetzt haben, und wir sind jetzt die Leidtragenden.« Ein etwas älterer Kollege war Zeuge unserer Unterhaltung geworden und stimmte nun in die Anschuldigungen mit ein.

»Ich weiß nicht, was ich jetzt tun soll«, erwiderte ich.

»Schätzchen, das weiß keiner von uns.«

Das hier hätte mein Neuanfang sein sollen. Philadelphia. Eine fremde Stadt, fernab von allem, was ich kannte. Ich hatte mich auf meinen Job konzentriert, nichts anderes war wichtig gewesen. Ich hatte keine Freunde, und das, obwohl ich diese Stadt schon seit einem Jahr mein Zuhause nannte. Meine Familie war an der Westküste im immer sonnigen Kalifornien geblieben. Und ich hatte keine Bekanntschaften, schon gar keine romantischen.

Und das alles für einen langweiligen Bürojob, bei dem ich den ganzen Tag nichts anderes getan hatte, als ahnungslosen, unbedarften Menschen Versicherungen aufzudrängen, die sie nicht einmal brauchten – nichts, worauf ich wirklich stolz war, doch ein notwendiges Übel. Und nun setzten sie uns, ohne mit der Wimper zu zucken, vor die Tür, weil sie Insolvenz angemeldet hatten.

Seufzend ließ ich die beiden und die sich rasch leerende Lobby hinter mir und ging zum letzten Mal durch die vergoldete Drehtür, hinter der mich der kalte Atem des Winters rücksichtslos empfing.

Ich wollte flüchten, hinein in mein wohlig warmes Zuhause, weg aus dem Trubel der Stadt, dorthin, wo mich niemand sonst finden würde. Nicht, dass mich jemand suchen würde.

Mitleidige Blicke umgaben mich in der Bahn, denn jeder Mitreisende kannte die Bedeutung meines Kartons und meiner hängenden Mundwinkel. Er wäre mir fast aus den Händen gefallen, während ich versuchte, meinen Schal zu richten und den Kragen meiner Jacke in Vorbereitung auf den kalten Heimweg wieder aufzustellen.

Mein Wohnhaus ging in einer nicht enden wollenden Reihe gleich aussehender Bauten aus den Anfängen des Zwanzigsten Jahrhunderts unter – einst schön mit Torbögen und reichen Verzierungen an den Fassaden geschmückt. Leider hatte sich seit langem niemand mehr um die Häuser gekümmert.

Noch nie zuvor war mir meine unmittelbare Nachbarschaft so bewusst aufgefallen wie jetzt. Ein wenig erinnerte mich dieser trostlose Anblick an mich selbst. Alles war längst nicht mehr so strahlend, wie es zu Beginn einmal gewesen war.

Ich bemühte mich, nicht zu weinen. Dennoch verschleierten auf meinem Weg nach Hause immer mehr aufsteigende Tränen meine Sicht. Nicht einmal den Haustürschlüssel konnte ich in meiner Tasche erkennen. Alles war gänzlich verschwommen, und es dauerte eine halbe Ewigkeit, bis ich es endlich geschafft hatte, diese hässliche Tür aufzuschließen.

Ich ließ meinen Karton auf den Stufen stehen und öffnete die Tür zum warmen Treppenhaus. Fast schon wehmütig beäugte ich die inzwischen irgendwie liebgewonnene Tapete, die sich an vielen Stellen bereits von den alten Wänden löste. Auch hier wäre schon seit meinem Einzug eine Renovierung angebracht gewesen, doch ich hatte mich längst an sie gewöhnt.

Der Gang roch wie meine Wohnung leicht modrig, als hätte sich beinahe unbemerkt ein Teppich aus Verfall über das gesamte Haus gelegt.

Ich stieg die knarrenden Stufen nach oben und begann die alltägliche Suche nach dem passenden Schlüssel, was mit den sich anbahnenden Tränen, die ich immer noch tapfer zurückkämpfte, nicht einfacher wurde. Gedankenverloren stocherte ich damit, nachdem ich ihn gefunden hatte, nach dem Schlüsselloch und bemerkte erst zu spät, dass ich dabei etwas durchbohrt hatte. Konnte es wirklich sein …

»Oh, scheiße«, flüsterte ich, als ich den unscheinbaren Aufkleber näher betrachtete. »Das kann doch nicht … Bitte, nein …« Ich hatte Probleme, zu lesen, was auf dem offiziell aussehenden Bescheid stand. Meine Tränen kannten nun kein Halten mehr. »Scheiße! Fuck! Nein!«

Ich trat mit aller Wut, die sich in mir angestaut hatte, gegen die Tür und heulte auf. Die Tür hielt unbeeindruckt stand.

Ich drehte den Schlüssel im Schloss. Nichts, keine Bewegung.

Sie hatten mich ausgesperrt, einfach so. Mr Blake wusste, dass ich meine Miete seit Monaten nicht zahlen konnte, ich hatte es ihm gesagt. Zunächst hatte er Mitgefühl gehabt – schließlich besaß er gleich mehrere Immobilien, die er allesamt vermietete. Doch selbst das größte Mitgefühl hatte ein Ende, wenn das Geld nicht kam.

Erst mein Job, dann meine Wohnung? Ich war verloren – allein in dieser Stadt, in der ich niemanden kannte. Hätte ich doch nur geahnt, dass dieses verlockende Jobangebot so ein Reinfall sein könnte …

Wie in Trance riss ich mich von der Tür los, rannte wieder nach unten und trat ins Freie. Panik überwältigte mich. Ich fröstelte und rieb meine eiskalten Hände aneinander. Kraftlos sackte ich unmittelbar vor dem Hauseingang in mich zusammen und vergrub mein Gesicht in den Händen. Der einzige Trost dabei war, dass zumindest alle meine relevanten Dokumente noch ihren Platz in meinem alten Zuhause hatten. Bis auf meinen Ausweis war ich also in diesen Belangen nackt.

Atme, denk nach!

Meine Hände verkrampften sich um meinen Kopf, als wollten

sie ihn daran hindern, in tausend Teile zu explodieren. Wieso ich? Wieso ausgerechnet ich?

Womit hatte ich es bloß verdient, dass mir andauernd neue Steine in den Weg gelegt wurden? Immer dann, wenn ich allmählich das Gefühl bekam, angekommen zu sein und mein Leben auf die Reihe zu bekommen, passierte so etwas.

Und jetzt? Jetzt saß ich hier auf der nassen, kalten Stufe und hatte nichts. Ich griff nach der Hulapuppe in meinem Karton und musste beinahe lachen.

»Jetzt gibt es nur noch dich und mich«, flüsterte ich dem dicken Mann im Bastrock unter Tränen zu.

Vorsichtig tastete ich nach dem Medaillon an meinem Hals. Nicht viele meiner Erinnerungsstücke hatten den Umzug überlebt. Ich wollte vergessen, verdrängen. Aber das Medaillon hatte ich immer bei mir.

Ich konnte mir ausmalen, dass in wenigen Wochen der Gerichtsvollzieher den Großteil meines Hausrats in Besitz nehmen würde. Nicht dass in meiner Wohnung viel zu holen gewesen wäre. Sie war klein und billig gewesen und hatte bereits eine notdürftige Einrichtung vorzuweisen gehabt. Alte Schränke und Stühle, Reste von Hunderten Mahlzeiten in der Küche, ganz andere Reste im Bad. Aber das hatte mich nicht gestört. Hohe Ansprüche konnte ich mir sowieso nicht leisten.

Mein Bankkonto war leer, also hatte ich keine Möglichkeit, mich in ein Hotel einzubuchen. Und die Familie … Ich konnte nicht … Nein, ich *wollte* mich nicht bei ihnen melden. So oder so lebten sie am anderen Ende der USA, und ich hatte kein Geld für ein Busticket.

Sofort ließ ich das Medaillon wieder aus den Fingern gleiten und hob meinen Kopf, um mich umzusehen, auch wenn ich beim besten Willen nicht wusste, wonach ich eigentlich suchte.

Mittlerweile war es stockdunkel geworden, und es waren nur noch wenige Menschen auf den Straßen unterwegs. In den Fenstern der Häuser brannten vereinzelt Lichter. Dort saßen Familien beisammen am Tisch, lachten und aßen. Szenen, die ich selbst noch nie erlebt hatte.

Ich war obdachlos. Bittere Galle stieg in mir hoch, als ich daran dachte, dass ich ja unter einer Brücke unweit von hier übernachten könnte, wo ich schon sehr oft Menschen hatte schlafen sehen. Ich war ebenso verloren und hoffnungslos. Verdammt noch mal.

Und so machte ich mich auf. Wohin? Das wusste ich selbst noch nicht. Aber hierbleiben konnte ich nicht, das würde mich noch verrückt machen. Mir musste schnell etwas einfallen, ehe die Nacht noch kälter werden würde.

Ich ging über die wenig befahrene Straße und lief weiter geradeaus und an Häusern vorbei, die ich noch niemals zuvor gesehen hatte – durch kleine Nachbarschaften, in denen die Grundstücke immer mehr Fläche einnahmen und bunte Laubbäume den dreckigen Asphalt zurückdrängten.

Ich beneidete die Menschen, die dieses Viertel ihr Zuhause nennen konnten. Vielleicht könnte ich auch Unterschlupf im Dickicht der Bäume finden? Nein, so ganz allein im Dunkeln wollte ich nicht sein.

Die Straßenlaternen beleuchteten mir den Weg – weiter, immer weiter ins Ungewisse. Ich musste ewig gelaufen sein, denn plötzlich stand ich vor dem letzten Haus der Stadt. Letzter Stopp vor dem Nirgendwo. Abrupt blieb ich stehen und starrte weiter in Richtung der sich im Wald verlierenden Straße, ehe etwas rechts von mir meine Aufmerksamkeit auf sich zog.

Seit ich in Philadelphia lebte, war ich noch nie hier gewesen. Deshalb hatte ich auch noch nie diesen Mini-Bus entdeckt. Das Gefährt sah ähnlich heruntergekommen aus wie das Gebäude, hinter dem es zurückgelassen worden war.

Zögernd sah ich mich um, doch ich konnte weit und breit keine Menschenseele ausmachen. Alles vereinnahmende Finsternis.

Ob der Bus abgeschlossen war, und ob er jemandem gehörte? Ich könnte zumindest einmal nachsehen. Hoffentlich lag die Lösung meines Problems direkt vor mir. Unschlüssig wanderte mein Blick zurück zu den verschmutzten Fenstern und dem überquellenden Briefkasten des Hauses. Verlassen?

Ich lief durch den zugewucherten Garten und achtete auf jedes Knarzen, das ich aus dem Haus zu vernehmen glaubte. Doch ich war allein. Bis hierher schienen sich nicht viele Menschen zu verirren, denn weder an den Türen noch an den Fenstern konnte ich Spuren von Einbrüchen erkennen.

Ob diese Bruchbude doch noch jemand sein Zuhause nannte? Aber wer war ich schon, um zu urteilen. Meine aktuelle Lebenssituation sah nicht besser aus. So oder so wollte ich nicht zum Verbrecher werden, egal, wie hilflos ich gerade war. Nun doch der Mini-Bus.

Meine Knochen knackten, und meine Beine brannten vom weiten Weg. Ich wollte mich eigentlich nur noch hinlegen, weinen und schlafen, ehe mich am nächsten Morgen die Realität einholen würde.

Hier hinten gab es keine Straßenlaternen. Ich überlegte, mein Handy zu zücken, als ich mich daran erinnerte, dass ich keine Möglichkeit hatte, es heute noch mal aufzuladen. Nun hoffte ich doch sehr darauf, allein zu sein.

Im Dunkeln konnte ich schemenhaft die Umrisse des Busses ausmachen. Ich tastete mich vorsichtig an der rauen Außenwand entlang, während ich fieberhaft nach einem Einstieg suchte. Eines der kaputten Fenster war dick mit Klebeband verschlossen worden.

Durch die anderen Fenster konnte ich nur alten Polsterstoff sehen – keine übliche Ausstattung. Das Innenleben erinnerte eher an eine sehr spartanische Unterkunft. Jemand musste in diesem Bus gewohnt haben.

»Hallo?«, rief ich, ehe ich mich weiter um das Fahrzeug bewegte. »Ist hier jemand?«

Nein, du bist allein, hallte es in meinem Kopf.

Die Tür war geschlossen, doch ich ertastete einen kleinen Spalt in ihrer Mitte, der es mir ermöglichte, sie unter großen Anstrengungen und Ächzen gerade so weit zu öffnen, dass ich mich hindurchquetschen konnte.

Ich lugte vorsichtig in das Innere des Busses. Schließlich wollte ich keine bösen Überraschungen erleben. Ich ging leise hinein und öffnete die Vorhänge an den Fenstern. Ein Schwall von Staub brachte mich zum Husten. Meine Augen begannen zu brennen.

Ich entdeckte eine kleine Küchenzeile und die Gitter eines Gasherds. Aufgeräumt wie das gesamte Innere des Fahrzeugs, kein Müll, keine Scherben. Im hinteren Teil befand sich eine Holztür. Vermutlich führte sie zu einem Bad oder einer Abstellkammer. Meinen sehnlichsten Wunsch fand ich gegenüber der Küchenzeile erfüllt.

Ich machte ein kleines Bettgestell aus und konnte mein Glück kaum fassen, als ich darauf eine dicke Matratze erkannte. Auch hier: wenige Flecken, kein Dreck. Alt, aber augenscheinlich sauber. Ich strich über die Matratze und war positiv davon überrascht, wie weich und gemütlich sie zu sein schien. Einen besseren Schlafplatz konnte ich mir zumindest für heute Nacht nicht wünschen.

Ich setzte mich auf den Rand des Bettes und kramte in meiner Tasche nach dem Pfefferspray. Sicher war sicher, denn viel konnte ich in meinem Zustand nicht mehr ausrichten. Danach legte ich mich seufzend hin und ergab mich meiner Erschöpfung.

Eine Decke war mir leider nicht vergönnt, daher zog ich stöhnend die Beine an die Brust. Es war hier drinnen nicht viel wärmer als draußen, aber immer noch besser, als unter freiem Himmel zu übernachten. Ich schloss die Augen.

Schritte.

Ich war schlagartig wach und wurde von gleißendem Licht geblendet, welches mir in die Augen fiel. Wo war ich? Was …?

Dann brachen die Erinnerungen an all die Ereignisse wieder über mich herein. Meine Entlassung. Der Verlust meiner Wohnung. Der heruntergekommene Mini-Bus. Ich musste doch eingeschlafen sein.

Als sich meine Augen an das helle Licht gewöhnt hatten, blickte ich auf und machte vor Schreck einen Satz in die Luft. Vor mir stand ein vollbärtiger Mann mit dunkelblondem Haar, von welchem sich einzelne Strähnen in seine Stirn gekämpft hatten.

»Was tust du hier?«, presste er mit erhobener Stimme zwischen zusammengebissenen Zähnen hervor, und ich wich so weit vor ihm zurück, wie ich nur konnte.

Jeder Muskel in meinem Körper stand schlagartig unter Strom. Ich musste schnell hier weg!

Pennsylvania

»Bist du taub? Was machst du in meinem Van?«, fragte er wieder, dieses Mal deutlich lauter.

Sein Gesicht verdunkelte sich zusehends. Ein penetranter unverkennbarer Geruch stieg mir in die Nase – Alkohol. O Gott, der Kerl war betrunken! Vielleicht war er gewalttätig? Mein Herz sprang mir beinahe aus der Brust. Ich erinnerte mich an das Pfefferspray, das ich am Abend zuvor bereitgelegt hatte. Schnell! Zielen. Abdrücken.

»Fuck, spinnst du?« Der Kerl rieb sich umgehend mit den Händen über die Augen. »Verflucht, das brennt. Was sollte das?!«, fuhr er mich aufgebracht an, wandte sich jedoch von mir ab und torkelte blind durch den Bus.

Meine Chance war gekommen. Ich zerrte meine Handtasche hervor und wollte schnell abhauen, als ich bemerkte, wie der Fremde durch die Tür im hinteren Teil des Raumes verschwand, die sich tatsächlich zu einem kleinen Badezimmer öffnete.

Er drehte den Wasserhahn auf und versuchte, sich das brennende Spray aus den Augen zu reiben. Ich hörte ihn immer wieder fluchen.

Ich zögerte. Mein Blick huschte nach draußen. Es war immer noch stockfinster, es musste also nach wie vor mitten in der Nacht sein. Sollte ich mich aus dem Staub machen? War dieser Mann tatsächlich gefährlich?

»Scheiße, bringst du mir wenigstens ein Handtuch, wenn du mich schon so angreifst? Ich sehe rein gar nichts.«

Hätte er mir wirklich wehtun wollen oder sogar andere Gedanken gehabt, wäre er direkt auf mich losgegangen.

Ich suchte in der kleinen Küchenzeile nach einem Handtuch. Unter der Spüle wurde ich fündig. Ich warf es ihm aus sicherer Entfernung zu. Es landete auf seinem Hinterkopf, und er erschreckte sich ein wenig, schließlich hatte er meinen Wurf nicht kommen sehen.

Ich blieb stehen und beobachtete, wie der Mann immer mehr Wasser in sein Gesicht beförderte. Als er fertig war, trat er zu mir und lehnte sich an die Küchenzeile. Mein Herz machte einen noch kräftigeren Satz.

»Du bist ja immer noch hier«, stellte er nüchtern fest und rieb sich weiter über seine knallroten Augen.

»Ich … tut mir leid«, murmelte ich verunsichert, und das schlechte Gewissen kämpfte sich immer weiter an die Oberfläche.

»Jetzt weiß ich zumindest, wieso Frauen dieses Zeug immer mit sich herumtragen.« Er ließ sich auf der Matratze nieder, auf der ich bis vor wenigen Augenblicken noch geschlafen hatte. Mit seinem Fuß stieß er an den Karton, den ich dort ebenfalls gelagert hatte. »Du hast etwas vergessen«, bemerkte er und schob die Kiste, ohne hinzusehen, mit einem seiner Füße in meine Richtung. »Warum stehst du denn immer noch hier wie angewurzelt? Was willst du? Hau endlich ab!«

Doch ich blieb, wo ich war, und sah ihn ziemlich schuldbewusst an. So zugerichtet, wie er dort unten saß, sah er für mich plötzlich gar nicht mehr bedrohlich aus. Sein Haar war völlig durcheinander. Der lange drahtige Bart bedeckte einen Großteil seines Gesichtes und hatte schon seit Langem keinen Rasierer mehr gesehen.

Er konnte nicht viel älter als ich sein, auch wenn er durch seinen Bart um ein Vielfaches gesetzter wirkte. Ich erkannte, dass sein kariertes Hemd mit schwarzen öligen Flecken übersät war.

»Ich wollte das nicht, du hast mich nur ziemlich erschreckt. Ich habe nicht damit gerechnet, hier jemandem zu begegnen«, antwortete ich, nachdem ich mich geräuspert und meine Adrenalin-Achterbahnfahrt wieder etwas in den Griff bekommen hatte.

»Sagt die Person, die hier in *meinem* Bus steht.« Zum ersten Mal, seit er mich so erschreckt hatte, sah er mich direkt an. Sein Blick bohrte sich förmlich in meinen.

»Ich wusste nicht, dass das hier noch jemandem gehört«, verteidigte ich mich und gestikulierte vielsagend um mich herum. »Ich bin nicht eingebrochen. Die Tür war nicht abgeschlossen.«

Der breitschultrige Mann fluchte leise. »Diese beschissene Tür. Es wird Zeit, dass ich sie endlich repariere. Aber noch mal … Was tust du hier?« Er betrachtete mich mit einem skeptischen Blick, den ich nur schwer ernst nehmen konnte, weil der Mann immer noch Schwierigkeiten hatte, seine Augen vernünftig zu öffnen.

Ich seufzte. »Ich weiß nicht, wo ich diese Nacht schlafen soll.«

»Wieso gehst du nicht nach Hause?«

»Ich habe kein Zuhause mehr, bin sozusagen obdachlos«, gab ich zähneknirschend zu und sah dabei peinlich berührt und mit glühenden Wangen auf den Karton, der nun zwischen mir und dem Fremden stand.

Diese Erklärung war genug. Ich griff nach der Kiste und wollte mich schnell davonmachen, doch plötzlich brannten meine Augen, und Tränen drohten sich an die Oberfläche zu kämpfen. Ich hielt sie mit aller Macht zurück.

»Hm, na gut«, brummte er rau.

Ich drehte mich nochmals zu ihm um, ehe er weitersprach. Er hatte sich mit seiner vollen Körpergröße vor mir aufgebaut, was durchaus etwas einschüchternd auf mich wirkte. Dennoch legte ich den Kopf leicht in den Nacken, um ihn besser ansehen zu können.

»Es ist sehr kalt heute Nacht«, meinte er und ließ die Schultern hängen. »Du kannst hierbleiben, aber morgen früh bist du weg, okay?«

Ich war unschlüssig, was ich auf sein Angebot antworten sollte, kam aber zügig zu dem Schluss, dass mir keine andere Möglichkeit blieb. Ich war erschöpft und hätte auf der Stelle wieder einschlafen können.

»Das weiß ich wirklich zu schätzen, ehrlich.« Ich stellte meinen Karton hinter den Fahrersitz und legte meine Handtasche darauf ab. Höflich streckte ich meinem Retter in der Not die Hand entgegen, die dieser zurückhaltend beäugte, schlussendlich aber dennoch ergriff. Seine Hand strahlte eine unglaubliche Wärme aus. »Ich bin Amber. Ich dachte, ich sollte mich wenigstens vorstellen.«

»Deacon«, erwiderte der Mann vor mir knapp, und unsere Hände lösten sich voneinander. Er kramte aus einem schmalen Schrank eine Decke hervor und warf sie mir zu. »Hier. Du kannst da vorn schlafen.« Er deutete auf die Matratze. »Ich werde mich heute auf der Sitzbank ausruhen.«

»Danke«, murmelte ich und zog stumm meine Schuhe aus.

Als ich mich in der Decke eingerollt und erleichtert festgestellt hatte, dass diese nicht muffig roch, kam Deacon gerade aus dem kleinen Badezimmer – halb nackt.

Umgehend zog ich mir die Decke noch weiter über die Schultern und starrte verlegen auf den Boden. Kurz darauf hörte ich es rascheln, und es wurde dunkel im Mini-Bus.

Als ich mich in den Van geschlichen hatte, war mir weder Licht noch ein entsprechender Schalter aufgefallen, aber ganz offensichtlich gab es beides hier drinnen – ebenso wie eine Heizung, denn seit Deacon hier war, war es wohlig warm im Innern geworden.

»Gute Nacht«, sagte ich leise und zog mir die Decke noch ein Stückchen weiter über die Schultern.

»Nacht«, brummte Deacon, und schließlich herrschte im Mini-Bus erneut Stille.

Ich musste irgendwann tatsächlich noch einmal eingeschlafen sein, denn als ich das nächste Mal träge meine Augen aufschlug, war es bereits hell. Durch die geöffneten Vorhänge schien für Oktober die Sonne ungewöhnlich hell ins Innere des Vans.

Schläfrig strich ich mir meine Haare aus dem Gesicht und richtete mich auf, zuckte jedoch umgehend zusammen, als sich ein stechender Schmerz in meinem Rücken ausbreitete. Stöhnend rieb ich mir über die Wirbelsäule und den Nacken. Die Nacht hatte ihre Spuren hinterlassen.

Ich spürte die feuchte Luft, die aus der offenen Tür des Badezimmers kam. Als wäre der gesamte Bus in leichten Nebel gehüllt.

Da ertönte die Stimme von Deacon: »Kaffee?« Er trug wieder das rot-schwarz karierte Holzfällerhemd und eine eng anliegende verwaschene Jeans.

Und schon strömte der sanfte Geruch der gemahlenen Bohnen in meine Nase. Ehe ich es mich versah, standen zwei heiße Tassen auf der Küchenzeile.

»Danke.« Ich nahm eine der Tassen, und Wärme durchströmte meine kalten Hände.

»Du kannst das Bad benutzen, bevor du gehst. Ich fahre in einer halben Stunde los, bis dahin bist du weg«, sagte Deacon, während er mit dem Kaffeebecher in seiner Hand nach vorn zum Fahrerplatz ging und eine zusammengefaltete Karte aus dem Handschuhfach zum Vorschein brachte.

»Klar, danke«, sagte ich kleinlaut, nippte an meinem Kaffee und beobachtete Deacon dabei, wie er verschiedene Punkte auf der ausgebreiteten Karte markierte. »Als ich deinen Van letzte Nacht gesehen habe, hätte ich ehrlich gesagt nicht gedacht, dass das Teil überhaupt noch fahren kann.«

Nach drei großen Schlucken und mit einer verbrannten Zunge betrat ich das kleine Bad. »Ich bin dann mal eben …«, begann ich, doch Deacon schenkte mir bereits keinerlei Beachtung mehr.

In dem winzigen Raum gab es nichts außer einer Toilette und einem kleinen Waschbecken mit einem Spiegel darüber. Spartanisch, doch an diesem Morgen einfach wundervoll.

Als ich in den Spiegel sah, verzog ich entsetzt mein Gesicht. Ich blickte in ein Meer aus zerzausten Haaren, und in meinem Gesicht befanden sich Reste eines Make-ups, an denen jeder Clown seine helle Freude gehabt hätte.

Hastig wusch ich mir das Gesicht und versuchte, das Meer, so gut es ging, zu bezwingen. Ich sah eine einsame Bürste in dem ansonsten leeren Raum liegen, doch wagte ich es nicht, sie zu benutzen. Grenzen sollten gewahrt werden, und ich wollte vermeiden, dass er meinen Besuch doch noch bereuen würde. Als ich mich bereit für den Weg fühlte, trat ich heraus und zog meine Schuhe an.

»Danke noch mal, dass ich hier schlafen durfte. Das war wirklich … nicht selbstverständlich.« Ich schulterte meine Handtasche und schnappte mir meinen Karton. »Ich hoffe du hast eine gute Fahrt, wohin auch immer die führen mag.«

»Danke. Und du? Was hast du jetzt vor?«

Da war es wieder. Dieses stechende Gefühl in meiner Magengrube. Der Vortag, der weiter wie ein böser Schatten über mir lag.

»Ganz ehrlich? Ich weiß es nicht.« Ich hatte größte Mühe, meine Verzweiflung zu verbergen.

»Gibt es niemanden, bei dem du eine Weile unterkommen kannst?«

»Nein, nicht hier. Und wenn ich recht darüber nachdenke … eigentlich nirgendwo.«

Deacon nickte beinahe unmerklich, wandte sich von mir ab und faltete seine bis gerade eben noch großflächig ausgebreitete Karte wieder zusammen.

Mein Zeichen. Bei dem Gedanken, nun wieder in die eisige Welt entlassen zu werden, völlig allein und schutzlos, wurde mir schlagartig schlecht. Wir waren zwar Fremde, aber dennoch war ich ihm so dankbar. Ich räusperte mich und trat unbehaglich von einem Fuß auf den anderen.

»Also dann«, sagte ich. »Mach's gut, Deacon.«

Mit diesen Worten öffnete ich die Beifahrertür und trat hinaus. Deacon setzte sich ans Steuer des Busses und startete den Motor.

Der beißende Wind schmerzte auf meiner Haut. Obwohl ich mir einbildete, seinen Blick noch immer spüren zu können, drehte ich mich nicht noch einmal um.

Zurück in die Stadt, zurück in die Ungewissheit. Als ich schon von weitem die Fenster meines Apartments sehen konnte, stiegen mir erneut die Tränen in die Augen, doch ich zwang mich dazu, nicht stehen zu bleiben. Den Gedanken daran, womöglich doch die Brücke zu meinem Schlafplatz zu machen, konnte ich nicht ertragen.

Wo sollte ich aber ansonsten auch hin? Die Obdachlosenheime waren zu dieser Jahreszeit bereits heillos überfüllt. Und dazu … ich, als Frau, in den gemischten Heimen der Stadt?

Der Wind brachte ein Bombardement aus eisigen Regentropfen

mit sich, die nun beinahe waagrecht fielen und mich bis auf die Knochen durchnässten.

Ich könnte versuchen, mir irgendwo ein billiges Zimmer in einer Absteige am Rand der Stadt zu besorgen. Aber mit welchem Geld? Vielleicht brauchte jemand eine Aushilfe für den Tag. Schnellen Verdienst, den brauchte ich jetzt.

Ich hatte zwar nicht mehr viel Bargeld, aber für ein U-Bahn-Ticket, um in die Stadt zu kommen, würde es noch reichen. Vielleicht konnte ich mich auch einfach durch das Drehkreuz drücken, wenn niemand hinsah. So war vielleicht auch noch etwas Essbares drin.

Langsam wurde der Verkehr dichter. Ich hatte die U-Bahn-Haltestelle am äußersten Rand der Stadt fast erreicht und wollte gerade über die viel befahrene Straße gehen, als auf einmal ein langes, laut ratterndes Gefährt neben mir fuhr und das Tempo deutlich drosselte. Irritiert sah ich nach rechts und erkannte sofort, dass es Deacons rostige Kiste war. Er beugte sich durch das geöffnete Fenster nach draußen.

»Du stellst keine Fragen oder gehst mir anderweitig auf die Nerven. Du kommst mir nicht in die Quere oder redest mir rein, kapiert?«, rief er in meine Richtung, um gegen den Straßenlärm und den immer stärker werdenden Regen anzukommen. »Wenn du damit einverstanden bist, kannst du einsteigen.«

Meinte er das ernst? Meine Anwesenheit schien ihn letzte Nacht zwar auch nicht sonderlich gestört zu haben, aber er war sehr deutlich in seiner Ansage gewesen, dass dies die einzige Nacht wäre, die ich in seinem Bus verbringen würde. Warum hatte er seine Meinung geändert?

Und außerdem: Ich kannte ihn doch überhaupt nicht. Es gab jedoch nichts mehr, was mich noch mit diesem Ort verband. Ich könnte einfach einsteigen. Egal, wohin er mich brachte … Ich könnte einen Neuanfang wagen.

»Also?«, fragte Deacon ungeduldig, während bereits die ersten Fahrer hinter ihm wütend auf ihre Hupen drückten. »Wie sieht's aus?«

»Okay«, murmelte ich. »Ich komme mit, auch wenn wir uns genau genommen eigentlich noch gar nicht kennen«, rief ich dann etwas lauter, lächelte dabei aber zurückhaltend. »Du könntest sonst wer sein. Woher weiß ich, dass du kein Serienmörder bist?«

»Würde ich dir das denn sagen, wenn es so wäre?«, antwortete er trocken mit perfekt aufgesetztem Pokerface.

Ich musste lachen. »Allein diese Antwort zeigt schon, dass du es nicht bist.«

Ich hatte meine Entscheidung längst getroffen. Entschlossen löste ich mich aus meiner Starre und ging zu dem brummenden Wagen. Als ich die Beifahrertür öffnete, zog mir eine wohlig warme Wolke entgegen, die mir jetzt noch viel wertvoller vorkam als heute Morgen. Deacon reichte mir ein Handtuch und bedeutete mir, mich abzutrocknen, weil ich seinen Van volltropfte.

»Danke.«

Er nickte stumm, wandte sich dann wieder der Straße zu und fuhr los.

Ich wusste nicht, wohin er wollte. Ich wusste nicht, was seine Geschichte war, aber es war mir egal. Ich hatte ein Dach über dem Kopf und konnte hoffentlich in den nächsten Tagen meinen Kopf frei bekommen. Dafür war ich ihm unendlich dankbar.

Virginia

In das Handtuch eingewickelt, saß ich nun auf seinem Beifahrersitz. Ich zitterte wie Espenlaub.

Meine Schuhe hatte ich bereits ausgezogen, sodass ich meine Beine eng an die Brust ziehen konnte, um mir noch mehr Wärme zu spenden. Seit ich zu ihm eingestiegen war, hatte ich es nicht gewagt, ihn anzusprechen.

Deacons Augen waren unverändert auf den wachsenden Strom von nassen Fahrzeugen gerichtet, auf deren Lack sich die Silhouetten der hohen Gebäude um uns spiegelten.

Unser Weg führte uns durch Häuserschluchten, über große Kreuzungen bis zur Interstate, die uns von hier wegbringen würde. Wohin wusste ich immer noch nicht. Hauptsache weg.

»Ich kann dein Zittern ja schon von hier aus spüren«, sagte Deacon plötzlich in die Stille hinein. »Nimm dir von hinten etwas Trockenes zum Anziehen, das kann man ja nicht mit ansehen.« Dabei deutete er auf die Kommode neben seinem Bett, während der Van unter der Beschleunigung laut protestierte.

Es dauerte einen Moment, bis ich begriff, was er mir gerade angeboten hatte, doch schließlich riss ich mich aus meiner Trance, schnallte mich ab und ging auf wackeligen Beinen nach hinten.

Auch wenn es so vieles gäbe, was ich ihn hätte fragen können, hatte ich es genossen mich eine Weile in meinen Gedanken zu verlieren. Es war alles andere als einfach, zu begreifen, dass ich erst mal nicht nach Philadelphia zurückkehren würde.

Jedes Schlagloch, über das wir fuhren, ließ mich zusammen mit der halben Einrichtung des Innenraums in die Höhe fahren.

Ohne größere Blessuren bekommen zu haben, war ich endlich an der Kommode angelangt, aus der er mir letzte Nacht die Decke gegeben hatte. Mir war es unangenehm, in den persönlichen Dingen eines Fremden zu wühlen, deshalb schnappte ich mir ein weißes Sweatshirt und eine graue Jogginghose, die vor der Matratze auf dem Boden lagen.

Ich zog ich mich in das kleine Bad zurück. Zu meiner großen Erleichterung waren die Klamotten sauberer als das, was Deacon gerade selbst trug. Der Duft von frisch gewaschener Wäsche stieg mir in die Nase, als ich mir das Sweatshirt überzog.

»Besser?«, fragte er, als ich mich wieder neben ihm niedergelassen hatte.

»Viel besser. Danke. Du hast mich gerettet, ich hoffe dessen bist du dir bewusst.« Ich studierte die Züge seines Gesichtes von der Seite.

Er warf mir einen kurzen Blick zu.

Ich biss mir auf die Zunge. Es war nicht schwer, zu erkennen, dass er nicht zu der Sorte Mann gehörte, die es liebte, sich ausgiebig zu unterhalten. Außerdem hatte ich ja versprochen, ihm nicht auf die Nerven zu gehen. Ich respektierte das und versuchte, meine angeborene Neugier zu unterdrücken. Stattdessen sah ich genauer hin.

Seine Finger umklammerten das Lenkrad so fest, dass die Knöchel bereits weiß hervortraten. Ich fragte mich, was seine Geschichte war. Wieso er mit einem rostigen alten Mini-Bus durch die Gegend fuhr. Was das Ziel seiner Reise war.

»Was schaust du denn so? Habe ich etwas im Gesicht?«, fragte er unerwartet, während ich hastig meinen Blick wieder auf die rasende Auto-Herde vor uns richtete.

»Nein, ich bin nur neugierig, wohin du uns überhaupt bringst«, gab ich zurück.

»Shenandoah.«

»Der National Park?« Ich erntete dafür jedoch erneut nur einen kritischen Seitenblick. »Was?«

»Keine nervigen Fragen.«

»Ich wollte nur wissen, wohin du fährst und nicht wie deine Sozialversicherungsnummer lautet.« Ich blickte verlegen in die Ferne.

Er blieb stumm.

Obwohl ich bisher noch nie an diesem Ort gewesen war, schien er mir doch aus dem Fernsehen bereits vertraut. Wenn mich nicht alles täuschte, lag das große Tal nicht weit weg von Philadelphia, nicht mehr als drei oder vier Autostunden. Ich hatte nicht darauf geachtet, wie lange wir schon fuhren, aber die Sonne hatte ihren Zenit bereits überschritten.

»Und danach?«

»Danach?«

»Wohin fahren wir, wenn wir dort waren?«

»Wenn du so weitermachst, fahren *wir* nirgendwo mehr hin«, brummte Deacon genervt.

»Sorry, ich weiß schon. Keine Fragen und nicht nerven. Ich wollte nur wissen, warum du durchs Land fährst. Besuchst du alle National Parks?«

»Frag dich das ruhig weiter.«

Ich schluckte. Ich wollte ihm nicht auf den Geist gehen, aber die Stille im Bus machte mich wahnsinnig. Ich hätte mich gern mit ihm unterhalten, auch wenn ihm das zu widerstreben schien. Ich versuchte, meine Klappe zu halten, und sah mich weiter im Fahrerraum um.

Deacon fand sich wohl ohne die Hilfe der Karte von heute Morgen zurecht, denn sie war irgendwo zwischen dem quer über das Armaturenbrett verstreuten Krimskrams untergetaucht. Vielleicht konnte ich mich ja bei Gelegenheit für seine Gastfreundschaft bedanken, indem ich hier klar Schiff machte. Durch das Fenster sah ich die Bäume stetig dichter und die Hügel langsam zu Bergen werden.

Ich nahm die Fahrerkabine weiter in Augenschein. Vor allem Deacons Platz war übersäht mit einer Schar Bonbonpapieren – Erdbeere, was mich sehr an meine Kindheit erinnerte –, und es gab kaum noch eine freie Stelle. Zwischen zwei Plastikverpackungen war ein zusammengefaltetes Foto gerutscht.

Ich beugte mich nach vorn, damit ich es besser begutachten

konnte, und staunte nicht schlecht, als ich darauf einen lachenden Deacon ausmachen konnte. Mit kurzen Haaren hätte ich ihn fast nicht erkannt, und auch sein heutiger langer Bart ähnelte auf dem Foto noch eher Flaum. Er war ziemlich herausgeputzt und trug einen Anzug sowie eine Krawatte. Ein besonderer Anlass?

Meine Augen huschten weiter zu dem Jungen, der dicht neben ihm stand und um den er liebevoll einen Arm gelegt hatte. Schätzungsweise nicht älter als vier oder fünf Jahre, grinsend wie ein Honigkuchenpferd, seinen bewundernden Blick in Richtung Deacon gerichtet. Wie alt war er auf diesem Foto? Er sah darauf so viel jünger aus. Wie viel Zeit war seit der Aufnahme vergangen?

»Her damit!«

Mit einer schnellen Bewegung beugte Deacon sich zu mir herüber, riss mir, ohne den Blick von der Straße abzuwenden, das Foto aus der Hand und verstaute es in seiner Hosentasche. Ein paarmal holte er tief Luft und umfasste dann mit beiden Händen wieder angestrengt das Lenkrad.

»Hör zu, Amber«, presste er aufgebracht hervor, auch wenn er allem Anschein nach versuchte, ruhig zu bleiben. »Meine Regeln sind ganz einfach und simpel. Misch dich nicht in Dinge ein, die dich nicht im Geringsten etwas angehen, und wir haben keine Probleme. Sorge nicht dafür, dass ich es bereue, dich mitgenommen zu haben.«

»Es tut mir leid ... Wird nicht wieder vorkommen.«

»Gut.«

»Ich muss dir aber sagen, dass du mit kürzeren Haaren und weniger Bart eindeutig attraktiver bist«, murmelte ich schulterzuckend und lächelte vorsichtig, woraufhin er jedoch lediglich seufzte und den Kopf schüttelte.

In der folgenden Stunde war außer dem Rattern des Motors nichts zu hören. Je weiter wir fuhren, desto leerer wurden die Straßen, und die Farbenpracht der Wälder wechselte zu einem kräftigen Rot.

Sobald ich das gemeißelte Schild erblickte, welches uns darauf hinwies, dass wir nun im Bundesstaat Virginia angekommen waren, atmete ich erleichtert aus. Ich freute mich darauf, mir ein wenig die

Beine zu vertreten und mich frisch zu machen, das war immerhin unsere erste Pause heute.

Ich hatte Deacon nicht noch mehr aufregen wollen, indem ich ihn nach einer Pause fragte oder ob es okay war, wenn ich während der Fahrt die Toilette benutzte. *Wann habe ich eigentlich das letzte Mal so viel darüber nachgedacht, was jemand über mich denken könnte?* Eigentlich hatte ich längst mit solchen Gedanken abgeschlossen.

Wir hatten eine Mautstelle passiert, und ich war der Ansicht, dass es nun nicht mehr lange bis zum Park dauern konnte, doch die Straßen zogen sich immer weiter. Mein Rücken knackte bei jeder Bewegung, was vermutlich auch mit der vergangenen Nacht zusammenhing.

»In einer halben Stunde sind wir da. Vorher muss ich aber noch zu einem Baumarkt«, erklärte er und setzte dann auch schon den Blinker, um bei der nächsten Ausfahrt abzufahren.

Ich hatte das Ortsschild nicht gesehen, doch die wunderschön geschmückten Fenster der kleinen Läden an der Straße vermittelten einen idyllischen Eindruck. Einen großen Baumarkt würde Deacon hier nicht finden.

Er quetschte sich mit diesem Ungetüm auf einen Parkplatz unmittelbar vor einem überschaubaren General Store. Nachdem er ohne ein Wort ausgestiegen war, ging ich davon aus, dass er es bevorzugen würde, wenn ich hier wartete. Es dauerte keine halbe Stunde, bis er mit zwei großen braunen Papiertüten zurückkam, sie hinten im Bus verstaute und dann wieder vorn bei mir einstieg, um den Motor anzulassen.

»Ich hoffe, du isst Fleisch«, sagte Deacon, sobald er ausgeparkt hatte und wieder aus dem Ort fuhr.

»Ich bin keine Vegetarierin.«

»Sobald wir da sind, schließe ich den Van an Strom und Abwasser an, repariere das Schloss, und dann mal sehen, wie spät es ist. Vielleicht schaffe ich noch andere Verbesserungen. Danach koche ich für uns.« Während er das sagte, steuerte er den Wagen zurück auf die Schnellstraße, wo auch schon auf einem großen Schild darauf hingewiesen wurde, dass der Haupteingang vom Shenandoah National Park nur noch dreißig Meilen entfernt war.

»Ich könnte doch kochen«, schlug ich vor und drehte mich zu ihm, damit ich ihn besser ansehen konnte. »Du hast genug zu tun, und ich möchte mich revanchieren.«

Deacon musterte mich skeptisch.

»Was? Ich kann kochen. Bisher ist noch niemand daran gestorben.«

»Also gut«, erwiderte er. »Du kümmerst dich um das Essen, und ich erledige den Rest.«

Die letzten Meilen bis zu unserem Ziel waren absolut traumhaft, und ich konnte meinen Blick für keine Sekunde von der atemberaubenden Landschaft abwenden. Sie stellte so einen starken Kontrast zu dem grauen Philadelphia dar, dass ich bei der unbeschreiblichen natürlichen Schönheit instinktiv lächeln musste.

Hohe Berge, tiefe Täler, und in der Ferne sah ich sogar einen Wasserfall. So weit das Auge reichte, bedeckte die Berge ein dichter Wald, dessen Laubbäume in verschiedene Rot- und Gelbtöne getaucht waren. Ich konnte mich nicht daran erinnern, jemals etwas Schöneres gesehen zu haben.

Die Fahrt zum Park verging wie im Flug. Am Eingang grüßte Deacon den Ranger und reichte ihm ein paar Scheine, um die Campinggebühren zu bezahlen. Der Ranger zeigte ihm auf einem kleinen Plan unseren Parkplatz, die Community-Duschen und wie er den Wagen an Strom und Wasser anzuschließen hatte.

Als Deacon uns wieder in Bewegung brachte, packte mich das schlechte Gewissen. Ich hatte noch überhaupt keinen Gedanken daran verschwendet, wie ich mich an den anfallenden Kosten beteiligen sollte. Allein das Benzin hatte schon ein halbes Vermögen gekostet. Auch wenn ich immer noch nicht genau wusste, wohin er eigentlich wollte, wurde ich das Gefühl nicht los, dass seine Reise noch sehr viel weiter führen würde als von Pennsylvania nach Virginia.

»Deacon?«

»Hm?«

»Ich … habe leider wirklich überhaupt kein Geld, was ich dazutun könnte«, murmelte ich leise und starrte dabei nervös auf meine Hände. »Und ich weiß auch nicht, wann ich wieder in der Lage sein werde, das zu tun.«

Es dauerte eine ganze Weile, bis er antwortete, auch wenn ich seinen forschenden Blick auf mir spüren konnte. Erst als er den beschriebenen Platz für seinen Mini-Bus erreicht hatte und den Motor ausschaltete, wandte er sich vollends mir zu.

»Ich weiß, dass du blank bist. Ich erwarte von dir aber auch nicht, dass du dich beteiligst.«

»Das kann ich nicht annehmen«, erwiderte ich kopfschüttelnd, doch er war bereits von seinem Platz aufgestanden und betrat den von Laub übersäten Waldboden.

»Deacon.«

»Was?«

»Ich will dir etwas zurückgeben, wenn ich es irgendwie kann.«

»Nein. Ich fahre meine Route. Mit dir oder ohne dich hätte ich dabei Benzin, Maut und Essen finanzieren müssen. So wie du aussiehst, isst du nicht viel, also fällt das wohl kaum ins Gewicht.«

Ich biss mir zum wiederholten Male in seiner Gegenwart auf die Zunge. Es passte mir überhaupt nicht, dass ich mich bei ihm durchschnorrte. Mir war durchaus bewusst, dass Deacon recht hatte, aber ich fühlte mich damit alles andere als wohl.

»Von mir aus.« Ich willigte zähneknirschend ein. »Aber dann lass mich dir anderweitig zur Hand gehen.«

Er war gerade dabei, eine Klappe an der Seite des Mini-Busses zu öffnen, hinter der sich wohl die benötigten Anschlussstellen befanden, doch als ich das sagte, sah er abrupt zu mir.

Prompt begannen meine Wangen, verräterisch zu glühen.

»Nicht was du wieder denkst! Männer …«, sagte ich stöhnend. »Wieso denkt ihr alle immer so … so …« Ich versuchte mit rudernden Armen die passenden Worte zu finden, doch mir wollte nichts einfallen.

»Zweideutig? Tja, ich fürchte, dass das in unserer Natur liegt. Du kannst mir gern zur Hand gehen … am Bus natürlich.« Er ging in die Hocke, um auf Augenhöhe mit den Anschlüssen zu sein. »Bei jedem Halt arbeite ich immer etwas an meinem Van, um ihn wohnlicher zu machen und auf Vordermann zu bringen. Bei manchen Angelegenheiten kann ich eine helfende Hand mit Sicherheit gut gebrauchen. So, jetzt haben wir wieder Strom. Die Lebensmittel sind in dem kleinen Kühlschrank links von der Spüle.«

»Ähm, gibt es hier irgendwo eine Dusche?«

»Diesen Weg entlang und dann links«, murmelte Deacon und deutete vage in die entsprechende Richtung, die ihm vorhin wohl der Ranger gezeigt hatte.

Die sanitären Anlagen waren sehr gepflegt und glänzten vor Sauberkeit. Ich hoffte innständig, dass das auch bei den anderen National Parks der Fall sein würde – sofern wir noch weitere besuchen würden.

Ich genoss das heiße Wasser auf meiner Haut.

Seit ich Deacon getroffen hatte, hatte ich kaum noch an die Ereignisse der letzten Tage gedacht. Warum auch? Zurück konnte ich sowieso nicht. Ich hatte mich auf ein Abenteuer eingelassen – mit einem Mann, von dem ich nicht viel mehr wusste als seinen Namen.

Casey hätte mich mit Sicherheit für verrückt erklärt, aber für mich fühlte es sich so an, als ob es die beste Entscheidung gewesen war. Genau das, was ich nach diesem ganzen Schlamassel gebrauchen konnte, und ich wurde das Gefühl nicht los, dass auch Deacon zumindest ein klein wenig froh darüber war, dass er nun Gesellschaft hatte. Auch wenn er das nur ungern zeigte.

Da meine eigenen Klamotten immer noch etwas feucht waren und ich sonst keine anderen besaß, schlüpfte ich nochmals in die von Deacon geliehene Kleidung und sah nun nicht nur beinahe aus wie ein Mann, sondern roch dank seines Duschgels und Shampoos auch wie ein waschechter Kerl. Das war zwar durchaus ungewohnt, aber nicht weiter tragisch.

Als ich zurück durch das Dickicht der Bäume ging, entdeckte ich Deacon, der an der Zentralverriegelung hantierte. Er saß unverändert in der Hocke und suchte einen Schraubenzieher aus seinem roten Werkzeugkasten heraus.

Als ich näher zu ihm kam, widmete er sich nochmals kurz dem Schloss, ehe er die ölverschmierten Hände an einem Lappen abwischte. Er hatte sehr muskulöse Unterarme, die unter den hochge-krempelten Ärmeln zum Vorschein kamen.

Deacon sah über die Schulter zu mir, sobald ich hinter ihm über den Kies lief und ins Innere des Mini-Busses verschwand, doch sagte nichts. Ich kannte seine ursprünglichen Pläne nicht, aber entschied mich dafür, aus dem gekauften Rindfleisch und Gemüse einen defti-gen Eintopf zu machen. Es dauerte nicht lange, bis Deacon durch die Tür hereinlugte.

»Es riecht genießbar«, stellte er fest, trat neben mich und beäugte den Inhalt des Topfes. »Sieht auch gar nicht mal so übel aus.«

»Wenn du so weit bist, können wir essen.«

Er holte aus einem der Hängeschränke oberhalb der Spüle zwei tiefe Teller, wobei sich sein Hemd so weit nach oben schob, dass ich ein winziges bisschen seiner Haut sehen konnte. Eilig sah ich zurück zu dem gekochten Essen, welches er nun in die beiden Teller gab.

Während er so neben mir stand, wurde mir bewusst, dass er hier drinnen gerade noch so aufrecht stehen konnte, wohingegen ich da-mit überhaupt keine Probleme hatte. Ich nahm an, dass er das Dach aufgestockt hatte, zumindest wirkte es von außen bei einem genaue-ren Blick so.

»Als Nächstes muss hier eine Essnische rein«, meinte Deacon, während wir vorn saßen, die Teller auf unseren Oberschenkeln ab-stellten und aßen.

»Keine schlechte Idee.«

»Du hattest übrigens recht.«

»Womit?« Ich hielt einen Moment inne.

»Du kannst tatsächlich sehr gut kochen.«

Tennessee

Den Rest des Tages hatte Deacon damit zugebracht, weiter an seinem Bus herumzuschrauben. Das Schloss war nun zwar wieder repariert, aber offenbar hatte er währenddessen eine ganze Liste an Verbesserungen zusammengetragen, die er in nächster Zeit umsetzen wollte.

Ich war eine gute Köchin, aber definitiv keine gute Handwerkerin, also ließ ich Deacon sein Ding machen, solange er keine Hilfe brauchte, und beschloss, die nahe Umgebung zu erkunden.

Er nickte grimmig, als ich ihm mitteilte, dass ich in den angrenzenden Wäldern spazieren gehen würde, und machte keine Anstalten, mich zurückzuhalten oder mich zu begleiten.

Immer wieder sah ich Holztische und Bänke, auf denen vereinzelt Menschen ihr Essen zubereiteten oder sich angeregt unterhielten. An einigen der Bäume waren Kanister aufgehängt, um die hier weit verbreiteten Bären davon abzuhalten, sich das Essen der Menschen zu stehlen. Darin waren die meist ohnehin nicht für ein solches Tier geeigneten Lebensmittel sicher.

Als ich nach einiger Zeit zurück zu unserem Stellplatz kam, saß Deacon mit einem Bier in der Hand in einem Camping-Stuhl vor dem Bus. Ich setzte mich in den zweiten Stuhl und nahm ein Bier entgegen.

Schweigend beobachteten wir, wie die letzten wärmenden Sonnenstrahlen das im Wind rauschende Blätterwerk noch einmal zum

Leuchten brachten, ehe sie hinter den Bergen am Horizont verschwanden.

In dieser Nacht schlief ich wie ein Stein. Das Medaillon, welches an einer filigranen goldenen Kette um meinen Hals hing, fest in meiner rechten Hand eingeschlossen. Ich hatte mich zwar an die ungewohnte Schlafhaltung, den Platzmangel und die damit verbundenen Rückenschmerzen am Morgen noch nicht gewöhnt, aber ich hätte diesen Mini-Bus gegen keinen anderen Platz eintauschen wollen.

Am nächsten Morgen brachen wir nach einem schnellen Frühstück und einer Tasse Kaffee wieder auf. Deacon steuerte uns zu meinem großen Bedauern zurück in die Richtung der Interstate, von der wir am Vortag auch schon gekommen waren. Ich konnte mir kaum vorstellen, dass wir auf unserer gemeinsamen Reise noch einen schöneren Ort besuchen würden als diesen Park. Wie gern wäre ich noch länger im Shenandoah geblieben. Doch es ging weiter Richtung Westen.

Auf unserem Weg aus dem National Park hinaus durch hügeliges Gelände bekamen wir noch ein letztes Mal die Möglichkeit, auf die schier unendlichen Weiten dieses Farbenspektakels hinabzusehen. Ich war vollkommen auf das, was sich vor mir auftat, fokussiert, doch ich bemerkte trotzdem, dass auch Deacon nur sehr schwer seinen Blick davon abwenden konnte.

Sobald wir den Wald endgültig verlassen hatten und ich nicht nur körperlich, sondern auch geistig wieder auf der endlosen Straße angekommen war, entdeckte ich einen Wegweiser. Wir waren auf direktem Weg nach Tennessee.

»Und? Wohin geht die Reise als Nächstes?«

Seit dem Frühstück hatten wir nicht mehr viel miteinander gesprochen, und Deacon hatte den Eindruck erweckt, permanent in seinen Gedanken festzustecken. Auch an diesem Nachmittag gab es dabei keinerlei Veränderung. Mein Vorsatz war zwar, mich ab sofort mehr zurückzunehmen. Aber dennoch hätte ich mich gern mit ihm unterhalten, die Stille viel lieber mit Worten gefüllt. Nicht um ihn auszufragen, sondern einfach, um jemanden zum Reden zu haben.

»Nashville«, antwortete Deacon nach nur einem Atemzug, beließ es allerdings dabei.

»Wie weit ist das von hier?«

»Um die fünfhundert Meilen schätze ich.«

»Wow, das ist verdammt weit«, murmelte ich und hoffte schon jetzt, dass die Zeit schnell vorbeigehen und mein armer Hintern das mitmachen würde. Zumindest saß mein Hintern im Warmen und Trockenen.

»Willst du zwischendurch eine Pause machen?«

Ich war bereits fest davon ausgegangen, dass wir uns nun weiter anschweigen würden. Die Stille war zwar nicht unangenehm, aber ich hätte ihn lieber besser kennengelernt. Vielleicht sollte ich ihn einfach nach seiner ungewöhnlichen Vorliebe für Erdbeerbonbons fragen …

»Wie lange brauchen wir denn bis nach Nashville?«

»Wenn wir durchfahren und alles gut läuft … vermutlich acht oder neun Stunden.«

Das waren alles andere als rosige Aussichten, aber ich wollte Deacon nicht bei seinen Planungen beeinflussen, zumal ich ihm mehr als dankbar war, hier sein zu dürfen. Schon sehr früh im Leben hatte ich gelernt, auch für die kleinsten Dinge dankbar zu sein. Also nickte ich lediglich und lächelte ihn bestätigend an, was er jedoch mit einem Kopfschütteln quittierte.

»Wir werden einen Zwischenstopp einlegen, ich habe es nicht eilig.« Er hielt kurz inne, ehe er mich ansah und kritisch musterte. »Kannst du angeln?«

»Angeln? Nein, wieso?«

»Dann werde ich es dir beibringen. Wo in Philadelphia hast du gearbeitet?«

»Oh. In der Kundenakquise bei einer Versicherung. Nichts Besonderes, aber es gab gutes Geld. Wenn sie denn mal mein Gehalt ausgezahlt haben. Und du? Was … machst du beruflich?« Nachdem er dieses Thema ganz von selbst angesprochen hatte, konnte ich mein Glück ja wenigstens versuchen. Entgegen meinen Erwartungen antwortete er sogar.

»Ich bin … war Banker.«

Ein Berufszweig, der mich nicht weniger hätte interessieren können, doch so, wie er klang, ihn auch nicht. Dummerweise fielen mir immer nur Jobs ein, die fürchterlich langweilig klangen. Dabei musste ich dringend mal mit einer Liste anfangen, wo ich arbeiten wollte.

»Machst du … so etwas wie ein Sabbatical?« Ich tastete mich vorsichtig vor und beobachtete neugierig seine Reaktion, die jedoch wenig Rückschlüsse zuließ.

Wieso wurde ich den Eindruck nicht los, dass man ihn normalerweise nicht so zaghaft aus der Reserve locken musste und er sonst eher der aufgeschlossene Typ war? Ich konnte es einfach nicht sein lassen, ihn zu analysieren …

»So etwas in der Art, schätze ich«, erwiderte er kryptisch, und damit war klar, dass er nicht näher auf diesen Punkt eingehen wollte, doch das war okay.

In meinem Leben gab es auch viele Dinge, über die ich nicht gern sprach. Vielleicht war das hier für Deacon eine Auszeit von seinem normalen hektischen Leben. Vielleicht hatte er auch so etwas wie eine Midlife-Crisis, auch wenn er dafür noch viel zu jung war, aber wer wusste das schon? Ich war bestimmt die Letzte, die ihn dafür verurteilen würde. Manchmal musste man einfach raus.

»Woher kommst du ursprünglich?«, fragte Deacon, und auch wenn er damit von seinen Beweggründen, quer durch das Land zu fahren, ablenkte, gab ich ihm natürlich eine Antwort.

»Aus San Francisco.« Ob ich wieder nach Kalifornien ziehen sollte? Das war immer noch meine Heimat, vollkommen egal, was mit Casey war.

»Ein Mädchen aus Kalifornien. Versteh mich nicht falsch, aber für ein California Girl bist du ganz schön blass. Ich hatte fälschlicherweise auf Oregon getippt. Wegen deinem leichten Akzent. Eigentlich hätte ich es besser wissen müssen. Ich komme aus Washington, ist ja gleich um die Ecke. Seattle, um genau zu sein.«

»Das höre ich öfter, seit ich nicht mehr dort wohne. In Washington war ich leider noch nie, aber es soll sehr schön dort sein.«

»Oh, das ist es. Das ist es …« Er nickte abwesend, und auf einmal lag etwas in seinem Blick, was ich bisher noch nicht bei ihm gesehen hatte, ehe er zurück auf die Straße sah. Es war ein Empfinden, das ich von mir selbst ganz genau kannte. Deacon hatte Heimweh.

»Wie lange warst du schon nicht mehr zu Hause?«

»Seit sechs Monaten. Und du?«

»Über ein Jahr.«

Als er das nächste Mal zu mir sah, hielt der Blickkontakt so lange an, wie es die dicht befahrene Straßen eben zuließ. Es reichte vollkommen aus, um aus den Augen des jeweils anderen klar und deutlich herauslesen zu können, dass hinter dieser Sehnsucht nach dem Vertrauten so viel mehr steckte, als man anfangs hätte meinen können.

Ich schluckte schwer, und selbst, als er diesen irgendwie intimen, vielsagenden Blickkontakt zwischen uns beendet hatte, war da immer noch dieses Gefühl der Leere, bei dem ich seit diesem stummen Austausch wusste, dass er so ähnlich empfinden musste.

Nachdem für mindestens eine halbe Stunde kein weiteres Wort zwischen uns gefallen war, entschloss ich mich, das Radio einzuschalten. Ich ging Deacons eingespeicherte Favoriten durch und landete prompt bei einem Country-Sender. Fragend blickte ich zu ihm und wartete auf seine Reaktion.

Als er nickte und unmittelbar begann, den Takt des Liedes mit den Fingern auf dem Lenkrad mitzuklopfen, lächelte ich. Eigentlich war Country Musik nicht unbedingt mein Genre, aber dieser Song war tatsächlich nicht schlecht.

Möglichst unauffällig beobachtete ich ihn weiterhin, und zum ersten Mal, seit ich ihm in Philadelphia begegnet war, trat ansatzweise so etwas wie ein schmales Lächeln auf seine Lippen. Kaum erkennbar, aber es war da.

Mein Hintern tat ordentlich weh, als wir unweit eines Flusses Halt machten. Die Radiomusik verstummte, und das beruhigende, friedliche Plätschern des Flusses erklang.

Deacon öffnete seine Tür und stieg aus. Er streckte sich, ehe er um seinen Van herumging und mir zuvorkommend die Beifahrertür öffnete.

»Willkommen am Cumberland River«, sagte Deacon, und da war wieder dieses zaghafte Lächeln, welches ihm wirklich gut stand und von dem ich hoffte, es schon bald öfter sehen zu können.

Ehrfürchtig sah ich mich um. Wir hatten auf einer großen grünen Wiese angehalten, die von riesigen Nadelbäumen umgeben war. Um uns herum war weit und breit keine Menschenseele zu sehen oder zu hören. Der Fluss war nicht besonders tief, aber hatte dennoch eine stärkere Strömung. Unser Tal war von einer kleinen Bergkette umschlossen.

»Magisch«, hauchte ich und konnte mich kaum von diesem Anblick lösen.

»Allerdings.«

Ich hörte, wie er im Innern des Mini-Busses verschwand, und kurz darauf stand er mit zwei Angeln vor mir.

Irritiert sah ich ihn an. »Du meinst das wirklich ernst, oder?«

»Natürlich. Komm.« Er drückte mir eine der Angeln in die Hand.

Wenig begeistert sah ich auf den Widerhaken, während Deacon die beiden Campingstühle aus dem Mini-Bus holte und ganz in der Nähe unseres Parkplatzes am Fluss aufstellte. Er erklärte mir, wie man den richtigen Köder auswählte, wie man ihn korrekt befestigte und worauf man achten musste, wenn tatsächlich ein Fisch anbiss.

Ich versuchte ihm zu folgen und nickte immer wieder bestätigend, als er das Gesagte erst an seiner Angel demonstrierte und mich dann an meiner eigenen probieren ließ.

Wir holten zeitgleich aus, und dann hieß es warten. Innerlich betete ich, dass bei mir kein Fisch anbeißen würde, denn ich würde es wohl nicht über mich bringen, ihn zu töten und auszunehmen. Ganz abgesehen davon, dass ich keine Ahnung hatte, wie man das fachgemäß anstellte. Einer der vielen Gründe, wieso ich mich nie weiter mit diesem Thema beschäftigt hatte.

»Wie kommt es eigentlich, dass sich ein Banker so gut mit dem Fischen auskennt?«, fragte ich möglichst leise, weil mehr Lautstärke die Viecher wohl verschrecken würde, und zumindest Deacon wollte augenscheinlich welche fangen. »Ich dachte immer, dass es für Banker nichts außer Zahlen gibt, auch wenn du in mehr als einem Punkt kein typischer Bankmensch bist.«

Er antwortete mir nicht gleich, doch ich bemerkte, wie er sein Gewicht unruhig von einem Bein auf das andere verlagerte. »In meiner Familie ist das schon immer so etwas wie eine Tradition gewesen.«

Unwillkürlich fragte ich mich, ob er seine Eltern, sich selbst und seine Geschwister meinte oder ob das etwas mit dem kleinen Jungen auf dem Foto zu tun hatte, welches ich in seinem Van gesehen hatte.

Je mehr sich die Stille zwischen uns ausdehnte, desto deutlicher wurde, dass das ein Thema war, über das er nicht gern redete. Ich wusste auch nicht, warum, aber ich wollte mehr über den vollbärtigen Mann mit den Holzfällerhemden erfahren. Auf eine seltsame Art und Weise fühlte ich mich ihm verbunden, weil mich das Gefühl nicht losließ, dass es etwas in seiner Vergangenheit gab, was ihn ähnlich geprägt hatte wie mich.

Instinktiv wanderte meine freie Hand zu dem Medaillon an meinem Hals. Wie so oft in letzter Zeit öffnete ich es vorsichtig und sah auf das Foto von mir und Casey. Wir waren damals noch so jung gewesen, und nichts hatte uns auseinanderbringen können.

Selbst heute, nach allem, was passiert war, brachte ich es immer noch nicht über mich, die Kette abzunehmen. Sie gehörte schon so lange zu mir. Ich vermisste meine Schwester jeden einzelnen Tag, auch wenn sie in meinen Gedanken immer noch bei mir war.

»Wie alt bist du auf dem Foto?«, fragte Deacon plötzlich, und ich merkte erst jetzt, dass er sich in meine Richtung gelehnt hatte und das Bild von uns musterte.

»Elf oder zwölf. Du bist ganz schön neugierig für jemanden, der selbst nicht gern etwas über sich preisgibt.«

Deacons Mundwinkel zuckten verräterisch, ehe er sich wieder mehr auf seine Seite zurückzog. »Das stimmt wohl. Sorry, ich wollte nicht schnüffeln.«

»Schon in Ordnung.« Ich schloss das Medaillon wieder und ließ es unter meinen Pullover gleiten. »Manchmal überkommt mich das Bedürfnis, sie zu sehen.«

»Das Mädchen neben dir«, begann Deacon und fühlte anscheinend, dass ich durch seine Frage nicht in eine Abwehrhaltung gegangen war. Es war nur fair, dass er auch etwas über mich erfuhr, wenn ich mehr von ihm wissen wollte. »Ist das deine Schwester? Oder eine Freundin?«

»Das ist Casey. Meine Schwester.«

Deacon nickte, und ich hatte das Gefühl, dass er noch etwas hatte sagen wollen, als auf einmal seine Angelschnur zu zucken begann.

Er sprang auf und fing an, die Leine einzuholen. Die Freude darüber, dass ein Fisch bei ihm angebissen hatte, stand ihm mehr als deutlich ins Gesicht geschrieben. Er strahlte wie ein kleiner Junge, was mit seinem massiven Bart durchaus lustig aussah. Wie wohl der jugendliche Deacon gewesen war?

»Ha! Wer sagt's denn! Eine Forelle«, rief er begeistert und löste den Fisch dabei vom Haken.

Ich lachte. »Wenn du weiter so schreist, dann ist es aber der letzte Fang für heute.«

»Einer reicht doch auch, ich habe damit schließlich mein Abendessen.« Dann wandte er mir den Rücken zu, um dem zappelnden Fisch ein Ende zu bereiten – dafür war ich ihm sehr dankbar.

»Sehr witzig.« Ich mochte diese spielerische Seite von ihm.

Letzten Endes fing er auch mein Abendessen, da bei mir partout kein Fisch hatte anbeißen wollen. Außerdem war er es, der den Fisch schnell von seinem Leiden erlöste und ausnahm. Zum Glück fragte er mich nicht, ob ich ihm dabei helfen wollte.

Ich kümmerte mich lieber darum, etwas Gemüse aufzuschneiden, das wir zusammen mit den Forellen am Lagerfeuer grillen würden. Als ich mit einer großen Schüssel Paprika, Tomaten und Mais nach draußen trat, um das Abendessen vorzubereiten, hörte ich es platschen.

Ich bekam gerade noch mit, wie Deacon kopfüber im Wasser verschwand. Fassungslos sah ich mit an, wie er nur wenige Sekunden später wieder auftauchte und seinen Kopf schüttelte, wodurch Wasser in alle Richtungen spritzte.

»Bist du verrückt? Du wirst krank, wenn du in diesem Eiswasser badest.«

»So kalt ist es gar nicht. Komm doch rein«, rief er zurück und spritzte provokativ eine Ladung Wasser in meine Richtung.

»Du spinnst ja komplett!« Lachend zeigte ich ihm einen Vogel und wandte mich dann von ihm ab. Auch um zu vermeiden, dass er meine geröteten Wangen sah. Es schien ihm überhaupt nichts auszumachen, dass er halb nackt war, aber mir war das unangenehm, und schließlich hatte er mir bisher auch immer genügend Privatsphäre gegeben.

Als ich wenig später hörte, wie Deacon aus dem Fluss watete, brachte ich ihm sein Handtuch, welches er im Badezimmer vergessen hatte. Ich konzentrierte mich tunlichst darauf, ihm ins Gesicht zu blicken, doch ich konnte nicht vermeiden, festzustellen, dass er nur in engen schwarzen Boxershorts vor mir stand. Und ich hatte auch nicht verhindern können zu sehen, wie die Wassertropfen von seinen Haaren und seinem Bart hinab auf seine wohldefinierten Brustmuskeln tropften und sich von dort ihren Weg weiter nach unten suchten.

»Danke«, murmelte Deacon und griff nach dem Handtuch, welches ich ihm immer noch entgegenstreckte.

Dabei berührten sich unsere Finger für den Bruchteil einer Sekunde. Ich versuchte zu ignorieren, was dabei in mir geschah. Auch wenn sich Deacon hinter diesem zotteligen Haar und dem vollen Bart versteckte, war er ein attraktiver Mann. Das konnte ich nicht abstreiten.

Eilig wollte ich mich von ihm abwenden, um mich auf andere Gedanken zu bringen, als etwas auf seiner Brust meine Aufmerksamkeit erregte. Unmittelbar über seinem Herzen prangte ein Tattoo. Ein Name. Wer war Charlie?

Als ob er mein Starren bemerkte, wandte er sich ab und verschwand im Bus, um kurz darauf in seinem mir mittlerweile vertrauten Holzfäller-Outfit wieder zurückzukommen und sich um das Lagerfeuer zu kümmern.

Es dauerte nicht lange, bis das Feuer aufloderte und zu knacken begann. Er hatte es ganz ohne Feuerzeug oder Streichhölzer entzündet. Schließlich schickte er mich los, um noch weiteres Feuerholz zu sammeln.

Die Sonne war längst untergegangen, als ich mit einer Taschenlampe den Waldrand nach passenden Ästen absuchte. Nach einer Weile waren meine beiden Arme voll mit Holz. Dass es so lang gedauert hatte, lag daran, dass ich tief in Gedanken versunken war. Ich fragte mich, wer hinter dem Namen Charlie stecken könnte.

Je näher ich dem Van kam, desto schwerer wurden meine Arme. Als ich aus dem Wald trat, bildete ich mir ein, Musik zu hören. Ich blieb stehen und lauschte. Tatsächlich war Gesang unterlegt mit Gitarrenakkorden zu hören. Anscheinend hatte Deacon das Radio eingeschaltet.

Doch als ich weiterlief, bemerkte ich, dass die Musik nicht so klang, als ob sie aus dem Inneren des Mini-Busses kommen würde. Der Gesang stammte von Deacon selbst, und er war es auch, der die Gitarre spielte. Gebannt lauschte ich dem Lied, welches er zum Besten gab. Er konnte sehr gut singen und spielen. Seine Finger glitten geübt über die Saiten seiner schwarz lackierten Gitarre, die er mit seinen Oberschenkeln abstützte.

Ich trat näher, doch er schien so in seine Musik vertieft zu sein, dass er mich nicht bemerkte. Seine Augen waren geschlossen, und dennoch zeugten seine Gesichtszüge von solch starken Emotionen, dass es mir die Sprache verschlug. Ich lauschte den Klängen. Das Lied, welches er spielte, erzählte eine tragische Geschichte, die mein Herz allein vom Zuhören schwer werden ließ.

Mein Blick huschte von seinen Fingern zurück zu seinem Gesicht. Deacon spielte diesen Song mit so viel Ausdruck und sichtbarem Schmerz, dass ich mich fragte, ob er für ihn womöglich eine tiefere Bedeutung hatte. Hatte er diesen Schmerz selbst erlebt? Hatte er diese Frau, um die es ging – die Liebe seines Lebens – verloren? Hatten sie sich getrennt, oder war sie ihm genommen worden? Liebte er diese Frau noch? Hatte Deacon dieses Lied geschrieben? Wer war diese Frau?

Mir kamen beinahe die Tränen, als ich weiterhin gierig jedes einzelne Wort des Liedtextes in mich aufsog. Sobald sich der Song hörbar seinem Ende näherte, entschied ich mich dafür, noch einmal ein Stück zurückzugehen. Ich wollte ihn nicht stören oder in Verlegenheit bringen.

Tennessee II

Ich sprach Deacon nicht auf seinen herzzerreißenden Song an, als wir gemeinsam am lodernden Lagerfeuer saßen und Fisch und Gemüse auf einen knorrigen Ast aufspießten und grillten.

An diesem Abend war er wieder sehr still. Ich führte das darauf zurück, dass er immer noch in seinen Sorgen gefangen war. Das sagten nicht nur sein Schweigen, sondern auch seine angespannte Körperhaltung und der düstere Ausdruck, der permanent auf seinen Gesichtszügen lag.

Ich schenkte ihm immer wieder verstohlene Seitenblicke, wenn ich mir absolut sicher war, dass er sie nicht bemerken würde. Obwohl ich nach wie vor nicht viel über ihn wusste, konnte ich es überhaupt nicht leiden, ihn so zu sehen. Das Gefühl, das sein Verhalten in mir auslöste, gefiel mir ganz und gar nicht. Der Drang, ihm zu helfen und ihm zu versichern, dass alles wieder gut werden würde, war schier überwältigend, doch ich schluckte jeglichen Kommentar entschlossen hinunter.

Auch am nächsten Morgen verhielt sich Deacon ähnlich, und er blieb ziemlich wortkarg, auch wenn sich seine Stimmung im Vergleich zum vorhergegangenen Abend bereits wieder gebessert hatte. Doch das war absolut okay. Ich wollte ihn nicht dazu drängen, über etwas zu sprechen, worüber er mit mir nicht reden wollte. Auch ich war während unserer Weiterfahrt nach Nashville nicht unbedingt in der Laune, mich mit ihm zu unterhalten.

Seit unserem Aufbruch in Philadelphia, hatte ich heute das erste

Mal wieder auf mein Handy gesehen. Nur sehr wenige Menschen besaßen meine Nummer, und gestern hatte mir ausgerechnet Casey geschrieben. Wie sonst auch löschte ich ihre Nachricht, ohne sie vorher zu lesen. Ich hatte ihr nichts mehr zu sagen. Irgendwann würde sie es hoffentlich aufgeben.

Seitdem wir getrennte Wege gingen, hatte sie konsequent mindestens einmal die Woche Kontakt zu mir aufgenommen. Anfangs hatte sie mich noch mit Anrufen und Nachrichten überflutet, auf die ich nie reagiert hatte.

Da ich ohnehin kein Ladegerät für mein Handy hatte, würde dieses Problem bald der Vergangenheit angehören. Wenigstens eine gute Sache musste das alles schließlich haben.

Anscheinend war ich mit den ruhigen, aber traurigen Klängen der Country-Musik, die auch heute wieder aus dem Radio kamen, eingeschlafen, denn als eine Tür geräuschvoll zugeschlagen wurde, schreckte ich hoch. Kurz war ich ziemlich orientierungslos. Mein Nacken schmerzte höllisch, weil ich wohl mit meinem Kopf so weit zur Seite gekippt war, dass ich ihn die ganze Zeit überstreckt hatte.

Ich rieb mir eilig den Schlaf aus den Augen und setzte mich auf. Offenbar waren wir schon in Nashville angekommen, denn Deacon hatte den Mini-Bus in einer Parkbucht unmittelbar an einer viel befahrenen Straße abgestellt.

Ich konnte gerade noch sehen, wie er in einem Laden verschwand, über dem ein Schild mit der Aufschrift *Coyote Lounge* prangte. Von außen sah die Bar mit ihrer einfachen Holzfassade und den zwei großen getönten Schaufenstern ziemlich unscheinbar aus.

Unschlüssig darüber, ob ich ihm folgen sollte oder nicht, entschied ich mich erst mal dafür, auszusteigen. Ich wartete eine Weile, doch Deacon zeigte sich nicht mehr. Vielleicht hatte er mich einfach nur nicht wecken wollen. Aber ich hatte eigentlich keine Lust, hier zu warten – und bei dem Namen, den der Laden trug, war es ziemlich wahrscheinlich, dass er längere Zeit da drinnen sein würde. Schlussendlich gab ich mir einen Ruck und folgte ihm.

Die *Coyote Lounge* sah von innen vollkommen anders aus, als sie von außen den Anschein machte. Der Laden war zwar tatsächlich recht überschaubar, doch sehr geschmackvoll eingerichtet.

Überall an den Wänden hingen Instrumente jeglicher Art, jedoch hauptsächlich Gitarren – daneben Schalplatten, CDs und auch gerahmte Fotos mit Autogrammen.

Keiner der Namen sagte mir etwas, doch das wunderte mich nicht wirklich, denn je länger ich mich umsah, desto offensichtlicher wurde es, dass die *Coyote Lounge* eine Country-Bar war und ich deshalb mit der Musik, die hier gespielt wurde, bisher nur wenig Berührungspunkte gehabt hatte.

An der Stirnseite des schmalen Raumes war eine kleine Bühne, auf der jede Menge Instrumente und ein Mischpult standen. Es gab gemütliche Sitzecken, aber ganz vorn auch ein paar Stehtische und Sitzreihen, die in Richtung der Bühne aufgestellt worden waren.

Ich entdeckte Deacon, der mit etwas Abstand zu der gut bestückten Bar stehen geblieben war. Dahinter hantierte gerade ein Mann, der jedoch nicht zu Deacon aufsah.

»Sorry, aber wir haben noch geschlossen«, sagte der Kerl mit dem kurzen rostbraunen Haar, welches er mit Gel aufgestellt hatte.

Doch Deacon rührte sich nicht vom Fleck. »Gilt das auch für einen alten Freund?«

Bei diesen Worten hielt der Mann hinter der Bar inne und blickte Deacon unverwandt an. Ich konnte sehen, wie sich der Ausdruck auf seinem Gesicht innerhalb weniger Sekunden von Verwirrung zu Überraschung und schließlich zu purer Freude verwandelte.

»Deacon? Bist du es wirklich?« Er kam um den Tresen herum und schloss Deacon grinsend in eine feste Männerumarmung.

»Hi, Steve.« Deacon erwiderte zu meiner Überraschung sowohl seine brüderliche Umarmung als auch das breite Lächeln.

Die beiden kannten sich also tatsächlich gut. Steve war schätzungsweise im gleichen Alter wie er. Aufgrund der Art, wie sie miteinander umgingen, war klar, dass sie gute Freunde sein mussten, auch wenn sie sich offenbar schon eine längere Zeit nicht mehr gesehen hatten.

»Verdammt, Mann«, sagte Steve und musterte Deacon von oben bis unten. »Ich hätte dich fast nicht mehr erkannt.« Er fuhr sich dabei zur Verdeutlichung seiner Worte absichtlich über sein Kinn, an dem jedoch nur ein dunkler Schatten zu sehen war und nicht wie bei

Deacon ein dichter Vollbart. »Wie lange ist das jetzt her? Drei oder vier Jahre?«

»Viel zu lange. Ich hätte mich viel eher mal wieder bei dir melden sollen. Ich wollte auch nicht einfach so hier hereinplatzen, ich hätte anrufen sollen.«

»Was redest du denn? Du bist immer willkommen! Komm, trink erst mal ein Bier.«

»Danke, Kumpel«, erwiderte Deacon und griff nach dem geöffneten Bier, welches ihm Steve schwungvoll zuschob.

Anscheinend war es in Tennessee vollkommen egal, zu welcher Uhrzeit man sein erstes alkoholisches Getränk des Tages zu sich nahm.

»Sind Savannah und Charlie auch hier?«, wollte Steve von seinem Freund wissen, der sich zwischenzeitlich an der Bar niedergelassen hatte und bei dieser Frage sichtbar versteifte.

Steve wusste demnach also, wer Charlie war …

Plötzlich traf Steves Blick auf mich. Einen Augenblick lang sah er mir unmittelbar in die Augen, doch etwas in seinem Blick verunsicherte mich. Man hätte glatt meinen können, dass Steve in dem Moment, in dem er mich das erste Mal gesehen hatte, beschloss, dass er mich nicht leiden konnte – aus welchen Gründen auch immer.

Die Skepsis und die Ablehnung, die wie auf Knopfdruck in seinen Zügen auftauchten, ließen mich zögern, dann trat ich doch zu Deacon und setzte mich auf den Barhocker neben ihm. Als er bemerkte, dass ich ihm gefolgt war, erstarrte er förmlich zu einer Salzsäule.

»Nein«, presste Deacon mühsam hervor und dämpfte damit Steves Euphorie abrupt.

Die beiden Männer schienen ohne Worte miteinander zu kommunizieren, während sie sich mit festen Blicken ansahen. Steve nickte irgendwann, wenn auch langsam und mit Bedacht, ehe er sich räusperte und dann wieder zu mir schaute.

Er streckte mir höflich seine Hand entgegen, doch obwohl er zwischenzeitlich wieder ein Lächeln aufgesetzt hatte, war immer noch klar und deutlich erkennbar, dass er mich nicht mochte.

Trotz allem ergriff ich ebenfalls lächelnd seine Hand.

»Hi, ich bin Steve. Deacon und ich haben zusammen studiert.« Zumindest wusste ich jetzt, was ihn und Deacon miteinander verband.

»Amber. Deacon hat mir aus einer … misslichen Lage geholfen.« Zu erklären, woher ich ihn eigentlich kannte, war gar nicht mal so einfach. Außerdem verwirrte es mich ziemlich, dass Steve mir gegenüber ohne Grund so ablehnend eingestellt war.

»Ach, hat er das?«, murmelte Steve. Dann ließ er seinen Blick zurück zu Deacon wandern, dessen Haltung und Mimik sich nur minimal entspannt hatte.

»Ja, wir haben eine Art Fahrgemeinschaft gegründet, weil er –«

Deacon unterbrach mich plötzlich barsch: »Das ist eine längere Geschichte.«

Steve ließ sich Zeit, ehe er nickte. »Ich verstehe.« Er musterte Deacon nun beinahe so skeptisch wie nur wenige Augenblicke zuvor mich. »Darauf bin ich gespannt.« Dieser eigenartige Unterton in der Stimme …

»Hör mal, Steve, ich will mich nicht aufdrängen, aber würde es dir etwas ausmachen, wenn wir eine Nacht bei dir auf der Ranch unterkommen?«

»Natürlich nicht!«, antwortete Steve, ohne nachzudenken, zückte einen Schlüsselbund und löste davon einen Schlüssel ab, den er Deacon reichte. »Du weißt noch, wo die Farm liegt?«

Deacon nickte. »Danke, Mann. Du hast was gut bei mir.«

»Ist doch klar. Wenn du heute Abend noch mal hier vorbeikommst, mit mir wie früher etwas trinkst und die Band anhörst, sind wir quitt.« Als er dieses Mal seinen Freund anlächelte, war jeglicher Argwohn in seinem Gesicht gänzlich verschwunden.

»Natürlich, ich werde da sein. Wir sehen uns dann später.« Deacon verabschiedete sich auf einmal eilig, jedoch nicht, ohne Steve nochmals in eine kurze brüderliche Umarmung zu ziehen.

Sobald wir die *Coyote Lounge* verlassen hatten, holte ich erst einmal tief Luft. Ich hatte mich in Steves Gegenwart ziemlich unwohl gefühlt. Er hatte sich wirklich nicht viel Mühe damit gegeben, zu vertuschen, dass er mich nicht leiden konnte – auch wenn ich immer noch nicht die geringste Idee hatte, warum.

Deacon machte keine Anstalten, über dieses eigenartige Aufeinandertreffen auch nur ein Wort zu verlieren, weshalb ich es letzten Endes wieder war, die behutsam die Initiative ergriff.

»Gehört die *Coyote Lounge* Steve?«, fragte ich, kaum dass wir wieder im Mini-Bus saßen und er den Rückwärtsgang einlegte.

»Ja. Er hat das Studium zwar durchgezogen, aber ich hatte von Anfang an gewusst, dass das nicht so wirklich etwas für ihn war. Steve war schon immer ein ziemlicher Country-Fan, und den Traum, einmal eine Bar in Nashville zu besitzen, hatte er schon, bevor ich ihn traf.«

»Ihr habt in Seattle studiert?«

»Ja.«

»Er hat sich ziemlich gefreut, dich zu sehen. Es muss schwierig für eine Freundschaft sein, wenn man sich so selten sieht.«

Deacons Kiefer mahlte, und seine Stirn legte sich nachdenklich in Falten. »Das ist es. Ich habe ihn seit drei Jahren nicht mehr gesehen. Der Kontakt zwischen uns ist sehr sporadisch, seit er nicht mehr in Seattle wohnt.«

»Wolltest du deshalb nach Nashville? Oder auch wegen der Musik?«

»Auch, ja.« Deacon hielt an einer roten Ampel.

»Ich habe den Eindruck, dass Steve mich nicht leiden kann«, offenbarte ich ihm frei heraus und erntete dafür einen langen Seitenblick, ehe die Ampel auf Grün umschaltete und Deacon weiterfuhr. Kurzzeitig verfiel er wieder in Schweigen, bis er erneut das Wort ergriff.

»Er meint das nicht so«, erwiderte er. Ich wusste auch ohne sein kurzes Zögern, dass mehr dahintersteckte.

»Es ist wegen Savannah und Charlie.« Die Worte waren unbedacht und ohne mein bewusstes Zutun über meine Lippen gewandert, doch ich bereute sie nicht. Mein Herz donnerte unaufhaltsam in meiner Brust, doch sah ich nicht weg. Der Blickkontakt dauerte länger als normalerweise, und ich war mir nicht sicher, ob Deacon mich nicht noch weiter angestarrt hätte, wenn er sich nicht wieder auf den Straßenverkehr hätte konzentrieren müssen.

Mir war klar, dass ich damit eine unsichtbare Grenze überschritten hatte. Er war kein Mann, dem es leichtfiel, über Dinge zu reden, die ihn ganz augenscheinlich ziemlich belasteten. Genau genommen ging mich das auch überhaupt nichts an, doch irgendetwas trieb mich dazu, ihm dennoch solche Fragen zu stellen. Wir waren uns ähnlicher, als er ahnte.

Vielleicht war das aber dennoch zu viel des Guten. »Deacon, du –«

Deacon schüttelte abwehrend den Kopf, ehe er hörbar ausatmete. »Du hast recht. Es liegt an ihnen.«

Ich schluckte, als ich miterlebte, wie Deacon zum wiederholten Male in düstere Gedanken abzudriften schien. Obwohl er unmittelbar neben mir saß, lag plötzlich eine riesige Distanz zwischen uns.

Wer auch immer Charlie war … Wer auch immer Savannah war … Sie hatten Deacon das Herz gebrochen haben, und es tat weh, zu sehen, wie sehr ihn das mitnahm. Diese beiden Menschen mussten ihm sehr nahegestanden haben. Genau wie Casey mir.

Nach einem weiteren Zwischenstopp bei einem Baumarkt und einem Einrichtungshaus, steuerte Deacon den Van wieder hinaus aus der Stadt und immer weiter in ländlichere Gefilde.

Er hatte mehrere Sachen ins Auto geschleppt und sich auch mit einer neuen Matratze abgemüht, doch er hatte sich geweigert, meine Hilfe anzunehmen.

Als er nach fast einer halben Stunde von einer einspurigen, wenig befahrenen Straße auf einen schmalen Waldweg fuhr, hätte man schon meinen können, dass er sich verfahren hatte, doch ich hatte den Briefkasten an der Abfahrt gesehen. Der Mini-Bus ächzte und wackelte, als Deacon das Ungetüm immer weiter diese unebene Straße entlangscheuchte.

Vollkommen durchgeschüttelt kamen wir an einer Ranch mit roter Holzverkleidung an. Auf einer Koppel neben dem Haus grasten zwei wunderschöne schwarze Pferde. Direkt gegenüber befand sich eine Scheune, durch deren offene Tore ich einen Traktor entdeckte.

»Hier wohnt also Steve?«, fragte ich ungläubig und sah mich neugierig um.

»Er hat sich seinen Traum verwirklicht, hier eines Tages sowohl eine Country Bar als auch eine Ranch zu besitzen.« Deacon parkte den Mini-Bus neben dem Traktor in der Scheune.

»Warst du schon oft hier?«

»Einmal. Die Ranch gehört ihm noch nicht so lange.«

Als er den Motor ausschaltete, sich abschnallte und dann umgehend im hinteren Teil des Vans verschwand, stand ich ebenfalls auf und streckte mich erst einmal ausgiebig. Deacon machte sich direkt daran, seine Einkäufe auszupacken, und ich erkannte, was er an diesem Tag wohl noch vorhatte zu bauen.

»Gibt das einen Esstisch?«

Deacon nickte. »Und zwei Sitzbänke. Dafür muss ich aber erst die letzte Sitzreihe rausreißen.«

Ich erstarrte und nestelte verlegen an dem Saum des mir fast bis zu den Knien reichenden Sweatshirts herum, woraufhin er innehielt und mich mit gerunzelter Stirn musterte. Dabei fiel ihm eine seiner zotteligen blonden Strähnen ins Gesicht, die er sofort energisch zurück hinter sein Ohr verbannte.

»Was?«

»Wenn du die Sitzreihe ausbaust«, begann ich. »Schlafe ich dann in Zukunft auf einer der Holzbänke?« Der Gedanke daran begeisterte mich nur wenig, da das Holz mit absoluter Sicherheit noch unbequemer sein würde als das Polster der Sitze. Zumindest zum Schlafen.

»Die Matratze, die ich vorhin gekauft habe, ist für dich.«

»Für mich?«

»Ja, für dich«, erwiderte er, und ich sah, wie ein unscheinbares zufriedenes Lächeln an seinen Mundwinkeln zupfte. »Wir werden noch eine ganze Weile unterwegs sein, und du glaubst doch nicht, dass ich nicht bemerke, wie du bisher jeden einzelnen Morgen das Gesicht verzogen und dir über den Rücken gestrichen hast.«

»Ich wusste nicht, dass ich so genau beobachtet werde.« Ich versuchte zu scherzen, um dieser Unterhaltung etwas an Anspannung zu nehmen, denn obwohl Deacon lächelte, erreichte es nicht seine Augen. »Danke, aber das hättest du nicht tun müssen.«

»Eine einfache Matratze ist nun wirklich nicht der Rede wert, Amber.« Er zuckte beiläufig mit den Schultern.

Schließlich schulterte er wieder die massiv aussehenden Holzplatten, und ich machte ihm Platz, damit er an mir vorbeikam und die unhandlichen Teile nach draußen tragen konnte. Seine Muskeln zeichneten sich deutlich unter seinem Hemd ab und traten an den nackten Unterarmen sichtbar hervor, doch ich konnte seinem Gesicht nicht die geringste Form der Anstrengung ablesen.

»Kann ich dir dabei irgendwie helfen?« Ich folgte ihm nach draußen vor die Scheune, wo er die Platten ablegte.

»Nicht nötig.«

»Okay, dann … Ich könnte mich um die Wäsche kümmern. Meine Klamotten müssten mal dringend gewaschen werden, und du hast bestimmt auch nicht mehr so viel Sauberes, oder? Ist es weit von hier nach Nashville?«

»Wieso willst du dafür zurück nach Nashville? Du kannst Steves Waschmaschine nutzen. Das wäre wirklich mal wieder nötig, mein Zeug stinkt«, meinte Deacon frei heraus, und ich sah, wie er dabei kurz an seinen Achseln roch und dann angewidert das Gesicht verzog.

Ich konnte nicht anders, als in schallendes Gelächter auszubrechen. Manchmal überraschte er mich einfach mit dem, was er tat. Ich ertappte mich dabei, wie ich mir wünschte, ihn kennengelernt zu haben, bevor er sich verändert hatte – durch das, was ihm in der wohl gar nicht allzu weit entfernten Vergangenheit widerfahren war.

Ich hätte gern den wahren Deacon kennengelernt, denn ich war mir sicher, dass er tief in seinem Innern ein sehr lebensfroher, aufgeschlossener und witziger Mensch war. Und ich sah mich abermals darin bestätigt, ihn nicht mit seiner manchmal doch etwas cholerischen Art durchkommen zu lassen. Das einfachste Mittel des Selbstschutzes …

Als er mich lachen hörte, zog er eine beleidigte Grimasse, doch dann stimmte er in mein Lachen ein. Zurückhaltender als ich, aber es war da. Ich stellte wieder einmal fest, wie gut es ihm stand, wenn er lächelte oder sogar lachte. Wenn all die tiefen Sorgenfalten und der Kummer vollends aus seinem Gesicht wichen und Platz für einen Hauch von Zufriedenheit machten.

Tennessee III

Dafür, dass Steve hier allein wohnte, war die Ranch unheimlich groß, und es hätte ohne Probleme eine Großfamilie ihren Platz dort gefunden. Doch Steve hatte weder eine Frau noch Kinder.

Wenn mir Deacon nicht gesagt hätte, wo ich die Waschküche finden konnte, hätte ich mich wahrscheinlich hoffnungslos verlaufen. Von den unzähligen Gängen in den verschiedenen Stockwerken zweigten so viele weitere Türen ab, dass es selbst mit Deacons Richtungsanweisungen kein Leichtes war, sich zurechtzufinden.

Auf meinem Weg zu der Kellertreppe durchquerte ich das gemütliche Wohnzimmer, über dessen Kamin eine Reihe von Bildern hing.

Auf einem entdeckte ich Deacon und Steve, wie sie mit einem breiten Honigkuchenpferdgrinsen nebeneinanderstanden und die Arme um die Schultern des jeweils anderen gelegt hatten. Beide in einen schwarzen Talar mit den klassischen Hüten gekleidet.

Deacon sah auf dem Foto nicht so besorgt und vom Leben gezeichnet aus wie heute – genau wie auf dem Bild mit dem kleinen Jungen. Steve und er waren offenbar einmal sehr enge Freunde gewesen. Tatsächlich wirkte Steve auf diesem Foto sogar sehr sympathisch.

Nachdem die Waschmaschine ihr Programm beendet hatte, ging ich mit dem Wäschekorb zurück nach oben und hängte unsere Klamotten hinter dem Haupthaus auf. Bis auf das, was wir anhatten, war nun alles wieder frisch. Auf meinem Rückweg zum Mini-Bus kam ich wieder an der Koppel vorbei, auf der die beiden Pferde grasten.

Sobald ich näher zu ihnen an das Gehege trat, hoben beide fragend die Köpfe und sahen neugierig zu mir. Eines von ihnen trottete in einem gemütlichen Tempo zu mir hinüber.

Lächelnd streckte ich die Hand aus. Ob es sich trauen würde? Obwohl es zügig feststellte, dass ich keine Leckereien zur Verfügung hatte, blieb es bei mir und schmiegte den Kopf leise wiehernd an meine Handinnenfläche.

Da erklang unerwartet die Stimme von Deacon hinter mir: »Erstaunlich.« Er stützte sich mit den Unterarmen neben mir auf dem hölzernen Gehege ab. »Normalerweise ist Zeus nicht so zutraulich gegenüber Fremden.«

»Zeus?« Ich glueckste, und auch Deacon schnaubte belustigt.

»Ja. Steve hatte vor einiger Zeit eine Phase, in der er von allem, was mit der griechischen Mythologie zu tun hatte, sehr begeistert war. Das da hinten ist Herkules«, erklärte er und deutete auf den anderen Hengst, der uns noch unentschlossen mit sicherer Distanz beäugte.

»Kannst du reiten?«

»Mehr schlecht als recht. Auch wenn Steve es das letzte Mal, als ich hier gewesen bin, mehrfach versucht hat, mir richtig beizubringen.«

»Als ich noch klein war, wollte ich, wie wohl fast jedes Mädchen, unbedingt ein Pferd haben, aber natürlich war unsere Mutter dagegen.« Ich versuchte, mich von diesen Erinnerungen nicht runterziehen zu lassen.

»Und dein Vater?«

Ich zuckte möglichst beiläufig mit den Schultern und versuchte, mir nicht anmerken zu lassen, dass das für mich ein heikles Thema war. »Wenn ich wüsste, wer mein Vater ist, hätte ich ihn damals bestimmt gefragt.« Mein Herz klopfte immer kräftiger in meiner Brust, auch wenn es dazu genau genommen überhaupt keinen Grund gab. Irgendetwas an Deacon verleitete mich dazu, solche Informationen preiszugeben, obwohl ich so wie er nicht gern über meine Vergangenheit sprach.

»Das tut mir leid.«

Als ich meinen Kopf zu Deacon drehte, stellte ich fest, dass er mich mit einem so aufrichtigen und intensiven Ausdruck in den Augen beobachtete, dass mir unheimlich warm ums Herz wurde. Er meinte das ernst.

»Schon gut«, murmelte ich. »Ich wusste nie, wie es ist, einen Vater zu haben, also vermisse ich ihn auch nicht wirklich. Nur manchmal, vor allem als ich noch klein war, hätte ich ihn gern bei mir gehabt oder ihn später ab und zu nach Rat gefragt. Dabei wäre aber wahrscheinlich nichts Sinnvolles herausgekommen. Die Männer, mit denen sich meine Mutter einließ, blieben nie länger als ein paar Tage und ließen danach nie wieder etwas von sich hören.«

Aus den Augenwinkeln bemerkte ich, dass mich Deacon unverändert ansah. Mir entging nicht, dass er mehrfach hintereinander den Mund öffnete, als wollte er noch etwas dazu sagen. Etwas, worüber es ihm anscheinend nicht leichtfiel, zu sprechen. Gebannt wartete ich und gab ihm die Zeit, die dafür passenden Worte zu wählen, doch die, die er schließlich aussprach, waren nicht die, mit denen ich gerechnet hatte.

»Als du dich um die Wäsche gekümmert hast, ist Steve zurückgekommen. Er will mich heute Abend noch mal mit zur *Coyote Lounge* nehmen. Dort spielt eine Band, die ich das letzte Mal schon mit ihm zusammen angesehen habe. Möchtest du vielleicht mitkommen?«

»An sich gern, aber auch wenn du meinst, dass das nichts direkt mit mir zu tun hat, kann mich dein Freund nicht leiden, also …«

»Hast du denn Lust mitzukommen?«

»Ich habe absolut keine Ahnung von Country, aber ich würde mich durchaus darauf einlassen.«

»Country ist die beste Musik überhaupt. Ich würde mich freuen, wenn du mitkommst.«

»Okay, also gut«, erwiderte ich lächelnd und freute mich unheimlich. Womöglich konnten wir während unserer gemeinsamen Reise doch noch so etwas wie Freunde werden.

»Sehr schön.« Er löste sich von dem Zaun. »Steve hat zwei seiner Gästezimmer im Haupthaus hergerichtet. Wenn du die Treppe neben der Tür nach oben gehst, findest du sie direkt auf der linken Seite. Ruh dich etwas aus. Ich kümmere mich noch um die zweite Sitzbank.«

»Bist du dir sicher, dass du keine Hilfe brauchst?«

»Nein, ich komme klar«, erwiderte er, ohne zu überlegen, und winkte ab. »Du siehst müde aus, Amber. Leg dich noch etwas hin.«

Mit diesen Worten drehte er sich um und ging mit in den Hosentaschen vergrabenen Händen zurück zur Scheune, in der sein Mini-Bus parkte. Verwundert blinzelnd musterte ich noch eine Weile seine Rückansicht, ehe ich mich von seinem Anblick losriss und in die entgegengesetzte Richtung ging.

Ich entschied mich dafür, das zu tun, was Deacon vorgeschlagen hatte. Über die knarzende Holztreppe, die in das Obergeschoss führte, gelangte man in einen länglichen Flur, von dem mehrere Türen abgingen. Steve musste mit der *Coyote Lounge* eine Stange Geld verdienen, wenn er sich so ein riesiges Haus leisten konnte, oder aber die Grundstücke und Häuserpreise waren hier spottbillig, was ich mir nicht richtig vorstellen konnte.

Ob er sich nicht manchmal verloren und einsam auf der Ranch fühlte?

Ich stieß die Tür unmittelbar zu meiner Linken auf, so wie Deacon es mir gesagt hatte. Als ich das gemütlich aussehende breite Bett in der Mitte des Raumes entdeckte, das an einem großen Fenster stand, seufzte ich zufrieden. Wer hätte gedacht, dass ich ein richtiges Bett irgendwann einmal derart vermissen würde?

So schnell ich nur konnte, streifte ich mir meine klobigen, aber dafür etwas gefütterten Schuhe von den Füßen, bei denen ich mittlerweile unheimlich froh war, dass ich mich an jenem Morgen in Philadelphia für sie entschieden hatte, und schmiss mich mit voller Wucht auf die weiche Matratze.

Umgehend versank ich darin und streckte mich über die gesamte Fläche des Doppelbettes aus. Mit einem fetten Grinsen im Gesicht ahmte ich die Bewegung eines Schneeengels nach, die ich früher immer mit Casey gemacht hatte. Ich hatte noch nie so ein gemütliches Bett wie dieses erlebt. Es war einfach nur himmlisch, und am liebsten hätte ich mich für die nächsten Stunden nicht mehr von dieser

Boxspringmatratze hochgekämpft, doch ich musste dringend duschen.

In dem angrenzenden Badezimmer fand ich alles, was ich brauchte, und ich gönnte mir eine sehr ausgiebige heiße Dusche. Mit dem flauschigen Handtuch, welches für mich bereitgelegt worden war, wischte ich den Wasserdampf vom Spiegel. Dann kämmte ich meine langen Haare.

Zu meiner großen Erleichterung sah ich nicht anders aus als sonst, abgesehen davon, dass ich keinerlei Make-up trug. Sobald ich im Badezimmer fertig war, schlüpfte ich nochmals in Deacons viel zu großes Sweatshirt, und legte mich unter die schwere warme Decke. Später, wenn es wieder nach Nashville ging, waren meine eigenen Klamotten bestimmt trocken.

Irgendwo weit in der Ferne hörte ich ein Klopfen und wie jemand gedämpft meinen Namen rief. Das wiederholte sich ein- oder zweimal, ehe ich begriff, dass das Klopfen von meiner Tür kam und es Deacon war, der mich rief.

Ich blinzelte, ehe ich die Augen vollständig aufschlug und feststellte, dass es um mich herum stockdunkel geworden war. Anscheinend hatte Deacon doch recht behalten, und ich war erschöpfter gewesen, als ich gedacht hatte.

Ich tastete nach dem Lichtschalter neben dem Bett und quälte mich immer noch schlaftrunken zur Tür. Als ich öffnete, wollte Deacon gerade erneut klopfen, ließ seine Hand jedoch dann in der Luft verharren, ehe er sie schlussendlich wieder sinken ließ.

Ich lächelte ihn verschmitzt an, während er mein Haar musterte, welches bestimmt ziemlich zerwühlt aussah, doch in Deacons Gegenwart störte mich das nicht im Geringsten. Er hatte mich in einem schon viel schlimmeren Zustand erlebt.

Sein Blick blieb jedoch nicht an meinen Haaren hängen, sondern wanderte weiter hinab zu seinem Sweatshirt und von dort noch weiter nach unten zu meinen nackten Beinen. Mir stieg augenblicklich eine Röte ins Gesicht, als ich mich wieder daran erinnerte, dass ich nichts außer Deacons Sweatshirt trug und er mich so noch nie gesehen hatte.

Deacon starrte deutlich länger, als es angemessen war, auf meine Beine, ehe er sich räusperte. Dennoch schaffte er es, mir wieder unverwandt ins Gesicht zu blicken, doch der Ausdruck in seinen Augen glich nichts, was ich bereits an ihm gesehen hatte.

»Sorry, dass ich dich geweckt habe«, raunte er mit belegter Stimme und räusperte sich erneut. »Steve und ich wollten dann los, also wenn du immer noch mitwillst ...« Er ließ den Satz unvollendet im Raum stehen.

»Okay, ich hole nur noch meine Sachen von draußen, ziehe mich um und komme dann runter.« Ich zog es vor, die Tatsache, dass er sich gerade etwas unwohl in seiner eigenen Haut zu fühlen schien, nicht weiter zu kommentieren.

»Gut, dann sehen wir uns gleich unten.«

Nachdem ich nochmals im Badezimmer gewesen war, ging ich wenig später ebenfalls ins Erdgeschoss. Ich warf mir meine eigene Kleidung über die Schulter, weil ich sie sowieso gleich anziehen würde, und legte Deacons Sachen zusammen. Bewaffnet mit dem Wäschekorb ging ich eilig zurück ins Haus, da es zwischenzeitlich wieder ziemlich frisch geworden war.

Kaum, dass ich die Tür mit meinem Fuß aufgestoßen hatte, entdeckte ich Steve, der jetzt im Wohnzimmer auf dem Sofa saß und wohl auf Deacon wartete. Als er mich hörte, fuhr sein Kopf herum. Seine Miene verfinsterte sich in der Sekunde, in der er mich so knapp bekleidet entdeckte. Unter seinen Blicken fühlte ich mich mehr als unwohl, und obwohl ich ihm ein Lächeln schenkte, ehe ich mich beeilte, wieder nach oben zu kommen, verhielt er sich, als wäre ich ihm vollständig nackt unter die Augen getreten.

Ich fragte mich, ob ihm missfiel, dass ich nichts weiter als dieses weite Sweatshirt trug oder dass besagtes Kleidungsstück Deacon gehörte. Ich hätte Steve zu gern offen und ehrlich gefragt, was in Wahrheit sein Problem war, doch ich verkniff es mir.

Da ich an die Tür von Deacons Zimmer geklopft und er nicht geöffnet hatte, nahm ich an, dass er noch unterwegs war. Deshalb stellte ich ihm den Wäschekorb mit seinen Sachen vor die Tür und verschwand dann wieder in meinem Gästezimmer, um mich umzuziehen und, so gut es eben mit den zur Verfügung stehenden Utensilien ging, hübsch zu machen. Das war wohl schlichtweg die Macht der Gewohnheit.

Früher wäre ich niemals ohne Make-up und schicke Schuhe aus dem Haus gegangen, wenn ich mit jemandem verabredet gewesen war. Schon gar nicht, wenn es sich dabei um zwei Männer gehandelt hätte, von denen ich einen sogar als attraktiv bezeichnen würde. Ich hätte mich anders nicht richtig wohl in meiner eigenen Haut gefühlt.

So leicht konnten sich die Zeiten ändern. Wenn man erst einmal dazu gezwungen war, auf solche Dinge zu verzichten, war das Ganze überhaupt nicht mehr so schlimm, und man machte sich darüber deutlich weniger Gedanken.

Wieder unten angekommen, sah ich sowohl Deacon als auch Steve bereits an der Haustür auf mich warten. Deacon lächelte zurückhaltend, als er mich am Treppenabsatz entdeckte und mich mit warmen Augen musterte. Steve schien sich zumindest während der Anwesenheit seines Freundes die Mühe zu machen, seine Feindseligkeit etwas zu verbergen.

Wir fuhren in Steves Jeep nach Nashville und parkten auf dem gleichen Platz wie heute Morgen. Bei Nacht sah die Stadt noch schöner als bei Tag aus. Nashville war keine klassische amerikanische Stadt mit unzähligen Wolkenkratzern und hektischem Treiben. Sie war auf eine Weise magisch, weil sie einen ländlichen Charme ausstrahlte, obwohl die Stadt nicht gerade klein war. Bunte Lichter tanzten in den vielen Fenstern, und sobald wir ausstiegen und auf die *Coyote Lounge* zugingen, hörte ich bereits die ersten Akkorde eines Country-Liedes.

Wir befanden uns nicht mitten im Stadtkern, aber die Straße vor der Bar war belebt, und es gab sogar einen Türsteher, der vor dem Eingang Stellung bezogen hatte. Das Schild mit dem Namen von Steves Laden leuchtete jetzt in bunten Farben.

Steve ging vor, begrüßte den Türsteher und bedeutete Deacon, der sich zu mir umdrehte und mir höflich die Tür aufhielt, ihm zu folgen. Die *Coyote Lounge* war randvoll, und es herrschte ein ordentlicher Geräuschpegel hier drinnen.

Anscheinend war die Live-Band in Nashville sehr beliebt, denn ich hatte auf dem Weg zu einem freien Tisch unweit der Bar bereits mehrere Menschen mit einem Fan-Shirt entdeckt.

Steve reckte sich zum Barkeeper und bestellte für uns Getränke. Ich war zwar nicht die größte Biertrinkerin, aber das Bier, welches laut Aufschrift der Flasche aus einer Brauerei in Nashville stammte, war tatsächlich gut.

Deacon saß in der Mitte zwischen Steve und mir. Zwar drehte er sich immer mal wieder zu mir um, und wir lächelten uns kurz an, doch die meiste Zeit lauschten die beiden Männer der Musik oder unterhielten sich in den Pausen über ihre gemeinsame Vergangenheit.

Steve ignorierte mich die gesamte Zeit und würdigte mich keines Blickes, auch wenn er mir im Laufe des Abends mehrere Getränke bestellte. Zwar war er nicht unfreundlich zu mir, aber er schien nicht bereit zu sein, mich in ihre Unterhaltung einzubeziehen.

Ich machte mir daraus jedoch nichts und verfolgte die Musik der Band, die die meiste Zeit über sehr fröhlich klang, allerdings zum Ende hin immer hingebungsvoller wurde und von einer längst vergangenen Liebe erzählte.

Intuitiv sah ich zu Deacon, der gebannt an den Lippen des Sängers mit dem Cowboyhut hing. Ich sah, wie sein Fuß den Takt mittippte, und ich bemerkte auch, wie ihn das Lied emotional mitnahm.

Er musste diese Musikrichtung wirklich lieben, was bestimmt zu großen Teilen auch daran lag, dass er anscheinend selbst bereits so einiges an dramatischen Dingen erlebt hatte, die er in solchen Songs wiederfand.

Am liebsten hätte ich ihn dazu aufgefordert, selbst auf die Bühne zu gehen, sobald die Band am Ende ihres Auftrittes angekommen war, denn von dem, was ich gesehen und gehört hatte, konnte er ohne Probleme mit deren Sänger mithalten.

Doch nach all dem Bier, das den beiden mittlerweile zu Kopf gestiegen war, wäre das wahrscheinlich keine sonderlich gute Idee gewesen. Ich hingegen hatte erst eine Flasche getrunken und beschloss, es auch dabei zu belassen. Cola war schließlich auch lecker. Zumindest einer von uns sollte doch besser noch einen klaren Kopf behalten.

Die beiden Freunde lachten immer lauter über irgendwelche alten Witze aus ihrer Uni-Zeit und lagen sich wenig später in den Armen. Ich konnte nur grinsend den Kopf darüber schütteln, als ich entdeckte, dass Deacon vor lauter Lachen bereits Tränen in den Augen standen.

Steve ignorierte mich zwar immer noch, doch Deacon gab sich Mühe, dass ich nicht vollends ausgeschlossen wurde. Er hatte einige Erzählungen von Steve weiter ausgeführt, damit ich sie ebenfalls verstand, und so hatte ich mehrfach mit in das Gelächter der Männer einstimmen können. Ganz offensichtlich war es an der Universität der beiden in den Vorlesungen und auch auf den Studentenpartys oft sehr witzig gewesen.

Besonders gut gefiel mir aber die Geschichte darüber, wie Deacon an einem Morgen nach einer Party in der Vorlesung eingeschlafen war. Und als er aufgewacht war, hatte er an der Tafel eine Nachricht seines Dozenten, die besagte, dass sie draußen weiter gemacht hatten, um ihn nicht zu wecken.

Am Ende des Abends hatten sowohl Deacon als auch Steve sichtbar Probleme, geradeaus zu laufen, weshalb ich uns spät in der Nacht zurück zu der Ranch fuhr.

Auch auf der Rückfahrt amüsierten sich die Männer auf der Rückbank köstlich. Es war wirklich schön, Deacon so glücklich zu sehen. Wieder musste ich an das Foto denken, das er mir so abrupt aus der Hand gerissen hatte. Ich hätte ihn zu gern gefragt, wieso er eigentlich nicht öfter hierherkam, wenn er sich offensichtlich nach wie vor sehr gut mit seinem Kumpel verstand. Etwas mehr Spaß würde ihm definitiv guttun.

Zurück bei der Ranch dauerte es eine gefühlte Ewigkeit, bis Deacon und Steve im oberen Stockwerk angekommen waren. Steve wünschte uns eine gute Nacht und torkelte den Gang weiter entlang, während ich den Wäschekorb beiseiteschob, der immer noch vor Deacons Zimmer stand, und ihn in sein Zimmer manövrierte.

Wie von selbst hatte sich mein Arm um seine Schultern gelegt, und auch wenn ich ein gutes Stück kleiner war als er und sein Gewicht kaum ausgleichen konnte, hatte ich den Eindruck, dass ihm das half. Zum Glück war er noch weitestgehend Herr seiner Sinne.

Hätte ich die Menge an Alkohol getrunken, die die beiden sich einverleibt hatten, würde ich jetzt auf dem Boden der *Coyote Lounge* liegen.

Ihm so nahe zu sein, ihn einzuatmen, ließ mein Herz höherschlagen. Es war schon so lange her, dass ich einem Mann derart nahegekommen war. Das letzte Mal war es William gewesen.

»Das war echt ein unglaublicher Abend. Danke, dass du dabei warst«, rief Deacon begeistert und ließ sich erschöpft auf das Bett fallen.

»Es war auf jeden Fall lustig, euch zuzuhören. Gute Nacht, Deacon.«

»Schlaf gut, Ams«, murmelte er, und ehe ich sein Zimmer verließ, hörte ich ihn bereits leise schnarchen.

Tennessee IV

Helle Sonnenstrahlen kitzelten an meiner Nase und weckten mich. Das war mein zweiter Schlaf in Steves Gästezimmer in diesem himmlisch bequemen Bett gewesen, und ich wünschte, ich hätte das ganze Ding einfach mit in den Mini-Bus nehmen können.

Ich drehte mich auf den Rücken und schloss noch einmal kurz die Augen, ehe ich wenige Minuten später endgültig, aber wehmütig unter der wohlig warmen Decke hervorkroch.

Ich reckte mich, bevor ich die dünnen Vorhänge am Fenster vollständig zur Seite zog. Für Oktober war es ein wundervoller Tag, und die Sonne wärmte umgehend mein entwöhntes Gesicht. Ich seufzte zufrieden, und wie von selbst stahl sich ein genüssliches Lächeln auf meine Lippen.

Ich summte beim Zähneputzen munter vor mich hin und wackelte peinlich vor dem schmalen Spiegel herum, ehe ich mich anzog und fertig machte, um nach unten zu gehen. Ob die beiden Männer bereits wach waren? Die Sonne stand schon recht hoch, allerdings hatten die Freunde nicht gerade wenig getrunken, und womöglich würden sie den zusätzlichen Schlaf brauchen.

Seit ich meinen Job verloren hatte und aus meiner Wohnung geschmissen worden war, fühlte ich mich das erste Mal wieder glücklich. War das seltsam? War das absurd und verwerflich? War ich endgültig durchgeknallt?

Keine Ahnung, doch seit ich Deacon begegnet war und wir uns nach und nach immer besser kennenlernten, war all das, was mir vor noch gar nicht allzu vielen Tagen widerfahren war, irgendwie erträglicher geworden. Wie viel ein bisschen Zeit bewirken konnte …

Vielleicht stürzte sich mein Unterbewusstsein auch einfach nur auf alles, was mir an guten Dingen passierte. In dieser Hinsicht war die Liste in den letzten Jahren mehr als überschaubar gewesen.

Leise schloss ich die Tür hinter mir. Nur für den Fall, dass Deacon nebenan tatsächlich noch schlief. Ich tapste zur Treppe, als unerwartet die Stimmen der beiden Freunde an meine Ohren drangen. Mein Lächeln wurde breiter. Ich hätte nicht gedacht, dass beide ernsthaft schon wach waren. Sogar noch vor mir, so wie es aussah.

»Willst du wirklich heute schon wieder los?«, hörte ich Steve fragen. »Das Haus ist doch groß genug, und wir haben uns so lange nicht mehr gesehen.«

»Das ist nett, aber wir sollten echt weiter. Sorry, Mann, aber ich melde mich bald wieder bei dir, versprochen«, antwortete Deacon seinem Freund, woraufhin ein deutliches Schnauben zu hören war.

Einen Moment lang sagte niemand etwas. Ich zögerte. Ich wollte nicht stören, und ich wurde das Gefühl nicht los, dass das hier wichtig war – vor allem für Steve. Ich machte leise kehrt, um zurück in mein Zimmer zu gehen, als Steves Stimme die Stille des Hauses durchschnitt.

»*Wir?* Wie ist das denn passiert?«

Ich hielt mitten in der Bewegung inne und lauschte. Ich sollte weitergehen. Ich sollte den beiden ihre Privatsphäre lassen oder zumindest auf mich aufmerksam machen, wenn ich mich dazu entschloss, zu bleiben – nichts von beidem tat ich. Angespannt hielt ich den Atem an. Ich ahnte, dass das hier interessant werden würde.

»Wovon redest du?« Deacon klang wachsam, und er hatte für diese ausweichende Gegenfrage länger als sonst gebraucht. Ich hörte ein leises, freudloses Lachen.

»Du weißt ganz genau, was ich meine«, erwiderte Steve düster, und die Kälte, die in diesem Augenblick aus seinen Augen hervorstechen musste, konnte ich mir so bildlich vorstellen, dass es mir eiskalt den Rücken hinablief. Auch wenn ich während unseres Aufenthaltes hier nur sehr wenig mit diesem Mann zu tun gehabt hatte, kannte ich seine finsteren Blicke zur Genüge. Sie waren mein ständiger Begleiter gewesen.

»Steve, ich habe keine Ahnung, was du mir damit sagen willst.«

»Okay, dann lass mich das für dich deutlicher formulieren, wenn du es anders nicht verstehen willst: Schläfst du mit ihr? Vögelst du Amber?«

Ich keuchte auf. Eilig presste ich mir eine Hand auf den Mund, um mich nicht zu verraten. Ich wollte nicht, dass die Männer mich fanden.

»Scheiße, Mann«, fluchte Deacon, sobald diese Worte Steves Mund verlassen hatten. Er klang dabei gedämpft, als würde er sich mit der Hand übers Gesicht reiben. »Was zum Teufel redest du denn da?«

»Verkauf mich nicht für blöd! Wir kennen uns schon so lange …«

Mein Herz klopfte wie verrückt in meiner Brust – ohne Unterlass.

»Wir machen zusammen diesen Trip. Ich habe es dir doch gestern schon gesagt«, presste Deacon hörbar um Fassung ringend hervor. »Ich habe Amber geholfen, als sie nirgends sonst hinkonnte. Was hättest du denn an meiner Stelle getan? Sie in der nassen, kalten Nacht rausgeworfen? So gefühlskalt bist nicht einmal du!« Er war mit jedem Wort lauter geworden.

Das, was Deacon seinem Freund an den Kopf geworfen hatte, überraschte mich weniger, als es das vermutlich sollte. Aber es irritierte mich, dass sich die beiden Männer stritten – meinetwegen.

Deacon hatte ein gutes Herz, und Steve unterstellte ihm, dass da zwischen uns mehr war. Selbst wenn dem so wäre, wüsste ich nicht, warum das für ihn so ein Problem darstellte.

Manchmal hatte ich durchaus geglaubt, in Deacons Augen so etwas wie Zuneigung gesehen zu haben, doch mit großer Wahrscheinlichkeit war das nur ein Trugschluss.

Aber Steve ging es eigentlich überhaupt nichts an.

Steve schnaubte, doch er sagte nichts weiter. Ich konnte hören, wie Geschirr herumgeschoben wurde, wie ein Kühlschrank geöffnet und gleich darauf wieder geschlossen wurde.

»Ich brauche das jetzt. Das hat rein gar nichts mit Amber zu tun.«

»Wieso wirfst du alles weg? Und wofür? Für nichts!«

»Du verstehst das nicht.«

»Nein, ganz offensichtlich verstehe ich das nicht«, bestätigte Steve schneidend, ehe er innehielt.

Ich konnte sein Seufzen hören. Erneut erklang das Klappern von Geschirr und Besteck. Anscheinend bereitete Steve nebenher das Frühstück zu.

»Versprich mir nur eins, okay? Denk nach, bevor du irgendetwas Dummes tust.«

»Steve –«, rief Deacon gereizt.

Doch Steve unterbrach ihn: »Versprich es mir!«

»Ich verspreche es, aber du brauchst dir deshalb keine Gedanken zu machen.« Für mich klang das wenig überzeugend, eher so, als würde er alles sagen, damit Steve seine Klappe hielt. »Genau genommen geht dich das aber auch überhaupt nichts an.«

»Wenn du dich wie ein riesiger –«

Dieses Mal war Deacon an der Reihe, seinen Freund zu unterbrechen: »Lass es gut sein. Bitte. Ich habe Kopfschmerzen.« Dabei klang er nun wieder deutlich gefasster und ruhiger als noch vor wenigen Augenblicken, und selbst Steve musste erkennen, dass es an der Zeit war, dieses Thema fallenzulassen.

»Also gut. Ich mache mir nur Sorgen um dich. Du bist immer noch mein bester Freund.«

»Ich weiß.«

Ab diesem Zeitpunkt wendete sich das Gespräch gänzlich unverfänglichen Themen zu. Ich wurde mit keiner noch so winzigen Silbe erneut erwähnt. Man hätte glatt meinen können, dass diese seltsam heitere Stimmung die ganze Zeit über in Steves Küche vorgeherrscht hatte.

Selbst mir war nicht entgangen, dass es Steve ernst war. Er machte sich Sorgen um Deacon. Die Frage war nur: Wieso?

Ich saß immer noch auf der Treppe. Jegliche empfundene Vorfreude war nun wie weggeblasen. Ich verstand nicht, was Steves Problem mit mir war. Ich brauchte noch einige Minuten, um mich zu sammeln und über das eigenartige Gespräch nachzudenken.

Erst als ich mir absolut sicher war, dass mir weder Deacon noch Steve anmerken würden, dass ich sie belauscht hatte, stand ich auf und tat so, als ob ich gerade eben erst aufgestanden wäre.

Ich schenkte Deacon ein Lächeln, welches er zaghaft erwiderte, ehe ich beiden Männern einen guten Morgen wünschte. Steve blieb stumm, und es regte sich kein einziger Muskel in seinem Gesicht.

Nach einem ausgiebigen Frühstück machten Deacon und ich uns auf den Weg. Steve umarmte ihn zum Abschied, jedoch nicht, ohne ihn noch einmal zu bitten, zu bleiben, was Deacon erneut ablehnte. Steve macht sich gar nicht erst die Mühe, mich auf eine ähnlich herzliche Art zu verabschieden. Nicht dass ich es wollte. Das Einzige, was ich von ihm erntete, war ein vielsagender vernichtender Blick, ehe ich auf den Beifahrersitz kletterte.

Deacon hatte das nicht mitbekommen. Mittlerweile war jedes Mal, wenn Deacon mich ansah, ein leichtes Lächeln in seinen Mundwinkeln zu erkennen. Ein ehrliches Lächeln, welches auch seine Augen erreichte.

»Bist du bereit?«

»Wenn du es bist, ja. Du siehst immer noch etwas lädiert aus«, sagte ich, nur um ihn aufzuziehen.

Wir lernten uns immer besser kennen, und das Spielerische, das sich zwischen uns eingeschlichen hatte, gefiel mir. Er hatte dann manchmal so etwas Lockeres. Ich mochte diese Seite an ihm.

Deacon schnaubte, doch zupfte das Lächeln unverändert an seinen Mundwinkeln, als er den Motor anließ und der Mini-Bus träge zum Leben erwachte. Zur Abwechslung war es wirklich schön gewesen, nicht in diesem Gefährt unterwegs zu sein, und ich würde das bequeme Bett echt vermissen, aber dennoch war ich froh, dass wir endlich wieder in Bewegung kamen.

Seit ich Deacon kannte, genau genommen erst seit ein paar Tagen, hatte ich diesen unbeschreiblichen Drang, andere Gegenden kennenzulernen. Jeden Tag etwas Neues zu sehen. Nie länger als ein paar Stunden an ein und demselben Ort zu bleiben.

Ich beobachtete Deacon, wie er, während er uns von dem Farmgelände runterbrachte, noch einmal sein Fenster nach unten kurbelte und seinen Arm hinausstreckte, um Steve zu winken. Im Außenspiegel konnte ich sehen, wie dieser nur mit tief in den Hosentaschen vergrabenen Händen dastand und die Geste nicht erwiderte.

Es dauerte nicht lange, ehe er nach vorn griff und zwischen all den längst leeren Bonbonverpackungen noch einen seiner eklig süßen Drops zu fassen bekam. Fast schon angewidert verzog ich das Gesicht, was er jedoch nicht bemerkte. Ich hatte es versucht, doch sie schmeckten mir heute definitiv nicht mehr. Irgendwann würde ich ihn doch mal danach fragen müssen, woher bloß diese merkwürdige Vorliebe kam.

Ich seufzte erleichtert auf, als wir auf die Landstraße fuhren, die uns auf die Interstate bringen würde. Anscheinend lauter als beabsichtigt, denn sofort wandte Deacon seine funkelnden Augen zurück zu mir. Für einen winzigen Augenblick trafen sich unsere Blicke, bohrten sich ineinander.

Ich verkniff es mir, noch einmal zu seufzen, während ich in diesem kraftvollen Braun versank. Wenn ich all das einmal vollkommen nüchtern betrachtete, dann waren es nicht nur der Van und die Freiheit der Straße gewesen, die ich bei Steve auf der Farm vermisst hatte. Obwohl Deacon in dem Gästezimmer unmittelbar nebenan geschlafen hatte, war dieses Gefühl, durch eine Wand von ihm getrennt zu sein, eigenartig gewesen.

Man gewöhnte sich eben sehr schnell daran, zu keinem Zeitpunkt allein zu sein. Sich wieder damit abzufinden, dass man ganz für sich selbst sein musste, stellte sich hingegen deutlich schwieriger dar.

»Tut mir leid«, sagte Deacon, sah dabei aber bereits wieder auf die Straße. »Steve hat sich wirklich nicht von seiner besten Seite gezeigt. Das ist sonst überhaupt nicht seine Art.«

Ich zuckte beiläufig mit den Schultern und zog dabei meine Beine auf den Sitz, um es mir in einem Schneidersitz bequem zu machen.

»Ich verstehe zwar nicht ganz, was sein Problem mit mir ist, aber was soll's. Es war trotzdem ein schöner Zwischenstopp, und man hat gemerkt, dass du dich mit ihm richtig wohlgefühlt hast.« Ich spielte die Sache herunter, weil es schlussendlich egal war.

Deacon sah nicht noch mal zu mir, seine Kiefermuskeln mahlten, und die Ansätze eines Lächelns verblassten. Wirklich schade ...

»Das ist kompliziert«, antwortete er ausweichend und schaltete das Radio an. Deutlicher hätte er nicht mehr werden können. Thema erledigt. Insgeheim hatte ich gehofft, dass wir diesen Punkt nun überschritten hatten.

Ich räusperte mich – unschlüssig darüber, was ich davon nun halten sollte. Ich überlegte einen Moment. »Gefällt mir übrigens richtig gut, was du mit dem Mini-Bus gemacht hast. Ist gleich viel gemütlicher hier drinnen. Und danke für das Bett.« Ich warf einen Blick zu der säuberlich eingebauten Holzbank unmittelbar an einem der Fenster und der Matratze daneben. Sie war nicht weit von seinem Schlafplatz entfernt.

»Nicht der Rede wert«, erwiderte Deacon abwesend. Ganz offensichtlich war er in Gedanken vollkommen woanders anstatt hier bei mir.

Ich verstummte, lehnte mich weiter auf meinem Sitz zurück und starrte nach draußen. Im Radio lief mal wieder irgendein Country-Song, der mich zumindest ein bisschen davon ablenkte, dass Deacon sich gerade wieder in sein Schneckenhaus zurückzog. Das beschäftigte mich mehr, als es sollte. Was war denn bloß so schlimm daran, wenn ich mehr über ihn wusste?

Intuitiv beugte ich mich so weit nach vorn, dass ich den Regler für die Sendersuche zu fassen bekam, und begann, wild daran herumzudrehen. Zufrieden lehnte ich mich zurück, als eine beruhigende Popballade aus den Boxen erklang. Deacon musterte mich mit einer nach oben gezogenen Augenbraue, machte allerdings keinerlei Anstalten, etwas daran zu ändern.

»Erzählst du mir ein wenig über deine Familie?«

Das war das Letzte gewesen, womit ich gerechnet hatte. Unschlüssig sah ich ihn wieder an, kaute auf meiner Unterlippe herum – zögerte. »Wenn ich dir dann auch eine Frage stellen darf?«

Deacons Züge waren immer noch verhärtet, doch damit konnte

er mich nicht abschrecken, falls das immer noch sein Ziel gewesen sein sollte. »Was für eine Frage?«

»Erzählst du mir, wer Charlie ist?«

Ich hörte, wie Deacon scharf die Luft einsog, ehe er diese hörbar kraftvoll wieder ausstieß. Der Klang des Radios erschien mir augenblicklich unfassbar leise und fern.

Angespannt musterte ich jeden Zentimeter seines Gesichts, wovon er sich überhaupt nicht beeindrucken ließ. Es war unschwer zu erkennen, wie er mit sich haderte. Mehrere Sekunden verstrichen, ehe er nickte. Langsam und mechanisch, aber er tat es.

Das war mein Zeichen. Ich schluckte schwer und überlegte, wo ich anfangen sollte. Normalerweise redete ich überhaupt nicht gern über meine Kindheit, auch wenn es andere Kinder viel schlechter gehabt hatten als ich.

Entschlossen sammelte ich mich. Wenn Deacon mir das Zugeständnis machte, von Charlie zu erzählen, dann konnte ich ihm im Gegenzug auch etwas anvertrauen. Ich wollte, dass wir offener miteinander umgingen.

»Du weißt ja schon, dass ich meinen Vater bis heute nicht kenne und keinen blassen Schimmer habe, wer er ist. Im Nachhinein betrachtet war das aber auch besser so, und heute will ich ihn sowieso nicht mehr in meinem Leben«, begann ich, lehnte mich mit meinem Arm an das kühle Fenster und sah in alten Erinnerungen versunken auf die Landschaft, die an uns vorbeirauschte.

»Als ich etwas älter war, habe ich meine Mutter immer wieder gefragt, wer mein Vater ist. Wieso er nicht da war. Sie konnte mir darauf keine Antwort geben. Ich war noch zu jung, um das zu verstehen, aber wenige Jahre darauf begriff ich, dass meine Mutter fast täglich mit einem anderen Mann schlief und es deshalb absolut unmöglich war, mir zu sagen, wer mein Vater war. Das Einzige, was sie mir immer wieder an den Kopf geschmissen hat, war, dass sie mich nie gewollt hat. Ebenso wenig wie meine Schwester. In ihren Augen waren wir ein Unfall. Eine lästige Ablenkung von ihrem Lebensstil. Sie wollte nur ihren Spaß und keine Verpflichtungen.« Ich brach ab, holte nochmals tief Luft.

»An vielen Tagen hatten wir nicht einmal genug Geld, um uns

etwas zu essen zu kaufen. Sie ist nie arbeiten gegangen. In ihren Augen war das Zeitverschwendung. Wir hatten nicht viel neben der winzigen abgewohnten Wohnung, in der ich mir mit Casey ein Zimmer teilte. Das, was wir hatten, erschlich sich unsere Mutter von den Männern, mit denen sie zusammen war, wenn sie es ab und zu länger als nur ein paar Tage mit ihnen aushielt … Casey ist drei Jahre älter als ich. Meine große Schwester war immer für mich da. Auch dann, als unsere Mutter beschloss, ohne ein Wort abzuhauen. Wir kamen bei einer Pflegefamilie unter, bis sie volljährig wurde und für mich die Vormundschaft beantragte.«

Es gab noch so vieles mehr, und obwohl es mir nicht leichtfiel, überkam mich ein seltsamer Drang danach, weiterzusprechen, ihm einfach alles zu erzählen. Doch er hatte nicht danach gefragt, und ich wollte ihn nicht mit etwas überfrachten, was er überhaupt nicht hören wollte. Es fiel mir immer noch so schwer, einzuschätzen, was er in manchen Situationen dachte. Was er wollte.

Deacon sah zu mir – deutlich länger und intensiver als jemals zuvor. Sein Blick wanderte über jeden noch so kleinen Winkel meines Gesichts. Als er wieder geradeaus blickte, stieß ich unauffällig die angehaltene Luft aus. Und dann wartete ich. Darauf, dass er etwas sagte. Darauf, dass er in irgendeiner Form reagierte.

Bis er schließlich ganz leise sprach: »Charlie ist … mein Sohn.«

Arkansas

Ich musterte ihn, ließ meinen Blick rastlos über seine verhärteten Gesichtszüge wandern. Ich hatte Deacon von Anfang an eher als ernsten Menschen kennengelernt, doch die Verschlossenheit und Kälte, die nach diesen Worten auf einmal von diesem Mann ausgestrahlt wurden, erreichten ein ganz neues Level.

Ich konnte mich nicht mehr von ihm abwenden, während Tausende Gedanken durch meinen Kopf strömten. Fragen, die ich ihm in diesem Moment gern gestellt hätte – wie schon so oft –, aber ich brachte es nicht über mich. Der Schmerz und die Verletzlichkeit, die der sonst so taffe Mann neben mir plötzlich preisgab, brachten mich aus dem Konzept.

»Ist das … der Junge auf dem Foto?« Ich hoffte inständig, damit die harmloseste Frage ausgewählt zu haben.

Deacon setzte sich kerzengerade auf, ehe er nickte. Mir klopfte das Herz bis zum Hals. Sollte ich ihn nach dem Alter seines Sohnes fragen, oder lieber nicht? Wenn er ein kleines Kind hatte, wieso sollte er hier mitten im Nirgendwo mit einer mehr oder minder fremden Frau einen Roadtrip machen, anstatt bei Charlie zu sein? War Deacons Sohn etwas zugestoßen? Allein der Gedanke daran überzog meinen gesamten Körper mit einer Gänsehaut.

»Ja, das ist er. Charlie ist ein guter Junge«, murmelte Deacon da leise und ließ mich aufhorchen. Er hatte nicht in der Vergangenheitsform gesprochen, also ging es Charlie gut?

»Wie alt ist er?«

»Er wird nächstes Jahr fünf.« Auch wenn ich sah, dass sich jeder einzelne Muskel in seinem Körper bis zum Zerreißen anspannte, trat gleichzeitig auch wieder der Hauch eines Lächelns auf seine Lippen.

»Darf ich … das Bild noch mal sehen?«, fragte ich vorsichtig.

Deacon griff umgehend in seine Hosentasche, um das Foto aus seinem Portemonnaie hervorzuholen.

»Er sieht dir wirklich sehr ähnlich. An den Augen hätte ich es sofort erkennen müssen«, sagte ich, während ich das Foto deutlich intensiver betrachtete als beim letzten Mal.

Deacon sah so unfassbar glücklich aus. Wenn Charlie vier Jahre alt war, hatte ich mit meiner Schätzung richtiggelegen. Was aber auch bedeutete, dass das Foto definitiv vor nicht allzu langer Zeit entstanden sein musste.

Was war zwischen dem Zeitpunkt der Aufnahme und heute geschehen? Die Frage lag mir auf der Zunge, doch sie wollte nicht herauskommen. Er hätte sie ohnehin nicht beantwortet. Das konnte ich daran erkennen, dass sein Blick gerade verloren und hilflos über die Straße und die an uns vorbeifahrenden Autos wanderte.

Schritt für Schritt. Ich wollte ihn unter keinen Umständen dazu überreden, etwas von sich preiszugeben, wozu er nicht oder zumindest noch nicht bereit war.

In den nächsten Stunden schwiegen wir. Deacon hatte zwischenzeitlich den Radio-Sender gewechselt, und es drangen verträumte Pop-Songs durch die blechern klingenden Lautsprecher des Vans. Nach etwa drei Stunden passierten wir Memphis, was mich beim Vorbeifahren zwar etwas an Nashville erinnerte, aber die große Stadt strahlte nicht den Charme der Country-Hochburg aus.

Deacon fuhr immer weiter und weiter, zurück ins Grüne, bis jegliche Anzeichen von Zivilisation verschwunden waren. Als wir schließlich von Tennessee hinüber in den nächsten Bundesstaat fuhren, durchquerten wir eine der typischen Mautstationen.

Auf den ersten Blick wirkte Arkansas für mich nicht großartig anders als Tennessee oder Virginia – ebenso wunderschön, mit den dichten bunten Wäldern und dem leicht bergigen Gelände und den Flüssen. Ich war mir sicher, dass Deacon uns zu einem ganz besonderen Ort bringen würde. Einem Ort, der mich ebenso in den Bann ziehen würde wie all die anderen, die ich durch den Mann neben mir kennenlernen durfte.

Wir hatten, seit Charlie zur Sprache gekommen war, kein Wort mehr miteinander gewechselt, doch das war okay. Er liebte die Ruhe und die Stille. Und wenn es nur dafür war, um seinen eigenen Gedanken nachzuhängen. Es musste so einiges geben, über das er sich klar werden musste – so einiges, was ihn aus der Bahn warf.

Mein Hintern tat mittlerweile wieder verdammt weh, und ich musste immer öfter die Sitzposition verändern und hin und her rutschen, um noch eine halbwegs bequeme Position zu finden. Laut der Uhr am Armaturenbrett waren wir seit über sechs Stunden unterwegs, und Deacon hatte mit keiner Silbe erwähnt, was überhaupt das Ziel war. Ich vertraute ihm, und eigentlich war es mir vollkommen egal, wohin er mich brachte.

Aber so langsam war es für mich wieder an der Zeit, aufzustehen, mir ein bisschen die Beine zu vertreten und etwas zu futtern. Seit dem sehr kurzen Zwischenstopp an einer heruntergekommenen Tankstelle hatte ich nichts mehr gegessen, und da auch nur einen trockenen Schokoriegel.

Ich seufzte.

Genau in dem Moment bog Deacon von der breiten Interstate auf eine einspurige Landstraße ab. Der Wald um uns herum wurde immer dichter und der Verkehr mit jeder Meile, die wir zurücklegten, immer dünner.

Schließlich sichtete ich ein Schild, welches auf einen Campingplatz unmittelbar vor uns hinwies. Das musste das Ziel sein, welches er vor Augen hatte. Als wir jedoch an dem winzigen Haltepunkt ankamen, der nicht mehr als eine Sitzbank vorzuweisen hatte, wusste ich, dass es einen Luxus wie eine warme Dusche heute wohl nicht mehr geben würde. Nicht, dass ich damit unbedingt ein Problem hatte, aber zugegebenermaßen vermisste ich immer noch das Gästezimmer auf Steves Farm.

Der Mini-Bus sah auf diesem dick mit Blättern bedeckten Parkplatz etwas verloren aus, und sobald Deacon den Motor abgeschaltet hatte, war es bis auf das Rascheln des Laubes im Wind vollkommen ruhig um uns herum. Das war der wohl einsamste Platz, den wir auf unserer gesamten bisherigen Reise als Zwischenstopp gewählt hatten. Diese Einöde war wunderschön, aber machte einem irgendwie auf eine schmerzliche Weise auch bewusst, wie allein wir gerade waren.

Als wir ausgestiegen waren, entdeckte ich unweit des Campingplatzes eine bereits verwitterte Infotafel, welche auf einen Fluss und einen Wasserfall in etwas mehr als zwei Meilen hinwies.

Deacon hatte sich einen Rucksack mit zwei Wasserflaschen an den Seiten geschnappt und sah mich erwartungsvoll an.

»Lust auf ein kleines Abenteuer?«, fragte er und deutete mit dem Kopf auf das Schild, welches ich gerade entdeckt hatte.

Obwohl er in den letzten Stunden kaum ein Wort gesprochen hatte, und wenn, dann nicht einmal mit mir, sondern mit dem Tankwart oder dem Typ an der Mautstation, wirkte er jetzt wieder so wie immer: in sich gekehrt, aber bereit dazu, sich wieder mit mir zu unterhalten. Egal zu welchem Zeitpunkt strahlte er eine gewisse Abwesenheit aus, zumindest hatte ich es bisher nicht anders kennengelernt.

»Wir haben noch genug Zeit, bis es dunkel wird, und ich glaube, es tut uns beiden gut, wenn wir uns mal etwas mehr bewegen.« Ohne auf eine Antwort zu warten, ging er los – jedoch nicht, ohne sich aus einem der knisternden Papierchen ein Erdbeerbonbon in den Mund zu werfen.

»Wieso magst du eigentlich ausgerechnet diese Sorte so gern?«

»Das ist Charlies Lieblingssorte.« Er zuckte mit den Schultern. »Die sind nicht so schlecht, wie man glaubt. Nicht gerade männlich, ich weiß. Am Anfang habe ich ein ähnliches Gesicht gezogen wie du, als er sich die Teile am liebsten im Sekundentakt reingeschaufelt hätte.« Deacon lachte leise und schüttelte dann, immer noch mit einem verträumten Lächeln auf den Lippen, den Kopf. Als wäre er unmittelbar in eine schöne Erinnerung eingetaucht, an der er mich so vorbehaltlos teilhaben ließ.

Es wunderte mich nicht, dass wir auf dem kurzen Marsch keiner anderen Menschenseele begegneten. Es war nur ab und zu das Gezwitscher von Vögeln oder das Trommeln eines Spechtes zu hören, was permanent durch das Rauschen des Waldes untermalt wurde.

Deacon ging die ganze Zeit über vor, drehte sich aber oft genug zu mir um, um zu sehen, ob ich hinterherkam. Er half mir mehrfach über umgestürzte Bäume, ehe wir an den *Twin Falls* ankamen. Jedes Mal reichte er mir seine Hand und zog mich etwas zu sich, damit ich beim Klettern nicht fiel.

Ich sagte ihm nicht, dass seine Hilfe nicht unbedingt notwendig war. Auch dann nicht, als er mich einmal kurzerhand an den Hüften packte, hochhob und bei sich auf der Seite wieder absetzte. Diese unmittelbare Nähe zu ihm war ungewohnt, aber verursachte ein wohliges Kribbeln in meinem Körper.

Heute war es ungewöhnlich warm für Oktober, aber vermutlich lag das bloß daran, dass das Klima in Arkansas zu dieser Jahreszeit grundsätzlich anders war als in Tennessee. Jedenfalls musste es bestimmt noch fünfzehn Grad haben, während wir hier gemächlich entlangwanderten. Ich kam sogar etwas ins Schwitzen, doch das schob ich eher darauf, dass ich sportlich eine schreckliche Niete war und deshalb null Kondition hatte.

Ich war erleichtert, als ich es von weitem klar und deutlich plätschern hörte und mir das signalisierte, dass wir jeden Moment bei den Wasserfällen ankommen würden. Wenn ich es irgendwie wieder geschafft hatte, mein Leben in geregelte Bahnen zurückzulenken, musste ich mich unbedingt bei einem Fitnessstudio anmelden.

Deacon schob mir ein letztes Mal einen tief hängenden Ast aus dem Weg, damit ich vorbeigehen konnte, ehe ich die *Twin Falls* unmittelbar vor mir entdeckte. Das Rauschen der beiden kleinen Wasserfälle war so laut, dass man sonst kaum noch etwas hören konnte.

Er stellte den Rucksack an einem Felsbrocken in der Nähe des Wasserfalles ab und reichte mir eine der beiden Wasserflaschen. Ich gesellte mich neben ihn, während wir beide tiefe Schlucke nahmen und in absoluter Stille das Farbenspiel der reflektierenden Sonne in dem wilden Wasser beobachteten. Das in alle möglichen Farben getauchte Blätterwerk rahmte diese kleine menschenleere Oase ein.

Deacon brummte zufrieden, stellte seine Flasche auf den Boden und begann dann sein Hemd zu öffnen, wobei er ununterbrochen auf das unruhige Wasser blickte.

»Was tust du?« Ich konnte nicht wegsehen.

In der Sekunde, in der ich das fragte, hatte er den letzten Knopf geöffnet, streifte sich das rot-schwarz karierte Holzfällerhemd von den muskulösen Schultern und legte es ordentlich auf dem Felsbrocken zusammen. Dann machte er mit seinem Ledergürtel, der Jeans und den Wildlederschuhen weiter.

»Es ist ein richtig schöner milder Herbsttag«, sagte er. »Wir gehen natürlich schwimmen.«

»Tun wir das?«

Ich war froh, dass ich überhaupt noch etwas rausbekam, als er jetzt nur noch in seinen engen schwarzen Boxershorts vor mir stand und ich ungeniert auf seinen festen Hintern und die sich deutlich unter seiner Haut abzeichnenden Muskeln starrte.

Das war bereits das zweite Mal, dass ich ihn halb nackt vor mir stehen sah, aber es fiel mir unverändert schwer, einen klaren Gedanken zu fassen, wenn er das ohne jegliche Vorwarnung machte.

Abgesehen davon hatte ich vor meiner Begegnung mit Deacon bereits eine halbe Ewigkeit keinen nennenswerten Kontakt mit einem Mann gehabt, geschweige denn die Gelegenheit, derart viel nackte Haut zu sehen.

»Komm schon, Ams!«, rief er, ließ sich dabei aber schon zielstrebig in das bestimmt eisig kalte Wasser gleiten. Jedes Mal, wenn er mich bei seinem für mich gewählten Spitznamen nannte, machte mein Herz einen kleinen Hüpfer. »Du hast mich schon das letzte Mal hängen lassen.«

»Ja, auch vollkommen berechtigt. Was ist das mit dir und eiskaltem Wasser?«

»So schlimm ist es nicht, ehrlich!« Grinsend spritzte er zu meinem Entsetzen eine riesige Menge Wasser in meine Richtung.

Panisch quietschend machte ich einen großen Satz zurück und stolperte dabei beinahe über einen herumliegenden Ast. Deacon lachte so heftig, dass ich ihn nur böse anfunkelte. Er führte sich manchmal echt wie ein verdammter Idiot auf – ein wirklich liebenswerter Idiot.

»Na warte!«, rief ich zurück und zog mich schnell aus. »Das wirst du noch bereuen, glaub mir!«

Schon als ich meinen Pullover über den Kopf zog und obenrum

nur noch in meinen weißen Spitzen-BH gekleidet war, überzog eine kräftige Gänsehaut meine Arme, doch ich würde jetzt nicht kneifen.

Ich grinste vor mich hin, als sein Lachen schlagartig verschwand und ich seine Blicke deutlich auf mir spüren konnte. Wenn er dachte, dass mir das nicht auffiel, war er wirklich ein liebenswerter Idiot. Es beruhigte mich ungemein, dass nicht nur ich einen längeren Blick riskierte. Das gab mir die Sicherheit, mich ebenso freizügig vor ihm zu zeigen.

Deacon verharrte bewegungslos, während ihm das kalte Wasser bis zur Hüfte reichte und seine Hände auf der Oberfläche lagen.

So schnell ich nur konnte, rannte ich zu ihm und ließ mich in einer fließenden Bewegung ins Wasser fallen. Ich prustete und fluchte so heftig, dass er unmittelbar wieder in tiefes Gelächter ausbrach. Alles in mir zog sich zusammen, und obwohl es hier nicht sonderlich weit runterging, ruderte ich wie eine Verrückte, weil es echt schweinekalt war.

»Scheiße, Deacon!« Doch ich machte keine Anstalten, zurück an Land zu gehen. »Wie hältst du das nur aus? Das sind doch nicht mehr als zehn Grad, wenn überhaupt.«

»Genau, also gerade richtig«, antwortete er mit provokativ schief gelegtem Kopf und warf sich rückwärts in das eisige Wasser.

»Du … du … Blödmann!« Mit aller Kraft versuchte ich, ihm so viel Wasser wie möglich ins Gesicht zu befördern. Doch Deacon wich nach hinten aus, sodass ihn kein einziger Wassertropfen erreichte.

»Blödmann? Mehr hast du nicht drauf? Das gerade klang deutlich besser«, zog er mich auf, attackierte mich ein weiteres Mal und traf mich ohne Probleme.

»Deacon! Lass das!«

»Wieso denn? Findest du es etwa nicht angenehm?«

»Blödmann!«, beschwerte ich mich abermals lauthals, weil mir partout nichts anderes einfallen wollte, ging aber näher zu ihm. »Mach das nicht noch mal!«

»Okay, okay, ich werde es sein lassen, versprochen.«

Ich watete näher auf ihn zu. So nahe, dass das selbstgefällige Grinsen, welches ihm nebenbei bemerkt verboten gut stand, immer mehr aus seinem Gesicht wich. Stattdessen fixierte er ungeniert meine Brust. Begriff er überhaupt, was er da gerade machte, oder war das wie bei vielen Männern eine Art Reflex? Ich kicherte verhalten, ging noch ein Stückchen weiter und schaute ihn verschmitzt an, während ich unerwartet gewagt meine nassen Haare auswrang.

»Du starrst, Deacon.« Ich gab mir alle Mühe, vor ihm zu verbergen, dass es mir gefiel.

Er blinzelte verwirrt, als ob er versuchen würde, sich aus einer Trance zu lösen, doch die Zeit gab ich ihm nicht. Mit einer kräftigen Bewegung holte ich weit aus und feuerte ihm eine geballte Ladung Wasser über Kopf und Oberkörper, während er am wenigsten damit rechnete. Deacon strauchelte rückwärts und schüttelte eilig den Kopf, um das Wasser aus seinem Bart und seinem Haar zu bekommen.

»Du spielst unfair«, stellte er nüchtern fest, doch auch wenn die Funken aus seinen Augen größtenteils verschwunden waren, war da immer noch diese Wärme. »Gut, damit sind wir quitt, würde ich sagen. Ich wollte nur, dass du auch mal diese Erfahrung machst.«

»So, so«, erwiderte ich, sobald ich mich von meinem Lachanfall wieder halbwegs erholt hatte. »Es war also geplant, dass ich dich doch noch erwische, ja?«

»Aber natürlich. Wir sollten besser wieder trocken werden, bevor wir uns doch noch etwas holen und es dunkel wird. Wir können auf dem Rückweg etwas Feuerholz sammeln, und ich mache uns ein Lagerfeuer.«

Wieder an Land, schlüpfte er schnell in seine Sachen, obwohl er klatschnass war. Sobald ich neben ihm ankam, warf er mir sein Handtuch entgegen, welches ich perplex auffing.

»Das war also von Anfang an dein Vorhaben?«

Er zuckte mit den Achseln, als er sich gerade das Hemd schloss. »Ich bin davon ausgegangen, dass du kneifen würdest, darum nur ein Handtuch. Wir sind ja gleich wieder am Van und können uns aufwärmen.«

Deacon wandte mir stumm den Rücken zu, während er sich fertig anzog, ich mich abtrocknete und es ihm schließlich gleichtat. Die nasse Unterwäsche war unangenehm, aber sobald wir zurück waren, würde sie hoffentlich schnell trocknen, oder ich konnte mir noch einmal etwas von ihm leihen.

Auf dem Rückweg kramte er eine Taschenlampe aus dem Rucksack hervor, damit wir Feuerholz sammeln konnten. Die Sonne war in den letzten Minuten immer schneller hinabgesunken, und es würde nicht mehr lange dauern, bis sie endgültig verschwunden war. Mit einer guten Menge an brauchbaren Holzscheiten kamen wir wieder beim Mini-Bus an.

Deacon machte sich umgehend daran, das Lagerfeuer in Gang zu bringen, während ich mir frische Klamotten überwarf. Er hatte mir ohne Kommentar eine seiner Boxershorts angeboten, damit meine Unterwäsche trocknen konnte.

Als ich wieder nach draußen trat, erhellten bereits die ersten Funken die Dämmerung um uns herum, und Deacon hatte die beiden Campingstühle nebeneinander aufgestellt. Auf meinem lag eine rote zusammengefaltete Decke aus Fleece, in die ich mich umgehend einwickelte. Glücklich beobachtete ich ihn, wie er das Feuer immer weiter anfachte.

Ich dachte darüber nach, wie schnell sich das zwischen uns verändert hatte – dass er auf mich längst nicht mehr wie der eigenbrötlerische, in sich gekehrte Kerl wirkte, als den ich ihn kennengelernt hatte. Er konnte richtig lustig sein, wenn er wollte. Vielleicht hatte er ja sogar Angst, zu viel Spaß mit mir zu haben und seine Fassade des wortkargen, griesgrämigen Mannes endgültig zu durchbrechen.

Arkansas II

Pechschwarze Nacht verschluckte alles um uns herum, und lediglich das beruhigend knisternde Lagerfeuer durchschnitt diese alles einnehmende Dunkelheit. Immer mal wieder waren wilde Tiere um uns herum zu hören, doch Deacon hatte mir versichert, dass es hier weder Wölfe noch Bären gab. Ich vertraute darauf, dass er das tatsächlich recherchiert und nicht nur gesagt hatte, um mich zu beruhigen.

Uns konnte also nichts passieren, und wenn, dann würde er mich schon beschützen. Als ich ihm das allererste Mal begegnet war, hätte ich es niemals für möglich gehalten, ihm bereits nach so kurzer Zeit so zu vertrauen.

Satt und zufrieden lehnte ich mich in meinem Campingstuhl zurück, streckte meine Beine aus und beobachtete das Züngeln der Flammen, die mein Gesicht angenehm wärmten. Deacon tat es mir gleich, wobei er seine langen Beine etwas seitlich platzieren musste, um nicht zu nahe an das Feuer zu geraten.

Es war noch nicht sonderlich spät, weshalb es auch ohne das Lagerfeuer vermutlich warm genug gewesen wäre, um hier draußen zu sitzen und die angenehme Ruhe und frische Waldluft zu genießen. Andererseits bot das Lagerfeuer etwas sehr Heimeliges.

Wir hatten uns etwas von dem Essen gegrillt, welches Steve Deacon mitgegeben hatte, ohne dass ich es gemerkt hatte. Zumindest hatte uns das einen weiteren Besuch im Supermarkt oder eine für mich mehr als peinliche weitere Angelsession erspart.

Deacon nahm einen tiefen Schluck aus seiner Bierflasche, ehe er sie auf den Boden neben seinem Platz stellte. Danach griff er hinter sich und holte seine schwarze Gitarre hervor, die mir dort an dem Mini-Bus lehnend bis eben gar nicht aufgefallen war. Er legte sich den Gurt um Hals und Schultern, platzierte den Korpus der Gitarre wie schon an jenem anderen Abend, an dem ich ihn hatte spielen hören, auf den Oberschenkeln und strich testend über die dünnen durchsichtigen Saiten.

Eine schlichte, aber schön klingende Tonfolge erklang, doch Deacon griff nach oben an den Kopf und stimmte nach. Mit angehaltenem Atem beobachtete ich ihn und hoffte innständig, dass er noch einmal spielen und mich derart berühren würde, wie er es mit jenem anderen Lied geschafft hatte.

Ein begeistertes Lächeln breitete sich auf meinen Lippen aus, als ich darüber nachdachte, dass die Noten eine einzigartige Möglichkeit boten, den eigenen Gefühlen Ausdruck zu verleihen.

Deacon machte keinerlei Anstalten, sein Tun zu kommentieren, und ich würde ihn garantiert nicht dazu bewegen, diesen besonderen Moment zu zerstören. Er wusste ganz genau, was er machte. Er ließ mich an etwas teilhaben, was ihm augenscheinlich sehr viel bedeutete. Das machte mich stolz und glücklich – weil mir dieser Mann mittlerweile so ein inniges Vertrauen zu schenken schien, wie ich es ihm gegenüber tat.

Ich konnte hören, wie er noch einmal tief ein- und kurz darauf wieder ausatmete. Abrupt begannen seine Finger über die Saiten zu fliegen, und wunderschöne Klänge durchschnitten das Schweigen der Bäume. Nach nur wenigen Tönen war ich in seinem Bann gefangen und musterte ihn neugierig.

Die Augen hatte er geschlossen. Sein Gesicht nahm wieder diesen abwesenden, verträumten Ausdruck an, der dieses Mal jedoch ein klein bisschen weniger schmerzerfüllt aussah. Als er dann begann zu singen, musste ich bereits nach nur wenigen Sätzen schwer schlucken.

Er spielte nicht dasselbe Lied, welches ich vor ein paar Tagen ohne sein Wissen gehört hatte. Die Melodie war etwas fröhlicher, auch wenn der Text es nicht war.

Gebannt lehnte ich mich weiter nach vorn und beobachtete ihn. Der Text war metaphorischer als der letzte, aber dennoch fiel es mir nicht schwer, zu erahnen, dass er sich um etwas Ähnliches drehte. Deacon war so vertieft in seine Musik, dass er gar nicht bemerkte, wie mir die erste stille Träne über die Wange rann und ich hastig wieder zurück zu unserem Lagerfeuer blickte.

Für ihn musste es dabei um Charlie gehen. Seinen Sohn, den er aus welchen Gründen auch immer nicht mehr in seinem Leben haben konnte. Und um Savannah. Die Frau, die Steve mehrmals erwähnt hatte und die Deacon auf eine grausame Art und Weise im Stich gelassen haben musste.

Deacon war nicht der harte Kerl, der er vorgab zu sein. Ich hatte mehr als nur einmal hinter seine Mauern blicken können, und das, was ich gesehen hatte, bestätigte mich in dieser Annahme. Wenn er wollte, konnte er witzig und liebevoll sein. Fürsorglich und ehrlich. Ich stellte ihn mir als perfekten Vater vor – einen, wie ich ihn mir früher als kleines Mädchen gewünscht hatte. Was für eine Frau konnte einem solchen Mann derart das Herz brechen?

Ich hingegen dachte bei diesem Lied an Casey. Daran, wie sehr ich sie vermisste. Da der Akku meines Handys gestern Abend nun vollständig gestorben war, würde ich ab sofort auch auf ihre sporadischen Nachrichten und Anrufversuche verzichten müssen. Ich war zwar nie auf ihre Kontaktversuche eingegangen, aber dennoch war da tief in meinem Innern diese unveränderte Sehnsucht danach, meine Schwester an meiner Seite zu wissen. Dagegen anzukommen war alles andere als einfach, und das würde es womöglich auch niemals sein.

Ich bemerkte erst viel später, dass Deacon längst verstummt war. Unsere Blicke trafen sich. Ich räusperte mich verlegen, weil ich keinen blassen Schimmer hatte, wie lange er mich schon ansah. Ich zog mir die rote Fleecedecke noch fester um die Schultern

»Woran denkst du bei diesem Song?« Deacons raue, tiefe Stimme, die ungewöhnlich belegt klang, durchbrach meine wirren Gedanken, die sich nun nur noch um ihn drehten. Der intensive Ausdruck in seinen Augen ließ meine Hände schwitzen.

Hastig wandte ich mich von ihm ab und sah in die Glut zu meinen Füßen. »An Casey«, gestand ich leise und vermutete, dass er mich nicht einmal gehört hatte.

Deacon tat das, was er nach wie vor am besten konnte: schweigen. Aus irgendeinem Grund machte mich das jetzt gerade ziemlich nervös.

»Wieso gehst du nicht zu ihr?«

»Das ist nicht so einfach.«

»Das ist es nie.«

Ich lachte freudlos auf und dachte, dass er damit nicht weiter über dieses Thema sprechen wollte oder erkannt hatte, dass es mir unangenehm war, über Casey zu sprechen. Ich täuschte mich jedoch.

»Erzählst du mir, was zwischen euch vorgefallen ist?«, fragte er mit einem einfühlsamen Unterton in der Stimme. Er lehnte die Gitarre an den Van und drehte seinen Campingstuhl ein bisschen weiter zu mir, sodass er mich unmittelbar ansehen konnte. Ein ermutigendes Lächeln lag auf seinen Lippen.

Dennoch haderte ich mit mir. Nicht, weil ich mit ihm nicht darüber sprechen wollte. Über dieses Stadium waren wir schon längst hinaus, und das wussten wir spätestens jetzt wohl beide.

Ich wusste einfach nicht, wo ich anfangen sollte, und ein nicht gerade kleiner Teil von mir schämte sich unheimlich für das, was vorgefallen war, auch wenn ich mir immer wieder versuchte, einzureden, dass es nicht meine Schuld gewesen war.

Ich schämte mich dafür, dass mir so etwas passiert war und mir zuvor nichts aufgefallen war. Ich schämte mich, weil ich Casey mehr vermisste als William. Beide hatten mein Herz gebrochen, aber Casey war meine Schwester – meine beste Freundin.

Ich war über dieses Arschloch längst hinweg, zumindest war es das, was ich mir immer wieder einredete. Womöglich lag es auch daran, dass ich es tunlichst vermied, auch nur einen Gedanken an ihn zu verschwenden. Ich schluckte und wandte meinen Blick auf meine Hände, die ich unbehaglich an meiner Jeans rieb.

»Casey und ich haben bis vor einem Jahr noch zusammengewohnt. Sie hatte ein Stipendium an der UCSF ergattern können und war deshalb viel zu Hause, um zu lernen, wenn sie nicht gerade in den Vorlesungen saß. Sie war durch das Studium so sehr eingespannt, dass sie nicht arbeiten konnte. Ich hingegen wollte nie studieren und hatte mehrere kleinere Jobs, um uns so über Wasser zu halten und auch, weil ich noch nicht genau wusste, was ich wollte.«

Ich seufzte, machte eine kurze Pause und begann unbehaglich mit meinem Stuhl zu wippen. Ich konnte spüren, dass Deacon mir bei jeder noch so kleinen Bewegung mit seinem Blick folgte.

»An einem Tag ging es mir nicht so gut, und ich ging früher von der Arbeit.« In mir krampfte sich alles zusammen, wie immer, wenn ich daran dachte. Wobei es noch einmal viel schlimmer war, darüber zu reden. Ich hatte noch nie jemandem davon erzählt. »Überall lagen Klamotten herum. An sich nichts Besonderes, weil Casey noch nie einen großen Hang zur Ordnung gehabt hatte, aber dazwischen entdeckte ich Williams Hose und …« Ich brach erneut ab, holte tief Luft. »Du kannst es dir ja denken. William und ich waren seit unserer Schulzeit zusammen. Seit ich siebzehn war. Ich dachte damals, dass er die Liebe meines Lebens wäre, doch mittlerweile weiß ich es besser. Ich bin längst über ihn hinweg. Aber was Casey betrifft … Ich kann ihr das nicht verzeihen. Sie wusste ganz genau, wie viel William mir bedeutet hat. Ich konnte sie nicht mehr in meiner Nähe ertragen, also nahm ich den Job an, der am meisten Abstand zwischen uns brachte.«

»Philadelphia«, murmelte Deacon leise, und ich nickte, während meine Finger über die filigranen Linien auf dem Medaillon an meinem Hals strichen.

Mit glasigen Augen schaute ich zurück zum prasselnden Feuer.

»Dieser William hat dich nicht verdient, wenn er nicht erkennt, wie besonders du bist.«

Hatte er das gerade wirklich gesagt?

»War das etwa ein Kompliment? Aus deinem Mund?« Ich gab mir Mühe, mit einem breiten, möglichst spielerischen Lächeln darüber hinwegzutäuschen, dass seine unerwarteten Worte mein Herz höherschlagen ließen. Mir gefiel diese plötzlich so gespannte Stimmung überhaupt nicht. Irgendetwas sagte mir, dass das zu nichts Gutem führen konnte.

Ich spürte, wie meine Wangen zu glühen begannen, doch ich

zwang mich dazu, diesen intensiven Blickkontakt beizubehalten. Deacon schwieg, doch er wandte sich nicht ab.

Ich konnte nicht mit Sicherheit sagen, ob es Absicht war, doch er beugte sich auf seinem Platz noch ein ganzes Stückchen weiter in meine Richtung, sodass nicht einmal mehr eine Armeslänge zwischen uns lag. Der Blick aus seinen dunklen unergründlichen Augen wanderte bedächtig über mein Gesicht, landete auf meinen Lippen, verweilte dort einen Moment und huschte dann zügig wieder zurück zu meinen Augen.

Was war das denn gewesen?

Instinktiv sah ich nun ebenfalls auf seine vollen, geschwungenen Lippen, die von dem dichten Bart eingerahmt waren und dennoch so sehr dazu einluden, sie einfach nur zu berühren. Mit meinen Lippen zu berühren.

Was zur Hölle dachte ich da gerade?

Ich wollte den Kopf schütteln, meine Gedanken wieder ordnen, doch Deacons Blick hielt mich derart gefangen, dass ich mich nicht auch nur für eine Sekunde von ihm losreißen konnte.

Die Stille, die ich sonst die meiste Zeit als angenehm empfunden hatte, verursachte jetzt bei mir ein elektrisierendes Kribbeln. Die Stimmung zwischen uns veränderte sich schlagartig. Mein Herz klopfte so kräftig in meinem Brustkorb, dass ich kaum noch klar denken konnte. Mein Sichtfeld war vollständig von Deacon ausgefüllt, dessen Blick mit sichtbar geweiteten Pupillen immer wieder von meinen Augen zurück zu meinen Lippen wanderte.

Im Nachhinein konnte ich beim besten Willen nicht mehr sagen, was meinen Verstand endgültig ausgeknipst hatte, aber es gab kein Zurück mehr. Ich lehnte mich ebenfalls ein Stückchen weiter zu ihm.

Wir begegneten uns auf halber Strecke. Unsere beiden Münder so nahe, dass ich seinen Atem bereits auf meinem Gesicht spüren konnte. Das machte etwas mit mir, dem ich mich nicht länger entziehen konnte. Deacon wirkte wie ein Magnet auf mich, und es gab nichts, was mich in diesem Augenblick von ihm hätte fernhalten können.

So behutsam, als könnte der Mann vor mir bei jeder noch so

kleinen Berührung auf der Stelle zerbrechen, legte ich ihm meine Hand auf die Wange. Ich strich ihm über die bartfreie Hautpartie. Ich wollte ihn einfach nur spüren.

Deacon rührte sich keinen Millimeter, doch mir entging nicht, wie sein Adamsapfel hüpfte, als er hart schluckte. Für ihn schien die Anziehungskraft zwischen uns ebenso fühlbar zu sein wie für mich.

Ich wartete ab. Wartete darauf, dass er sich dieser Berührung entziehen würde, die eine Grenze überschritt, die die gesamte Zeit über zwischen uns präsent gewesen war.

Doch das tat er nicht.

Ich streichelte ihm immer wieder sacht über die Wange. Deacons Blick wurde nur noch intensiver. So stechend und verlangend, dass es mir mit jeder Sekunde, die verstrich, noch schwerer fiel, ihn weiterhin anzusehen.

Ich warf jegliches logisches Denken über Bord und legte auch meine zweite Hand an seine Wange. Deacon gab ein brummendes Geräusch von sich, ehe er die Augen schloss und somit diese bedeutsame Verbindung zwischen uns auflöste, doch auch jetzt konnte ich mich nicht mehr davon abhalten, mich einfach noch ein klein wenig weiter nach vorn zu beugen und meine Lippen federleicht auf seine zu legen.

Er seufzte in unseren Kuss hinein, ließ seine Hände endlich auf Wanderschaft gehen und umschlang mit ihnen schließlich meine Hüften. Eine Welle erfasste mich, überflutete meine Sinne und zog mich hinein in einen zerstörerischen Strudel aus Verlangen, dem ich mich kaum noch entziehen konnte.

Meine Lippen brannten, während er meinen Kuss bereitwillig erwiderte und plötzlich so fordernd seine Zunge gegen sie drückte, dass ich ihm, ohne zu zögern, Einlass gewährte. Der Griff um meine Hüften wurde fester, als er mich das erste Mal schmeckte, als sich unsere Zungen in einem sanften Kampf duellierten.

Deacon schmeckte genau so, wie ich es mir vorgestellt hatte. Nach Freiheit und Geborgenheit. Dieser kostbare Moment zwischen uns war so viel mehr als alles, was ich mit William geteilt hatte. In diesem Kuss lag so viel Sehnsucht, Lust, aber auch Schmerz, dass er all meine Sinne betäubte.

Meine Hände wanderten wie von selbst in seinen Nacken und krallten sich in den Haaren fest. Ich konnte fühlen, wie sich ein tiefes Stöhnen in meiner Kehle anbahnte.

Ich verlor so abrupt den Körperkontakt zu ihm, dass ich beinahe vornübergekippt wäre, wenn ich nicht in allerletzter Sekunde noch mein Gleichgewicht hätte halten können und kraftlos in meinem Stuhl zurückgesunken wäre. Perplex sah ich auf, nachdem Deacon aufgesprungen war und einige Meter Abstand zwischen uns gebracht hatte. Er hatte mir den Rücken zugewandt, während er sich fahrig mit beiden Händen durch seine dichte dunkelblonde Mähne fuhr. Ich runzelte die Stirn.

»Deacon?« Meine Stimme zitterte. Ich war verwirrt darüber, dass er sich so schlagartig von mir gelöst hatte, als ob ich ihn verbrannt hätte. Schließlich stand ich auf.

Er verharrte noch weitere quälende Sekunden in der Position, ehe er die Hände wieder sinken ließ und zu Fäusten ballte. Erst dann drehte er sich wieder zu mir um.

Der verhärtete Ausdruck in seinem Gesicht traf mich so unvorbereitet, dass ich mich gerade noch davon abhalten konnte, noch mehr Abstand zwischen uns zu bringen. Sein Blick war auf einmal so kalt wie in jener Nacht, als er mich schlafend in seinem Mini-Bus entdeckt hatte.

»Was ist denn los?«

»Das geht nicht.« Ich erkannte seine Stimme kaum wieder und zuckte bei ihrem Klang innerlich heftig zusammen.

»Was meinst du?«

»Das hier.« Er deutete von sich selbst zu mir und wieder zurück.

»Es tut mir leid, wenn ich das irgendwie falsch –«, begann ich.

»Nein. Du verstehst nicht.«

»Was? Was verstehe ich nicht?«

Ich beobachtete angespannt, wie sich der Zorn, der in seinen Augen lag, schlagartig mit so etwas wie Scham und Bedauern vermischte.

»Ich bin verheiratet.« Seine Stimme war nicht viel mehr als ein Hauch.

Arkansas III

Es dauerte, bis diese Information vollends bei mir ankam. Ich versuchte zu verstehen, was er gesagt hatte. Es waren lediglich drei kleine Worte, die mich völlig unvorbereitet trafen.

Deacon war verheiratet.

Ich hatte einen verheirateten Mann geküsst.

Das machte mich kein Deut besser als meine Schwester, auch wenn William und ich nicht verheiratet gewesen waren. Andererseits konnte ich mir nicht für etwas die Schuld geben, was ich nicht einmal gewusst, allerhöchstens geahnt hatte. Entsetzt riss ich meine Augen weit auf, ging wie von selbst einige Schritte rückwärts.

Seit ich Deacon kannte, hatte ich ihn noch nie so verloren und verzweifelt erlebt. Unzählige Emotionen spiegelten sich in seinen Zügen wider und brachen mir beinahe das Herz, auch wenn ich immer noch versuchte, zu verarbeiten, was er mir gerade offenbart hatte.

Ich beobachtete das Spiel der Schatten, welches das knisternde Lagerfeuer auf seinem Gesicht verursachte. Sie unterstrichen das Gesagte eindrucksvoll, die folgenschwere Bedeutung dessen, was diese drei Worte mir zu sagen hatten. Das Bedauern in Deacons Gesicht. Die Selbstverachtung.

Er strich sich beiläufig mit Zeige- und Mittelfinger über die Lippen. Als wünschte er sich, er könne damit den Kuss ungeschehen machen. Ihn schlichtweg fortwischen.

Ich bin verheiratet.

Deacon ließ seine Hand wieder sinken, bewegte seine Arme scheinbar planlos hin und her, ehe er die Hände in die Hosentaschen seiner Jeans gleiten ließ. Als wüsste er nicht mehr länger, etwas mit ihnen anzufangen. Er seufzte, und ich erkannte, wie sich der abwesende Ausdruck in seinen Augen verflüchtigte.

»Es tut mir leid«, sagte er leise und schüttelte abgehackt den Kopf. »Ich hätte das nicht zulassen dürfen.«

»Mir tut es auch leid.« Ich redete mir ein, dass die plötzliche Kälte, die ich wahrnahm, daher kam, dass auf einmal ein leichter Wind ging. Ich war nicht bereit, zu akzeptieren, was der wahre Grund dafür sein könnte. »Wenn ich gewusst hätte, dass du … Ich würde niemals wissentlich einen Mann küssen, der in festen Händen ist.«

Er öffnete ein paarmal den Mund. Ich konnte sehen, wie es in seinem Kopf arbeitete und dass es so vieles gab, was er mir sagen wollte, doch er tat es nicht. Schließlich erwiderte er: »Ich weiß.«

»Ich habe da anscheinend etwas falsch verstanden und mich mitreißen lassen. Du wolltest nur nett sein, und was mache ich? Das ist wieder so typisch ich«, brabbelte ich vor mich hin, wobei ich bei der Hälfte der sinnlos aneinandergereihten Worte innständig hoffte, dass er sie schlichtweg überhört hatte. Wenn ich könnte, würde ich am liebsten auf der Stelle im Boden versinken, damit Deacon nicht bemerkte, wie mich das, was geschehen war, aus der Bahn warf.

Deacon schwieg so lange, dass ich bereits der festen Überzeugung war, dass er nicht dazu bereit war, diesen Vorfall weiter zu kommentieren. Seine Lippen waren so fest aufeinandergepresst, dass es schon ein klein wenig schmerzhaft für ihn sein musste. Seit jener Nacht, in der ich das erste Mal auf diesen außergewöhnlichen Mann getroffen war, hatte ich mich nicht mehr so unwohl in seiner unmittelbaren Gegenwart gefühlt.

Der Drang danach, mich im Van auf meinem Bett zusammenzurollen, damit ich all das schleunigst ganz weit hinten in meinem Kopf und Herz verschließen konnte, wurde beinahe unerträglich, doch ich blieb, wo ich war.

»Lass uns daraus doch keine größere Sache machen, als es ist, Ams«, sagte Deacon achselzuckend und stand dabei plötzlich so locker und entspannt vor mir, dass es mich nur noch umso mehr wurmte, dass ich das komplette Gegenteil von ihm zu sein schien – ein nervöses Wrack.

Warum beschäftigte mich das überhaupt in diesem Ausmaß? Ich hatte irgendwie gedacht, dass er mich vielleicht mochte. Anders, als das bei zwei Menschen, die nur Freunde darstellten, der Fall war. Ich hatte angenommen, dass seine seltenen Seitenblicke eine tiefere Bedeutung hatten. Und vielleicht hatte ich auch von mir selbst geglaubt, dass ich für ihn mehr empfand als reine Dankbarkeit, und gedacht, dass das zwischen uns mehr sei als der Anfang einer innigen Freundschaft.

Freundschaft. Ganz genau. Mehr konnte das zwischen uns nämlich ganz offensichtlich nicht sein. Dieser Kuss war aus einer unbedachten Laune heraus entstanden. Es musste nur an diesem Song in Kombination mit dem emotionalen Gespräch über Casey und William gelegen haben.

»Ja, natürlich. Du hast recht. Sorry«, erwiderte ich, und obwohl ich mich mit aller Macht auf diese Worte fokussierte, hörte ich mir selbst an, wie schrecklich ich klang.

Ich räusperte mich und erwiderte dann Deacons unechtes Lächeln. Ich war überzeugt davon, dass meines nicht anders aussah. »Okay, also … Ich werde dann mal schlafen gehen, denke ich. Brauchst du noch Hilfe?«

Deacon schüttelte den Kopf, entspannte sich aber sichtbar bei meiner Ankündigung. »Nein, leg dich ruhig schon hin. Wir haben morgen eine weite Strecke vor uns.«

»Alles klar. Dann gute Nacht, Deacon.«

»Schlaf gut, Ams.« Sein Lächeln wurde aufrichtiger, was mein blödes Herz nur noch mehr zum Klopfen brachte. Er hatte in letzter Zeit immer öfter diesen Spitznamen für mich verwendet, der aus seinem Mund so verdammt intim klang. Wieso tat er das?

Bevor ich es schaffen konnte, das Ganze noch eigenartiger zu gestalten, ging ich schnell ins Innere des Vans. Hastig putzte ich mir die Zähne, schlüpfte aus meinen Schuhen und versteckte mich unter meiner Decke, sodass man von außen unmöglich noch mehr sehen konnte als mein zerzaustes Haar.

Ich versank in völlig sinnlosen, nervenaufreibenden Gedankenspiralen, die sich allesamt um Deacon drehten. Wieso war ich auf diese wahnwitzige Idee gekommen, dass er diesen Kuss ebenso gewollt hatte wie ich? Wieso hatte er den Kuss erwidert, wenn er ein vergebener Mann war? War Savannah, die Frau, die Steve erwähnt hatte, seine Ehefrau? War sie der Grund dafür, weshalb sein Freund ihn gewarnt hatte, nichts Unüberlegtes zu tun?

Ich hatte absolut keine Ahnung. Mich interessierte brennend, weshalb er hier, mitten im Nirgendwo, mit einer ihm mehr oder weniger fremden Frau in einem heruntergekommenen Mini-Bus unterwegs war, anstatt zu Hause bei seiner Frau zu sein. Zu Hause bei seinem Sohn. Savannah, Charlie und Deacon. Die drei mussten eine richtige Familie sein. Etwas, was ich nie erlebt hatte.

Ich konnte hören, wie Deacon das Lagerfeuer mit einem Eimer Wasser löschte. Er hatte sich viel Zeit damit gelassen. Hatte er womöglich so lange gebraucht, um sich zu sammeln?

Sobald ich irgendwann hörte, wie die Tür zum Mini-Van leise geöffnet wurde und er durch Deacons Schritte leicht zu wackeln begann, stellte ich mich schlafend. Er gab sich alle Mühe, leise zu sein, als auch er sich im Bad fertig machte, ehe ich eine Decke rascheln hörte und der Mini-Bus erneut in absoluter Stille versank. Ich lag auf der Seite und mit dem Rücken zu Deacons Schlafplatz. Ich konnte nicht sagen, ob er bereits eingeschlafen war.

Ich verkniff es mir, irgendein Geräusch von mir zu geben, ehe ich krampfhaft die Augenlider aufeinanderpresste und beschloss zu schlafen. Es war besser, nicht weiter darüber nachzudenken. Vermutlich interpretierte ich viel zu viel in diese Sache hinein. Das alles hatte rein gar nichts zu bedeuten, und der nächste Tag würde mir schon beweisen, dass sich überhaupt nichts zwischen uns verändert hatte.

Das leise Klappern von Geschirr und Besteck weckte mich sanft aus meinem Schlaf, auch wenn ich kurz darauf hellwach war, weil ich Deacon leise fluchen hörte.

Ich gähnte, setzte mich auf und rieb mir mit beiden Händen übers Gesicht. Deacon stand an der kleinen Kochnische, und es duftete wie jeden Morgen bereits nach Kaffee. Es hatte sich zwischen uns so eingebürgert, dass er es war, der das Frühstück vorbereitete, während das Abendessen meistens meine Aufgabe war.

Ich starrte Löcher in den Rücken des Mannes unweit von mir und sackte sogleich wieder ein wenig in mich zusammen, als die Erinnerungen an letzte Nacht zurückkamen. Deacons weiche Lippen auf meinen. Hastig schüttelte ich den Kopf und versuchte, jeglichen Gedankengang, der sich auch nur ansatzweise in diese Richtung bewegte, umgehend im Keim zu ersticken. Ich würde mich ganz sicher nicht noch einmal in diesen Strudel begeben.

»Und ich dachte schon, dass ich dich wecken muss«, murmelte Deacon ungalant wie immer, wandte mir aber auch weiterhin demonstrativ den Rücken zu.

Er trug mal wieder eines seiner Hemden, allerdings war heute das verwaschene Jeanshemd an der Reihe, bei dem ich an einer Hand abzählen konnte, wie oft ich das bisher an ihm gesehen hatte. Ich schluckte schwer, zwang mich dazu, aufzustehen und ins Bad zu taumeln, ehe ich weiter über seinen anziehenden Körper unter diesem Stück Stoff nachdenken konnte.

So was von unangebracht! Dieser dumme Kuss hatte meine Hormone ganz schön durcheinandergewirbelt, was ich dringend wieder abstellen musste.

Als ich kurz darauf aus dem schmalen Badezimmer kam, hatte er bereits die mit Eiern, Toast und Bacon beladenen Teller auf seinem selbst gebauten Esstisch abgestellt. Es roch so verdammt gut, dass ich beinahe gesabbert hätte.

Ich ließ mich Deacon gegenüber auf die Sitzbank fallen und nahm erst einmal einen tiefen Schluck von meinem schwarzen Kaffee. Ganz am Anfang unserer gemeinsamen Reise, als er mir zum ersten Mal Kaffee gemacht hatte, wunderte er sich darüber, dass ich ihn am liebsten schwarz trank. Seiner Ansicht nach brauchten Frauen immer einen Haufen Zucker und Milch, bis er nichts mehr mit einem richtigen Kaffee zu tun hatte.

Auch heute zuckten ab und zu noch seine Mundwinkel kaum merklich nach oben, wenn er mich dabei beobachtete, wie ich meine beiden Hände um meinen Kaffeebecher legte und gierig trank. Vielleicht lag das aber auch daran, dass ich dabei immer nicht gerade subtile Geräusche von mir gab.

Das war schon immer so gewesen, und ich konnte sie nicht unterdrücken – und das hatte ich ernsthaft versucht. Womöglich fand er die Tatsache, dass ich meinen Kaffee am liebsten nur schwarz trank auch deshalb so witzig, weil Savannah ihren Kaffee mit zu viel Milch und Zucker verunstaltete. Ach, Mist …

»Nette Frisur«, kommentierte Deacon belustigt.

Sobald ich meine Kaffeetasse abgestellt hatte, schenkte ich Deacon ein zuckersüßes Lächeln. Ich hatte es mir angewöhnt, das immer zu tun, wenn er mich so aufzog. Ich wusste selbst, dass meine Haare in alle Himmelsrichtungen abstanden und schrecklich aufgebauscht aussahen, doch ich hatte nach wie vor nicht die nötigen Pflegeprodukte, die ich sonst immer benutzte.

Ich musste aber zugeben, dass meine Haare heute besonders schlimm wirkten, was aber sehr wahrscheinlich weniger mit dem Mangel an Pflege, sondern viel mehr mit der unruhigen Nacht zu tun hatte.

Doch glücklicherweise waren meine Haare das Einzige, was seit meiner unerwarteten Reise etwas in Mitleidenschaft gezogen worden war. Man konnte deutlich sehen, dass wir in den letzten Tagen sehr viel Zeit im Freien zugebracht hatten. Meine sonst verhältnismäßig blasse Haut bekam zusehends mehr Farbe, wodurch meine Sommersprossen auf der Nase und vereinzelt auf den Wangen deutlich zum Vorschein kamen.

»Du sagtest gestern, dass heute wieder eine ziemlich lange Strecke ansteht?«

Bisher machte es nicht den Anschein, dass sich etwas zwischen uns verändert hatte, wofür ich unheimlich dankbar war.

Deacon, der sich gerade eine übermäßig volle Gabel Rührei in den Mund schob und es dabei irgendwie schaffte, nicht die Hälfte davon in seinem überdimensionalen Bart landen zu lassen, war anscheinend in der Lage, das Geschehene gekonnt zu ignorieren. Das war die bisher unkomplizierteste Reaktion auf etwas, was Deacon augenscheinlich durcheinandergebracht oder aufgeregt hatte. Ob das so bleiben würde? Noch war ich skeptisch.

»Das Ziel ist Amarillo. Du kennst das Spiel ja mittlerweile … Im besten Fall circa neun Stunden für um die dreihundertvierzig Meilen«, erklärte er, ehe er sich eine seiner perfekt gebräunten Toastscheiben griff und herzhaft hineinbiss. Einen Moment lang sah ich ihm dabei zu, wie er genüsslich kaute.

»Macht dir das eigentlich echt überhaupt nichts aus?«

»Was denn?«

Mein Adrenalinpegel schoss wie von selbst in die Höhe, als ich begriff, wie er diese Frage aufgefasst haben könnte.

»Das stundenlange Fahren und das viele Sitzen. Ich könnte das nicht«, beeilte ich mich zu sagen und stolperte dabei beinahe über meine eigenen Worte, während ich mich innerlich verfluchte.

Deacons Stirnfalte, die sich in Windeseile gebildet hatte, verschwand umgehend wieder, und er widmete sich erneut seinem Frühstück. Er schien sichtbar erleichtert zu sein, dass ich nicht die Frage gestellt hatte, von der er im ersten Augenblick wohl angenommen hatte, dass ich sie aussprechen würde.

»Ich schätze, das ist reine Übungssache. Ich habe mich schon so sehr an dieses unbequeme Polster gewöhnt, dass ich die Rückenschmerzen kaum noch wahrnehme.« Er zog eine Grimasse und lachte dann verhalten auf.

Ich musste es mir ernsthaft verkneifen, nun meinerseits die Stirn zu runzeln, denn ich wusste nicht, was ich von diesem eigenartigen Morgen halten sollte. Ich mochte es, ihn so gut gelaunt und gelöst zu sehen, doch in Anbetracht der Ereignisse vom Vortag machte mich das mehr als stutzig.

»Wohin willst du eigentlich? Was ist dein finales Ziel?« Ich hatte gedacht, selbst darauf zu kommen, aber Deacon setzte seine verschiedenen Etappenziele so wirr, dass ich nicht verstand, was sein Plan war. Ich hätte ja angenommen, dass er dabei spontan entschied, doch seine Karte war längst übervoll mit Markierungen.

Deacon sah mich nicht an, als er einen großen Schluck von seinem Kaffee nahm, um damit den Rest seines Toasts hinunterzuspülen. »So genau weiß ich das selbst nicht. Es gibt kein richtiges Ziel. Diese Reise hat keinen Anfang und kein Ende im klassischen Sinne. Ich muss einfach … den Kopf freibekommen, verstehst du?« Abermals nippte er an seiner Tasse, ehe er weitersprach. »Es gibt ein paar Gegenden, die ich schon immer einmal sehen wollte oder die ich in meinem Leben noch Hunderte Male sehen will.«

»Ja, das verstehe ich nur allzu gut«, meinte ich, zog meine Knie auf den Sitz und stützte mein Kinn darauf ab, während ich die unberührte Natur an uns vorbeirauschen sah. »Warst du schon einmal am Grand Canyon? Als Kinder haben Casey und ich immer gesagt, dass wir ihn einmal zusammen besuchen. Daraus ist leider nie etwas geworden.«

»Es ist ein atemberaubendes Gefühl, dort oben zu stehen. In die tiefen Schluchten zu blicken. Der rote knirschende Sand unter deinen Sohlen, in dem sich die langsam an dem Sandstein emporkletternde Sonne reflektiert. Der schneidende Wind um deine Ohren. Ich habe mich noch nie so klein gefühlt wie dort, wenn man an einem der Abhänge steht.«

Ich liebte es, ihm zu lauschen, wenn er über solche einzigartigen Orte sprach. Es war fast so, als wäre ich selbst schon dort gewesen. »Können wir dorthin fahren? Ich muss das unbedingt mit eigenen Augen sehen. Es klingt so wunderschön.«

»Sehr gern sogar«, erwiderte er, und das euphorische Leuchten in seinen Augen, welches mir dabei entgegenschien, ließ meine Beine selbst im Sitzen weich werden. »Meinst du, du schaffst das?«

Zunächst war mir nicht ganz klar, was er meinte. Dann fiel der Groschen. »Wenn wir ab und zu anhalten können. Ein großer Teil meines Hinterns ist immer noch taub«, meinte ich trocken, auch wenn ich wenig begeistert davon war, nach dieser Sache über neun Stunden neben ihm in diesem Van zu hocken. Aber vielleicht konnte er ja tatsächlich für die gesamte Zeit so gut gelaunt bleiben. »Hast du in Amarillo jemanden wie Steve? Einen Freund, den du auf dem Weg besuchen möchtest?«

»Nein, aber ich war bisher noch nie in Texas, obwohl ich dort schon immer mal hinwollte.«

»Ein kleiner Cowboy also.«

»Jedenfalls … bei der Gelegenheit suchen wir uns einen Waschsalon und besorgen dir mal ein paar Klamotten.«

Ich runzelte die Stirn, was Deacon allerdings nicht sehen konnte, da er sich die letzten Krümel auf seinem Teller in den Mund schob und dabei sehr beschäftigt wirkte.

»Was ist denn mit meinen Klamotten nicht in Ordnung?«

»Dass du sie die meiste Zeit nicht trägst, sondern meine.«

»Sorry.«

»Ist okay, aber du brauchst etwas Neues. Mehr als ein Teil.«

»Aber –«

»Wag es nicht, die Gelddiskussion noch einmal aufzurollen. Ich zahle. Punkt.« Deacon grinste vorsichtig, als sich unsere Blicke erneut begegneten.

Ich hatte mich mehr oder weniger damit abgefunden, dass ich das mit dem Geld zumindest vorerst nicht noch einmal mit ihm bereden konnte. Fest stand aber, dass ich ihm jeden einzelnen Cent davon zurückzahlen würde, sobald die Umstände sich geändert hatten. Für den Moment war ich einfach bloß dankbar und glücklich, ihn auf diese besondere Reise begleiten zu können.

Wir spülten das Geschirr direkt nach dem Frühstück ab und verstauten es in den gesicherten Schränken, damit uns nichts zu Bruch ging.

Danach machten wir es uns vorn auf unseren Plätzen bequem. Ich setzte mich wie üblich in den Schneidersitz. Deacon sah mich mit einer nach oben gezogenen Augenbraue an, ehe ich nickte und wir uns wieder in Bewegung setzten.

Amarillo, wir kommen.

Texas

Ich hatte mich längst daran gewöhnt, dass wir auf Reisen die meiste Zeit nur der Musik aus dem Radio lauschten, anstatt uns zu unterhalten. Deacon war eben nicht der Typ dafür, und das war auch in Ordnung.

Bei ihm wurde ich das Gefühl nicht los, dass er nur dann sprach, wenn der Anlass ihm tatsächlich wichtig genug erschien. Mich überkam auch nicht mehr so stark der Drang danach, auf Teufel komm raus eine Unterhaltung zu beginnen.

Vielmehr konzentrierte ich mich auf die Natur um uns herum und die Musik. Heute war es an mir gewesen, zu entscheiden, welchen Radiosender wir hörten. Inzwischen hatten wir uns darauf geeinigt, dass wir uns jeden Tag abwechselten. Deacon konnte zwar mit der Musik, die ich mochte, nur wenig anfangen, doch mir ging es ähnlich mit seiner. Ich gab dem Country zwar durchaus eine Chance, aber solange er nicht von Deacon gespielt wurde, war das immer noch nicht das Genre, welches ich bevorzugt anhören würde.

Als Deacon sich nach einer ausgedehnten Zeit des Schweigens räusperte und nach vorn lehnte, um das Radio verstummen zu lassen, wusste ich, dass das, was er zu sagen hatte, von enormer Wichtigkeit war.

Ich hörte unmittelbar damit auf, mit meinem rechten Fuß den Takt mitzutippen und linste unauffällig zu ihm hinüber. Ich konnte sehen, wie seine Kiefermuskeln mahlten.

»Deacon? Ist alles in Ordnung?«

»Ich bin schon sehr lange unterwegs, das weißt du ja. Ich bin von Seattle aus direkt über die Grenze nach Kanada. Der Van parkte schon seit Jahren ungenutzt auf einem gemieteten Stellplatz außerhalb der Stadt. Ursprünglich hatte ich ihn mit Charlie zusammen umbauen wollen, damit wir später damit Familienausflüge machen konnten. Dafür fehlte mir aber einfach die Zeit.«

Sein Griff um das Lenkrad wurde so fest, dass jegliches Blut aus seinen Knöcheln wich. Es war offensichtlich, dass er den Namen seines Sohnes nur mühsam über die Lippen brachte. Einzelne Strähnen fielen ihm in die Stirn, doch er machte sich nicht die Mühe, sie zurückzustreichen. Er war vollkommen auf die Straße und auf das konzentriert, was er mit mir teilen wollte.

Mein Atem ging flach, und mein Herz klopfte so laut, dass ich befürchtete, er könnte es hören.

»Ich war ein schrecklicher Vater. Ich war noch nicht bereit dazu, aber Savannah war nun einmal schwanger, und ich wollte alles richtig machen … Als Charlie zwei Jahre alt war, bekam ich ein Jobangebot, das ich einfach nicht ablehnen konnte. Ich dachte, ich käme mit dieser zusätzlichen Belastung ohne Probleme zurecht, aber das musste natürlich schiefgehen. Ich liebte Charlie, aber ich stellte meinen Job über alles andere.«

Deacon holte tief Luft und verstummte für eine ganze Weile, ehe er sich dazu entschloss, weiterzusprechen.

»Der Job war so stressig, dass ich irgendwann kaum noch Zeit zum Schlafen hatte, geschweige denn, um meine Familie zu sehen. Es war zu viel. Ich kam nicht mehr damit klar. Savannah warf mir alle möglichen Dinge an den Kopf, die alle wahr waren. Alles davon. Ich war nicht nur ein schrecklicher Vater, sondern auch ein schrecklicher Ehemann. Ich habe beide hängen lassen. Mit mir war nichts mehr anzufangen, also entschloss ich mich dazu … zu gehen. Zu diesem Zeitpunkt nahm ich an, dass es so das Beste wäre.«

Ich beobachtete mit angehaltenem Atem, wie er geräuschvoll ausatmete, sobald ihm diese Worte über die Lippen gewandert waren. Eine Form von Erleichterung stand ihm ins Gesicht geschrieben.

»Das habe ich außer dir nur Steve erzählt.«

Ich wusste nicht, was ich dazu sagen sollte. Ich hatte noch nie erlebt, wie ein Mann seine gequälte Seele vor mir ausbreitete, mir ein solches Vertrauen entgegenbrachte und es mir selbst überließ, zu urteilen. Wollte ich denn überhaupt über Deacon urteilen? Über sein Verhalten? Kannte ich ihn dazu denn überhaupt genug?

Nein, tat ich nicht. Das wäre nicht fair, zumal ich selbst mein eigenes Päckchen zu tragen hatte. Außerdem konnte ich mir trotz allem nicht vorstellen, dass er ein schlechter Vater sein sollte, geschweige denn ein schlechter Ehemann. Ich erinnerte mich an das Foto von ihm und seinem Sohn. Ich hätte zu gern gewusst, wie Savannah aussah. Ich war überzeugt davon, dass sie bildhübsch war.

»Hast du nie daran gedacht ... zu deiner Familie zurückzukehren?«

»Jeden Tag, aber jetzt ist es zu spät.«

»Was meinst du damit?«

»Ich bin schon so lange fort, dass sie mich bestimmt längst nicht mehr in ihrem Leben haben wollen«, antwortete er mit einer solchen Überzeugung, dass es mir das Herz brach.

»Das kann ich mir nicht vorstellen.« Instinktiv lehnte ich mich weiter in seine Richtung und sah ihn eindringlich an, doch sein Blick blieb fest auf der Straße. »Deacon, das glaube ich keine Sekunde lang.«

»Ich bringe es einfach nicht über mich, zurückzugehen«, flüsterte Deacon.

Ich legte meine Hand auf seine Schulter, um kurz darauf ebenjene Stelle mit meinem Daumen behutsam zu massieren.

»Ich würde mich selbst nicht mehr in meinem bisherigen Leben akzeptieren. Dafür habe ich zu viele Fehler gemacht. Und ich habe Savannahs Leben zerstört.«

Ich biss mir hastig auf die Zunge, ehe ich ihn mit noch mehr unangenehmen Fragen löchern konnte. Ich war mir fast zu hundert Prozent sicher, dass es noch mehr gab, was er über Savannah zu erzählen hatte.

»Jeder macht einmal Fehler. Wenn du dir selbst nicht vergeben kannst, wie kannst du dann erwarten, dass andere das machen? Wieso tust du dir das an?«

Ich nahm meine Hand schnell von seiner Schulter und lächelte ihn etwas verunsichert, aber aufrichtig an. Ich zog mich unwillkürlich wieder auf meine Seite zurück, um Deacon die Möglichkeit zu geben, über das nachzudenken, was ich ihm gesagt hatte.

Nachdem er auch nach mehreren Minuten keine Anstalten gemacht hatte, in irgendeiner Form zu reagieren, beließ ich es dabei. Allerdings gab es da noch etwas, was ich von ihm wissen musste. »Kann ich dich etwas fragen?«

Nach einem kurzen Zögern nickte er.

Ich schluckte. »Wieso trägst du deinen Ehering nicht mehr?«

Ich konnte sehen, wie er sich sichtbar entspannte. Anscheinend war er von einer deutlich verfänglicheren Frage ausgegangen.

»Es hat sich irgendwann einfach nicht mehr richtig angefühlt. Ich glaube kaum, dass sie mich nach all der Zeit und dem, was zwischen uns vorgefallen ist, noch zurücknehmen würde«, gestand er leise, und meine Augen wanderten wie von selbst zu seinem Ringfinger, an dem ich in diesem Licht nun einen schmalen hellen Streifen erkannte.

Nach diesem Gespräch fuhren wir wie gewohnt schweigend weiter. Irgendwann, als mir die erdrückende Ruhe zwischen uns zu viel wurde, schaltete ich das Radio wieder ein. Die Stunden, die wir auf der Interstate verbrachten, zogen sich in die Länge, und zu allem Überfluss landeten wir kurz vor Oklahoma City in einem zähen Stau.

Deacons Anspannung war größtenteils wieder aus seinem Gesicht verschwunden, aber sobald wir über eine Stunde später dran waren als geplant, konnte ich auch ihm ansehen, dass er eigentlich längst genug hatte.

Immer wieder setzte er sich etwas gerader hin, schüttelte seine Arme aus oder streckte sich, wobei sein Hemd immer so weit nach oben rutschte, dass ich einen schmalen Streifen an Haut oberhalb seines Gürtels zu Gesicht bekam. Als Deacon schließlich im Minutentakt fluchte, wusste ich endgültig, dass wir besser schleunigst ankommen sollten.

Von Oklahoma City sah ich nicht viel mehr als die Randgebiete, und dennoch war ich heilfroh, dass wir die Stadt, sobald sich der

Stau halbwegs aufgelöst hatte, hinter uns lassen konnten. Je mehr Abstand wir zu dieser Stadt bekamen, desto flüssiger wurde der Verkehr. Irgendwann schaffte ich es nicht mehr, meine Augen offen zu halten. Ich versank tief in Gedanken, bis ich unfreiwillig für einige Meilen einnickte, was mir normalerweise nicht allzu oft passierte.

Als ich Deacon husten hörte, wachte ich wieder auf. Ich richtete mich auf und sah mich neugierig um. Die grüne überwiegend mit Wald bedeckte Landschaft von Arkansas war jetzt einer eindeutig raueren gewichen. Die Wälder lichteten sich, und das lebendige Grün war durchzogen von rotem Sand, der sich an einigen Stellen zu lebendig aussehenden Berggruppierungen zusammengeschlossen hatte.

»Sind wir schon in Texas?«

Deacon brummte bejahend. »Noch etwa eine halbe Stunde bis Amarillo. Etwas außerhalb der Stadt gibt es einen großen Campingplatz, zu dem sicherlich auch ein Waschsalon gehört. Dort können wir unser Zeug waschen, sobald wir dir noch etwas Neues gekauft haben.«

»Brauchst du auch noch etwas?«

»Nein, ich bin versorgt.«

Bevor wir den besagten Campingplatz erreichten, zog sich die für amerikanische Verhältnisse schmale Straße nur noch stur geradeaus durch die rote Felsenlandschaft, die durch die bereits tief stehende Sonne noch einmal sattere Farben annahm. Die Straße war glücklicherweise wie leergefegt.

Der uns zugewiesene Parkplatz für den Mini-Bus lag unweit des Waschsalons, den Deacon erwähnt hatte. Während er routiniert den Van an Strom und Wasser anschloss, wartete ich darauf, dass wir danach zu Fuß in die Stadt aufbrechen würden, von der ich beim Hindurchfahren schon einen ersten Eindruck erhascht hatte. Als er kurz darauf wieder zu mir nach draußen kam und abschloss, hing ihm seine Gitarre über der Schulter. Was hatte er damit denn beim Shoppen vor?

Es war ein schöner, milder Abend, und es tat unheimlich gut, sich nach all dem Sitzen noch etwas die Beine zu vertreten. Wir brauchten nicht lange, bis wir im Zentrum von Amarillo angekommen waren. Ein Laden reihte sich an den nächsten.

Ich sah mehrfach fragend zu Deacon, der lediglich abwehrend beide Hände in die Luft streckte, um mir zu signalisieren, dass es meine Entscheidung war, in welchen wir gehen würden. Keiner der Namen an den Läden sagte mir etwas, und ich hatte die Sorge, dass ich ausgerechnet einen aussuchen würde, der nur Zeug führte, was viel zu teuer war.

Deacon trottete mir mit geringfügigem Abstand, ohne zu protestieren, hinterher, als ich auch nach mehreren hundert Metern noch keine Anstalten gemacht hatte, in einen der vielen Läden zu gehen.

Ich war immer mal wieder stehen geblieben und hatte kritisch die Schaufenster beäugt, doch auch wenn durchaus Teile dabei gewesen waren, die mir gefielen, hatten sie entweder teuer ausgesehen, oder ich hatte das entsprechende Preisschild umgehend entdeckt.

Als ich endlich schon von weitem an einer Straßenecke eine von außen klein und unscheinbar wirkende Boutique ausmachen konnte, steuerte ich zielstrebig darauf zu.

Beim Eintreten ertönte eine kleine Glocke über der Tür, die mir Deacon – höflich wie immer – aufgehalten hatte. Ein schneller Rundumblick verriet mir, dass es an der Zeit war, erleichtert auszuatmen. Nicht nur, weil dieser Laden Sachen führte, die mir auf den ersten Blick gefielen, sondern auch, weil sie erschwinglich waren.

Ich glaubte, dass wir beide ziemlich froh waren, als wir diese Boutique wieder verlassen konnten und ich mit meiner Ausbeute in Händen neben Deacon zurück zu seinem Mini-Bus ging.

Als Deacon sein Portemonnaie gezückt und einige Scheine, von denen mich zwei Staatsmänner vorwurfsvoll anstarrten, auf den Tresen der Verkäuferin gelegt hatte, war zwar umgehend wieder mein schlechtes Gewissen hochgekommen, aber glücklicherweise war es tatsächlich nicht viel Geld gewesen – gerade einmal vierzig Dollar für Kleidung, die mir ab sofort nicht mehr so schnell ausgehen dürfte.

Deacon schien in Spendierlaune zu sein, denn auf unserem Fußweg zurück zum Campingplatz machten wir Halt bei einem Italiener und orderten zwei Pizzen zum Mitnehmen. Allein schon bei dem

Geruch, der kurz darauf aus den Pizzakartons strömte, lief mir wortwörtlich das Wasser im Mund zusammen.

»Ich hätte dich ehrlich gesagt nicht für einen Weintrinker gehalten«, sagte ich und linste auf die Weinflasche, die sich Deacon unter
den Arm geklemmt hatte.

Der Besitzer des Ladens hatte sie ihm feierlich als Präsent überreicht, als er bezahlt hatte, jedoch wusste keiner von uns den Grund
dafür, da wir beide kein Italienisch konnten. Deacon hatte allerdings
auch nicht versucht, die freundliche Geste auszuschlagen.

»Ich bevorzuge ein kaltes Bier, aber Wein geht schon auch mal,
wenn er gut ist.« Dann bog er in eine Straße ein, aus der wir definitiv nicht gekommen waren. Ich runzelte die Stirn.

»Wo willst du denn hin?«

»Siehst du gleich.«

Wir gingen noch ein paar Minuten im Stillen weiter, ehe sich die
Häuser lichteten und immer weniger Verkehr herrschte. Plötzlich
gab es links und rechts von der Straße keine Gebäude mehr, und die
Sicht auf die Wüste war bis auf den schwarzen Asphalt und die
Strommasten, die dort verliefen und leise brummten, ungetrübt.

Meine Augen wurden groß, als sich Deacon hinter dem letzten
Haus zu Boden sinken ließ und mit dem Rücken an der Fassade an-
lehnte, ehe er mir mit einer nach oben gezogenen Augenbraue meinen Pizzakarton entgegenstreckte. Ich ließ mich nicht zweimal bitten, ging zu ihm und setzte mich mit einem nur geringen Abstand
neben ihn.

Schweigend begannen wir zu essen, während unsere Augen auf
das Spektakel unmittelbar vor uns gerichtet waren. Von hier aus
hatte man einen perfekten Blick auf die rötliche Wüste und die mal
größeren, mal kleineren Erhebungen aus Standstein. Ein leichter
Wind wehte uns um die Nase, als sich die glutrote Sonne mehr und
mehr dem Horizont entgegenbewegte und die grünen stacheligen
Kakteen einen immer längeren Schatten warfen.

Die Pizzen waren schnell verspeist, und wir tranken abwech-
selnd aus der Weinflasche. Gebannt beobachteten wir das Untergehen der Sonne, und als die wärmenden Strahlen endgültig verschwunden waren, war auch die Flasche vollständig geleert.

Seit meinen Teenagerjahren hatte ich keinen Wein mehr direkt aus der Flasche getrunken, und es fühlte sich einfach nur toll an. Manchmal waren es nun einmal die kleinen Dinge, die eine riesige Wirkung hatten. Ein Gefühl der unendlichen Freiheit machte sich in mir breit.

Wir saßen noch eine Weile dort, ehe Deacon aufstand, den Sand von seiner dunkelgrauen Jeans klopfte und mir auffordernd eine Hand entgegenstreckte, an der ich mich, ohne zu zögern, nach oben zog. Seine Haut fühlte sich gut an.

»Komm. Der Abend ist noch jung.« Deacon lächelte. Ob ihm bewusst war, dass er nach wie vor meine Hand hielt?

Texas II

Ganz offenbar hatte Deacon tatsächlich nicht richtig bemerkt, dass er meine Hand gehalten hatte, denn sobald er mich zielstrebig bis vor einen ganz bestimmten Laden geschleppt hatte, ließ er sie so abrupt los, als hätte ich einen Stromschlag durch seinen Körper gejagt.

Ich erinnerte mich schmerzlich an den einzigen Kuss, den es jemals zwischen uns geben würde. Ich wusste selbst nicht, wieso ich mich überhaupt noch damit befasste und unterbewusst quälte, doch das ließ sich, sosehr ich es auch versuchte, bisher nicht so leicht abschalten.

»Eine Karaoke-Bar?«, fragte ich panisch, als ich das Plakat im Schaufenster entdeckte. Dafür also die Gitarre. »Das kannst du vergessen, Deacon. Nur über meine Leiche.«

Sein schelmisches Grinsen machte mich unheimlich nervös. Ich wollte weiter protestieren, doch dann begann Deacon zu lachen. So laut und herzlich, dass sich erste Passanten beim Vorbeigehen nach ihm umdrehten, doch das war ihm offenbar egal.

»Das ist nicht witzig.«

»Sorry, aber du hättest dein Gesicht sehen müssen«, sagte er, nachdem er sich langsam wieder beruhigt hatte. »Keine Angst, ich hatte nicht vor, dich zum Singen zu zwingen. Wobei … kannst du denn singen? Oder spielst du ein Instrument?«

»Deacon!«

»Schon gut, ich mache doch bloß Spaß.«

Ich musste es mir ernsthaft verkneifen, ihn nicht spielerisch in die Seite zu knuffen.

»Ich dachte, wir könnten noch etwas trinken, bevor wir zurück zum Van gehen.« Während er das sagte, öffnete er mir die Tür.

Ein enormer Geräuschpegel schlug uns entgegen, doch es war, wie ein schneller Blick ins Innere offenbarte, noch gar nicht so voll. Deacon legte mir federleicht eine Hand auf den unteren Rücken – jedoch immer noch mit einem sicheren Abstand zu meinem Hintern –, um mich sacht vorwärtszuschieben. Ich erschauderte unter seiner Berührung, zwang mich aber dazu, davon nichts zu zeigen.

Nachdem wir uns eine ganze Weile suchend umgesehen hatten, deutete Deacon auf zwei freie Plätze an der Bar. Diese Barhocker stellten sich zwar nicht gerade als bequem heraus, zumal ich mit meinen kurzen Beinen nur knapp mit meinen Zehenspitzen auf den Boden kam, doch es war allemal besser, als zu stehen.

Während Deacon dem Barkeeper unsere Bestellung zurief, schaute ich mich um. Die Bar versprühte definitiv nicht so viel Charme und Flair wie die *Coyote Lounge*, was vermutlich daran lag, dass alles schon ziemlich in die Jahre und heruntergekommen wirkte und so mancher Besucher hier einen ziemlich zwielichtigen Eindruck auf mich machte.

Deacon und ich hatten bereits die Hälfte unseres ersten Bieres geleert, als es auf einmal ungewöhnlich still im Raum wurde. Der erste Gast betrat die bescheidene Bühne. Er verbeugte sich spielerisch vor dem Publikum, ehe er sich auf den bereitgestellten Barhocker setzte und das Mikrofon vor seinen Mund ausrichtete. Wenn mich nicht alles täuschte, war das, was er dann versuchte zu performen, ein Countrysong, jedoch war der Kerl kaum in der Lage, auch nur einen gerade Ton herauszubekommen.

Ich spähte zu Deacon, der auf einmal das Gesicht verzog, als hätte er massive Schmerzen. Ich konnte es ihm nicht verübeln, und es war offensichtlich, dass wir mit dieser Wahrnehmung nicht allein waren, denn es wurde wie auf Knopfdruck wieder lauter im Raum.

Dummerweise wurden die Darbietungen auch mit dem zweiten Bier nicht besser. Ich konnte zwar weder singen noch irgendein Instrument spielen, doch die meisten von ihnen besaßen auch leider keinerlei Rhythmusgefühl.

Ich fokussierte mich mit aller Macht darauf, die grausige Musik – wenn man es denn so nennen konnte – auszublenden und einfach nur mein Bier zu trinken.

Deacon verzog abermals angewidert das Gesicht, nahm einen tiefen Schluck von seinem Bier und beugte sich dann zu mir. Sein Atem kitzelte bereits meine Nasenspitze, und sein Atem roch nach dem herben Bier, welches wir tranken.

»Das ist wirklich nicht zum Aushalten, oder? Niemand hier kann singen. Der da ist zumindest in der Lage, die Töne am Klavier halbwegs zu treffen.« Deacon deutete mit seinem Daumen hinter sich zu dem schüchternen Typen, der offensichtlich von seinen Freunden gezwungen worden war, zu spielen.

»Warst du etwa noch nie in einer Karaoke-Bar?« Ich grinste. »Normalerweise hat keiner Talent, egal welches Lied oder Genre sie sich heraussuchen. Ich bin felsenfest davon überzeugt, dass es nur eine Person in diesem Raum gibt, die genug Talent hat, um alle anderen in den Schatten zu stellen.«

Ich verschluckte mich fast an meinem Bier, als ich begriff, was ich da gerade von mir gegeben hatte. Ich musste nicht auch noch sein Ego streicheln. Meine Zunge war von dem Alkohol viel zu locker geworden.

»Ach, du denkst also, dass ich Talent habe, ja?«

»Ich denke, dass du echt begabt bist. Wie wäre es, wenn du das gleich mal beweist, hm? Dieses Gejaule kann ich nicht mehr länger ertragen. Bitte?«

Deacon musterte mich eine Weile, ohne etwas zu sagen oder sich auch nur im Entferntesten zu rühren. Sein Grinsen wurde schwächer. Schließlich nickte er, schnappte sich seine Gitarre und ging nach vorn zu dem Mann, der den Sound mischte.

Ich hätte ihn nicht für jemanden gehalten, der gern in Karaoke-Bars spielte, aber ich freute mich unheimlich, den ersten guten Auftritt des Abends zu erleben, und war neugierig, mit welchem Lied er mich dieses Mal verzaubern würde.

Nachdem er kurz mit dem Kerl hinter dem Mischpult gesprochen und dieser zustimmend genickt hatte, betrat Deacon die schmale Bühne. Er legte sich den Gurt um Hals und Schultern, setzte sich breitbeinig auf den Barhocker und stellte geübt das Mikro ein.

Man hätte glatt meinen können, dass er so etwas öfter tat oder zumindest eine Menge Bühnenerfahrung besaß. Deacon wirkte auf mich kein bisschen nervös. Sein Auftreten war derart professionell, dass ich mich unwillkürlich fragte, ob er früher vielleicht nicht sogar in einer Band gespielt hatte.

Prüfend ließ er seinen Blick über die Menschen vor sich wandern und legte seine Stirn kurzzeitig in Falten. Es war immer noch sehr laut hier drinnen, was ihn zu stören schien, doch als er sich räusperte und die ersten Töne anstimmte, wurde es nicht nur wieder stiller im Raum, sondern es drehten sich auch zahlreiche Köpfe zurück zur Bühne.

Deacon wartete, bis die Aufmerksamkeit im Raum größtenteils ihm gehörte, und begann dann, den Song zu spielen. Seine sanfte, aber dennoch raue Stimme ging wieder unmittelbar unter meine Haut. Ich hing an seinen Lippen und wünschte mir insgeheim, dass dieses Lied niemals zu Ende sein würde, während mich ein Schauer nach dem nächsten überrollte.

Ich konnte nicht sagen, ob es anderen Zuhörern in dieser Bar ebenso ging wie mir, denn auch wenn ich es gewollt hätte: Es war mir nicht möglich, meinen Blick von dem Mann auf der Bühne zu nehmen. Wenn man allerdings nach der absoluten Stille im Raum urteilte, dann tippte ich auf ein großes Ja.

Mir fiel erst nach einer ganzen Strophe auf, dass Deacons Lied mit keinerlei Playback hinterlegt war, wie es sonst bei Karaoke üblich war. Jedem Kandidaten vor ihm war ausgiebige Technik zur Verfügung gestellt worden, und es hatte dennoch nach nichts geklungen. Doch ich verstand, wieso Deacon von Anfang an ganz bewusst darauf verzichtete. Oder war der Song nur nicht bekannt genug, als dass der Typ hinter dem Mischpult ihn hätte abspielen können?

»Alter, was ist das denn für ein Weichei?«, hörte ich da hinter mir jemanden sagen, und der Bann war plötzlich gebrochen.

Genervt sah ich zu der Quelle dieses wenig geistreichen Kommentars und entdeckte auf einem Barhocker unweit von mir einen bulligen Typ und zwei weitere kräftige Kerle, die verhalten lachten. »Kann der etwa nur so Schnulzenscheiße singen? Mann, das ist ja nicht zum Aushalten!« Dieses Mal war er so laut, dass ich bereits Sorge hatte, Deacon hätte ihn gehört, doch als ich für einen Augenblick nach vorn sah, hatte sich an seiner Haltung nichts verändert. Ich atmete erleichtert aus.

»Hey«, sagte ich mit erhobener Stimme, sodass er mich hören konnte und klopfte dann mit der Hand auf den Tresen, damit er mich auch wirklich bemerkte.

Einer seiner Kumpel tippte ihm auf den Arm, sodass sich der Kraftprotz zu mir umdrehte. Der schmierige Blick, den dieser mir daraufhin mit einem abfälligen Grinsen zuwarf, war äußerst abstoßend. Anscheinend dachte er, ich wollte ihn ansprechen.

»Könntest du bitte leise sein? Wenn dir seine Musik nicht gefällt, könntest du ja auch draußen warten, bis er fertig ist.«

»Oh, habt ihr das gehört, Jungs? Das Mädel verteidigt diesen Waschlappen.«

»Du musst doch zugeben, dass er im Vergleich zu den bisherigen Kandidaten wenigstens singen kann.«

»Schwer zu sagen bei diesem ganzen Gejaule«, erwiderte der Koloss so laut, dass ich das Gefühl hatte, auch schon die Aufmerksamkeit von anderen Gästen wahrzunehmen.

»Könnt ihr bitte einfach die Klappe halten? Es gibt mit Sicherheit genügend Menschen, die das gern hören wollen, und das, was ihr macht, ist echt unhöflich.«

»Was bist du? Sein Mädchen, oder was? Was willst du denn mit so einem? Lass mich dir mal zeigen, wie ein richtiger Mann eine Frau wie dich behandelt«, säuselte er, während er immer näher auf mich zukam und – trotz meines Zurückweichens – so nahe vor mir stand, dass sich unsere Körper beinahe berührten.

Angewidert von seinem Alkoholatem drehte ich meinen Kopf zur Seite, ehe ich mich besann, und versuchte mich unter ihm wegzuducken.

»Na, na, wo willst du denn hin?«

Ich setzte bereits zu einer schneidenden Antwort an und wollte ihn mit aller Kraft an den Schultern von mir stoßen, als ich einen ohrenbetäubenden Lärm unmittelbar neben mir hörte.

Der bullige Kerl ließ von mir ab und ging zu Boden. Holzsplitter flogen durch die Luft, und einige davon verfingen sich in meinen langen Haaren. Weil mein Blut so laut in meinen Ohren rauschte, hatte ich bis jetzt überhaupt nicht bemerkt, dass Deacon aufgehört hatte zu spielen. Genau genommen war es mucksmäuschenstill in der Karaoke-Bar geworden, und wirklich jedes einzelne Augenpaar hatte seinen Blick auf uns gerichtet.

Entsetzt schnappte ich nach Luft, als ich begriff, dass die Holzsplitter zu Deacons Gitarre gehörten, deren letzte Überreste er immer noch fest in seiner Hand hielt, während sich seine Brust hektisch hob und senkte. Seine Miene war so düster und verschlossen, dass er mir beinahe Angst machte. Das war der Deacon aus Philadelphia. Der Mann, dem ich Pfefferspray in die Augen gesprüht hatte, um mich zu verteidigen.

»Keine Gewalt in meiner Bar! Raus mit euch!«, zeterte jetzt ein Mann, der sich durch die Menge schlängelte und die beiden Kerle, die ihren bewusstlosen Kumpel auf dem Boden anstarrten, am Revers packte. »Und ihr auch! Sofort!«, sagte der Barchef an uns gewandt, funkelte dabei aber lediglich Deacon finster an.

Ich nickte hastig, doch Deacon rührte sich nicht vom Fleck. Er schaute zu dem am Boden liegenden Typen. Langsam ging ich ein paar Schritte auf ihn zu, sodass ich ihn behutsam am Arm fassen konnte.

»Deacon? Wir sollten lieber abhauen.«

Ich befürchtete, dass er mich in diesem Zustand überhaupt nicht wahrnehmen konnte, doch schließlich nickte er mechanisch, riss sich von meiner Hand los und stapfte zum Ausgang. Die letzten kläglichen Reste seiner schönen Gitarre pfefferte er mit voller Wucht in die erstbeste Ecke.

Ich zuckte zusammen. Ich wusste, dass es in der Laufbahn von Musikern öfter dazu kam, dass sie ihre Instrumente zertrümmerten, aber ich konnte mir nicht ganz erklären, wieso er auf einmal derart die Fassung verloren hatte.

Mit einem letzten entschuldigenden Blick zu dem Mann, der die beiden Vollidioten immer noch am Kragen festhielt, beeilte ich mich, Deacon zu folgen, der die Karaoke-Bar bereits verlassen hatte.

Als ich ins Freie trat, entdeckte ich ihn an einer Fußgängerampel, die er gerade bei Rot überquerte. Ich fing an zu joggen, damit ich ihn in dem Tempo, welches er vorgab, einholen konnte.

Er sagte kein Wort, während wir zurück zum Van liefen, und ich war zu konzentriert darauf, mit ihm Schritt zu halten. Kaum, dass er aufgeschlossen hatte, ließ sich Deacon auf eine der Sitzbänke am Esstisch fallen und vergrub sein Gesicht in seinen Händen. Ich war von seinem Verhalten überfordert. Was war bloß in ihn gefahren?

Ich hatte ja selbst keinen blassen Schimmer, was da in der Bar überhaupt passiert war. Vermutlich hatte er den pöbelnden Kerl gehört, aber war das Grund genug, dass er gleich so ausflippte?

Ich hatte die Situation völlig im Griff gehabt. Nie hätte ich ihn für so impulsiv oder gar gewalttätig gehalten. Wieso musste er diesen ansonsten so wundervollen Tag auf diese Art und Weise zerstören?

Ich hatte Deacon zwar auch schon gereizt erlebt, aber dennoch konnte ich mir nicht vorstellen, dass er öfter derart die Fassung verlor. Außerdem wusste ich, wie viel ihm seine Gitarre bedeutete. Seine Musik. Die Texte.

Ich ließ mich ihm gegenüber auf die Bank sinken und überlegte, wie ich mich verhalten sollte. Seit wir vor einigen Minuten hier angekommen waren, hatte er sich keinen Millimeter gerührt und auch nichts gesagt. Ich biss auf meiner Unterlippe herum, ehe ich langsam die Hand nach ihm ausstreckte, dann aber zögerte.

»Deacon?«, hauchte ich, überwand den letzten Abstand zwischen uns und strich ihm die Holzsplitter aus dem Bart und den Haarsträhnen an der Stirn.

Deacon schreckte so heftig hoch, als hätte ich ihm eine Ohrfeige verpasst. Der Blick aus seinen finsteren Augen traf mich völlig unerwartet, und alles in mir zog sich zusammen.

»Bist du okay? Hast du dich verletzt?«

Er lachte freudlos und stand auf, als mein Blick an seiner rechten Hand hängen blieb – der Hand, mit der er die Gitarre auf den Kopf des Mannes geschlagen hatte. Ohne nachzudenken griff ich nach ihr. Er blieb wie angewurzelt stehen und schaute zu mir, während er scharf die Luft einsog.

»Du hast Holzsplitter in der Hand. Lass mal sehen.«

»Hände weg!« Kraftvoll entriss er mir seine Hand, durchbohrte mich förmlich mit Blicken und stapfte dann wutentbrannt in das kleine Badezimmer.

Türenzuschlagen hatte in diesem Van zwar nicht die gleiche Wirkung wie bei einer richtigen massiven Tür, aber die Botschaft war durchaus bei mir angekommen. Ich sollte ihn in Ruhe lassen.

Ohne mir die Mühe zu machen, mich umzuziehen, schlüpfte ich aus meinen Schuhen und legte mich unter meine warme Decke. Deacon war schon eine halbe Ewigkeit in dem kleinen Bad, als ich spüren konnte, wie es mir immer schwerer fiel, meine Augen offen zu halten.

Texas III

Die Sonne war kaum aufgegangen, als ich am nächsten Morgen in aller Frühe aufwachte, doch sosehr ich es wollte, ich konnte auch nach mehrmaligem Umdrehen nicht mehr einschlafen.

Seufzend setzte ich mich auf, musterte zerknirscht meine neue, jetzt aber zerknitterte Bluse und schielte hinüber zu Deacons Bett. Er wandte mir den Rücken zu und schlief ruhig und friedlich. Die Decke war von seinen Schultern gerutscht, sodass ich ungehindert seinen nackten muskulösen Rücken begutachten konnte.

Sein Oberkörper bewegte sich beim Atmen leicht, und mein Herz klopfte bei diesem Anblick so kraftvoll in meiner Brust, dass mir beim Aufstehen etwas schwindelig wurde. Ich entschied mich dafür, dass es besser war, ihn noch etwas schlafen zu lassen.

Da wir es gestern nicht mehr in den Waschsalon geschafft hatten, schnappte ich mir nach einem kurzen Gang ins Bad all unsere dreckige Kleidung sowie meine restlichen neuen Sachen und verließ auf Zehenspitzen den Mini-Bus. Der Wind war noch ziemlich eisig und ließ mich ein wenig frösteln.

Der Waschsalon war menschenleer, und keine der zahlreichen Maschinen lief, sodass ich freie Auswahl hatte. Mit knurrendem Magen verfrachtete ich die Wäsche in eine der Trommeln, wählte das entsprechende Programm und ließ mich dann auf einer unbequemen Holzbank nieder, um dabei zuzusehen, wie sich unsere Kleidung langsam miteinander vermischte. Ich lehnte mich zurück, hob die Beine auf die Bank und zog die Knie an die Brust.

Manchmal wäre es so viel leichter, wenn ich mich offen und ehrlich, ohne Zurückhaltung, mit Deacon unterhalten könnte. Der gestrige Abend mit ihm war zu Beginn so unglaublich schön gewesen. Als wir Pizza essend an dieser Hauswand gesessen und den Sonnenuntergang beobachtet hatten, war für einen winzigen Augenblick sogar der Gedanke in meinen Kopf eingedrungen, dass Deacon richtig romantisch sein konnte, wenn er das denn wollte.

Warum nur war er gestern derart ausgeflippt? Weil mir dieser bullige Typ so auf die Pelle gerückt war? Oder weil er mitbekommen hatte, wie jemand seine Art zu spielen und singen kritisiert hatte? Manchmal machte mich dieser Mann schlichtweg wahnsinnig.

Ich wusste, dass ich die aufkeimenden Gefühle für ihn unterdrücken musste, aber das hieß noch lange nicht, dass ich nicht trotzdem so etwas wie Zuneigung für ihn empfinden durfte. Egal, wie aufbrausend und hitzköpfig er ab und zu sein konnte: Ich war fest davon überzeugt, dass nicht nur ich, sondern auch er das, was zwischen uns war, als eine immer inniger werdende Freundschaft einschätzte. Es war daher an der Zeit, dass wir offener miteinander redeten.

Mit der fertigen Wäsche über meinem Arm, die dank des überdimensionalen Trockners direkt trocken war, ging ich zurück zum Van. Inzwischen stand die Sonne bereits wieder hoch am Himmel, und die Luft war spürbar wärmer geworden.

Als ich vorsichtig die Tür an der Beifahrerseite aufzog, saß Deacon bereits in sein weißes enges Shirt gehüllt am gedeckten Frühstückstisch und brütete über seiner ausgebreiteten Straßenkarte.

Ich holte einmal tief Luft, ehe ich seine zusammengefalteten Klamotten auf sein Bett legte und meine auf den Karton, in dem immer noch die wenigen Habseligkeiten aus meinem alten Leben waren, deponierte.

Mir kam es so vor, als ob dieses Leben schon Tausende Lichtjahre zurücklag. Ich dachte nur noch selten daran, was mich einerseits freute, aber gleichwohl auch erschreckte. So langsam sollte ich mir echt ernsthaft Gedanken darüber machen, was ich in Zukunft tun wollte. Ich konnte mich nicht auf ewig davor drücken ... Vielleicht etwas mit Marketing? Oder sollte ich mich doch noch an einer Uni bewerben?

»Wo warst du?«, fragte Deacon gedämpft, was daran lag, dass er mit der Hälfte seines Gesichtes förmlich in der Kaffeetasse steckte. Die Karte faltete er nun ordentlich zusammen.

»Im Waschsalon. Du hast noch geschlafen, und ich wollte dich nicht wecken.«

Deacon nickte abwesend, als hätte er sich diese Frage ohnehin schon selbst beantwortet. Auf dem Herd erkannte ich die zur Hälfte mit Rührei gefüllte Pfanne. Eine Art Friedensangebot?

»Danke«, murmelte ich leise, während ich mir Kaffee einschenkte und das Ei auf meinen Teller schaufelte. Er war bis auf seinen Kaffee längst fertig mit dem Frühstück.

Ich hatte bereits einen Toast verdrückt und die Hälfte meines Kaffeebechers geleert, als Deacon sich geräuschvoll räusperte. Er hatte mich zwar permanent über den Rand seiner Kaffeetasse angestarrt, aber nichts gesagt. Anscheinend brannte ihm aber etwas auf der Seele, was er loswerden wollte, auch wenn er nicht so richtig zu wissen schien, wie er anfangen sollte.

»Das mit gestern ... tut mir leid«, sagte er, ohne mir dabei in die Augen zu schauen. »Ich wollte dir keine Angst machen.«

»Das hast du nicht. Was ... war denn los?«

»Ist das denn wichtig?«

Bei diesen Worten schaute er mir so intensiv in die Augen, dass mir die Luft wegblieb und ich meine Tasse umso fester fasste. Als ich es nicht mehr länger aushielt, sah ich mit glühenden Wangen weg und starrte auf den kläglichen Kaffeerest in meiner Tasse.

»Meinst du nicht, dass das mal aufhören sollte?«, fragte ich so leise, dass ich mir einen Moment lang nicht sicher war, ob er mich überhaupt gehört hatte. Dabei fokussierte ich unverändert den Kaffee in meiner Tasse, den ich gedankenverloren immer wieder hin und her schwenkte.

»Wovon sprichst du?«

»Vertraust du mir?«

Als er auch nach mehreren quälend langen Herzschlägen nichts erwiderte, setzte ich schließlich nach. »Ich meine ... wir sind uns doch mittlerweile nicht mehr fremd, oder?« Ich hob meinen Kopf etwas, um in seine dunklen Augen zu schauen, die mich musterten.

Der Ausdruck in ihnen erinnerte mich ein klein wenig an den Abend, an dem ich mich dazu hatte hinreißen lassen, ihn zu küssen. In den letzten vierundzwanzig Stunden hatte ich schon viel zu häufig daran denken müssen … Mein Herz zog sich qualvoll zusammen.

»Nein. Ich glaube über diesen Punkt sind wir schon lange hinaus.«

»Also sind wir so etwas wie … Freunde?« Obwohl es durchaus eine Herausforderung für mich war, gab ich dieses Mal nicht nach. Ich hielt Deacons forschendem Blick stand. Ob er merkte, dass er mit den Fingern seiner rechten Hand begonnen hatte, auf der Holzplatte zu trommeln? War das so etwas wie ein nervöser Tick? Deacon – nervös? Weshalb?

»Ich schätze, dass man das so nennen kann, ja.« Deacon lehnte sich dabei zurück, brachte somit wieder mehr Abstand zwischen uns, und verschränkte die Arme vor der Brust.

Was würde ich dafür geben, um zu wissen, was in diesem Augenblick in seinem Kopf vor sich ging?

»Freunde vertrauen sich … Ich bin für dich da, wenn du reden möchtest. Ich weiß, dass wir uns noch nicht lange und deshalb auch noch nicht gut kennen, aber ich glaube, dass wir einander guttun. Verstehst du, was ich meine?«

Deacon schien mal wieder seine Zunge verschluckt zu haben, denn er sagte daraufhin nicht gleich etwas.

»Ich fand den Abend gestern wirklich schön. Besonders deinen Auftritt. Das mit deiner Gitarre tut mir wirklich leid. Du solltest dir das nicht zu Herzen nehmen, dass sich diese Typen über dich lustig gemacht haben. Das waren hirnlose Idioten.«

Seine Miene blieb unverändert und gab nichts über das preis, was sich in seinem Kopf abspielte. Nur dieser nachdenkliche Ausdruck verstärkte sich zusehends. Er nickte bedächtig.

»Das finde ich auch. Ich werde darüber nachdenken. Ich weiß das zu schätzen, Ams. Danke.« Deacon machte den Eindruck, als hatte er noch etwas sagen wollen. Doch er stand abrupt auf und schenkte mir ein gezwungenes Lächeln. Mehr hatte ich zum aktuellen Zeitpunkt wohl nicht erwarten können, es war zumindest ein Fortschritt.

»Wir sollten uns besser auf den Weg machen. Ich möchte heute auf jeden Fall noch einen Großteil von Colorado hinter uns lassen.«

Je weiter wir nordwärts fuhren, desto dichter wurde das kräftige Grün um uns herum, und es erinnerte mich an Virginia und Arkansas, auch wenn Colorado deutlich bergiger war. Der Bundesstaat war berühmt für die Rocky Mountains und die schneebedeckten Gebirgskämme. Die meiste Zeit über lehnte ich mich an der Fensterscheibe an, um so viel wie möglich in mich aufzunehmen.

Erneut waren nur wenige Worte zwischen uns gefallen, seit wir von Amarillo aufgebrochen waren, doch war es diesmal absolut in Ordnung. Das Radio spielte im Hintergrund einen Pop-Song, der mir außerordentlich gut gefiel, und sogar Deacon schien Spaß daran zu haben, denn er tippte im Takt mit den Fingern auf das Lenkrad.

»Hast du das schon einmal gesehen?«, fragte ich ihn irgendwann, allerdings ohne meinen Blick von den sich immer höher auftürmenden Bergen abzuwenden.

»Mehr als einmal, aber ich kann nicht genug davon bekommen«, war Deacons Antwort, und ich bildete mir ein, aus seiner Stimme genau herauszuhören, dass unsere Umgebung ihn emotional werden ließ.

Wie schon öfter auf unserer bisherigen Reise, hatte ich irgendwann jegliches Gefühl für Raum und Zeit verloren. Als Deacon auf einmal langsamer wurde und von der Straße abfuhr, die immer schmaler und weniger befahren geworden war, war ich zugegebenermaßen enttäuscht – enttäuscht darüber, dass ich mich von dieser atemberaubenden Kulisse losreißen musste.

Ich hatte die winzige Tankstelle mitten im Nirgendwo überhaupt nicht bemerkt, an der er gerade angehalten hatte und mich lächelnd dazu aufforderte, ihm zu folgen.

Während Deacon an einer der beiden einsam und verlassen wirkenden Zapfsäulen tankte, streckte er sich. Er verzog das Gesicht, als er sich über den Nacken strich, und ich konnte mir nur allzu gut vorstellen, dass der mittlerweile verdammt schmerzen musste.

Nachdem ich mich auf den Toiletten frisch gemacht hatte, entschied ich mich dazu, etwas durch den kleinen Laden zu schlendern. Das Angebot war sehr überschaubar, und soweit ich wusste, brauchten wir momentan keine weiteren Vorräte. Um ehrlich zu sein, sah das Essen auch nicht sonderlich appetitlich aus. Angewidert verzog ich das Gesicht, als ich die längst tot gebratenen Hot Dogs erspähte, die in einem fettigen Grill hoch- und runterfuhren.

Hastig wandte ich mich davon ab, ging an dem überquellenden Regal voller Chips vorbei. Die ältere Dame hinter dem Tresen, die noch bis gerade eben in irgendein Klatschmagazin vertieft gewesen war, lächelte mich freundlich an.

»Guten Tag. Ist lange her, dass hier jemand vorbeigekommen ist. Suchen Sie etwas Bestimmtes?«, fragte sie und beäugte dabei wissend den kleinen Plüschteddybär, den ich in just dieser Sekunde aus dem nächstbesten Regal genommen hatte. Er war ganz weich, trug einen braunen Rangerhut und umklammerte mit den Tatzen die bunte Flagge von Colorado. »Der ist sehr beliebt bei unserer Kundschaft. Für sechs Dollar gehört er Ihnen.«

Ich erwiderte ihr freundliches Lächeln, stellte den Teddy aber zurück. Es wurde mir immer unangenehmer, daran zu denken, dass Deacon mich die ganze Zeit mitfinanzierte, auch wenn ich ihm am Ende unserer gemeinsamen Reise alles zurückzahlen würde. Selbstverständlich würde ich auch für das Benzin anteilig aufkommen.

Auf keinen Fall wollte ich, dass diese blöde Geldthematik zwischen uns stand – doch ich merkte, wie eben das meine Stimmung immer weiter runterzog. Für mich ging es einfach ums Prinzip: Ich war alt genug, um selbst für mich zu sorgen.

Hätte ich doch bloß einen Computer, auf dem ich schon einmal beginnen konnte, Bewerbungen zu schreiben ... Mit jedem Tag, der verstrich, wurmte mich das mehr. Ich musste Deacon bitten, mich nach Hause zu fahren. Viel länger konnte ich mich nicht mehr bei ihm verstecken, ebenso wenig wie er bei mir.

Wie auf Knopfdruck wanderte der Blick der Verkäuferin nach draußen. Deacon war offenbar gerade fertig geworden, schloss den Tankdeckel und machte dann Anstalten, ebenfalls den Laden zu betreten.

»Er sieht gut aus. Und meinem Erwin sehr ähnlich. Zumindest als er noch jung war.«

Ich errötete und starrte immer noch steif auf den Teddybär. »Wir sind kein Paar.«

Das Lächeln der Verkäuferin wurde noch breiter, doch sie ließ meine Bemerkung unkommentiert, als Deacon schließlich den Laden betrat.

»Brauchst du noch etwas?«

»Nein, ich habe mich nur etwas umgesehen«, bemerkte ich, als sein Blick auch schon auf das Plüschtier unmittelbar vor mir fiel. Anscheinend dachte er genau das Gleiche wie ich gerade eben. Schließlich nahm ich den Bär abermals aus dem Regal und hielt ihn ihm entgegen. »Wäre das nicht ein schönes Mitbringsel für Charlie, wenn ihr euch wiederseht? Guck doch mal, wie süß der ist.«

In dem Moment, in dem ich das sagte und zu ihm aufsah, wusste ich bereits, dass ich einen Fehler begangen hatte. Deacons Augen formten sich zu Schlitzen, und er erstarrte. Er schnappte lautstark nach Luft, riss mir dann das Plüschtier aus der Hand und pfefferte es zurück ins Regal. Glücklicherweise war die Verkäuferin schon in dem Moment, in dem Deacon eingetreten war, für einen Moment in das vermutliche Lager verschwunden.

»Deacon?«, flüsterte ich leise.

»Was soll das?«, zischte er kochend vor Wut.

»Was meinst du?« Ich wusste wirklich nicht, wieso er auf einmal so an die Decke ging.

Er schnaubte, schüttelte fassungslos den Kopf und wollte sich ohne einen weiteren Kommentar von mir abwenden. Doch ehe ich mich versah, hatte ich nach seiner rechten Hand gegriffen, die zu einer Faust geballt war. Deacon hielt inne.

»Bitte. Verschließ dich nicht vor mir. Sag mir, was dir durch den Kopf geht. Ich wollte nur, dass du etwas Schönes für Charlie hast, wenn du ihn wiedersiehst. Meinst du nicht, dass er sich darüber freuen würde?«

»Sprich nicht über ihn, als würdest du ihn kennen!«, presste Deacon jetzt so unerwartet bedrohlich hervor, dass ich wie von selbst meine Hand von ihm löste. »Ich werde nicht zurückgehen, und das weißt du auch.«

»Wieso? Es ist offensichtlich, dass du leidest. Dass du ihn vermisst.«

»Das mag stimmen, aber es ist nicht länger von Bedeutung. Charlie braucht mich nicht. Sieh mich doch an. Ich bin kein guter Einfluss für ihn. Was würde ich ihm beibringen, hm? Wegzurennen, sobald es schwierig wird? Den Kopf in den Sand zu stecken und nie mehr aufzutauchen? Sind das die Werte, die man einem Kind beibringen sollte? Wohl kaum!« Er redete sich in Rage und wurde mit jedem Wort lauter. Inzwischen war ich mir absolut sicher, dass uns die ältere Dame, die wieder hinter dem Tresen stand, anstarrte und jedes einzelne Wort hören konnte.

»Das bist nicht du. Wovor hast du eine solche Angst?«

»Woher willst du das wissen? Du kennst mich nicht!«, brüllte er jetzt. »Du bist scheinheilig, weißt du das? Du versuchst, in meinem Leben herumzupfuschen, aber selbst bist du keinen Deut besser. Du rennst ebenso vor etwas davon wie ich. Nicht bereit, dich dessen zu stellen. Ich muss nicht von dir gerettet werden. Ich habe es dir von Anfang an gesagt: Misch dich nicht in Dinge ein, die dich nichts angehen!« Deacon bebte.

Seine Worte trafen mich tiefer, als er womöglich annahm. Das war mein wunder Punkt, und das wusste er.

Ehe die Grabesstille, die sich auf einmal über die Tankstelle gelegt hatte, noch weiter andauern konnte, wandte sich Deacon abrupt ab, stapfte zu dem Verkaufstresen und schmiss ein paar Scheine darauf. Die ältere Frau wich tatsächlich etwas vor ihm zurück und schenkte mir einen besorgten Blick, den ich mit einem beschwichtigenden Lächeln erwiderte.

Erst, als sich mein Herzschlag wieder halbwegs beruhigt hatte, folgte ich Deacon, der die Tür schwungvoll aufgestoßen hatte, sodass sie gegen die angrenzende Wand geknallt war. Die Verkäuferin war sichtbar zusammengezuckt.

Als ich nach draußen trat, entdeckte ich ihn, wie er sich auf seinen Fahrerplatz setzte, die Tür schwungvoll zuzog und dann den Motor startete. Ich beeilte mich, zu ihm zu kommen.

Ich war gerade an der Zapfsäule angekommen, als Deacon mit voller Wucht auf das Gaspedal trat, der Mini-Bus ächzend zum Leben erwachte und davonschoss.

Colorado

Mir klappte nicht nur im übertragenen Sinne die Kinnlade herunter, als ich gebannt verfolgte, wie sich der Mini-Bus immer weiter von mir entfernte. Mit jedem Meter wurde Deacons Gefährt schneller, und bald blieb nichts weiter zurück als die graue Abgaswolke, die sich aus dem alten Auspuff des Fahrzeugs in die Luft kämpfte. Nicht mehr als das helle rote Leuchten des Rücklichts.

Es konnte doch unmöglich sein Ernst gewesen sein, als er meinte, dass er nicht vorhatte, zu seiner Familie zurückzukehren ... oder etwa doch? Das war für mich absolut unvorstellbar. Ich wusste zwar immer noch nicht im Detail, was zwischen Deacon und Savannah vorgefallen war, aber Charlie spielte dabei keine Rolle. Er hatte mit dem, was zwischen seinen Eltern stand, nichts zu tun. Charlie brauchte seinen Vater.

Die Emotionen überrollten mich erbarmungslos. Das Gefühl der grenzenlosen Freiheit, das ich mit Deacon zusammen kennen und lieben gelernt hatte, veränderte sich in der Geschwindigkeit eines Buschfeuers zu einer ganz anderen Empfindung: grenzenlose Leere.

Ich begann zu zittern. Die Hoffnung auf einen Neuanfang oder zumindest eine Pause von dem, was mein Leben war, hatte ich verloren. Alles davon löste sich in Luft auf, während Deacon mich so leichtfertig aus seinem Leben beförderte – so einfach und abrupt, wie ich in ihm aufgetaucht war.

Ohne es bewusst zu merken, hatte ich mich mehr und mehr von ihm abhängig gemacht, dabei war das das Letzte, was ich wollte –

von irgendjemandem abhängig sein. Diese Erkenntnis traf mich hart. Was hatte ich mir dabei bloß gedacht? Das musste aufhören, wenn sich dieses *Problem* nicht ohnehin schon von selbst gelöst hatte. Deacon war mein Freund geworden und war längst nicht mehr nur der Kerl, der mir in der Kälte der Nacht geholfen hatte.

Ich verharrte wie angewurzelt an der Stelle, an der bis eben noch der Van gestanden hatte. Mittlerweile war er so weit gefahren, dass er jeden Moment aus meinem Sichtfeld verschwinden würde. Dass sich mein Herz, als ich daran dachte, schmerzhaft zusammenzog, ließ mich straucheln. Ich wollte überhaupt nicht darüber nachdenken, was ich jetzt tun sollte.

Ich war viel zu aufgewühlt, um zu weinen. Stattdessen entrang sich meiner Kehle ein unkontrollierbares Schluchzen, als ich begriff, dass ich Deacon nie mehr wiedersehen würde. Sein sexy Lächeln. Wie er in seinem Holzfällerhemd eines von diesen zuckrigen Erdbeerbonbons verspeiste.

Als der Van um die Ecke bog, leuchteten die roten Lichter am Heck plötzlich intensiv auf – die Bremslichter.

Er hatte angehalten. Ich konnte auch von meinem Blickwinkel aus immer noch die graue Abgaswolke aus dem Auspuff kommen sehen, was bedeutete, dass der Motor noch lief. Er wartete. Wollte er, dass ich zu ihm kam?

Ich ging wenige Schritte nach vorn und wartete auf Deacons Reaktion. Er hatte irgendwo in sich durchaus ein Herz – ein sehr großes sogar. Er würde es nicht über sich bringen, mich hier stehen zu lassen. Wobei … Hatte er seinen Sohn nicht ebenso im Stich gelassen? Es war gemein, das zu denken, aber es steckte ein Körnchen Wahrheit darin. Es stand mir zwar nicht zu, mir darüber eine ausführliche Meinung zu bilden, da ich die genauen Details nach wie vor nicht kannte, aber dennoch …

Deacon musste mittlerweile gesehen haben, dass ich Anstalten machte, zu ihm zu kommen, und er blieb, wo er war. Ich lief schneller. Mit jedem Schritt, den ich tat, erhöhte sich meine Geschwindigkeit, bis ich irgendwann fast joggte. Ich wollte ihm nicht die Genugtuung geben, zu rennen, auch wenn es letzten Endes genau das war, was ich mehr als alles andere wollte. Zurück zu ihm. Zurück in die

Freiheit und Einsamkeit, die nur er verstand und die ich nur mit ihm teilen konnte.

Der Motor lief unverändert ratternd weiter, doch der Mini-Bus bewegte sich keinen Zentimeter vorwärts. Eine deutlich sichtbare schwarze Spur hatte sich auf dem Asphalt verewigt. Deacon musste ganz schön auf die Bremse getreten haben. Mein Herz drohte mir förmlich aus der Brust zu springen, als ich bei der Beifahrertür angekommen war und mehr als nur einen Versuch brauchte, um diese mit zittrigen, tauben Fingern zu öffnen.

Ohne hinüber zu Deacon zu sehen, was mir verdammt viel Selbstbeherrschung abverlangte, ließ ich mich auf dem Platz nieder, der in den vergangenen Tagen so etwas wie mein neues, wenn auch temporäres Zuhause geworden war. Vielleicht war es albern, aber es war unmöglich, mir vorzustellen, dass unsere gemeinsame Reise zu einem jähen Ende kommen könnte.

Mir war durchaus bewusst, dass das irgendwann passieren musste, doch ich hatte mich noch nie in meinem Leben so frei wie auf dieser spontanen Reise gefühlt – eine Auszeit, die für den Rest meines Lebens einen ganz besonderen Platz in meinem Herzen einnehmen würde. Es würde vielleicht nie mehr etwas Vergleichbares geben.

Ich schluckte geräuschvoll und versuchte, den hartnäckigen Kloß in meinem Hals loszuwerden, doch das wollte mir nicht gelingen. Mein Herz klopfte so heftig, dass ich den Herzschlag sogar noch in meinem Hals spüren konnte. Das Blut in meinen Ohren rauschte so laut, dass ich kaum noch etwas anderes wahrnahm.

Ich war nicht bereit, mich damit auseinanderzusetzen, was sich in seinen Augen widerspiegeln würde. Nicht im Entferntesten bereit dazu, zu akzeptieren, was er mir zu sagen hatte. Ich fürchtete, dass er die Freundschaft im Keim ersticken würde.

Ich starrte wie gebannt auf meine Hände, ehe ich es nicht mehr länger aushielt und zurück nach draußen sah. Die Straße war unverändert wie ausgestorben, weshalb sich auch niemand darüber beschweren konnte, dass wir mitten auf der Fahrbahn standen. Ich rieb nervös meine Handflächen aneinander, als Deacon seufzte und dann das Rattern des wartenden Motors erlosch.

»Und ich dachte, du würdest es vorziehen, an dieser Tankstelle zu versauern«, bemerkte Deacon rau, und ich konnte nicht sagen, worauf dieser Witz in Wahrheit abzielte. Wenn diese Situation nicht mehr als unangenehm gewesen wäre, hätte ich bestimmt höflich gelacht. »Du hast recht. Ich habe Angst. Panische Angst sogar. Weil ich nicht weiß, was passieren wird, wenn ich zurück ... nach Hause komme.« Deacons Stimme wurde mit jedem Wort leiser.

Als ich ihn vollkommen in sich zusammengesunken auf dem Fahrersitz kauern sah, zerbrach endgültig etwas in mir. Seine Unterarme lagen auf dem Lenkrad, doch sein Oberkörper war an die Autotür gesunken. Seine Augen hatte er geschlossen, doch ich konnte deutlich sehen, wie sein Adamsapfel hüpfte – als würde er gegen etwas ankämpfen.

»Bitte entschuldige mein Verhalten, Ams. Das, was ich zu dir gesagt habe, war nicht fair ... Ich hätte nicht ...« Als ich meine Hand auf seinen Unterarm legte, brach er den Satz ab.

Er öffnete seine Augen und sah mich an. Bestätigend drückte ich seine Hand und versuchte mich an einem kleinen Lächeln, welches er jedoch nicht erwiderte. Er sah immer noch so verloren und bestürzt aus. Schweigend musterte er meine Gesichtszüge, als würde er nach Anzeichen dafür suchen, dass ich ihm nicht vergeben konnte. Dass ich immer noch stocksauer auf ihn war.

Die Wahrheit sah allerdings ganz anders aus. Ich könnte nie so etwas wie Wut empfinden, wenn es um ihn ging. Ich konnte bloß erahnen, was ihm in den letzten Monaten alles widerfahren war, und ich fühlte mich deshalb mit ihm verbunden.

Erstaunt bemerkte ich, wie Deacon meine Hand gefühlvoll drückte, dabei jedoch für keine Sekunde den Blickkontakt abbrach.

»Du hast mir Angst gemacht«, offenbarte ich ihm flüsternd und entschied mich dafür, seine absolute Offenheit zu erwidern. »Ich dachte einen quälend langen Augenblick, dass du mich zurücklassen und keinen Blick zurückwerfen würdest. Dass diese Reise endet, bevor ich mich revanchieren kann.« Ich lächelte matt.

»Es tut mir leid. Ich würde dich niemals so zurücklassen. Das war nicht das, was ich wollte ... Ich wollte nur weg. Nicht von dir, einfach von allem. Ich bin durchgedreht. Manchmal ... überkommt mich das so plötzlich, dass ich nicht mehr länger dagegen ankomme. Verstehst du?«

Ich nickte, nicht in der Lage, das, was ich in diesem Augenblick für ihn empfand, in Worte zu fassen.

Auf der einen Seite wollte ich nichts sehnlicher, als ihm eben das zu beichten. Dass er mir unbeschreiblich ans Herz gewachsen war, mir unter die Haut ging, seit ich ihn kannte. Dass ich ihn nicht mehr verlieren wollte und dass alles nicht nur auf eine reine platonische Freundschaft zurückzuführen war und er so viel mehr für mich darstellte.

Bevor ich mich allerdings weiter in diesem verwirrenden Gedankenkarussell verlieren konnte, führte Deacon meine Hand an seine Lippen und küsste meinen Handrücken so vorsichtig, als würde er befürchten, dass meine Hände bei der geringsten Berührung zerbrechen könnten. Ich hielt die Luft an. Konnte er meinen hektischen Atem spüren?

»Ist es okay für dich, wenn wir weiterfahren?« Deacon ließ meine Hand los, setzte sich wieder aufrecht hin, griff zum Zündschlüssel und musterte mich.

Die Stelle, an der er mich geküsst hatte, glühte wie Feuer. Meine Gedanken überschlugen sich. Wusste er, wie ich mich dabei fühlte, wenn er mir so nahekam? Dass sich dieser Kuss am Lagerfeuer unaufhaltsam in jede einzelne Faser meines Körpers eingebrannt hatte? War ihm die Röte auf meinen Wangen aufgefallen? Hoffentlich nicht.

Diese Gedanken mussten definitiv aufhören. Deacon war vergeben. Er wollte sich wie ein Gentleman bei mir entschuldigen, seinen Fehler eingestehen. So wie es Freunde nun einmal taten.

Mehr als ein Nicken bekam er von mir nicht, doch das schien ihm zu genügen, denn nur eine Sekunde später drehte er den Zündschlüssel herum, und der Mini-Van wurde erneut lebendig.

Ich wollte mich nach vorn lehnen und das Radio einschalten, um das alles zu vergessen und mich weiter zu beruhigen, doch Deacon war schneller und legte abwehrend seine eigene Hand über den Einschaltknopf des Radios. Ich hielt inne, und unsere Blicke begegneten sich erneut, wenn auch nur sehr kurz, da uns Deacon über die kurvenreiche Waldstraße befördern musste.

»Warte«, bat er mich eindringlich. Ich sah ihn abwartend an. »Es vergeht kein Tag, an dem ich nicht an Charlie denke. Ihn vermisse. Sein Lieblingsspielzeug war ein Teddybär, als er noch ganz klein war. Ein Geschenk seiner Oma, Savannahs Mutter, als er geboren wurde. Er und der Bär waren faktisch unzertrennlich. Die meiste Zeit über hat er ihn allerdings als einen Schnullerersatz benutzt.« Wie aus dem Nichts lachte er, und ein verträumter Ausdruck wanderte auf sein Gesicht.

»Verstehst du, Ams? Ich habe ihn gleich wieder vor mir gesehen. Wie wir zusammen mit diesem hässlichen Teddybären gespielt haben. Wie es war, als wir eine ganz normale, funktionierende Familie waren. So geht es dir doch bestimmt auch, oder? Du musst Casey unheimlich vermissen, ganz egal, was sie dir angetan hat.«

»Das tue ich«, bestätigte ich traurig und starrte zurück nach draußen. »Aber ich weiß genauso wenig wie du, wie ich den ersten Schritt machen soll. Ob ich das schaffe.«

»Das verstehe ich … Savannah musste viel mit mir durchmachen. Sie hat Besseres verdient. Es ist meine Schuld, dass sie einmal so wütend auf mich geworden ist, dass sie anfing, Dinge nach mir zu werfen. Dass sie wegen mir einen Nervenzusammenbruch hatte.« Deacon holte tief Luft. »Ich kann es ihr nicht einmal übelnehmen, dass sie mich betrogen hat.«

Mein Mund klappte entsetzt auf, als das, was er mir gesagt hatte, richtig bei mir ankam. Ein trauriges, wissendes Lächeln zupfte an seinen Mundwinkeln, als er erneut einen schnellen Seitenblick auf mich riskiert und meine Reaktion auf das von ihm Gesagte bemerkt hatte.

»Wir sind uns ähnlicher, als du glaubst. Wir sind kein solch ungleiches Paar, wie man annehmen könnte.«

»Ich weiß nicht, was ich sagen soll. Das tut mir so unendlich leid.«

»Ich weiß, mir auch, Ams. Aber ich erzähle dir das nicht, weil ich Mitleid will. Nein. Ich will dir beweisen, dass ich dir vertraue. Dass ich bereit dazu bin, dir alles anzuvertrauen. Wer ich bin. Du musst mich nur danach fragen, okay? Du bist die einzige Person, die nun so viel über mich weiß. Nicht einmal Steve weiß alles.«

»Das bedeutet mir mehr, als du dir vorstellen kannst. Ich vertraue dir auch.« Ich war erleichtert, dass wir diese scheinbar letzte Hürde genommen hatten.

Colorado II

Wir fuhren eine ganze Zeit lang schweigend weiter, während das Radio im Hintergrund lief und beruhigende Klänge ausspuckte. Deacon hatte mir nicht, wie angenommen, unmittelbar tiefgehendere Fragen gestellt.

Er trug so viel Güte, Anstand und Aufrichtigkeit in seinem Herz, wie es selten zu finden war. Zumindest bei William hatte ich so etwas nie erlebt. An ihm war ebenso wenig Ritterlichkeit zu finden gewesen wie bei Steve.

Deswegen erzählte ich, ohne dass er mich dazu aufforderte, von meiner Vergangenheit. Ich erinnerte mich an die schönen Zeiten mit Casey. An die wenigen Momente in meinem Leben, in denen ich von unserer gemeinsamen Mutter das Gefühl bekommen hatte, aufrichtig geliebt zu werden. Ich erzählte ihm Geschichten davon, welchen Blödsinn wir anstellten, als wir noch ganz klein waren, die ihn mehrfach zum Schmunzeln und sogar zum Lachen brachten.

»Ich habe zwar weder Bruder noch Schwester, aber ich kann mir nur allzu gut vorstellen, wie innig die Beziehung zwischen Geschwistern sein muss.« Deacons wachsamer Blick ruhte auf mir, als er das sagte, und auch wenn er es nicht offen sagte, stand diese unausgesprochene Frage mehr als präsent im Raum. Ich hätte nicht darauf eingehen müssen, doch ich wollte es.

»Ich liebe Casey«, sagte ich langsam. »Ich weiß nur nicht, ob ich ihr jemals wieder in die Augen sehen kann. Ich bin damals sofort gegangen. Ich habe keine Ahnung, ob sie immer noch mit … ihm zu tun hat, und eigentlich bin ich auch nicht scharf darauf, es herauszufinden. Das Arschloch hat nicht einmal versucht, den Kontakt zu mir wieder aufzunehmen – so wichtig war ich ihm demnach.« Ich versuchte den Schmerz, der sich in meiner Brust ausbreitete, zu ignorieren.

Deacon schwieg eine Weile. »Was ist mit deiner Mutter? Willst du sie nicht irgendwann noch einmal sehen? Das, was sie euch zugemutet hat, war alles andere als das, was ein kleines Kind erleben sollte, aber ... meinst du nicht, dass sie sich womöglich nach all den Jahren verändert hat?«

»Das glaube ich kaum.« Ich seufzte. »Du hast recht, aber ich kann das nicht. Ich wüsste ja nicht einmal, wie ich Kontakt zu ihr herstellen sollte, selbst wenn ich das wollte. Außerdem gibt es Dinge, die kein Kind verzeihen kann, auch wenn es um die eigenen Eltern geht.«

Er musterte mich wachsam, als wüsste er, dass ich hierbei noch von etwas ganz anderem sprach als dem, was er inzwischen erfahren hatte.

»Wenn Casey nicht gewesen wäre ... Sagen wir einfach, manche von Moms Bekanntschaften waren sehr ... anhänglich.« Es war mir mehr als unangenehm, darüber zu sprechen.

Ich sah, wie er seine Hände fest um das Lenkrad krallte. Mittlerweile wusste ich, dass das ein klares Anzeichen dafür war, dass ihm etwas sehr nahe ging.

»Wurdest du etwa ...«, begann er so leise, dass ich ihn kaum verstehen konnte. »Es hat doch niemand von ihnen ... Ich meine ...«

»Nein. Ich kann mich kaum daran erinnern, ich war noch viel zu klein, aber hätte Casey nicht immer auf uns aufgepasst ... Ich weiß nicht, was dann passiert wäre.«

Deacon atmete so erleichtert aus und ließ eine seiner Hände so kraftlos zurück auf seinen Oberschenkel fallen, dass man geradezu hätte annehmen können, dass ihn das mehr mitnahm als mich selbst. »Ich fühle mich wie der schlimmste Rabenvater, wenn ich dir zuhöre, wie du über deine Mutter erzählst.«

»Du bist nicht im Entferntesten wie sie, Deacon. Hör sofort auf, so etwas zu denken!«

»Bin ich das nicht? Ich habe ihn im Stich gelassen, genau wie eure Mutter es damals mit dir und deiner Schwester getan hat. Charlie hat mehr als einmal mitbekommen, wie Savannah und ich uns gestritten haben. Wie ich mehr als einmal betrunken nach Hause gekommen bin.« Er ließ geschlagen seinen Kopf hängen und sackte in sich zusammen.

»Das mag alles stimmen, aber du beweist mir jeden Tag aufs Neue, dass du Charlie über alles liebst. Allein das macht einen gewaltigen Unterschied zu unserer Mutter. Es ist noch nicht zu spät. Das ist es zwar, was du dir selbst versuchst einzureden, aber das ist es nicht. Dir stehen alle Möglichkeiten offen, deine Familie zurückzugewinnen. Du hast Angst, das verstehe ich, aber du musst über deinen eigenen Schatten springen.«

»Glaubst du das wirklich?«

»Von ganzem Herzen. Charlie liebt dich, das kann ich dir sagen, auch ohne ihn zu kennen. Deine Erzählungen reichen dabei vollkommen aus. Außerdem strahlen jedes Mal deine Augen, wenn du von ihm sprichst. Du hast eine ganz wundervolle Familie. Jetzt verstehe ich Steve. Du solltest das nicht wegwerfen, weil du einmal einen Fehler gemacht hast. Jeder Mensch macht Fehler. Und ich bin mir sicher, dass Savannah dich immer noch sehr liebt. Du bist ein guter Kerl.«

»Danke, Ams.«

Es löste ein eigenartiges Stechen in meiner Brust aus, als ich mit ihm über Savannah redete, doch meine Worte waren nur die Wahrheit. Natürlich hatte er Mist gebaut, aber tief in seinem Herzen war er ein verdammt guter Kerl, und ich konnte mir beim besten Willen nicht vorstellen, dass Savannah das nicht mehr sehen konnte, wenn er alles in Bewegung setzen würde, um sie zurückzugewinnen.

»Aber was ist, wenn … ich mir nicht sicher bin, ob …« Deacon brach ab, räusperte sich, strich sich abwesend mit Daumen und Zeigefinger über den Bart. »Wenn ich nicht weiß, ob meine Gefühle für Savannah noch ausreichen, um eine richtige Familie zu sein?«

Ich hatte mit vielem gerechnet, aber nicht damit. Die Unsicherheit, die Selbstzweifel und auch die Scham, die er empfand, trafen mich vollkommen unvorbereitet.

»Das kannst du nur herausfinden, wenn du zu deiner Familie zurückkehrst. Ich würde dir sehr gern dabei helfen, Deacon, aber das kannst leider nur du allein für dich entscheiden.«

Deacon hatte bisher nur sehr selten über Savannah gesprochen, doch ich hatte für keine Sekunde daran gedacht, dass das womöglich den Grund haben könnte, dass er sich seiner Gefühle für sie nicht mehr sicher war. Er hatte mir erzählt, dass sie unmittelbar nach dem gemeinsamen Schulabschluss geheiratet hatten, weil es das gewesen war, was in den Augen ihrer Eltern der einzige richtige Weg gewesen war.

Konnten die Gefühle für jemanden, den man schon so lange kannte und den man bereits über solch einen langen Zeitraum als festen Partner an seiner Seite hatte, schlichtweg verschwinden? Andererseits … war es nicht genau das, was mir und William widerfahren war? Hätte sich das, was zwischen uns gewesen war, nicht früher oder später sowieso in Luft aufgelöst, wenn Caseys Verhalten diesen Prozess nicht noch beschleunigt hätte? Sollte ich ihr am Ende sogar noch dankbar dafür sein?

Bei dem bloßen Gedanken daran fröstelte ich, auch wenn ich durch all die Gespräche mit Deacon immer wieder aufs Neue festgestellt hatte, dass ich bereits seit einiger Zeit vollständig über William hinweg war.

Ich dachte mal wieder zurück an unseren Kuss am Lagerfeuer. War dieser aus reiner Verzweiflung und Verunsicherung heraus entstanden? Weil Deacon nicht mehr verstand, was sein Herz fühlte? Ich hoffte innständig, dass nicht ich für seine Verwirrung verantwortlich war. Auf keinen Fall wollte ich eine Familie entzweien.

»Ich weiß, du hast ja recht. Es ist nur so schwer, einen klaren Weg zu sehen, verstehst du?«

»Ja … Ich verstehe genau, was du meinst.«

»Wir sind wirklich armselig«, stellte Deacon abschließend fest, und ein zurückhaltendes Lächeln umspielte seine Lippen.

»Das kannst du aber laut sagen.«

»Was, wenn wir das zusammen durchziehen würden?«

Fragend zog ich eine Augenbraue nach oben.

»Wir helfen uns gegenseitig, diesen Schritt zu tun. Wir sind mehr oder weniger auf halber Strecke zu San Francisco. Ich liefere dich bei deiner Schwester ab, und ich fahre dann weiter nach Seattle.«

Mir wurde augenblicklich flau im Magen, als ich die tiefgehende Bedeutung dieses Vorschlags erfasste. Unsere Wege würden sich dort endgültig trennen. Ich würde in mein Leben zurückkehren und er in seins.

»Ich werde darüber nachdenken, okay?«

»Mehr verlange ich auch überhaupt nicht. Noch haben wir eine ganze Menge vor uns. Ich möchte noch so viele Orte sehen. Orte, die ich mit meiner Familie besucht habe und Orte, die ich selbst noch nicht kenne. Ich bin losgegangen, um meine Gedanken zu sammeln. Um wieder zu mir selbst zu finden. Ich glaube, dass ich noch nicht bereit bin, zurückzukehren, aber ich bin auf einem guten Weg.«

Ich ließ diese Aussage unkommentiert.

Meine Augenlider wurden immer schwerer. Eigentlich wollte ich nicht einschlafen. Die Natur um uns herum war viel zu schön dafür.

Der Mini-Bus fing an zu stottern, sodass ich mir den Kopf leicht an der Fensterscheibe der Beifahrertür anschlug, an der ich bis eben noch gelehnt und ein Nickerchen gehalten hatte. Dann spuckte der Motor plötzlich merkwürdige Geräusche aus, und der Van kam abrupt zum Stehen. Rauch stieg aus der Motorhaube empor. Ich rieb mir über den Hinterkopf, ehe ich Deacon verwirrt ansah.

»Elendes Mistding.« Deacon schlug aufgebracht mit der flachen Hand auf das Lenkrad, was dazu führte, dass ein helles Hupen erklang und die Stille des dichten, einsamen Waldes um uns herum durchschnitt.

»Was ist passiert?«

»Nichts Gutes. Ich werde mir das mal ansehen. Hoffen wir, dass nichts Größeres kaputt gegangen ist.«

Er löste seinen Sicherheitsgurt und stieg genervt aus. Ich folgte ihm nach draußen. Es war bereits später Nachmittag geworden, und die Sonne würde schon bald untergehen. Weit und breit war keine Menschenseele zu sehen oder zu hören. Wir waren vollkommen allein, fernab jedweder Hilfe.

Ich schluckte schwer, als ich verfolgte, wie Deacon die Motorhaube öffnete und dann eilig einen großen Schritt zurücktrat, um nicht in Kontakt mit den bestimmt ziemlich heißen, und mittlerweile noch dichter austretenden Rauchschwaden zu kommen.

Wenn er fluchte, dann richtig. Ich hatte in meinem bisherigen Leben noch keinen Menschen erlebt, der so viele verschiedene Ausdrücke in seinem Wortschatz besaß, um Objekte zu beleidigen. Ihm dabei zuzuhören, wie er seinen Mini-Bus verfluchte, war zugegebenermaßen echt niedlich. Auch wenn ich ihn ansonsten nicht unbedingt so bezeichnen würde.

»Amber?«

»Ja?«

»Kannst du mal versuchen, den Motor anzulassen?«

»Klar, eine Sekunde.«

Es war ein eigenartiges Gefühl, nun auf der Seite zu sitzen, auf der sonst immer nur Deacon saß. Ich legte meine Finger um den Autoschlüssel, der unverändert in dem Zündschloss steckte, und drehte ihn um. Der Motor röchelte und stotterte, doch mehr geschah nicht. Ich versuchte es ein zweites Mal, aber auch das änderte nichts an der Tatsache, dass der Motor nicht mehr anspringen wollte.

Deacon, der sich in einer sicheren Entfernung zu der geöffneten Motorhaube mit den Händen in die Seiten gestemmt hingestellt hatte, verzog missmutig das Gesicht.

»Okay, das funktioniert jedenfalls schon einmal nicht. Kannst du mir bitte mal eins der Geschirrtücher bringen?«

Er umwickelte damit seine rechte Hand, ehe er sich wieder über den immer weniger rauchenden Motor beugte und nochmals begann, daran herumzuhantieren. Nachdem er mich ein weiteres Mal zurück in den Mini-Bus geschickt hatte, um ihm den roten Werkzeugkoffer zu holen, den er in einem der Schränke aufbewahrte, und ich ein weiteres Mal versucht hatte, den Motor anzulassen, ließ er sich seufzend vor dem Van zu Boden sinken.

Um ihn herum lag ein Großteil der Utensilien aus seinem Werkzeugkoffer ausgebreitet. Mit dem Rücken an die Stoßstange gelehnt, wischte er sich die rabenschwarz gewordenen Hände an dem Handtuch ab.

»Tja. Ich befürchte, dass er uns im Stich lässt. Ich habe alles versucht, was mir in den Sinn gekommen ist, aber du hast das Ergebnis ja gesehen.«

Einen Augenblick lang starrte ich ihn mit tiefen Sorgenfalten auf der Stirn an, bevor ich mich unmittelbar neben ihm auf dem Boden niederließ und das ölige Handtuch in Deacons Händen begutachtete. Die Bedeutung hinter seiner Aussage sickerte ganz langsam zu mir durch. »Was machen wir jetzt?«

Er hob den Kopf und sah die Straße entlang. In der ganzen Zeit war nicht ein einziges Auto vorbeigekommen.

»Die Chancen, dass uns hier jemand begegnet, gehen so ziemlich gegen null. Das heißt, wenn wir uns nicht aktiv nach Hilfe umsehen gehen, kommen wir hier so schnell nicht mehr weg.«

Die Vorstellung, womöglich stundenlang die Straße entlang durch den Wald zu laufen, ehe wir die nächste Stadt erreichten, gefiel mir ganz und gar nicht. Zumal die Sonne mittlerweile so weit in Richtung Horizont gesunken war, dass wir nur noch mit Taschenlampen etwas sehen konnten. Ich fröstelte. »Können wir nicht die Polizei rufen?

»Mit deinem Handy?«

»Nein, mein Akku ist schon seit Tagen leer, und ich habe kein Ladekabel«, gab ich zähneknirschend zu.

»Dann können wir diesen Vorschlag gleich wieder getrost vergessen.«

»Was ist mit deinem?«

»Meinem?«

»Du hast doch bestimmt ein Handy?«

»Nein, ich habe schon sehr lange keins mehr. Ich muss nicht in einer Welt erreichbar sein, in der mich sowieso niemand erreichen will. Abgesehen davon kann ich mir beim besten Willen nicht vorstellen, dass man hier ausreichend Empfang für einen Anruf hätte.«

»Scheiße.« Das Horrorszenario in meinem Kopf würde wohl bald Realität werden.

Deacon rappelte sich auf und sah von oben zu mir herab. »So sieht es leider aus. Ich habe leider keinen blassen Schimmer, wo genau wir sind. Es gab seit einer ganzen Weile kein Hinweisschild mehr, aber wenn dann liegt Hilfe in dieser Richtung.« Er deutete mit dem Daumen über seinen Rücken dorthin, wohin wir unterwegs gewesen waren. »Das heißt, ich werde losgehen und versuchen, jemanden aufzutreiben, der uns helfen kann.«

Moment mal ... Ich sollte hierbleiben? Ganz allein?

»Ich kann doch mitkommen«, schlug ich hoffnungsvoll vor und stand auf.

»Jemand muss warten und sehen, ob doch noch jemand vorbeikommt, auch wenn ich die Wahrscheinlichkeit dafür äußerst gering einschätze. Außerdem wäre es mir lieber, wenn du hierbleibst und auf den Van aufpasst, okay?« Deacon musste das Unbehagen in meinem Gesicht gelesen haben, denn er trat auf einmal neben mich und legte mir eine Hand auf die Schulter, ehe er mir tief in die Augen blickte. »Ich verspreche, dass ich bald zurück bin. Bleib im Bus. Dort ist es sicher und warm. Wir können bald weiterfahren, keine Sorge.«

Ich zögerte, doch Deacons Augen strahlten so viel Überzeugung und Zuversicht aus, dass ich gar nicht anders konnte, als zu nicken. Ich wusste, dass er recht hatte, doch das zu akzeptieren war alles andere als leicht.

Nicht nur, dass ich nicht gern allein in einem dunklen Wald zurückblieb ... Der Gedanke daran, dass ich von Survival Training keine Ahnung hatte, war nicht sonderlich beruhigend. Vielleicht hätte ich doch ab und an mehr zuhören, anstatt die Augen verdrehen sollen, wenn Casey den Überlebensexperten Bear Grylls im Fernsehen angehimmelt hatte.

Ein schmales Lächeln stahl sich auf seine Lippen, ehe er sich wieder von mir löste und im Innern des Vans verschwand. Ich konnte hören, wie Schubladen auf- und wieder zugeschoben wurden. Schwere Schritte erklangen, und wenig später stand er mit seinem Rucksack und der Taschenlampe in der Hand vor mir.

»Alles wird gut, Ams«, murmelte Deacon und hob seine freie Hand, als wollte er mir über die Wange streichen, überlegte es sich in allerletzter Sekunde dann aber offenbar doch noch einmal anders. »Ich bin bald zurück.« Dann ging er ohne ein weiteres Wort los.

Wie angewurzelt blickte ich ihm nach, wie er sich in einem strammen Tempo immer weiter von mir entfernte. Sofort dachte ich wieder an den Vorfall an der Tankstelle, an der er einfach losgefahren war.

Doch das hier war anders. Er hatte mich nicht im Stich gelassen, und er würde bestimmt ganz schnell jemanden finden, der uns helfen konnte. Ganz bestimmt. Ich versuchte, positiv zu denken und die Sorgen aus meinem Kopf zu verbannen, aber es war unmöglich, mein Unwohlsein darüber, dass Deacon mich allein hier zurückließ, vollständig auszublenden.

Hoffentlich würde er recht behalten.

Colorado III

Entgegen jedem noch so kleinen Funken naiver Hoffnung kam natürlich keine Menschenseele am Van vorbei. Draußen war es stockdunkel, und selbst die unzähligen Sterne, die ich, aufgewachsen in der Großstadt, nie so zahlreich zu Gesicht bekommen hatte, spendeten kaum Licht.

Ich saß an dem massiven Holztisch, den Deacon bei unserem Zwischenstopp in Nashville angefertigt hatte. Ich hatte die trübe Lampe, die darüber hing, eingeschaltet und starrte unentwegt auf die Straßenbiegung, hinter der Deacon vor mehreren Stunden verschwunden war. Mit jeder Minute, die verstrich, wurde ich rastloser.

Deacon war jetzt bald seit vier Stunden fort – in diesem alles verschluckenden Halbdunkeln mitten im Nirgendwo mit gruseligen Waldlauten. Ich fragte mich, ob er bereits auf Hilfe gestoßen war. Hoffentlich war ihm nichts passiert. Mein Magen rebellierte bei der bloßen Vorstellung daran.

Nicht mehr in der Lage, noch länger still zu sitzen, sprang ich abrupt auf und begann wie schon zuvor unruhig im Bus auf und ab zu laufen. Er hatte von mir verlangt, mich nicht von der Stelle zu rühren, in seinem Mini-Bus zu bleiben und auf ihn zu warten, doch ich kam endgültig an meine Grenzen. Wenn ihm ernsthaft etwas zugestoßen war, musste ich ihn finden. Hätte er Hilfe angetroffen, wäre er doch nicht so lange fort geblieben, oder?

Wenig begeistert davon, mich gleich aus dem sicheren Van herauszuwagen, durchsuchte ich den kleinen Schrank mit den Campingutensilien und entdeckte glücklicherweise eine zweite Taschenlampe, die sogar funktionierte. Aus meinem Karton kramte ich das Pfefferspray hervor.

Danach schnappte ich mir eine noch herumliegende Jacke von Deacon sowie den Fahrzeugschlüssel und trat hinaus. Merkwürdige Geräusche drangen aus dem dichten Geäst, und ich brach in kalten Schweiß aus, doch ich gab mir alle Mühe, mich davon nicht aus dem Konzept bringen zu lassen. Hastig schloss ich ab, ließ den Schlüsselbund in meine Hosentasche wandern und ging los.

Die Taschenlampe war zwar nicht mehr die hellste, doch sie reichte aus, um mir die Straße zu erleuchten. Ich war erschöpft und hoffte innständig, dass ich Deacon schon sehr bald finden würde. Vielleicht war er auch schon wieder auf dem Rückweg, und wir würden uns auf halber Strecke begegnen.

Anfangs sprang mein Adrenalinpegel bei jedem noch so kleinen Knacken oder Rascheln, welches aus dem unmittelbar angrenzenden Wald an meine Ohren drang, in die Höhe, und ich leuchtete mit flachem, hektischem Atem in die Richtung der Quelle.

Ab und zu konnte ich tatsächlich sehen, was die Ursache dafür gewesen war. Eine Eule, die auf Beutejagd war oder ein herumstreifendes Reh.

Weitaus am gruseligsten waren die Kinderschreie, die die Stille der sternenklaren Nacht durchzuckten. Nur dank einer Dokumentation, die mir ausnahmsweise im Gedächtnis geblieben war, wusste ich, dass das Füchse sein mussten – hoffte ich jedenfalls. Irgendwann konnte ich die immer wieder ähnlichen Geräusche zuordnen, und auch wenn ich nach wie vor jedes Mal nachsah, erschreckte ich mich nur noch halb so sehr.

Da wir bereits mehrfach in der freien Natur übernachtet hatten, war ich die nächtlichen Geräusche im Wald mehr oder weniger gewohnt. Dennoch war es noch einmal etwas vollkommen anderes, nicht durch den Mini-Bus geschützt zu sein und sich allein damit auseinanderzusetzen.

Mit Deacon hatte ich mich seit jenem Pfeffersprayvorfall eigentlich immer rundum sicher gefühlt. Ich hatte gewusst, dass er bei mir war, dass er Acht auf mich geben würde.

Meine Füße taten mit jedem Schritt, den ich machte, mehr weh, obwohl es nach all dem Sitzen auch sehr angenehm war, wieder zu Fuß unterwegs zu sein. Mein Magen hatte schon vor bestimmt einer Stunde angefangen zu knurren.

Mein Mut sank, denn bisher hatte ich keinerlei Anzeichen von Deacon entdecken können. Wenn er schon auf dem Rückweg war, hätte ich ihm doch längst begegnen müssen oder etwa nicht? Was war das hier aber auch für eine trostlose Gegend, dass es scheinbar nirgends eine Stadt oder zumindest eine kleine Ortschaft gab. Seit ich losgelaufen war, hatte ich kein einziges Straßenschild entdecken können. Warum hatte uns ausgerechnet hier der Mini-Bus seinen Dienst verweigern müssen? Mist. Verdammter Mist.

Ich stöhnte frustriert auf und blieb dann einen Moment stehen, um etwas zu trinken. Zwar hatte ich keinen zweiten Rucksack oder etwas Vergleichbares in Deacons Mini-Bus gefunden, doch ich hatte mir eine alte Plastikflasche mit Wasser befüllt und in meine hintere Hosentasche gestopft. Das Wasser war so kalt wie aus dem Kühlschrank, und das, obwohl ich es unmittelbar an meinem Körper bei mir getragen hatte.

Ich bildete mir das also definitiv nicht ein, dass es mit jeder Stunde, die verging, kühler wurde. Hoffentlich würde ich Deacon bald finden.

Ich verstaute die Wasserflasche wieder und ging weiter, auch wenn ich langsam, aber sicher viel zu erschöpft dafür war. Wo zum Teufel steckte Deacon?

Ein eigenartiges lautes Geräusch drang aus dem Wald, und ich blieb abermals stehen. Ich leuchtete in die Richtung, aus der das Geräusch gekommen war. Auf Anhieb konnte ich nichts erkennen und suchte weiter, als genau das gleiche Geräusch wieder auftrat. Kurz darauf ein lautes Knacken. Ich stutzte. Mein Herz raste immer schneller, und ich konnte wenig später bloß noch hören, wie flach ich atmete und wie das wallende Blut in meinen Ohren rauschte.

»Deacon?«

Es klang, als würde jemand – oder etwas – sehr laut atmen, und das Geräusch kam näher. Hektisch fuhr ich herum und ließ vor lauter Schreck fast meine Taschenlampe fallen. Ein Schrei drohte sich meiner Kehle zu entringen, doch ich schlug mir meine freie Hand über den Mund, damit der Laut nicht nach außen dringen konnte.

Wie versteinert und mit panisch geweiteten Augen, starrte ich in die dunklen Augen eines Schwarzbären, der keine hundert Meter von mir entfernt aus dem dichten Unterholz hervorgetreten war. Ich vergaß beinahe zu atmen, zwang mich aber dazu, ruhig zu bleiben, und wartete darauf, wie sich der Bär verhalten würde.

Anfangs starrten wir uns beide lediglich stumm an, wobei der Bär alles andere als aggressiv zu sein schien, sondern schlichtweg neugierig. Ich hatte keine Ahnung, was ich nun tun sollte. Um ehrlich zu sein, hatte ich in meiner Dummheit überhaupt nicht bedacht, dass es in Colorado Bären gab. Ausgerechnet Schwarzbären, die, soweit ich wusste, auch noch aggressiver und angriffslustiger waren als ihre Braunbär-Kollegen.

Der Bär neigte den Kopf, gab wiederholt ein tiefes Brummen von sich, ehe er einen Schritt nach vorn machte. Ich versuchte still stehen zu bleiben. Ich glaubte, mich zu erinnern, einmal gelesen zu haben, dass es niemals gut war, einen Bären wittern zu lassen, dass man Angst vor ihm hatte.

Ich scheiterte kläglich, denn sobald der Bär in einer fließenden, erhabenen Bewegung auf die Hinterpfoten ging und sich aufrecht vor mir aufbaute, sprang ich förmlich, ohne es richtig zu merken, einen großen Satz zurück, um noch etwas mehr Abstand zwischen mich und das Tier zu bringen.

Ich hörte, wie der Bär schnüffelte. Hatte er schon einmal mit Menschen zu tun gehabt? Eine Weile bewegte er sich überhaupt nicht und reckte nur seinen Kopf immer höher, während ich überlegte, was ich bloß machen sollte. Ich fing vor Anspannung an zu zittern und wäre am liebsten schreiend weggerannt – etwas, von dem ich sicher wusste, dass man es nicht tun sollte, auch wenn der Drang danach schier überwältigend war.

Um mich herum gab es nichts mehr als den Bären, auf den mein Tunnelblick unablässig gerichtet war. Ich wagte es nicht, mich nach Hilfe umzusehen, die ohnehin nicht kommen würde. Es war schier unmöglich, auch nur ansatzweise in Worte zu fassen, wie sehr ich mich in diesem Augenblick danach sehnte, Deacon bei mir zu wissen. Vielleicht hätte er gewusst, was in solch einer Situation am besten zu tun war, doch musste ich nun einmal allein mit dieser Situation klarkommen.

Der Schwarzbär ließ sich abrupt wieder auf seine beiden Vorderpfoten fallen, und ich meinte, die Erschütterung, die durch das massive Gewicht verursacht wurde, bis zu meinen Fußspitzen spüren zu können.

Vor Schreck fiel mir die Taschenlampe zu Boden, und zwar exakt so, dass sie dem Bären in die Augen strahlte.

Hastig bückte ich mich und griff danach, um ihn nicht zu reizen, doch dafür war es wohl zu spät. Der Schwarzbär brummte und knurrte, ehe er zwei Reihen von erschreckend zahlreichen Zähnen zeigte.

Ich blieb, wo ich war, streckte mich und begann mit den Armen zu wedeln. Ich machte mich so groß ich nur konnte, während ich tunlichst darauf achtete, dass der Bär von meiner Taschenlampe nicht geblendet wurde. Vielleicht half es, wenn ich ihm die Stirn bot? Hatte er womöglich schon Angst vor mir? Zumindest ein bisschen?

Das konnte unmöglich sein, aber ich war so nervös und angespannt, dass ich kaum noch einen klaren Gedanken fassen konnte. Ich hätte versuchen können, auf einen der umliegenden Bäume zu klettern, aber zum einen war ich eine miserable Kletterin – zumindest in meinen Kindertagen –, und zum anderen wäre ich ohnehin wohl nicht schnell genug am Baum gewesen.

»Ganz ruhig, lieber Bär«, begann ich mit bebender Stimme – wieso, wusste ich selbst nicht so genau. »Niemand will dir hier etwas tun. Ich mag Bären sogar sehr gern! Ich wollte meinem Freund Deacon einen Plüschbären aufschwatzen, damit er ihn seinem Sohn mitbringen kann. Okay, ich habe absolut keine Ahnung, was ich hier überhaupt fasele.« Ich redete immer mehr wirres Zeug, was von dem Schwarzbären vor mir, als hätte er mein bescheuertes Geschwätz verstanden, mit einem müßigen Schnauben kommentiert wurde.

Ich zuckte zusammen, mein Herz machte einen gigantischen Satz und pumpte noch mehr Adrenalin durch meinen Körper. Der Bär hob eine Pfote, und mir gefror das Blut in den Adern.

»Nein! Du bleibst schön da, wo du bist! Lieber, feiner Bär! Ich will doch überhaupt nichts von dir! Hau ab! Na los, geh schon!«, rief ich und bemühte mich dabei, immer lauter zu werden, bis ich den Bär beinahe anschrie – doch nichts half.

Als sich das Tier langsam in Bewegung setzte, war ich mir absolut sicher, dass es das nun gewesen war. Ich würde einsam und allein in einem abgelegenen Wald sterben, wo mich keine Menschenseele jemals finden würde.

Hätte ich doch nur daran gedacht, dass es in Colorado Bären gab. Hätte ich doch bloß ein Buch gelesen, wie man sich bei einem Bärenkontakt am besten verhielt, denn anscheinend hatte ich nicht das getan, was geraten wurde.

Der Schwarzbär kam mit seinen riesigen Pranken immer näher, und ich wollte nichts sehnlicher, als einfach nur weglaufen, doch das war definitiv keine gute Idee. Ich wäre ohnehin viel zu langsam und das nicht nur, weil ich wie Espenlaub zitterte und das Gefühl hatte, meinen Körper nicht mehr richtig spüren zu können.

So schnell ich konnte, ging ich in die Knie, ehe ich mich auf die Seite legte und zu einem Ball zusammenrollte. Die Taschenlampe umklammerte ich mit beiden Händen so fest, dass es mich wunderte, dass ich sie nicht zerquetschte. Meine Augenlider presste ich so fest zusammen, dass es bereits schmerzte.

Heißer Atem drang durch mein dichtes Haar an meinen Nacken. Alles an mir stand unter Strom, und es fiel mir so unfassbar schwer, bloß ruhig liegen zu bleiben und mich meinem Schicksal zu ergeben. Zu hoffen, dass der Bär heute schon etwas gegessen hatte und mich für nicht interessant genug halten würde, wenn ich scheinbar tot auf dem harten mit Laub bedeckten Boden lag.

Überall um mich herum raschelte es, und ich nahm an, dass mich der Schwarzbär umrundete – wie seine Beute. Ich wagte es nicht, aufzusehen, nicht einmal meine Augen zu öffnen. Das riesige Tier stupste mich mit der Nase an und brachte meinen Oberkörper dazu, leicht nach vorn zu wippen. Um mich davor zu bewahren, irgendeinen noch so kleinen Mucks von mir zu geben, biss ich mir so fest auf die Zunge, dass ich Blut schmecken konnte.

Wenn ich hier und jetzt sterben sollte, war das wohl auf meine eigene Dummheit zurückzuführen, denn erst in dieser Sekunde kam mir wieder in den Sinn, dass ich ja dieses Pfefferspray eingepackt hatte. Das steckte immer noch in meiner hinteren Hosentasche, doch aus dieser Lage kam ich nicht daran. Außerdem wollte ich mich nicht bewegen, um nicht Gefahr zu laufen, den Bär weiter zu provozieren.

Also wartete ich. Wenn es nicht der Bär zu Ende bringen würde, dann würde ich eindeutig an einem Herzinfarkt sterben. Neben der laut schnüffelnden Nase nahm ich nun auch noch wahr, wie eine behaarte Pfote auf meine Schultern gelegt wurde – schwer wie Blei.

Dieses Mal konnte ich es nicht verhindern, erstickt nach Luft zu schnappen. Der Bär brummte, doch sowohl Nase als auch Pfote waren schlagartig verschwunden. Das Laub um mich herum begann zu rascheln, als würde der Bär von mir ablassen, doch ich war mir nicht sicher. Ich bildete mir ein, weit in der Ferne Schritte wahrzunehmen, doch das Blut rauschte derart laut in meinen Ohren, dass ich mir auch dabei nicht vertraute.

»Amber!« Ein Keuchen in der erdrückenden Dunkelheit.

Helles Licht blendete mich. Jetzt war ich endgültig verrückt geworden. Ich hörte schon Stimmen! Deacons Stimme. Das war so absurd, aber dennoch wagte ich es, öffnete meine Augen und blinzelte gegen die unangenehme Helligkeit an – mit einem verschwindend kleinen Funken Hoffnung in mir.

»Deacon?«, krächzte ich ungläubig.

Als der Träger der Taschenlampe näher kam und ich mich vorsichtig in die entsprechende Richtung reckte, konnte ich sein Gesicht zwar immer noch nicht richtig sehen, aber diesen Vollbart hätte ich überall erkannt.

»Deacon!«, hauchte ich erleichtert und genoss es wie noch niemals zuvor, seinen wunderschönen Namen über meine Lippen rollen zu lassen. »Deacon«, flüsterte ich so leise, dass niemand außer mir das gehört haben konnte, ehe ich schluchzen musste.

»Alles ist gut«, versicherte er mir, doch er klang wenig überzeugt. »Du machst das ganz toll. Bleib genau so. Ich helfe dir«, sagte er ruhig. Ich versuchte, etwas zu erwidern oder wenigstens zu nicken, doch ich war nicht mehr Herrin meiner Sinne. »Dir wird nichts passieren, ich verspreche es.«

Ich hörte Schritte, die jetzt langsam und bedächtig weiter in meine Richtung kamen, und das dunkle Knurren des Bären in meinem Rücken, welches sich inzwischen aber so weit entfernt anhörte, dass ich hoffte, er hätte von mir abgelassen. Doch auch das wäre nicht gut, denn wenn er von mir abließ, bedeutete das, dass Deacon womöglich sein Interesse geweckt hatte.

»Deacon!«, keuchte ich, als die Angst um ihn mich so heftig erfasste wie nicht einmal um mein eigenes Leben.

»Alles ist gut. Bitte bleib ruhig liegen, und sei still«, erwiderte er so gedämpft, dass ich ihn kaum verstand, doch er klang gleichzeitig so nah, dass uns nur noch wenige Meter voneinander trennen konnten.

Plötzlich durchzuckte mich ein Geistesblitz, und ehe ich den gleichen Fehler noch einmal machen konnte, wandte ich mich an Deacon.

»Das Pfefferspray. In meiner hinteren rechten Hosentasche.«

Für zwei oder drei quälend lange Sekunden konnte ich rein gar nichts hören, doch dann raschelte erneut das Laub um mich herum, und auch wenn ich Deacon nur als dunkle, von Schatten eingeschlossene Gestalt wahrnahm, spürte ich kurz darauf, wie das Spray langsam und vorsichtig aus meiner Hosentasche gezogen wurde. Ich wusste nicht, wie Deacon das schaffte, so ruhig zu bleiben.

»Deacon?«

»Shh«, erwiderte er, als abrupt ein tiefes, aggressiv klingendes Knurren erklang.

Auf einmal ging alles ganz schnell. Aus den Augenwinkeln konnte ich sehen, wie Deacon einen großen Satz nach vorn machte. Ein zischendes Geräusch drang an meine Ohren. Deacon musste das Pfefferspray ausgelöst haben. Ein Winseln war zu vernehmen.

»Steh auf. Ganz langsam«, wies Deacon mich an, und ich ergriff, ohne zu zögern, seine Hand. Wie bewegte man sich am besten ruhig und langsam, wenn einen die Angst zerfraß?

Er umklammerte meine Hand so fest, dass ich mir nicht sicher war, ob er das machte, um mich zu beruhigen oder um sich selbst Halt zu geben.

»Mach dich so groß du kannst.«

Er hatte auch Angst – natürlich hatte er das. Doch als ich seiner Aufforderung Folge leistete, stellte ich mich meiner eigenen. Nur wenige Meter trennten uns von dem Tier, welches uns unschlüssig musterte. Das Pfefferspray hatte ihn verunsichert – zumindest konnte ich das bloß hoffen.

»Er hat genauso Angst wie wir«, flüsterte ich. »Wenn wir uns langsam zurückziehen –«

Deacon schnaubte. »Dass er sich vor uns fürchtet, ist bestimmt nicht das, was ihm gerade durch den Kopf geht.«

In diesem Augenblick kam unser Gegenüber näher. Ich konnte gar nicht so schnell reagieren, da hatte Deacon das Pfefferspray ein zweites Mal in die grobe Richtung des Bären abgefeuert. Noch in der Sekunde, in der er es fallen ließ, riss er mich mit sich. »Lauf!«, zischte er und zog mich mit einem schmerzhaften Ruck in das dichte Dickicht zwischen den nächsten Bäumen.

Ich taumelte und hätte beinahe mein Gleichgewicht verloren, wenn ich nicht im letzten Moment noch Halt in seiner eisernen Umklammerung gefunden hätte. Wir jagten in einem mörderischen Tempo durch die überwältigende Dunkelheit. Der hektische Atem brannte derart in meinen Lungen, dass ich ganz schnell fürchtete, keinen Schritt mehr tun zu können. Doch Deacon ließ mich nicht los. Unsere Finger fest miteinander verschlungen, zog er mich weiter und weiter hinter sich her, während ich Probleme hatte, ihm überhaupt zu folgen, ohne zu stolpern.

Wir mussten bereits mehrere hundert Meter Abstand zwischen uns und den Schwarzbären gebracht haben, aber ich traute mich nicht, mich nach ihm umzudrehen, vertraute mir nicht, nachzusehen, ohne der Länge nach auf dem harten Boden zu landen. Doch ich bildete mir ein, in der Ferne ein gequältes Winseln zu hören. Ob Deacon wohl die Augen erwischt hatte?

Mein Orientierungssinn war gänzlich durcheinander, als uns der düstere Wald förmlich verschluckte. Wir kämpften uns durch schier undurchdringliches Dickicht, stachelige Sträucher und Äste voller

Nadeln. Mehrfach geriet ich mit einer Tanne in Kontakt. Etwas in meinem Gesicht begann zu brennen, und wenig später benetzte ein eiserner Geschmack meine Lippen.

Plötzlich prallte ich so abrupt gegen ihn, als wäre ich mit einer harten Wand kollidiert und geriet abermals ins Straucheln. Ich konnte mich gerade noch so davor bewahren, Bekanntschaft mit dem Boden zu machen, auf den er mich fast mit hinabgezogen hätte. Abrupt lösten sich unsere eiskalten Finger voneinander. Erst, als schmerzerfülltes Stöhnen an meine Ohren drang, begriff ich, was passiert war.

»Deacon? Deacon! Geht es dir gut?« Panisch und voller Adrenalin im Körper nahm ich ihm die Taschenlampe aus der Hand und begutachtete ihn von oben bis unten.

Sein Haar stand in alle Richtungen ab und war voller Tannennadeln. Sein Gesicht war übersät von Schnitten. Sein Shirt begann gerade, sich rot zu färben. Als ich neben ihm in die Knie ging, hielt ich die Luft an. Hastig sah ich hinter ihn, doch war nirgends etwas von unserem Verfolger zu sehen oder zu hören.

»Verdammte Wurzel«, presste er wütend hervor und versuchte sich aufzusetzen.

Ich sah hinter mich. Ich war nur dank Deacon davor bewahrt worden, ebenfalls hinzufallen und mit dem Oberkörper nicht nur in Sträuchern, sondern auch auf diesem spitzen Steinbrocken zu landen.

»Warte, lass mich erst einmal sehen.«

Colorado IV

»Das sind … nur ein paar Kratzer«, wollte er mir weismachen und lächelte dabei sogar matt. »Mir geht es gut. Wir sollten schleunigst weiter.«

»Du blutest. Wieso müssen Männer immer alles als so leicht abtun?«

Sein Lächeln verzog sich zu einer belustigten Grimasse. So schlecht konnte es ihm also nicht gehen. Ich atmete erleichtert aus. Auf den ersten Blick schien er sogar recht zu haben: Hauptsächlich hatten seine Klamotten dran glauben müssen. Sein Shirt war mittlerweile mehr rot als weiß.

Ruckartig zerrte er es nach oben und begutachtete seine Brust. Sie war übersät mit kleineren Schürfwunden, die nicht weiter tragisch aussahen. An einigen Stellen würden wohl dunkle Blutergüsse zurückbleiben. Doch ein Schnitt war so tief, dass unentwegt dunkelrotes Blut aus ihm herausfloss.

Ohne nachzudenken, schob ich ihm behutsam seine Jacke von den Schultern, half ihm aus den Ärmeln und presste sie auf die Wunde. Unsere Finger berührten sich, doch mein Körper stand ohnehin schon so unter Strom, dass ich kaum etwas davon mitbekam.

»Wir hätten eben doch nicht wegrennen, sondern uns ganz langsam von ihm zurückziehen sollen. Verdammt, Deacon. Du hattest echt Glück, ist dir das klar?«

Mir fiel ein riesiger Stein vom Herzen, als ich begriff, dass Deacons Verletzungen nicht so schlimm waren, wie ich im ersten Moment befürchtet hatte. Dennoch mussten wir ihn schleunigst zurück zu seinem Van bringen. Seine Wunden mussten verbunden werden. Ich legte ihm einen Arm um den stämmigen Rücken, woraufhin er sich mit meiner Hilfe und ohne einen Mucks von sich zu geben zurück auf die Beine zwang.

»Ach und du nicht? Wenn es dich beruhigt: Ich hatte auch eine Scheißangst«, erklärte er. »Was hätte ich denn sonst tun sollen? Ich dachte das Vieh würde sich jede Sekunde auf uns stürzen. Ich bereue nur, dass es ausgerechnet dieses Shirt erwischt hat. Das hatte ich echt gern.«

»Du hast dein Leben für mich riskiert«, flüsterte ich und legte dabei meinen Kopf in den Nacken, damit ich ihm aus dieser Position heraus in die Augen sehen konnte. Ich konnte ihn nicht loslassen – noch nicht. »Und dir fällt nichts anderes dazu ein, als Witze zu reißen. Ich fasse es einfach nicht.«

Deacon strich mir eine Haarsträhne hinters Ohr. Diese kleine Geste war so unscheinbar und gleichzeitig liebevoll, dass sie mir den Atem raubte.

»Und dass du mir wichtig bist, verwundert dich?«

Wir standen so nahe beieinander, dass sich unsere Nasenspitzen beinahe berührten.

»Du hast deine Familie. Du bist Vater. Wenn dir etwas Schlimmes passiert wäre, dann –«

»Ist es aber nicht, okay?«, unterbrach er mich, und küsste mich sanft auf den Scheitel.

»Danke.«

»Du hättest für mich das Gleiche getan.« Er brachte wieder mehr Abstand zwischen uns und begann dann zurück zur Straße zu laufen. Ich konnte gar nicht in Worte fassen, wie erleichtert ich war, als ich erkannte, dass Deacon uns irgendwie direkt zurück zur Straße gelotst hatte. Ich lief im Gleichschritt neben ihm her.

»Es tut mir leid, dass ich nicht auf dich gehört habe. Du warst so lange weg, und ich habe mir Sorgen gemacht. Ich dachte, dass dir vielleicht etwas zugestoßen ist und –«

»Ist okay«, meinte Deacon, ehe ich meinen Satz beenden konnte. »Ich hatte angenommen, schneller wieder bei dir zu sein, aber wie sich herausstellte, sind wir hier wirklich mitten in der Pampa. Jason, der Kerl, dem ich im nächsten Ort begegnet bin, meinte, er kennt jemand mit einem Abschleppwagen. Bis er den aber organisiert hätte, wäre viel zu viel Zeit vergangen, also bin ich zu Fuß wieder los. Um ehrlich zu sein, habe ich damit gerechnet, dass du nicht stillhalten kannst, wenn ich so lange brauche.«

»Meinst du, dass du noch so weit laufen kannst? Oder willst du lieber warten, bis Hilfe kommt?«

»So schlimm ist das wirklich nicht. Wir können langsam gehen, und falls Jason vorher mit der versprochenen Hilfe vorbeikommt, ist es auch gut.«

Trotzdem wurde er nach einigen Hundert Metern immer langsamer, und ich legte einen Arm um seine Hüften, um sein Gewicht zu großen Teilen auf mich zu verlagern. Außerdem wurde er immer ruhiger, und auch wenn immer weniger Blut aus der Verletzung austrat, bekam ich verstärkt ein ungutes Gefühl bei der Sache.

Ich hatte ein schlechtes Gewissen, weil sich Deacon meinetwegen verletzt hatte. Ich hätte in seinem Mini-Bus auf ihn warten sollen.

Deacon war ein ähnlich sturer Bock wie alle anderen Männer, mit denen ich in meinem bisherigen Leben zu tun gehabt hatte. Mehrfach schlug ich vor, dass eine Pause genau das wäre, was er jetzt brauchte, doch er lehnte jedes Mal vehement ab. Zu sagen, ich wäre erleichtert gewesen, als ich hinter uns das Rattern eines herannahenden Motors hörte, wäre wohl die Untertreibung des Jahres gewesen.

Für Jason war Deacon ein Held, weil er sich mit einem Schwarzbären angelegt hatte, die seiner Aussage nach in dieser Gegend oftmals besonders aggressiv reagierten. Mir wurde bei dem Gedanken daran, dass das genauso gut auch voll nach hinten hätte losgehen können, einfach nur schlecht.

Glücklicherweise war Jason in einem separaten Pick-up gekommen, während sein Freund David den Abschlepper fuhr. Nach etwas Überzeugungsarbeit und mit der Unterstützung von Jason hatte ich Deacon dazu überredet, mit dem Pick-up zurück in die nächste Ortschaft zu fahren und zu einem Arzt zu gehen, während sich David daranmachen würde, den Van abzuschleppen.

Während der Fahrt zur Praxis, die mir wie eine halbe Ewigkeit vorkam, war Deacon irgendwann eingeschlafen und dabei zur Seite gekippt. So lehnte er nun mit seinem gesamten Körpergewicht an meiner Schulter. Ich genoss es, ihm so nahe zu sein und hätte ihm am liebsten über das strubbelige Haar gestrichen. Wenn mich schon die Müdigkeit immer mehr packte, sobald der Adrenalinpegel absackte, wie musste es ihm dann erst gehen? Er musste unendlich erschöpft sein und nicht zu verachtende Schmerzen haben.

Sobald wir in dieser Ortschaft angekommen waren, aus der Jason und David gekommen waren, schreckte er von selbst hoch. Wie sich herausstellte, hatte der ortsansässige Doktor einen Raum in seinem privaten Wohnhaus zu einem provisorischen Behandlungszimmer umgewandelt. Das weckte nicht gerade mein Vertrauen, doch wirkte er unerwartet kompetent. Und so wie Deacon taumelte, hätte er es ohnehin nicht mehr weiter geschafft.

Der Arzt konnte nicht damit aufhören, fassungslos immer wieder festzustellen, dass es schon seit mehreren Jahren keinen Bärenangriff in dieser Gegend mehr gegeben hatte und dass jeder einzelne von ihnen bisher tödlich geendet hatte.

Scheinbar war ich allerdings allein mit dem mulmigen Gefühl, denn Deacon lächelte die gesamte Zeit nur, während der Arzt ihm seine Wunden reinigte und die, die so schrecklich geblutet hatte, nähte, ehe er einen Verband anlegte.

Noch nie hatte jemand so etwas für mich getan – außer Casey. Sie hatte mir auf viele andere erdenkliche Arten das Leben gerettet.

Nachdem der Arzt die Behandlung abgeschlossen hatte, trafen wir uns mit David. Er gab Deacon einen Statusbericht zur Reparatur des Vans, von dem ich nicht einmal die Hälfte verstand. Am Ende war aber klar, dass wir mindestens bis zum frühen Nachmittag des nächsten Tages würden warten müssen, um unsere Reise fortzusetzen.

Irgendein Teil war kaputt gegangen, an das man nicht so leicht kam. Doch wie auf dem Land so oft üblich, kannte David jemanden, der ebenfalls eine Werkstatt besaß und das benötigte Ersatzteil sogar auf Lager hatte – diese war aber wohl ein gutes Stück von hier entfernt.

Deacon war davon überhaupt nicht begeistert, denn damit bekamen sowohl ich als auch der Doktor, der ihn behandelt hatte, unseren Willen. Wenn man ihn manchmal nicht dazu zwang, eine Pause zu machen, machte er auch keine.

Wir buchten uns in dem einzigen Motel ein, welches es in diesem Örtchen gab. Es hatte lediglich zehn Zimmer, und ich vermutete stark, dass wir die einzigen Leute waren, die aktuell eines davon besetzten. Dafür war es ruhig.

Das Zimmer versprühte einen für Motels typischen Charme, und auch wenn man das Gefühl hatte, durch die Einrichtung eine Zeitreise in die achtziger Jahre zu unternehmen, war es dennoch überall sauber und ordentlich – rundum perfekt also.

Deacon nutzte jede noch so kleine sich bietende Gelegenheit, um zu behaupten, dass er fit genug wäre, um direkt weiterzufahren, wenn wir nicht auf das Ersatzteil hätten warten müssen. Dass er genau wusste, dass sowohl ich als auch alle anderen recht behielten, die ihm geraten hatten, sich auszuruhen, zeigte sich spätestens jetzt, als er sich so schnell er nur konnte auf eines der beiden Doppelbetten setzte und dann seufzend flach hinlegte.

Als mein Blick über sein Gesicht huschte, konnte er mich trotz all seiner Anstrengungen nicht darüber hinwegtäuschen, dass er Schmerzen hatte.

»Möchtest du eine von den Schmerztabletten, die Dr. Brown dir mitgegeben hat?«

»Ich komme schon klar.«

»Du musst vor mir nicht den harten Macker spielen. Wir leben im einundzwanzigsten Jahrhundert. Hier«, sagte ich und reichte ihm eine Tablette zusammen mit einer Wasserflasche. »Jetzt nimm schon.«

»Macker? Wirklich?«

»Deacon!«

»Jawohl, Ma'am«, antwortete er in militärisch angehauchtem Tonfall, griff nach der Tablette und spülte sie mit einem großen Schluck Wasser hinunter.

»Ich habe es mir anders überlegt. Vielleicht sollten wir doch noch einmal zurückgehen und den Bär fragen, ob er dich immer noch will.«

Deacon begann schallend zu lachen, doch dieser Ausbruch war von nur sehr kurzer Dauer, da er sich sogleich an die Brust griff und den Mund zu einer Grimasse verzog.

»Das ist echt nicht komisch. Du hast doch gehört, was der Arzt gesagt hat. Wir hätten genauso gut –«

»Ich weiß. Aber ich bin noch hier und du auch. Oder etwa nicht?«

In seinen Augen lag etwas, was ich noch nie bei ihm gesehen hatte. Und wenn ich es nicht besser gewusst hätte, hätte ich gesagt, dass es Sehnsucht war.

»Du solltest duschen, ehe du dich hinlegst. Meinst du, dass du das schaffst?«

»Ich bin nicht invalide, das sind nur ein paar …«

»… Kratzer, ich weiß.« Ich widerstand dem Drang, die Augen zu verdrehen. »Na dann … Wenn du etwas brauchst, melde dich.«

Während Deacon sich duschte, zog ich die Vorhänge an den Fenstern zu, schaltete den Fernseher ein und las sehnsüchtig die Bestellbroschüren, die in einem Ständer daneben förmlich nach mir riefen.

Wir hatten seit dem frühen Nachmittag nichts mehr gegessen, und mein Magen knurrte. Inzwischen war es allerdings schon so spät, dass ich mir nicht mehr sicher war, ob im näheren Umkreis überhaupt noch einer der Läden geöffnet hatte. Aktuell würde ich für eine Pizza oder einen Burger förmlich morden.

Im Fernsehen lief eine Sitcom – eine willkommene Abwechslung. Das Bett war so verdammt gemütlich – wenn auch nicht so gemütlich wie das auf Steves Farm –, dass ich beinahe eingeschlafen wäre. Erst als ich Deacon meinen Namen rufen hörte, schreckte ich wieder aus meinem Halbschlaf hoch.

»Ams?«

»Ja?«

»Kannst du mir … bitte mal helfen?«

Ich konnte nicht anders, als zu grinsen, als ich meine Beine vom

Bett schwang und hinüber zum Badezimmer ging, von dem die Tür angelehnt war. Ich zögerte, ehe seine tiefe Stimme erklang.

»Komm rein.«

Meine Augen weiteten sich. Bei dem Anblick, der sich mir bot, konnte ich nicht anders, als jedes noch so kleine Fragment davon gierig in mich aufzusaugen.

Deacon hatte ein weißes Handtuch um seine Hüften geschlungen. Es saß allerdings so tief auf seinen Hüften, dass ich deutlich seinen V-Muskel sehen konnte. Das Handtuch bedeckte einen so großen Mann wie ihn nur sehr spärlich und gab viel von dem preis, was sonst unter den Holzfällerhemden und Shirts verborgen lag. Einen gestählten, mich magisch anziehenden Körper.

Unzählige Wassertropfen glänzten auf seiner Brust, die sich hinab zu seinem Bauchnabel schlängelten. Seine Haare standen noch wirrer als zuvor in alle möglichen Richtungen ab.

Ich schluckte hart und beeilte mich, irgendwo anders hinzusehen. Es war ja nicht so, als ob ich ihn heute das erste Mal halb nackt vor mir hatte, aber seit diesem Kuss war eine solche Situation nicht mehr entstanden. Ich würde lügen, behauptete ich, dass mich sein nackter Körper kaltließ. Aus irgendeinem Grund traf mich sein Anblick heute so intensiv, dass mir auf der Stelle heiß wurde.

Erst als ich meinen Blick abwendete, sah ich, dass das Verbandszeug neben dem Waschbecken lag.

»Ich schaffe das gerade allein nicht. Könntest du ...«, sagte er zähneknirschend. Er hatte ja grundsätzlich ein Problem damit, Hilfe anzunehmen – aus welchen Gründen auch immer.

Wenn er bemerkt haben sollte, dass ich ihn mal wieder angestarrt hatte, ließ er das zumindest unkommentiert, wofür ich ihm mehr als dankbar war. Das Ganze war sowieso schon peinlich genug.

»Klar.« Ich riss mich endgültig aus dieser Trance und griff nach dem Verbandszeug.

Nachdem Deacon die Salbe bereits großflächig auf der Wunde verteilt hatte, begann ich die Mullbinde auf seine Brust zu legen. Meine Fingerspitzen kribbelten bei diesem direkten Hautkontakt, und eine Hitzewelle wanderte bis in meine Zehenspitzen, doch ich versuchte es, so gut es ging zu ignorieren.

Ohne Aufforderung hob Deacon seine Arme an, und ich legte akribisch den Verband an, wofür ich immer wieder um ihn herumfassen musste. Jedes Mal, wenn ich um seinen Rücken greifen musste, rückte ich dabei automatisch so nahe an ihn heran, dass ich meinen Kopf zur Seite drehen musste, damit meine Lippen nicht wie von selbst auf seine harten Brustmuskeln trafen.

Mehr als einmal während dieser Prozedur fragte ich mich, wie er nur so durchtrainiert sein konnte, wenn ich ihn noch nie hatte Sport machen sehen, seit ich ihn kannte. Daneben stellte ich mir auch die Frage, wieso er sich mit seinem langen, ungepflegt wirkenden Bart und dem bis knapp über die Schultern reichenden dunkelblonden zotteligen Haar ansonsten so verwahrlost gab.

Natürlich war er auch so attraktiv, aber seit ich das Foto von ihm und Charlie gesehen hatte, wusste ich, dass es dazu noch eine Steigerung gab. Trotzdem konnte Deacon mit diesem Körper nicht anders als verboten sexy bezeichnet werden, doch all das spielte keine Rolle. Er war vollkommen außer Reichweite für mich, und vermutlich war das auch besser so.

»So, fertig.«

Ich trat einige Schritte zurück und konzentrierte mich darauf, Deacon in seine dunklen Augen zu sehen, in denen man sich blitzschnell verlieren konnte, wenn man nicht vorsichtig war. Es wäre nahezu ein Wunder, wenn er mein Gefühlschaos und meine innere Verwirrung immer noch nicht bemerkt hätte, doch da er lediglich zaghaft lächelte und sich bei mir bedankte, schien eben das der Fall zu sein. Zumindest ersparte es mir eine verdammt peinliche Situation.

»Wie sieht es aus? Ich habe tierischen Hunger. Ich würde versuchen, noch etwas zu bestellen. Möchtest du auch etwas?«, beeilte ich mich zu fragen, ehe sich dieser eigenartige Moment noch weiter in die Länge ziehen konnte und er doch noch etwas bemerkte oder mich gar mit einem belustigten Kommentar aufzog.

»Um ehrlich zu sein, sterbe ich gleich vor Hunger, aber ich bin mir nicht sicher, ob wir um diese Uhrzeit noch etwas auftreiben können.«

»Zieh du dich doch erst mal wieder an, und ich checke solange die Lieferserviceflyer, die ich entdeckt habe«, meinte ich und verließ dabei auch schon wieder das Badezimmer, tunlichst darauf bedacht, die Tür hinter mir zu schließen.

Es hatte tatsächlich exakt einen Pizzalieferservice weit und breit gegeben, der noch geöffnet und unsere Bestellung entgegengenommen hatte. Zwar dauerte es noch einmal weit über eine Stunde, bis mir der Geruch von köstlicher Pizza das Wasser im Mund zusammenlaufen ließ, doch zumindest hatten wir unseren Hungertod gerade noch verhindern können.

Sobald wir dem Pizzaboten die Kartons wortwörtlich aus den Händen gerissen hatten und mein Magen so laut knurrte, dass es im ganzen Raum zu hören war, musste Deacon wieder so heftig lachen, dass er kurz darauf erneut das Gesicht zu einer gequälten Grimasse verzog.

Als wir aber wenige Minuten später jeder auf seinem Bett mit dem Rücken an das Kopfende gelehnt und mit dem Pizzakarton auf dem Schoß aßen, empfand ich die Welt wieder als schwer in Ordnung. Und ich fühlte mich ein klein wenig zurückversetzt zu jenem Abend, an dem wir in Texas an dieser Hauswand gelehnt und zugesehen hatten, wie die Sonne über der Wüste untergegangen war.

Danach schauten wir eine Sitcom-Folge nach der anderen und lachten ab und zu tatsächlich. Wir waren beide komplett erledigt und froh, dass dieser ereignisreiche, nervenaufreibende Tag doch noch ein so gutes Ende gefunden hatte.

Colorado V

Es musste bereits später Vormittag sein, als ich wieder die Augen aufschlug. Ich brauchte ein wenig, bis ich begriff, wo ich gerade war.

Blinzelnd drehte ich meinen Kopf zum Fenster, wo die hoch oben stehende Sonne ihre wärmenden Strahlen durch die Vorhänge in das Motelzimmer schickte. In der Luft tanzten Hunderte Staubkörnchen umher, die die Sonne reflektierten. Ich schob die Bettdecke von mir und drehte mich auf die Seite, sodass ich Deacon in dem Bett neben mir mustern konnte.

So leise wie möglich setzte ich mich auf und zog die Beine an die Brust. Die Bettdecke war wieder einmal von seinen Schultern gerutscht, sodass beinahe sein gesamter Oberkörper für meine viel zu neugierigen Blicke freigelegt worden war – zumindest der Teil, der nicht von einer dicken Schicht Mull verdeckt wurde.

Als er abrupt die Augen aufschlug, trafen sich unverwandt unsere Blicke. Ich war das Letzte gewesen, was er, bevor wir schlafen gegangen waren, gesehen hatte, und das Erste, was er an diesem neuen Tag erblickte. Ein eigenartiger, aber wärmender Gedanke.

»Guten Morgen, Schlafmütze«, sagte ich und schenkte ihm ein Lächeln.

Deacon grunzte, ehe er sich über das Gesicht rieb, um den Schlaf zu vertreiben. Er sah mit seinem schlaftrunkenen Gesichtsausdruck und den wilden Haaren witzig aus.

»Morgen«, brummte er und drehte sich dabei auf den Rücken, während er versuchte, sich zu strecken. »Bist du schon lange wach?«

»Keine Ahnung. Eine halbe Stunde vielleicht?«

»Hm.«

»Ich wollte dich nicht wecken. Du hattest den Schlaf dringend nötig.« Ich räusperte mich. »Ich werde dann mal duschen gehen, und danach helfe ich dir, den Verband zu wechseln.«

Deacon nickte, ließ sich noch einmal tiefer in die Kissen sinken und zog dabei die Bettdecke hoch.

Auf meinem Weg ins Badezimmer entdeckte ich die leeren Pizzakartons vom letzten Abend und musste grinsen. Solche scheinbar unbedeutenden kleinen Momente, in denen wir wie gute alte Freunde einfach zusammensaßen und die Seele baumeln ließen, waren für mich zu den schönsten mit ihm geworden.

Frisch geduscht, aber bereits wieder in meine Klamotten vom Vortag gehüllt, rief ich Deacon, der wenig später stumm zu mir ins Badezimmer trat. Inzwischen hatte er sich ebenfalls etwas angezogen, lediglich sein Oberkörper war noch nackt.

Sobald wir startbereit waren und dieses einfache, aber dennoch viel zu gemütliche Zimmer verlassen hatten, schauten wir bei Jason vorbei, der uns zu David mitnahm. Heute saßen wir beide auf der Ladefläche des Fahrzeugs. Gestern, als Deacon viel zu angeschlagen dafür gewesen war, hatten wir darauf bestanden, dass er neben Jason im Innern saß.

Während Jason über Stock und Stein fuhr, wurden wir hier hinten ziemlich durchgeschüttelt, sodass ich Deacon irgendwann unfreiwillig auf die Pelle rückte.

Er lächelte zurückhaltend, kommentierte das Geschehen allerdings nicht und verzog keine Miene.

Bei der Werkstatt angekommen, entdeckten wir David über den Motor gebeugt. Die Männer wechselten einen festen Händedruck, wobei Davids Hände ziemlich mit Öl beschmiert waren.

Ich verstand kein Wort von dem, was der Mechaniker ihm über die Reparatur des Vans mitteilte. Doch angesichts des missmutigen Gesichtsausdrucks von Deacon, der sich mit jedem Wort von David noch verstärkte, war klar, dass ihm nicht gefiel, was er hörte.

»Wie lange brauchst du dafür?«

»Wenn alles nach Plan läuft, könnte das Ding in ein oder zwei Stunden wieder schnurren wie ein Kätzchen«, erwiderte David, was dann wohl bedeutete, dass das Ersatzteil inzwischen eingetroffen war. Wieso zog Deacon dann so ein Gesicht? »Gib mir deine Nummer, dann rufe ich dich an, sobald alles repariert ist.«

Deacon schüttelte den Kopf. »Nicht nötig, wir kommen in zwei Stunden wieder vorbei. Wir gehen da drüben ins Diner, falls du uns suchst.«

»Alles klar. Hey, bevor ihr abhaut … Ich wollte dich das gestern schon fragen … also …«

»Ja?«

»Kann es sein, dass ich dich in Seattle schon einmal spielen gesehen habe? An der Washington vielleicht?«

Ich konnte sehen, wie die Genervtheit in Deacons Gesichtsausdruck wie auf Knopfdruck verschwand und der puren Neugierde wich. Schließlich lächelte er David sogar leicht an, ehe er nickte.

»Das kann gut möglich sein. Warst du dort an der Uni?«

»Himmel, nein. Ich war auf keiner Universität, aber ein guter Freund von mir war an der UW. Wenn ich ihn besucht habe, waren wir öfter mal bei euren Auftritten. Ihr wart echt gut, Mann. Eure Band ist mir echt im Gedächtnis geblieben, was man allein schon daran sieht, dass es sofort bei mir geklingelt hat, als ich den Namen Deacon Bleeker gehört habe.«

»Danke. Hätte nicht gedacht, dass *The Lonesome Drifters* noch jemand kennt, nachdem sie sich aufgelöst haben. Und das auch noch fernab der Heimat!«

Sobald er noch einmal im Mini-Bus verschwunden und mit der zusammengefalteten abgegriffenen Straßenkarte zurückgekommen war, machten wir uns auf den Weg, an ein paar wenigen schön dekorierten Schaufenstern vorbei.

Bis zu dem gemütlich aussehenden Restaurant lächelte Deacon permanent. Ganz offensichtlich war die Zeit mit seiner Band eine ganz besondere für ihn gewesen. Ich fragte mich, wieso er das wohl aufgegeben hatte, doch eigentlich konnte ich mir den Grund dafür denken. Schlagartig vermisste ich es noch viel schmerzlicher, dass er nicht mehr spielte, weil er seine Gitarre zerstört hatte.

Schließlich fragte ich ihn etwas, was ich schon die ganze Zeit wissen wollte: »Sag mal, wieso hast du eigentlich kein Handy?«

»Wer sollte mich denn anrufen?«

»Ernsthaft, Deacon. Savannah muss sich unheimliche Sorgen um dich machen, wenn sie dich nicht erreichen kann.«

»Sie hatte lange genug die Gelegenheit dazu, mich zu kontaktieren, ich habe das Teil erst in Kanada weggeworfen. Außerdem war ich zu dem Zeitpunkt der festen Überzeugung, dass es besser wäre, wenn ab sofort absolute Funkstille zwischen uns herrscht.«

»Mittlerweile denkst du aber anders darüber?«, wollte ich wissen, doch er blieb mir eine Antwort darauf schuldig.

Obwohl ich mich gestern viel zu sehr mit Pizza vollgestopft hatte, beschwerte sich wie auf Knopfdruck mein Magen. Deacon schenkte mir einen wissenden Blick und verzog seine Lippen dann zu einem belustigten Grinsen.

Diese kleine Ortschaft machte einen äußerst verschlafenen Eindruck auf mich, und wir begegneten nicht einmal einer Handvoll Menschen, wohingegen das Diner wiederum erstaunlich voll war für einen ganz normalen Wochentag. Zumindest nahm ich an, dass es kein Wochenende war. Ich hatte wirklich jegliches Zeitgefühl verloren.

Deacon hatte mich schnell dazu überredet, alles zu bestellen, worauf ich Lust hatte. Mit einer duftenden Tasse frisch aufgebrühten Kaffees, einem Glas Orangensaft und einer großzügigen Portion Rührei mit Hash Browns und Toast war ich die wohl glücklichste Person auf diesem Planeten.

Der Mann mir gegenüber hatte im Nullkommanichts seinen Teller mit einer ähnlichen großen Portion geleert und bestellte prompt noch mehr nach. Mit einem neuen Teller, auf dem die Pancakes gestapelt und mit Ahornsirup getränkt waren, machte Deacon so weiter, als hätte er an diesem Morgen noch überhaupt nichts zu sich genommen.

»Du kannst welche abhaben«, nuschelte Deacon mit vollem Mund, ehe er den Teller weiter in die Mitte des Tisches schob. Dann, immer noch kauend, breitete er die Straßenkarte vor sich aus.

Ich konnte dieser Versuchung nicht widerstehen und schnitt mir ein kleines Stückchen ab. Deacons schelmisches Grinsen, als er mich dabei beobachtete, sprach Bände. Warum genau hatte er es sich eigentlich zu seiner ganz persönlichen Mission gemacht, mich dazu zu bewegen, mehr zu essen? Zu dünn war ich jedenfalls nicht ... Zumindest nach meinem eigenen Ermessen.

»Wir sind aktuell hier«, begann er und deutete mit seinem Zeigefinger auf einen winzigen Ort inmitten von Wald. »Bis zur Grenze von Wyoming brauchen wir schätzungsweise noch zwei Stunden. So kannst du noch mehr von den Rocky Mountains sehen. Von dort aus geht es hier entlang, über die Grenze nach South Dakota. Vermutlich brauchen wir insgesamt also etwa fünf oder sechs Stunden.«

»Die Rocky Mountains wollte ich schon immer mal sehen«, erklärte ich und freute mich schon jetzt unheimlich darauf, nachdem wir bisher nur die ersten Ausläufer zu Gesicht bekommen hatten. »Was gibt es denn in South Dakota, was du sehen möchtest?«

»Mount Rushmore.«

»Das Präsidentendenkmal? Wow.«

»Ja, das ist verdammt beeindruckend.«

»Du hast es schon einmal gesehen?«

Deacon antwortete nicht sofort. Sein Blick wanderte nach draußen zu der wie leergefegten Straße. Er holte noch einmal tief Luft, bevor er sich zu mir umwandte und schmallippig lächelte.

»In dieser Ecke war ich schon einmal, ja. Charlie war vor allem von den Sioux so begeistert. Damals konnte er noch nicht richtig sprechen, aber er hat später mehr als einmal geäußert, dass er, wenn er groß ist, gern ein Indianer werden möchte«, erzählte Deacon, wobei sein Blick durch mich hindurchzuwandern schien. Seine Augen wirkten verträumt, als würde er sich an ein Erlebnis bildlich erinnern.

»Ein sehr toller Berufswunsch. Ich wäre auch gern Indianer geworden. Ich habe noch nie echte Indianer getroffen, aber als Kind habe ich mich immer gern als einer verkleidet.«

»Möchtest du welche sehen?«

»Wenn das keinen zu großen Umweg bedeutet.« Anscheinend konnte ich nicht über meine Begeisterung hinwegtäuschen, denn Deacon begann lauthals zu lachen. Dabei warf er kurzzeitig den

Kopf in den Nacken, und ich kam trotz meiner kläglichen Versuche nicht darum herum, mal wieder festzustellen, wie schön sein Lachen war.

»Etwas, aber das macht nichts. Genau genommen habe ich auch schon selbst mit dem Gedanken gespielt, noch einmal einen Abstecher dorthin zu machen. Ich habe zwar auch schon in Kanada Indianer getroffen, aber die Sioux bleiben wohl mein Lieblingsstamm.«

Nach unserem Frühstück beschlossen wir, noch etwas durch die verschlafene Kleinstadt zu schlendern. Dennoch gab es hier einige schöne Läden.

Deacon steuerte auf einen Drogerieladen zu. Ich hätte es niemals für möglich gehalten, bei dem Kauf eines Rasierers, ein paar weiteren Hygieneartikeln und ein klein wenig Make-up so viel Freude zu empfinden. Doch versäumte ich es nicht, mir verstohlen den Betrag zu notieren, den ihn meine Einkäufe gekostet hatten. Zwischenzeitlich führte ich eine klar strukturierte Liste, damit Deacon auch wirklich alles von mir zurückerhielt.

Deacon kommentierte meine Einkäufe nicht weiter, jedoch konnte ich sehen, dass auch er sich einen Rasierer und Rasierschaum besorgt hatte. Wollte er etwa seinem Bart an den Kragen?

Mit den in eine Papiertüte verpackten Einkäufen auf dem Arm ging Deacon vor, wohingegen ich mir mehr Zeit ließ, die verschiedenen Schaufenster zu begutachten.

Das Städtchen versprühte einen romantischen Charme. In der Ferne konnte man die malerischen mit Schnee bedeckten Gipfel der Rocky Mountains ausmachen, die die Szenerie perfekt einrahmten.

In der Dunkelheit, in der wir angekommen waren, hatte ich nicht einmal im Ansatz erraten können, wie schön es hier eigentlich war. Ob ich jemals wieder in der Lage sein würde, in einer Großstadt zu leben, nachdem ich eine solche Schönheit und Einsamkeit erlebt und so rasend schnell gelernt hatte, diese zu lieben?

Zurück in Davids Werkstatt, berichtete uns dieser, dass der Mini-Bus wieder einwandfrei lief. Wir verabschiedeten und bedankten uns noch einmal bei den beiden Männern, die uns gerettet hatten.

Deacon versuchte David ein paar Scheine in die Hand zu drücken, doch der winkte nur spielerisch gekränkt ab, mit der Aussage, dass er von einem Helden wie Deacon kein Geld verlangen könnte. Ich musste schmunzeln, als Deacon dabei eine Grimasse zog, denn ganz offensichtlich hatte er ein ebenso großes Problem damit, etwas umsonst anzunehmen, wie ich.

Jason und David winkten zum Abschied, und ich sah zu, wie sie im Seitenspiegel immer kleiner und kleiner wurden.

Deacon fuhr aus der kleinen Ortschaft hinaus und brachte uns innerhalb weniger Minuten zurück auf die Interstate. Ihn wieder in seinem klassischen schwarz-rot karierten Holzfällerhemd zu sehen, ließ mich beinahe vergessen, was am Vortag passiert war.

Ich hatte es mir gerade so richtig bequem gemacht, als ich aus den Augenwinkeln sehen konnte, wie Deacon etwas hervorzog und blitzschnell in meinen Schoß beförderte. Ich zuckte erschrocken zusammen, ehe ich den Gegenstand näher in Augenschein nehmen konnte.

»Hier, für dich.«

»Wo hast du das denn her?«, fragte ich ungläubig, auch wenn ich die Antwort darauf schon längst kannte.

»Ich habe gesehen, wie du dir die Nase am Schaufenster des Buchladens plattgedrückt hast.«

»Aber wieso hast du –«

»Ich wusste, dass du es dir sowieso nicht kaufen würdest, und ich dachte mir, dass dir das die endlosen Fahrten vielleicht etwas verkürzen würde.«

»Natürlich hätte ich es mir nicht gekauft, schließlich wäre das auch wieder von deinem Geld gewesen und –«

»Ja. Genau das meinte ich«, unterbrach mich Deacon und schmunzelte dabei amüsiert. »Wenn es dir damit besser geht, kannst du die Hälfte vom Preis, wenn es sein muss, auf deine Liste setzen. Ich habe gesehen, dass du dir alles akribisch aufschreibst.«

Ich schüttelte ungläubig den Kopf, ehe ich eingehend das Cover studierte.

»Danke, das ist echt ... sehr lieb von dir.«

»Gern geschehen, auch wenn ich es immer noch nicht fassen kann, dass du ernsthaft solche Schundromane liest.«

»Das ist doch kein Schundroman! Darin geht es um –«

»Ja, ich habe gelesen, worum es in dem Buch geht. Das ist meine Definition von einem Schundroman.«

»Du hättest das Buch ja auch nicht zu kaufen brauchen, du Banause!« Ich wollte ihn in die Seite knuffen, wovor er sich aber rechtzeitig in Sicherheit brachte. Ob seine Frau wohl auch solche Bücher las und er deshalb so eine Meinung darüber vertrat? Besser, ich wusste das gar nicht erst.

»Hey, der Fahrer wird nicht angegriffen, alles klar?«

»Danke, ehrlich.«

»Nicht der Rede wert, wirklich.«

In den nächsten zwei Stunden, in denen wir uns mit jeder Meile, die wir zurücklegten, weiter zur Grenze des Bundesstaates Wyoming bewegten, sah ich erneut aus meinem Fenster, und somit musste das Buch leider warten.

Die Straßen waren ähnlich leer wie zuvor, was mir heute das Gefühl gab, ganz allein auf der Welt zu sein – einmal abgesehen von Deacon.

Die einspurige Interstate führte uns immer weiter in die Rocky Mountains, und es dauerte nicht lange, bis die Straße links und rechts von dichtem rötlich gefärbtem Wald eingerahmt wurde. In weiter Ferne erhoben sich blau-weiß schimmernde Berge in den Himmel.

Ich stellte mir bei diesem Anblick vor, wie es früher einmal für all die Indianer und Cowboys gewesen sein musste. Wie sie auf ihren Pferden durch die vollständig unberührte Natur geritten waren.

Die kurze Strecke, die wir durch Wyoming fuhren, hob sich für mich nicht sonderlich von den Straßen Colorados ab, und die Rocky Mountains zogen sich hier ähnlich eindrucksvoll durch die Landschaft. Das Schild, welches darauf hinwies, dass wir sogleich South Dakota erreichen würden, kam unerwartet schnell. Möglicherweise hatte ich mich mittlerweile auch einfach an die langen Fahrten gewöhnt. Ich staunte nicht schlecht, als wir auch schon auf den Besucherparkplatz des Mount Rushmore fuhren und Deacon den Motor ausschaltete.

»Es ist nicht weit bis zum Denkmal. Vielleicht eine halbe Meile, allerdings einige Stufen. Meinst du, du schaffst das?«

»Ich? Viel eher sollte ich dich das fragen.«

»Ich spüre nicht mehr viel davon«, versicherte er mir und fuhr sich dabei beiläufig über die Brust. »Also? Wir haben noch genug Zeit, um uns das Memorial in Ruhe anzusehen und dann zu den Sioux weiterzufahren, um dort für die Nacht zu bleiben.«

»Worauf wartest du dann noch?«

Zugegebenermaßen hatten mich die nicht enden wollenden Stufen ganz schön fertiggemacht, aber als ich schwer atmend unmittelbar unterhalb der vier Präsidentenköpfe ankam, die dort in den Stein gehauen worden waren, wusste ich, dass sich das Ganze auf alle Fälle gelohnt hatte.

Zu unserem Glück waren nicht mehr viele Menschen vor Ort, weswegen wir diesen eindrucksvollen Anblick ungestört genießen konnten. Wir hatten uns in eine ruhige Ecke zurückgezogen, teilten uns einen der letzten Donuts, die wir uns zwischendurch an einer Tankstelle besorgt hatten, und ließen unseren Blick in angenehmem Schweigen über die achtzehn Meter hohen Köpfe von Washington, Jefferson, Roosevelt und Lincoln schweifen.

Als wir wieder nach unten gingen, war ich erleichtert, dass ich die Stufen dieses Mal nur hinabgehen musste. Es war aber eine durchaus angenehme Abwechslung gewesen, da wir auch an diesem Tag wieder den Großteil der Zeit sitzend zugebracht hatten.

Die Sonne ging langsam unter und tauchte den Himmel in ein zartes Rot, während wir weiter durch South Dakota fuhren. Es ging fast die gesamte Zeit über geradeaus, was auf mich eine äußerst einschläfernde Wirkung hatte, doch ich blieb tapfer. Das trockene Land, welches einen starken Kontrast zu Colorado oder Wyoming darstellte, war äußerst rau und trostlos, auf seine ganz eigene Art und Weise, aber gleichzeitig auch hypnotisierend.

Die Fahrt zu dem Indianerreservat dauerte deutlich länger, als ich es angenommen hatte, und irgendwann sind mir wohl doch die

Augen zugefallen. Ich bekam beinahe einen Herzinfarkt, als mir Deacon plötzlich eine Hand auf die Schulter legte.

Er zuckte entschuldigend mit den Achseln. »Sorry, aber wir sind da. Wir müssen den Mini-Bus hier stehen lassen und den restlichen Weg zum Zeltlager laufen, aber das ist nicht weit. Ich habe am Eingang zum Reservat schon mit einem der Sioux gesprochen. Wir haben Glück, heute findet nämlich eine besondere Feierlichkeit statt, an der wir sogar teilnehmen dürfen.«

»Wo genau sind wir denn?«

»Standing Rock Reservation. Das sechstgrößte Indianerreservat der USA.«

Ich formte ein »Wow« mit meinen Lippen, ehe ich mich streckte, gähnte und dann zusammen mit Deacon ausstieg, welcher seinen Rucksack geschultert hatte.

Er hatte mitten im Nirgendwo geparkt, und außer uns war weit und breit niemand zu sehen. Lediglich ein schmaler naturbelassener Weg schlängelte sich vor uns entlang. Bevor wir losgingen, schaltete Deacon die einzige Taschenlampe an, die uns noch geblieben war, damit wir im Dunkeln noch genug sahen.

Irgendwann, als wir bereits eine ganze Weile gelaufen waren, machte ich in weiter Ferne ein helles loderndes Feuer aus, dessen Flammen weit in den Himmel ragten und Funken sprühten. Meine Augen weiteten sich, als ich zahlreiche sandfarbene Indianertipis entdeckte, die rund um das Feuer aufgebaut worden waren. Trommelschläge, vermischt mit Gesang in einer Sprache, die ich nicht verstand, durchzogen die Stille der hereinbrechenden Nacht.

Ich hielt den Atem an, als ich die Hitze des riesigen Feuers bereits auf meinem Gesicht spüren konnte, während wir diesem Spektakel immer näher und näher kamen. Eine große Menschentraube hatte sich rund um die brennenden hoch gestapelten Holzscheite gebildet und tanzte in einem weiten, großen Kreis um sie herum.

Erst als ich etwas genauer hinsah, entdeckte ich, dass es sich größtenteils um Männer handelte. Einige von ihnen trugen Federn in den Haaren. Fantasievolle Muster in bunten Farben bedeckten ihre Gesichter. Von ihren naturledernen Kluften standen einzelne Fransen ab und schwangen bei jeder ihrer Bewegungen im Rhythmus der Musik mit. Einer der Männer trug einen prächtigeren Federschmuck als alle anderen.

»So etwas habe ich auch noch nicht zu Gesicht bekommen«, raunte Deacon ebenfalls deutlich begeistert in mein Ohr.

»Und du bist dir sicher, dass wir das sehen dürfen?«, fragte ich ehrfürchtig und beugte mich dabei nahe zu ihm, damit wir mit unserer Unterhaltung nicht doch noch das Ritual störten.

»Es ist ein absolutes Privileg, so etwas als Nicht-Stammesmitglied mitansehen zu dürfen, aber ich kenne den Häuptling dieses Stammes. Mehr oder weniger.«

Mit großen Augen starrte ich ihn an und hatte die Frage bereits auf der Zunge, als ich aus den Augenwinkeln bemerkte, dass ebenjener Mann, der mir besonders aufgefallen war, zu uns kam. Die Arme weit ausgebreitet steuerte er unbeirrt auf Deacon zu und zog ihn nur Sekunden später in eine feste Umarmung.

Der Mann, der sich etwa in seinen Fünfzigern befinden musste, begrüßte Deacon herzlich: »Deacon, *kola*. Ich hätte nicht gedacht, dich noch einmal wiederzusehen.«

»Mahkah.«

Woher kannte Deacon diesen Mann?

»Danke, dass wir trotz eures heiligen Tages zu euch kommen durften.«

»Aber selbstverständlich.« Der Mann mit dem großen Federschmuck auf dem Kopf, der leicht wippte, nickte eifrig und entließ Deacon erst jetzt aus seiner freundschaftlichen Begrüßung. Dann huschte sein Blick plötzlich zu mir.

»Das ist Amber. Amber, das ist Häuptling Mahkah.«

Der Blick aus den gütigen, weise aussehenden Augen des Sioux wanderte über mein Gesicht, ehe sich sein Lächeln verstärkte und er auch mich, ohne zu zögern, in eine kräftige Umarmung zog.

»Willkommen in unserem Stamm. Kommt, gesellen wir uns zu den anderen.« Er lenkte uns zum Lagerfeuer.

Ich schenkte Deacon einen fragenden Blick.

»Das ist eine längere Geschichte. Ich erzähle sie dir gern später, wenn du möchtest, aber jetzt sollten wir nicht unhöflich sein und Mahkah besser folgen.«

19

South Dakota

Wir wurden ohne auch nur einen einzigen kritischen Seitenblick und ohne eine Frage in die Reihen der Stammesmitglieder aufgenommen. Im ersten Moment fühlte ich mich mehr als nur fehl am Platz, und mir klopfte das Herz bis zum Hals, weil ich nicht wusste, was ich tun sollte. Doch das aufmunternde Lächeln von Mahkah und die Tatsache, dass Deacon es mir vormachte und dabei nicht von meiner Seite wich, ließen mich meine Hemmungen ganz schnell ablegen.

Es dauerte nicht lange, und ich hatte die ungefähren Bewegungsabläufe heraus, sodass ich mich nicht vollständig blamierte oder die Bräuche der Sioux missachtete. Tatsächlich ertappte ich mich dabei, wie sich ein breites Lächeln auf meine Lippen stahl, während wir uns in ausgefallenen Bewegungen um das hoch in den dunklen Himmel züngelnde Lagerfeuer bewegten.

Fasziniert von den Gesängen der Ureinwohner merkte ich erst viel zu spät, dass sich auf einmal das Tempo des Tanzes verlangsamte, die Gesänge etwas leiser wurden und sich alle in dem Kreis an den Händen griffen, als wäre diese Zusammenkunft für sie alle wie die Luft zum Atmen.

Deacon fasste nach meiner und verschränkte seine Finger mit meinen. Es war unmöglich, die intensive Gänsehaut zu unterdrücken, die sich in rasender Geschwindigkeit von Kopf bis Fuß ausbreitete. Um mich abzulenken, linste ich bei der erstbesten Gelegenheit an Deacon vorbei. Zu meiner großen Überraschung zwinkerte mir Mahkah zu, als er meinen Blick bemerkte.

Ich hatte jegliches Gefühl für Raum und Zeit verloren, als die Tänze langsam zu einem Ende kamen und die Menschen sich nach und nach rund um die riesigen aufgetürmten Holzscheite niederließen.

Gespräche entwickelten sich, und es wurde viel gelacht. Deacon und ich gehörten zu den wenigen, die noch standen. Eng beieinander. Hand in Hand. Als er mich irgendwann bedauerlicherweise wieder freigab, fühlte ich mich, als hätte ich in diesem Augenblick etwas solch Wichtiges verloren, dass ich es nie mehr würde ersetzen können. Jedes Mal, wenn wir uns berührten, wurde die Verbindung zwischen uns intensiver und auf eine erschreckende Weise innig.

Zunächst dachte ich, dass ich mit diesem Empfinden allein wäre. Doch als ich für den Bruchteil einer Sekunde in Deacons warme Augen blickte, wusste ich es besser. Es war, als würde mir das entgegenscheinen, was ich in diesem Moment tief in mein Innerstes hatte zurückdrängen wollen.

Mein Herz machte einen Satz, doch als ich die folgenschwere Bedeutung davon begriff, ging einer der Stammesmitglieder entschuldigend zwischen uns hindurch. Unser intensiver Blickkontakt, der mich, wie so oft in letzter Zeit, an den Tag erinnerte, an dem wir uns das erste und einzige Mal geküsst hatten, wurde schlagartig unterbrochen.

Mein gesamter Körper schien sich zu Blei zu verwandeln, als wir uns ebenfalls zu Boden sinken ließen. Auch wenn der Abstand zwischen uns kaum größer war als sonst, wenn wir beisammensaßen, ging von dieser Distanz dennoch eine derartige Endgültigkeit aus, dass sie ein unwohles Gefühl in meiner Magengrube auslöste.

Eine Pfeife aus Holz, in die verschiedene Tiere, Pflanzen und kunstvolle Muster eingraviert worden waren, wurde herumgereicht. Zuerst kam sie bei Deacon an, während Mahkah unverändert an seiner rechten Seite saß. Nachdem Deacon nicht abgelehnt hatte, weil das wohl ziemlich unhöflich gewesen wäre, tat ich es ihm gleich und nahm ebenso einen kleinen Zug, was ich jedoch prompt durch einen heftigen Hustenanfall quittiert bekam.

Ich hatte zwar schon einmal an einer Zigarette gezogen, aber den Reiz darin noch nie verstanden, und das Zeug, was in diese mit Federschmuck verzierte Pfeife gefüllt worden war, schien extrem stark zu sein.

Deacon schnitt eine belustigte Grimasse, als er den Rauch durch Nase und Mund wieder ausstieß und es damit Mahkah nachmachte. Auch wenn ich kein Freund vom Rauchen war, kam ich nicht umhin, festzustellen, dass das auf eine ganz eigene Art und Weise unheimlich sexy aussah. Schleunigst löste ich mich von diesem Anblick, um die Pfeife weiterzureichen, die der Sioux neben mir mit einem herzlichen Lächeln und einem Kopfnicken dankbar annahm.

Ich fragte mich, wie es im Innern von Deacon aussah. Es war offensichtlich, dass er seine Gefühle offenbar nicht mehr so leicht überspielen konnte. Doch was bedeutete das?

Natürlich wusste ich, dass er verheiratet war. Aber konnte jemand, der wirklich liebte, einen anderen Menschen wahrhaftig auf diese Art und Weise ansehen, wie er das vor wenigen Minuten bei mir getan hatte? Deacon konnte wahrnehmen, dass sich das zwischen uns – was es auch war – immer weiterentwickelte. Das war nicht zu leugnen, auch wenn wir beide wussten, dass daraus niemals etwas entstehen durfte.

Sobald die Pfeife eine Runde gemacht hatte und sie schließlich wieder bei dem Häuptling ankam, erhob sich Mahkah und begann mit zwei seiner Stammesmitglieder ein Gespräch. Nach einer kurzen Ansprache an alle wurde von bunt geschmückten Frauen eine so große Menge an Essen zusammengetragen, die zehn Hundertschaften hätten verdrücken können.

Wie sich herausstellte, besaßen die Sioux einen sehr ausgeprägten Appetit. Ich knabberte gerade an einem gegrillten Maiskolben, als Deacon, der bis eben mit unserem Gastgeber gesprochen hatte, sich ebenso mit einem Teller in der Hand wieder zu mir gesellte. Er reichte mir ein Bier.

»Danke«, murmelte ich und spülte einen Teil meines Essens mit dem für meinen Geschmack etwas bitter schmeckenden Bier hinunter. »Du hast dich ganz schön lange mit Mahkah unterhalten. Willst du mir nicht mal erzählen, woher du ihn so gut kennst?«

»Als ich vor einiger Zeit mit Charlie hier war, habe ich dem Häuptling meine Hilfe bei einer finanziellen Angelegenheit angeboten. Wie sich herausstellte, hatte man den Stamm übers Ohr hauen wollen, und als Mahkah herausfand, dass ich vom Fach bin, hat er mich nach meinem Rat gefragt.«

»Ich bin beeindruckt. Du musst wirklich ganze Arbeit geleistet haben, wenn Mahkah immer noch solche großen Stücke auf dich hält.«

»Das war keine große Sache, und ich hätte selbst nicht gedacht, dass er sich nach all der Zeit noch daran erinnert.«

»Ich glaube, er sieht das anders«, murmelte ich und sah zu Mahkah, der sich immer wieder von einer Menschentraube zur nächsten bewegte.

»Er hat uns angeboten, die Nacht über hierzubleiben.«

Mit einer nach oben gezogenen Augenbraue sah ich zurück zu Deacon. Der Blick aus seinen dunklen unergründlichen Augen lag unverändert auf mir. Obwohl wir uns nicht so nahe waren wie vorhin, spürte ich vor allem heute, seit wir in diesem Indianerdorf angekommen waren, immer wieder diese unleugbare Anziehungskraft zwischen uns, von der ich gelernt hatte, dass es unerlässlich war, dieser zu widerstehen – so schmerzhaft es auch war. Doch er ging mir einfach unter die Haut. Das alles drohte aus dem Ruder zu laufen und jagte mir Angst ein.

»Er hat uns ein Zelt herrichten lassen, was momentan sowieso leer steht. Das ist wirklich eine …«

Ich vollendete kurzerhand für ihn seinen Satz: »… große Ehre.« Ich wandte mich von ihm ab und starrte zurück in das lodernde Feuer. »Ich hätte niemals gedacht, dass ich so etwas jemals erleben würde.«

Es war nun wirklich nichts Neues, dass wir auf überschaubarem Raum zusammenlebten, und das hatte mich bis jetzt auch nie gestört. Allerdings hatte ich dieses beunruhigende Gefühl, dass die Magie, die von dem Stamm und ihren Ritualen ausging, etwas Verhängnisvolles hervorrufen konnte.

Ich musste aufpassen, denn wenn schon jetzt mein Herz wild pochte, während ich daran dachte, heute Nacht mit Deacon allein in diesem Tipi zu schlafen, würde das eine nicht zu verachtende Herausforderung werden.

»Ich auch nicht. Nicht einmal ansatzweise. Das alles hier ist ... einfach nur magisch«, stimmte Deacon mit dünner Stimme zu, doch dann räusperte er sich lautstark und wirkte so, als wolle er damit böse Geister verjagen.

Ich stutzte – und das nicht nur wegen seiner zufällig mit meinen Gedanken übereinstimmenden Worte. »Es war ein ziemlich langer Tag, und ich denke, ich werde mich schon mal hinlegen.«

Um ehrlich zu sein, hatte ich mit so etwas bereits gerechnet. Spätestens jetzt war sonnenklar, dass Deacon diese Anziehung, die ich bis tief in mein Innerstes wahrnehmen konnte, auch fühlte. Ich wagte es nicht, noch einmal zu ihm aufzusehen, und nickte daher lediglich, ehe ich noch einen tiefen Schluck aus meiner Flasche nahm, um die der Griff auf einmal so fest geworden war, als wäre ich so stark wie Hulk.

»Klar, es war ein langer Weg bis hierher. Du musst ziemlich erschöpft sein.«

»Unser Zelt ist das ganz da hinten mit dem roten Wasserbüffel über dem Eingang«, klärte mich Deacon auf, und ich konnte aus den Augenwinkeln wahrnehmen, wie er vage in eine bestimmte Richtung deutete.

»Okay, dann ... schlaf gut. Ich denke, ich werde mich auch bald hinlegen.«

»Gute Nacht, Ams«, erwiderte Deacon matt und ging dann ohne weitere Umschweife davon.

Während ich ihm nachsah, begannen sich meine Muskeln zumindest wieder etwas zu entspannen. Das würde eine heftige Nacht werden, und auch wenn ich ebenfalls ziemlich erschlagen war, würde ich noch eine Weile hier draußen bleiben, etwas essen, an den Feierlichkeiten teilnehmen und mich erst zu ihm schleichen, wenn Deacon bereits tief und fest schlief.

Ob es wohl üblich war, dass Männer und Frauen zusammen in einem Zelt schliefen? Oder nahm Mahkah fälschlicherweise an, dass wir ein Paar waren?

Eine Weile saß ich für mich allein, nippte gelegentlich an den

Resten meines Biers und knabberte müßig an den letzten Resten meines längst kalt gewordenen Essens. Mir war der Appetit vergangen, und ich konnte mir selbst nicht so richtig erklären, warum. Dieser Abend war für mich mit jeder verstrichenen Minute immer anstrengender geworden. Es war für mich kaum zu ertragen, Deacon so nahe zu sein, diese Verbindung wahrzunehmen und ihn dennoch nicht berühren oder gar küssen zu dürfen.

Ob sich Casey mit William auch so gefühlt hatte? Nein, wohl eher nicht. Ich war mir sicher, dass das aus einer reinen Laune heraus entstanden war.

Nicht abzustreiten war jedenfalls, dass ich gegenüber Deacon eine Anziehung spürte, die ich bei William zu keinem Zeitpunkt wahrgenommen hatte. Wenn man einmal näher darüber nachdachte, war das ganz schön verrückt, denn William hatte ich schon einige Jahre gekannt, wohingegen Deacon erst seit einigen Tagen ein Teil meines Lebens war.

Seufzend stand ich auf. Dieses ganze Grübeln brachte mich ohnehin nicht weiter. Ich hatte diese Gedankenspirale viel zu lange zugelassen. Es war an der Zeit, Träumereien, in denen unser Verhältnis über eine rein platonische Freundschaft hinausging, aus meinem Herz zu verbannen und vernünftig zu sein. Das war nur zum Besten – für uns beide.

Mahkah sah ich für den Rest des Abends nur noch aus der Ferne, doch jedes Mal, wenn er meine stillen Beobachtungen bemerkte, blickte er zu mir und lächelte mich warm an.

Ich hatte in meinem gesamten Leben noch nie so freundliche Menschen erlebt wie hier. Obwohl ich eine vollkommen Fremde für die Sioux war, nahmen sie mich mit offenen Armen in ihren Reihen auf. Als wäre ich schon seit meiner Geburt ein Teil ihrer Gemeinschaft gewesen.

Ich war für diese willkommene Abwechslung unbeschreiblich dankbar. Für sie war es ein Leichtes, mich zum Lachen zu bringen, und als ich mich schließlich am Ende dieses ereignisreichen Abends – es mussten mehrere Stunden gewesen sein, seit Deacon sich verabschiedet hatte – von den Sioux trennte, weil ich kaum noch die Augen offen halten konnte, wurde mir tatsächlich ein wenig schwer ums Herz. Ob ich irgendwann noch einmal die Möglichkeit bekommen würde, sie wiederzusehen? Ich hoffte es innständig.

Nur wenige aufgestellte Fackeln beleuchteten die Wege zwischen den Tipis, und lediglich ein paar von den Sioux schienen noch wach zu sein. Ob sie wohl immer in den Zelten schliefen, oder ob das lediglich für manche besondere Tage vorgesehen war?

Je näher ich unserem Zelt kam, desto leiser wurde es um mich herum. Nachdem das Lagerfeuer größtenteils erloschen war, hatten sich die Leute schlagartig in ihre Zelte zurückgezogen, zumal es diese Nacht ziemlich kalt zu werden schien.

Als ich vor unserem Tipi ankam, zögerte ich. Ich sah kein Licht mehr, und nichts rührte sich darin. Deacon musste tief und fest schlafen, was auch gut so war. So leise ich nur konnte, schlug ich die gegerbte Tierhaut zur Seite, die den Eingang zum Tipi verschloss, und schlich mich auf Zehenspitzen in das Innere.

Es dauerte einen Moment, bis sich meine Augen an die Dunkelheit gewöhnt hatten und ich Deacon mit dem Gesicht zur Zeltwand auf der Seite liegend entdeckte. Unweit von ihm war ein zweites provisorisches Bett vorbereitet worden, das hauptsächlich aus einigen Fellen bestand. Es sah sehr gemütlich aus.

Rasch schlüpfte ich aus meinen Schuhen, um noch leiser sein zu können, und machte es mir in dem Bett gemütlich. Es war nicht im Geringsten hart oder unbequem und fühlte sich wie ein richtiges Bett an, was mich erstaunte. Noch machte sich in mir zwischen all den Fellen kein Unwohlsein breit, wie ich es zunächst befürchtet hatte.

Die Vorstellung, zwischen toten Tieren zu schlafen, war mehr als befremdlich, aber dennoch Teil der Sioux-Traditionen. Ich seufzte zufrieden und tat es Deacon gleich, indem ich mich ebenfalls auf die Seite rollte, sodass wir Rücken an Rücken lagen.

Ich war der festen Überzeugung gewesen, dass ich schnell und friedlich einschlafen würde. Doch das war überhaupt nicht der Fall. Sobald ich die Augen geschlossen hatte, war ich schlagartig wieder hellwach und hatte das Gefühl, keine Sekunde ruhig liegen bleiben zu können – auch wenn meine körperliche Erschöpfung eine völlig andere Sprache sprach.

Ich drehte mich ein paarmal hin und her, doch ich landete letzten Endes wieder exakt in der Position, in der ich mich ursprünglich auch zum Schlafen hingelegt hatte. Ich fühlte mich rastlos. Meine Beine wollten nicht aufhören zu kribbeln. Warum konnte ich nicht einschlafen? Und wieso fanden meine Gedanken immer wieder zu Deacon zurück? Zu dem schlafenden Mann neben mir, nach dem ich nur ein klein wenig die Hand hätte ausstrecken müssen, um ihn ohne jegliche Mühe zu berühren.

Mir stockte der Atem, als ich ein Rascheln hören konnte. Hatte ich ihn geweckt? Oder konnte er ebenfalls nicht schlafen?

Einige Sekunden lang herrschte wieder absolute Stille in unserem Zelt, und ich nahm an, dass er sich lediglich im Schlaf gedreht hatte, doch als ich plötzlich spüren konnte, wie jemand näher an mich heranrückte, erschreckte ich mich beinahe zu Tode.

Deacon hob die für mich ohnehin viel zu große Decke an und schlüpfte darunter. Dabei rückte er so nahe an mich heran, dass ich seine glühende Brust überdeutlich durch sein Hemd an meinem Rücken fühlte. Einen Augenblick lang wartete er ab. Als befürchtete er, ich würde jede Sekunde aufschreien.

Ich verstand nicht, was sich hier gerade abspielte, und jedes einzelne Wort blieb mir im Hals stecken. Mir war bewusst, wie unangebracht seine Nähe war, doch diese plötzliche, unerwartete Wärme fühlte sich so unheimlich gut an.

Darum konnte ich nicht anders, als mich darauf einzulassen, als er mir noch etwas näher kam, den Arm um mich legte und seine Hand auf meinem unteren Bauch verharrte. Sein Atem ging ruhig und gleichmäßig, als er immer wieder über meinen Nacken strich, an den er seinen Kopf geschmiegt hatte.

»Was tust du?«, flüsterte ich in die Dunkelheit, doch Deacon antwortete mir nicht. Stattdessen strich er mir mein Haar aus dem Nacken und legte seine Hand danach umgehend wieder auf meinen Bauch.

Mein Puls sprang in die Höhe. Ich war wie in einer Art Trance, als er begann, kleine Kreise auf meinem Shirt zu zeichnen, während sich seine warmen Lippen zurückhaltend ganz vorsichtig auf die Haut unmittelbar unter meinem Ohr legten.

Ich konnte nicht verhindern, dass mir ein zufriedenes Seufzen über die Lippen drang und ich mich unter seinen sanften Berührungen nach und nach wieder entspannen konnte. Dadurch wohl ermutigt, schob Deacon seine Hand behutsam unter mein Shirt und berührte mich federleicht knapp unterhalb meines Bauchnabels. Ich zuckte unter der unerwarteten Berührung zusammen, und seine Finger hielten einen Augenblick inne, doch als ich nicht protestierte – nicht protestieren *konnte* –, gingen sie erneut auf Wanderschaft.

Seine Lippen fuhren parallel dazu meinen Hals entlang, ehe er mein Shirt etwas zur Seite zog, um besser an mein Schlüsselbein zu gelangen. Mir wurde unheimlich warm, und ich konnte nicht leugnen, dass diese Hitze ohne Umschweife in meine unteren Regionen wanderte.

Ein Verlangen, welches unbewusst von Tag zu Tag immer heftiger geworden war, drohte jetzt, die Oberhand zu gewinnen. Deacons Zeigefinger schob sich sacht unter den Bund meiner Hose, verweilte einen Moment dort und zog sich dann sogleich wieder in sichere Gefilde zurück. Als würde er versuchen herauszufinden, ob es auch das war, was ich wollte.

Ich biss mir auf die Zunge und drehte mich abrupt zu ihm um. Wir berührten uns nicht länger, auch wenn wir fast Nasenspitze an Nasenspitze nebeneinanderlagen. Deacons Augen waren ungewöhnlich dunkel, seine Pupillen stark geweitet, was ich selbst in der Dunkelheit des Zeltes wahrnahm.

Wir sahen uns einfach nur an. Eine stumme Frage stand zwischen uns, doch weder er noch ich schien dazu bereit zu sein, diese auszusprechen.

Noch war es nicht zu spät. Noch konnten wir uns davon abhalten, alles zwischen uns zu verändern. Doch ich konnte nicht mehr klar denken. Deacon hatte das Feuer in mir so zum Lodern gebracht, dass kein Ozean es je wieder hätte löschen können. Es ging einfach nicht.

Meine Finger wanderten zu der Knopfleiste an seinem Hemd, und ich begann, es zu öffnen. Meinen Blick wandte ich dabei keine Sekunde ab, um sicherzugehen, dass das in Ordnung war, doch er hielt mich nicht zurück. Im Gegenteil. Auf einmal war er überall.

Seine Lippen pressten sich voller Verzweiflung und Leidenschaft auf meine, ehe ich seine fordernde Zunge nur eine Sekunde später bereitwillig in mich aufnahm. Seine Hände schoben sich nun beide zielstrebig unter mein Shirt, liebkosten meine Brüste und brachten mich zum Stöhnen.

Meine Finger zitterten vor lauter Erregung, weshalb Deacon meine Hände ungeduldig, aber sacht zur Seite schob und mir half, das Hemd von seinen Schultern zu streifen. Er gab mir somit die Sicht auf diese perfekt proportionierte Brust frei.

Danach zerrte er an meinem Shirt, und ich zog es mir eilig über den Kopf. Kaum dass auch der BH gefolgt war, rollte er mich auf den Rücken. Seine Atmung war nun deutlich beschleunigt.

Ohne nachzudenken, öffnete ich instinktiv meine Beine für ihn, zwischen die er sich umgehend drängte. Er drückte sein Becken gegen meins. Stirn an Stirn stöhnten wir beide synchron auf, als er steinhart immer wieder an der Stelle rieb, an der ich ihn mehr als alles andere fühlen wollte.

Ohne unseren alles vereinnahmenden Blickkontakt aufzulösen, strich ich ihm mit meinen Fingerspitzen vorsichtig über die nicht von dem Verband bedeckten Hautpartien.

Er seufzte, ehe er gezielt nach meiner rechten Hand griff und diese mit Nachdruck auf seine Erektion legte. Eine stumme Aufforderung, bei der ich nicht anders konnte, als ihr umgehend Folge zu leisten. Im Nu war sein Reißverschluss offen, jedes noch störende Stück Stoff verschwunden, und meine Hand schloss sich mit festem Griff um ihn. Er begann in ihr zu zucken.

Deacon stöhnte derart heiser auf, dass mir ein wohliger Schauer über den Rücken wanderte. Es dauerte nicht lange, ehe er sich revanchierte, und seine Lippen um meine jetzt harten Nippel legte.

Ich bäumte mich auf, als er sanft hineinbiss und zwei seiner Finger gleichzeitig zwischen meinen geöffneten Beinen verschwanden. Deacon brummte zufrieden, beschleunigte das Spiel seiner offensichtlich geübten Finger und wechselte mit seinem Mund zu der anderen Brustwarze. Ich stöhnte auf, als er plötzlich aus mir verschwand und meine Jeans mit einem Ruck nach unten gezogen wurde.

Er entledigte sich ebenfalls in Windeseile seiner Hose, griff in eine der Gesäßtaschen und fischte sein Portemonnaie hervor, aus dem er wiederum eine viereckige Verpackung entnahm. Mit verklärtem, aber besonnenem Blick hielt er sie einen Moment lang fragend in die Höhe, ehe ich kraftlos nickte.

Ich zählte förmlich die Sekunden, bis sich sein schwerer brennender Körper wieder auf meinen legte und er sich quälend langsam in mich schob. Erneut stöhnten wir synchron auf, doch erst, als er sich vollständig in mir vergraben hatte, presste er seinen Mund auf meinen. Ich war wohl nicht allein mit der Ansicht, dass unsere Lautstärke gerade gar keine Rolle mehr spielte.

Sein Tempo war schrecklich langsam, als befürchtete er, er könnte mich zerbrechen. Ohne Vorwarnung zog er sich auf einmal vollständig aus mir zurück, und ich riss entsetzt die Augen auf, doch er stieß sofort wieder hart in mich.

Wir keuchten auf – hörbar verzweifelter als zuvor. Ich packte ihn ohne jegliche Scheu mit beiden Händen fest an seinem Hintern, um ihm genau zu zeigen, was ich wollte.

Meine Beine schlangen sich um seinen Körper, und seine Bewegungen wurden endlich schneller, fordernder, verloren an Kontrolle. Ich spürte deutlich, wie jeder Fokus aus seinem Tun verschwand.

Jeder Stoß wurde kräftiger und härter, ehe wir beide uns dem Punkt näherten, dem wir uns so sehr entgegensehnten. Als ich erstickt aufschrie, stöhnte Deacon zeitgleich meinen Namen und sank erschöpft auf mir zusammen.

Ich spürte seinen kräftigen Herzschlag so deutlich an meiner Brust, als wäre er mein eigener, ehe er sich von mir rollte und mich wie schon davor von hinten in den Arm nahm. Er seufzte, als er seinen Kopf in meinem Haar vergrub und mich, sobald das Kondom verschwunden war, noch fester an sich zog.

Ich lächelte verträumt, als ich hören konnte, wie unser beider Atem mit jeder Sekunde, die verstrich, wieder langsamer und ruhiger wurde. Meine Augen fielen wie von selbst zu, und es dauerte nicht lange, bis die Erschöpfung des Tages meinen Geist übermannte.

South Dakota II

Heiseres Gelächter drang an meine Ohren, auf welches eine heitere Unterhaltung in einer Sprache folgte, die ich weder kannte noch verstand.

Ich entschied mich dafür, das Gespräch zu ignorieren und darauf zu warten, dass die Menschen weitergehen und mir noch ein wenig Schlaf gönnen würden. Zu meinem großen Missfallen war das aber nicht so, denn sobald die eine Gruppe von Leuten endlich vorbeigezogen war, konnte ich auch schon die nächsten Gesprächsfetzen aufschnappen.

Frustriert brummend öffnete ich die Augen und seufzte. Ich hatte keine Ahnung, wie spät es war, doch die Sonne schien bereits so grell durch den dünnen Stoff des Zeltes, dass dieser in einem hellen Beige leuchtete.

Ich erstarrte. Die Sioux. Das Zelt, welches uns Mahkah für diese eine Nacht überlassen hatte. Die Zeremonie am Lagerfeuer. Der Tanz mit Deacon. Deacon.

Ich drehte meinen Kopf, und mein Blick fand in Sekundenschnelle den immer noch tief und fest neben mir schlafenden Mann. Er lag so auf der Seite, dass sein Gesicht mir zugeneigt war.

Während sein Kopf auf dem rechten Arm lag, ruhte sein linker auf meinem nackten Bauch. Ein kaum erkennbares Lächeln lag auf seinen Lippen, während er schlief. Einige seiner dunkelblonden Strähnen waren ihm ins Gesicht gefallen und bewegten sich sacht, wenn er ausatmete.

Ich vergaß beinahe meinen eigenen Namen, als ich es meinen Augen erlaubte, seinen Körper weiter zu erkunden. Ich war heilfroh, dass die Decke bis knapp über seine Hüften reichte und mich somit davor bewahrte, alles von seinem prachtvollen Körper unverhüllt vor mir zu sehen.

Das hätte mich um den Verstand gebracht und es noch schwerer gemacht, als es ohnehin schon war, einen klaren Gedanken zu fassen. Wenn sein Arm nicht gewesen wäre und es sich nicht schlagartig so anfühlte, als würden ganze Tonnen auf meinem Körper ruhen, wäre ich von ihm weggerückt.

Ein riesiger Kloß hatte sich in meinem Hals gebildet, der mir nur allzu deutlich bewusst machte, was wir letzte Nacht getan hatten. Was *ich* getan hatte. Angewidert von mir selbst, schlug ich mir die Hand vor den Mund und versuchte, nicht auf der Stelle die Fassung zu verlieren, während mir Deacon unverändert nahe war.

Nachdem ich ein paarmal tief Luft geholt und mit aller Macht meine aufkeimende Panik niedergekämpft hatte, hob ich vorsichtig Deacons Arm an. Sobald ich ihn behutsam auf meinem nun leeren Kissen abgelegt hatte, betete ich, dass er trotz seines plötzlichen Gemurmels nicht aufwachte, doch seine Lider blieben unverändert geschlossen und sein Körper bewegungslos.

Hastig drängte ich mich in das letzte Eckchen des Zeltes, bis ich mit dem Rücken an die Plane stieß. Ich zwang mich erneut dazu, tief durchzuatmen, ehe ich mich zusammenriss, meine Kleidung zusammenklaubte und hineinschlüpfte. Ich musste schleunigst hier raus.

Mit donnerndem Herzschlag schlüpfte ich aus dem Zelt, wo ich an diesem Morgen umgehend von wärmenden Sonnenstrahlen begrüßt wurde. Vollkommen orientierungslos stand ich eine Weile vor dem Tipi. Was hatten wir bloß getan?

Wie gern hätte ich, dass wir miteinander geschlafen hatten, darauf zurückgeführt, dass wir beide Bier getrunken und einen Zug von der herumgereichten Pfeife genommen hatten, doch ich konnte mich haargenau an alles erinnern.

Ich hatte mich bewusst auf Deacon eingelassen. Es war mir nicht möglich gewesen, ihm zu widerstehen. Zumindest war es das, was mir mein irrationales Herz hatte weismachen wollen.

Und jetzt? Ich hatte einen riesigen Fehler begangen. Jede noch so kleine Berührung, jeder noch so unschuldige Kuss war ein Verrat an mir selbst und – viel schlimmer noch – an Savannah gewesen. Das hätte unter keinen Umständen passieren dürfen.

Ich hatte mir die prickelnde Anziehung zwischen uns nicht eingebildet, so viel stand fest. Warum hatte Deacon das getan? Hätte er sich nicht so verhalten, hätte ich dieser Versuchung auch eine weitere Nacht widerstehen können. Was sollte ich jetzt bloß tun?

»Guten Morgen, Amber.«

Mein Herz machte einen riesigen Satz. Als ich mich umdrehte, sah ich prompt in das lächelnde Gesicht von dem Häuptling der Sioux.

Mahkah beäugte mich besorgt und studierte mich eingehend, ehe ich mich dazu überwinden konnte, ein falsches Lächeln aufzusetzen. Mein schlechtes Gewissen wurde in neue Sphären katapultiert.

»Häuptling Mahkah.«

»Ich hoffe, ihr habt gut geschlafen. Du warst noch ganz schön lange bei uns.«

»Und wie!« Ich gab mir alle Mühe, aufrichtig zu klingen. »Vielen Dank für eure Gastfreundschaft. Ich werde diesen Abend niemals vergessen.« Hinter diesen unüberlegten Worten steckte mehr, als Mahkah ahnen konnte. Langsam wurde es mehr als herausfordernd für mich, überzeugend zu lächeln.

Mahkah stand, ohne ein weiteres Wort zu sagen, vor mir, als würde ihm etwas auf der Seele brennen, bei dem er sich nicht sicher war, ob er das mit mir teilen sollte. Schließlich fanden die Worte ihren Weg über seine Lippen: »Ich kenne Deacon kaum. Aber es war selbst für einen Fremden kaum zu übersehen, dass er dich sehr liebt.«

Ich verschluckte mich, und ich musste husten, ehe ich mich wieder halbwegs unter Kontrolle hatte.

Mahkah musterte mich mit einer guten Portion Neugierde, aber auch Verwunderung.

»Deacon und ich … wir … Wir sind kein Paar. Wir sind nicht

zusammen. Wir sind … bloß Freunde. Reisepartner«, krächzte ich mühsam hervor.

Doch Mahkahs Lächeln wurde nur noch breiter, als wolle er mir irgendetwas sagen. Doch ehe er dazu kam, löste sich sein forschender Blick abrupt von mir und wanderte zu einem Punkt unmittelbar hinter mir.

»Deacon! Auch dir einen guten Morgen«, rief Mahkah freudig und ging an mir vorbei.

Mir gefror regelrecht das Blut in den Adern, als ich mich zu den beiden Männern umdrehte und beobachtete, wie sie sich flüchtig umarmten. Deacons Gesicht war von dem Häuptling der Sioux verdeckt, doch als sich dieser von ihm löste, sah ich schleunigst zur Seite.

Der Blick aus seinen dunklen Augen fraß sich schmerzhaft in mich hinein, doch ich wagte es nicht, ihm direkt zu begegnen, auch wenn mich das ebenso um den Verstand brachte. Ich war noch nicht bereit dazu, das aus seinen Augen herauszulesen, was ich ohne jeden Zweifel sehen würde: Reue. Ob ich das jemals sein würde, hielt ich jedoch für sehr zweifelhaft.

»Guten Morgen«, erwiderte Deacon nach einer längeren Pause, und ich konnte das Lächeln heraushören, welches er Mahkah schenkte.

»Und du bist dir sicher, dass ihr nicht noch eine Nacht hierbleiben wollt?«

Ich biss meine Zähne so fest zusammen, dass es schmerzte. Ich befürchtete, dass Deacon einlenken könnte, doch glücklicherweise konnte ich aus den Augenwinkeln sehen, wie er den Kopf schüttelte.

Eine weitere Nacht in diesem Zelt zusammen mit Deacon hätte niemals zu etwas Gutem geführt. Ich hatte absolut keinen blassen Schimmer, wie ich in den nächsten Tagen damit umgehen sollte, dass ich mit ihm mehr oder minder in dem Mini-Bus gefangen war.

»Ich würde gern, aber ich denke, wir sollten weiter«, erwiderte Deacon, und ich wurde das Gefühl nicht los, dass er damit so vieles mehr meinte als lediglich den zeitlichen Aspekt.

Jetzt, nachdem wir miteinander geschlafen hatten, war es ohnehin besser, wenn wir das Ende unserer Reise so schnell wie möglich erreichten. Einen klaren Schlussstrich zu ziehen, wäre das einzig Richtige. Der bloße Gedanke daran ließ einen scheinbar unüberwindbaren Kloß in meinem Hals entstehen.

»Das ist wirklich ein Jammer. Ich hätte euch sehr gern noch eine Weile hier gehabt«, sagte Mahkah, und als er seine Hand auf meine Schulter legte, blickte ich wieder auf. Die Augen des Häuptlings schienen unergründlich, doch das Lächeln, welches mehr als deutlich auf seinen geschwungenen Lippen lag, zeugte davon, dass er ahnte, was Deacons eigentlicher Beweggrund war. »Wohin führt euch eure Reise?«

»Zunächst einmal weiter zum Yellowstone National Park«, antwortete Deacon, und ich beging den schrecklichen Fehler, in einem unachtsamen Moment unverwandt in sein Gesicht zu sehen.

Während er sprach, lag seine volle Aufmerksamkeit auf mir und nicht wie von mir angenommen auf dem Häuptling der Sioux. Mir wurde auf einen Schlag eiskalt, auch wenn die Sonne immer noch wärmend auf uns herabschien. Wie sollte das bloß werden, wenn wir erst einmal wieder allein waren?

»Da habt ihr noch ein gutes Stück vor euch und solltet schleunigst aufbrechen, wenn ihr vor Mitternacht dort ankommen wollt.«

»Ja, es wird Zeit.«

»Ich wünsche euch eine gute Reise«, sagte Mahkah und zog mich dann ohne jegliche Vorwarnung in eine feste Umarmung. »Es war schön dich kennenzulernen, Amber. Passt aufeinander auf. Behalte die Sioux in guter Erinnerung.«

»Danke, Mahkah. Ich werde ganz bestimmt keinen von euch jemals vergessen.«

Ich brachte es kaum fertig, einen Fuß vor den anderen zu setzen, als wir uns – nachdem wir uns noch von einigen anderen Sioux verabschiedet hatten – zurück zum Van aufmachten.

Es war beinahe totenstill, außer dem schneidenden Wind war nichts zu hören. Schon jetzt vollkommen erschöpft, ließ ich mich – endlich wieder bei dem Van angekommen – auf den Beifahrersitz plumpsen und hoffte innständig, dass sich darunter ein Loch auftun und mich verschlingen würde. Ich hatte allerdings Pech, doch zumindest startete Deacon sofort den Motor.

Sobald wir den leicht holprigen, ungeteerten Weg verlassen hatten und zurück auf eine Landstraße fuhren, wurde es schlagartig noch stiller im Bus. Liebend gern hätte ich das Radio eingeschaltet, doch konnte ich spüren, dass das keine gute Idee war. Musik würde uns dabei wohl auch nicht helfen. Kurzzeitig spielte ich mit dem Gedanken, mich mit dem Buch, welches er mir geschenkt hatte, abzulenken, doch ich hätte mich ohnehin niemals darauf konzentrieren können.

Die Uhr schien stillzustehen, als Deacon sich räusperte und unbehaglich auf seinem Platz hin und her rutschte. Allerdings war mir durchaus bewusst, dass nicht nur ich es bisher tunlichst vermieden hatte, ihn anzusehen. Auch Deacon hatte sich mir zu keinem Zeitpunkt zugewandt, seit wir wieder im Mini-Bus saßen.

»Ich wollte nicht, dass das passiert«, sagte er ernst. Alles in mir verkrampfte sich, und mir wurde schlagartig flau im Magen. »Du musst mir glauben, wenn ich dir sage, dass ich niemals so sein wollte. So jemand bin ich nicht. Außerdem hast du mir deine Vergangenheit mit William anvertraut. Ich hätte das nicht zulassen dürfen. Ich kann mir nur allzu gut vorstellen, wie du dich im Moment fühlst. Es tut mir leid, Ams. Im Moment weiß ich einfach nicht mehr … was ich überhaupt vom Leben will. Was zum Teufel ich eigentlich tue, und ich …«

Ich erkannte mich in vielem von dem, was er gesagt hatte, wieder. Wir teilten unsere Ängste und Sorgen, auch wenn die Bedeutung dessen, was wir letzte Nacht getan hatten, für Deacon ein Vielfaches schwerwiegender sein musste als für mich. Er hatte seine Frau betrogen.

Zwar war es offensichtlich, dass sie sich nicht mehr so nahe standen wie noch vor ein paar Jahren, aber das änderte nichts an der Tatsache, dass sie nach wie vor verheiratet waren. Deacon war Savannahs Ehemann, und das war es auch, was ihm buchstäblich ins Gesicht geschrieben stand, als ich mich ihm jetzt bewusst zuwandte und er es mir gleichtat.

Das, was mir aus seinen Augen entgegenschien, brachte mich

beinahe um den Verstand. Der Zwiespalt, die Sorge und auch das Verlangen, welches nicht nur aus Deacons Gesicht, sondern mit absoluter Sicherheit auch aus meinem abzulesen war, erschreckte mich und ließ mich erbeben.

Ich war drauf und dran, mich in Deacon zu verlieben – wenn es nicht sogar bereits zu spät war. Das war völlig verrückt, denn genau genommen kannten wir uns erst seit wenigen Tagen. Reichte das überhaupt aus, um sich jemandem so nahe zu fühlen, eine solche Verbindung zu einem anderen Menschen aufzubauen?

Ich sollte nicht so über den Mann neben mir denken. Das war mir seit jenem Kuss am Lagerfeuer schmerzlich bewusst geworden. Doch sosehr ich auch versucht hatte, dagegen anzukämpfen, war die schmerzliche Wahrheit, dass mein Herz sich längst über meinen Verstand hinweggesetzt hatte. Selbstständig geworden, auch wenn ich keine Ahnung hatte, wann genau das passiert war. Wichtig war jetzt nur eins: Meine Gefühle zu ignorieren. Warum sehnte sich mein Herz aber dann unverändert danach, ihn zu küssen, ihn zu berühren …

»Ich mag dich wirklich gern, Ams«, flüsterte Deacon da, und ich konnte förmlich spüren, wie mein Herz in Abertausende Scherben zersprang.

Wir wussten wohl beide, dass hinter diesen wenigen, scheinbar harmlosen Worten so viel mehr steckte, als er wagte, auszusprechen. Ob er wirklich so darüber dachte wie ich? Fühlte er dasselbe? Wieso sonst sollte er mir das sagen?

»Ich mag dich auch wirklich sehr gern«, gestand ich. Und obwohl ich meiner Stimme nicht vertraute, kamen diese Worte so bedeutungsschwer über meine Lippen, dass Deacon die Wahrheit dahinter erkennen musste: dass »mögen« längst nicht mehr der passende Begriff für das war, was ich für ihn fühlte.

Irgendwann hatte ich es mir etwas gemütlicher auf meinem Platz gemacht und schaute durch das Fenster der Beifahrerseite nach draußen. Das Radio war unverändert ausgeschaltet, denn weder ich noch Deacon schienen in der Stimmung dafür zu sein, Musik zu hören.

Ich war so tief in meinen sich überschlagenden Gedanken versunken, dass ich nicht einmal wahrnahm, wie sich die Position der Sonne immer weiter veränderte. Der Tag neigte sich bereits wieder dem Ende zu, und weder Deacon noch ich hatten seit jenem Geständnis auch nur ein weiteres Wort gesagt.

Wenn ich bei unserem ersten scheuen Kuss am Lagerfeuer mitten im Nirgendwo noch der Überzeugung gewesen war, dass wir das vergessen könnten und der Kuss rein gar nichts zwischen uns verändern würde, wusste ich jetzt, dass das bei dieser Nacht unmöglich war.

Sich auf eine solche Art und Weise einem Menschen hinzugeben, zog bestimmt nicht spurlos an einem vorbei. Zumindest war es das, woran ich glaubte. Wovon ich überzeugt war.

Wyoming

Stunde um Stunde zog dahin, und wir waren unverändert in tiefstes Schweigen versunken. Ich hatte es noch nicht geschafft, einzuschlafen, obwohl meine Lider immer schwerer und schwerer geworden waren.

Aber weil ich mir an diesem Tag nichts mehr herbeisehnte als meinen wohlverdienten Schlaf, ließ ich meine Augen dennoch geschlossen. Somit konnte ich mich zumindest schlafend stellen und für eine Weile allem entfliehen.

Als um uns herum die pechschwarze Nacht hereingebrochen war, öffnete ich träge wieder meine Augen und schaute unauffällig nach draußen. Weit und breit war nichts zu sehen, und nur wenige Autos kamen uns auf der Interstate entgegen.

Nirgends sah ich Lichter oder andere Punkte, an denen ich mich hätte orientieren können. Alles war schwarz, und ich hatte nicht die geringste Ahnung, wo wir uns befanden. Unser letzter Zwischenstopp war in Montana gewesen, was auch schon wieder mehrere Stunden zurückliegen musste.

Wir hatten ganz normal miteinander gesprochen, wenngleich wir nur die nötigsten Worte gewechselt hatten. Langsam, aber sicher wurde mein Sitzplatz mal wieder unbequem, und ich musste dringend auf die Toilette.

»Wir haben den Campingplatz, den ich für uns herausgesucht habe, gleich erreicht. Von dort aus können wir am Morgen alles ansehen, was diesen National Park berühmt und besonders macht.«

»Also sind wir ziemlich zentral, ja?«, wollte ich auf einmal doch aufgeregt von ihm wissen, da der Yellowstone zu einem jener National Parks gehörte, die ich schon immer hatte sehen wollen.

»Direkt am Yellowstone Lake, unweit des Hauptbesucherzentrums.«

Seit unserem beiderseitigen Eingeständnis, dass uns der jeweils andere sehr ans Herz gewachsen war und wir einander wichtig waren, hatte mich Deacon nicht mehr häufig von seinem Platz aus angesehen oder gar angelächelt.

Sein Blick war verbissen auf die Straße gerichtet, als er antwortete. Wie ich gerade auf der Uhr am Armaturenbrett gesehen hatte, war es bereits kurz nach elf. Doch ich war nicht davon überzeugt, dass das der alleinige Grund dafür war, dass er so streng dreinschaute.

Wie auf Kommando grummelte mein Magen, dabei hatte ich mir mein Abendessen schon bei unserem letzten Stopp einverleibt, damit wir, sobald wir endlich angekommen waren, bloß noch erschlagen in unsere Betten fallen konnten.

»Du kannst meins noch haben, wenn du möchtest. Ich habe keinen Hunger.« Deacon griff prompt nach dem noch versiegelten Sandwich, welches die ganze Zeit über schon so verlockend in meinem Blickfeld gelegen hatte.

»Danke.«

Erleichtert öffnete ich die Plastikverpackung und nahm einen großen Bissen. Ob Deacons Appetitlosigkeit damit zusammenhing, dass ihm das auch alles so nah ging wie mir? Seit wir zusammen reisten, hatte ich noch nie erlebt, dass er nichts essen wollte.

Sofort packte mich wieder dieses alles vereinnahmende dumpfe Empfinden, das mir ebenfalls fast den Appetit stahl. Dabei hatte ich mir so viel Mühe gegeben, alles, was in dieser einen Nacht mit Deacon geschehen war, und unser darauf gefolgtes Gespräch in einer Ecke meines Kopfes einzuschließen und nie mehr zurückzublicken.

Das Sandwich war längst verspeist, als Deacon den Mini-Bus das letzte Mal für diesen Tag einparkte und den Motor abschaltete. Für einen kurzen Augenblick saßen wir nur da und waren erleichtert, es geschafft zu haben, ehe er aufstand und wieder einmal dafür sorgte, dass sein Van an Strom und Wasser angeschlossen war.

Seit einer ganzen Weile hatte er keinerlei Anstalten mehr gemacht, noch etwas an dem Mini-Bus zu verändern. Nicht, dass es mich wirklich stören würde, denn dieser Van war für mich so oder so zu einem richtigen Zuhause geworden. Beengt und überschaubar, aber dennoch mit einem ganz eigenen gemütlichen Charme.

Bestimmt würde Deacon bald die nächste Verbesserung vornehmen, bei der ich ihm auch mal wieder helfen konnte. Mir persönlich würde vor allem ein neuer Anstrich ganz gut gefallen. Ob ich ihn dazu überreden konnte, ehe unsere Reise zu Ende ging? Bevor sich der Gedanke an unsere Trennung zu tief festsetzen konnte, schüttelte ich ihn geübt ab und folgte Deacon.

Als mir der eisige Wind ohne Vorwarnung entgegenschlug, überzog eine heftige Gänsehaut meinen Körper, und ich verschränkte bibbernd meine Arme vor der Brust. Beim Ausatmen konnte ich dünne Nebelschwaden sehen. Ich bildete mir das also nicht nur ein, und es war hier tatsächlich schweinekalt.

Hoffentlich würden meine Sachen ausreichen, um nicht die ganze Zeit über zu frieren, wenn wir am nächsten Tag den National Park erkundeten. Unter keinen Umständen wollte ich mir noch einmal die Jacke von Deacon ausleihen, die er mir schon viel zu oft überlassen hatte.

»Möchtest du noch duschen, bevor wir schlafen gehen?«

»Nein, dafür bin ich zu müde. Das mache ich morgen, nachdem ich mich um die Wäsche gekümmert habe. Hier gibt es doch einen Waschsalon, oder?«

»Gleich da hinten.« Deacon deutete mit seinem rechten Daumen über seinen Rücken grob nach Süden. »Okay. Strom und Wasser sind angeschlossen. Wenn es dir nichts ausmacht, werde ich noch duschen gehen. Falls du schon schlafen solltest … Schlaf gut.« Dann verschwand er mit seinen Duschsachen zu den Sanitärräumen.

Alles zog sich in mir zusammen, als ich ihm nachsah. Diese Nacht würde so was von eigenartig und unangenehm werden, dass ich inständig hoffte, überhaupt ein Auge zuzubekommen.

Auch eine halbe Stunde später lag ich unverändert hellwach. Ich hatte angefangen, mein Buch zu lesen, aber nach ein paar Seiten wieder aufgehört. Deacon war immer noch nicht zurückgekommen, und ich wurde mit jeder Minute, die verstrich, unruhiger.

Was trieb er bloß so lange? Wollte er sich womöglich eine Weile von mir absetzen, um in absoluter Ruhe über alles nachzudenken? Nachdem weit mehr als eine Stunde vergangen war, war ich drauf und dran, doch noch einmal aufzustehen und nach ihm zu sehen – mit der lächerlichen Ausrede in meinem Kopf, dass ihm etwas hätte passiert sein können.

Plötzlich hörte ich schwere, träge Schritte auf dem Kies, und wenig später schwang die Fahrertür geräuschvoll auf. Jeder einzelne meiner Muskeln spannte sich an, und ich stellte mich wieder einmal schlafend, als Deacon leise fluchend den Mini-Bus betrat. Seine Schritte klangen unkoordiniert.

Als ich mir sicher war, dass er an mir vorbeigegangen war, wagte ich es, meine Augen einen Spaltbreit zu öffnen. Seine Haare klebten noch nass an seiner Stirn, und sein Hemd lag lose um seine Schultern. War er etwa eben erst duschen gewesen?

Als mein Blick weiterwanderte, entdeckte ich eine breite viereckige Flasche in seiner rechten Hand, von deren Inhalt eine beachtliche Menge fehlte. Ungeschickt stellte er sie neben seinem Bett ab, entledigte sich seiner Schuhe und machte Anstalten, sein Hemd abzustreifen.

Hastig presste ich meine Augen wieder zusammen und wartete. Und schon bald darauf drang ein konstantes Schnarchen an meine Ohren und machte mehr als deutlich, dass Deacon sofort eingeschlafen war, während ich unverändert noch eine ganze Weile wach lag.

Zwar war ich irgendwann eingeschlafen, aber mehrere Male hochgeschreckt, und es hatte erneut quälend lange gedauert, bis ich wieder ins Reich der Träume abgedriftet war. Obwohl ich mich immer noch wie erschlagen fühlte, stand ich früh am Morgen auf.

Deacon schlief noch tief und fest, als ich leise die dreckige Kleidung zusammensuchte und mich damit auf den Weg zum Waschsalon machte. Während die Maschine lief, ging ich heiß duschen und pflegte mich mal wieder ausgiebig.

Wieder porenrein sauber und mit der frisch duftenden Wäsche in der Hand, machte ich mich auf den Rückweg. Leider gab es auf diesem kurzen Fußmarsch noch nicht viel vom Yellowstone Lake und der umliegenden Natur zu sehen. Es kribbelte mir immer mehr in den Fingerspitzen, mich endlich umzusehen.

Deacon saß bereits wieder hinter dem Steuer, als ich mich mit dem sperrigen Wäschekorb in den Mini-Bus zwängte. Als er mich bemerkte, hob er den Kopf. Er sah unheimlich müde und erschöpft aus – dummerweise allerdings irgendwie auch noch attraktiver für mich.

Ich lächelte schwach. Prüfend schaute ich zu Deacons Bett, doch die Alkoholflasche, die ich in der letzten Nacht in seiner Hand gesehen hatte, war verschwunden. Auf dem selbst gebauten Tisch lag ein leerer Tablettenblister, was bedeutete, dass Deacon nicht ohne eine Schmerztablette ausgekommen war. Das wunderte mich nicht.

Ich schenkte mir den letzten Kaffeerest ein, den Deacon mir aufgehoben hatte, und bestrich zwei Toastscheiben mit Marmelade, ehe ich mich neben ihn auf den Beifahrersitz setzte. Genüsslich kauend beobachtete ich ihn dabei, wie er die mehr und mehr zerfledderte Straßenkarte zusammenfaltete und beiseitelegte.

Seine Unterarme ruhten auf dem Lenkrad, während er nach draußen auf den Campingplatz starrte, der sich immer mehr mit wach gewordenen Menschen füllte. Die Furche auf seiner Stirn wurde immer ausgeprägter, als würde er angestrengt über etwas nachdenken.

»Wir fahren als Erstes zum Thumb Geysir, das ist nicht weit von hier. Von dort aus kann man über den gesamten Yellowstone Lake sehen. Ich glaube, das ist ein guter Start. Von da aus fahren wir ein kleines Stück zurück, um uns den Old Faithful Geyser und den Morning Glory Pool anzusehen. Das muss man einfach gesehen haben. Danach geht es südwärts.«

»Klingt für mich nach einem guten Plan. Warst du schon einmal hier?«

»Nein, auch noch nie, aber ich bin froh, das endlich sehen zu können. Der Yellowstone war schon eine verdammt lange Zeit auf meiner Liste.«

Ich verspeiste das letzte Stückchen Toast und nahm den letzten Schluck Kaffee zu mir, während Deacon den Van wieder von den Anschlüssen löste und das wuchtige Fahrzeug schließlich wieder in Bewegung setzte.

Als wir bei der Historic West Thumb Ranger Station ankamen, waren dort noch nicht so viele Leute, wie ich angenommen hatte. Wir hatten sogar so viel Glück, dass die graue Wolkendecke plötzlich aufriss und die Sonne zum Vorschein kam. Das dampfende, in verschiedenen Blautönen leuchtende Wasser in den Becken war atemberaubend. Ganz zu schweigen von der Aussicht auf den Yellowstone Lake im Hintergrund.

Nach einem kurzen Fußweg zurück zum Mini-Van, war ich schon jetzt vom Yellowstone National Park verzaubert. Unser nächster Zwischenstopp war der Old Faithful Geyser, bei dem es deutlich voller war als bei unserem letzten Halt. Eine riesige Menschentraube hatte sich gebildet, und wir warteten gemeinsam, bis der Geysir ausbrechen würde.

Als es dann endlich so weit war, zuckte ich sogar ein klein wenig zusammen, was Deacon doch tatsächlich verhalten zum Lachen brachte. Ich drehte mich zu ihm um und warf ihm ein schiefes Lächeln zu. Ich hatte den Eindruck, dass die Natur uns guttat und wieder mehr Normalität zwischen uns entstand. Ich musste lediglich versuchen, die wohlige Wärme in meinem Bauch zu verdrängen, die sich jedes Mal an die Oberfläche kämpfen wollte, wenn er mich auf diese Weise ansah.

Beim Morning Glory Pool entdeckte ich in weiter Ferne ein Bison. Ich packte Deacon begeistert am Oberarm, als ich ihm meinen Fund zeigen wollte. Wenige Sekunden später nahm ich meine Hand auch schon wieder eilig von seinem Arm, als hätte ich mich daran verbrannt.

Zu sagen, dass es mir schwerfiel, schon so schnell wieder Abschied vom Yellowstone zu nehmen, war wohl eine Untertreibung. Ich hatte mich so unheimlich wohl gefühlt, und die Natur in diesem Park war schlichtweg phänomenal. Ich hätte mich noch stundenlang vor einen der zahlrechen Geysire setzen und gebannt das frohe Farbenspiel beobachten können. Doch leider mussten wir weiter, um vor Sonnenuntergang noch unser nächstes Nachtlager zu erreichen. Der Grand Canyon wartete schon.

Während uns Deacon aus dem National Park hinausmanövrierte, beobachtete ich die Natur um uns herum, um diese Eindrücke für immer in meinem Gedächtnis abzuspeichern.

Wir hatten die Grenzen des Parks gerade erst erreicht, als uns ein Pick-up am Straßenrand auffiel. Aus der Motorhaube qualmte es enorm. Ein Kerl, dessen Gesicht wir wegen des Rauches nicht erkennen konnten, war über den Motor gebeugt. Fragend sah ich zu Deacon, der bereits einen Blinker gesetzt hatte, um hinter dem Pick-up anzuhalten.

Wir waren auf dieser Straße an diesem Tag noch nicht vielen anderen Menschen begegnet, und wer wusste schon, wann das nächste Mal jemand vorbeikommen würde, um zu helfen. Ich war froh, dass er das genauso sah. Ich bekam glatt eine Gänsehaut, als ich an unsere Panne zurückdachte und wie froh ich gewesen wäre, wenn jemand bei uns vorbeigekommen und angehalten hätte.

»Kann man vielleicht helfen?«, fragte Deacon, als wir ausgestiegen waren und der Mann gerade wütend gegen einen der Reifen seines Pick-ups trat.

»Wenn ich das bloß wüsste. Mein altes Mädchen hat schon oft Probleme gemacht, aber normalerweise habe ich sie immer wieder zum Laufen bekommen. Es muss irgendetwas am Motor sein, aber ich kann einfach keine Ursache finden.«

»Kann ich mal sehen?«

»Dafür wäre ich dir sehr dankbar, Mann.«

Ich beobachtete, wie Deacon die Knöpfe an seinen Hemdärmeln öffnete, um sie nach oben zu krempeln und sich dann mit dem Oberkörper über die geöffnete Motorhaube lehnte. Dabei brummte er vor sich hin, ehe er den Gestrandeten um verschiedene Werkzeuge bat und sich daranmachte, an irgendwelchen Teilen herumzuschrauben.

»Ihr seid nicht von hier, oder?«, wollte der Fremde von mir wissen, während Deacon nach wie vor damit beschäftigt war, seine Hände schmutzig zu machen.

»Nein, gar nicht. Ich komme aus San Francisco, und Deacon aus Seattle.«

»Das ist wirklich nicht um die Ecke, nein. Wart ihr im Yellowstone?«

»Ja, wir sind auf dem Weg nach Nevada.«

»Ein richtiger Roadtrip ... Ich hätte auch gern mal eine Frau an meiner Seite, mit der ich so etwas machen kann.«

»Oh, Deacon und ich sind nicht –«, setzte ich wie einstudiert sofort an, klarzustellen. Anscheinend reichte das dem Fremden schon aus, denn sein Lächeln wurde nur noch breiter. Flirtete er etwa mit mir?

»Ich bin Jace.« Ein Strahlen ging von ihm aus, welches ansteckend war.

»Amber.«

»Bei der ganzen Ausrüstung auf deiner Ladefläche nehme ich an, dass du ein Bullrider bist?«, fuhr Deacon plötzlich dazwischen. Erst jetzt fiel mir der schneidende Blick auf, den er auf unsere Hände gerichtet hatte. Peinlich berührt löste ich unseren Händedruck. Klang er etwa verärgert?

»Genau. Eigentlich hätte ich in einer halben Stunde bei meinem nächsten Ritt antreten sollen, aber ich fürchte, das kann ich wohl vergessen. Selbst wenn ich einen Abschlepper rufen würde, wäre das schon zu spät und ich längst disqualifiziert.«

»Das glaube ich nicht.« Deacon richtete sich wieder auf und rieb seine völlig schwarzen Hände an dem Handtuch ab, welches vor der Motorhaube auf dem Boden lag.

Jace musterte ihn überrascht, ehe er sich beeilte, hinters Steuer zu kommen, um den Zündschlüssel umzudrehen. Der Pick-up sprang sofort an, und Jace machte dabei eine so triumphierende Geste, dass ich grinsen musste.

»Schnurrt wie ein Kätzchen, unglaublich! Danke, Mann!«

»Keine Ursache.«

»Wie kann ich euch bloß danken? Hey, kommt doch mit mir!

Ich besorge euch zwei Freikarten für das Rodeo, und danach trinken wir noch etwas zusammen, okay?«

Deacon blockte sofort ab und schüttelte den Kopf. »Danke für das Angebot, aber wir müssen weiter.«

Doch Jace ließ nicht locker: »Amber, komm schon. So eilig könnt ihr es doch gar nicht haben, oder?« Er legte mir die Hände überschwänglich auf die Schultern und zwinkerte mir vielsagend zu. »Jeder muss mal ein Rodeo gesehen haben. Du warst bestimmt noch bei keinem, oder?«

Ich schüttelte den Kopf.

»Na also! Fahrt mir nach. Wir sehen uns gleich noch mal, bevor ich reite.«

Deacon warf ihm einen vernichtenden Seitenblick zu, den er allerdings nicht bemerkt haben konnte, und ich war mir absolut sicher, dass er es schon jetzt bereute, diesem Jace überhaupt geholfen zu haben.

Ich wusste, dass Deacon es hasste, wenn man ihm etwas vorschrieb, aber was spielte es im Endeffekt denn für eine Rolle? Wir hatten es schließlich nicht eilig.

Er brummte missmutig, stieg dann aber wieder in den Mini-Van. Jace hupte, ehe er losfuhr und wir uns an ihn hefteten.

Wyoming II

»Du machst mich ganz nervös damit«, sagte ich irgendwann, als Deacon unaufhörlich mit seinen Fingern auf dem Lenkrad rumtrommelte.

Wider Erwarten hörte er sofort auf, krallte seine Hände aber felsenfest darum.

»Hast du wirklich so ein Problem damit, dass wir diesen kleinen Abstecher machen?«

»Wir verlieren Zeit«, brummte er.

»Musst du zu einer bestimmten Uhrzeit irgendwo sein?«

»Nein.«

»Wieso ist es dir dann so wichtig, dass wir unbedingt weiterfahren? Du hast Jace geholfen, und er will sich deshalb bei dir bedanken. Geht dir das etwa so gegen den Strich?«

»Willst du, dass ich das ehrlich beantworte? Dieser Clown steht auf dich. Wenn du nicht gewesen wärst, hätte er überhaupt nicht gefragt und es bei einem einfachen Danke belassen.«

Ich lachte verhalten auf, auch wenn es eigentlich überhaupt nicht witzig war. Doch je länger ich darüber nachdachte, desto amüsanter wurde es.

»Du glaubst, dass Jace sich etwas von mir erhofft und nur deshalb gefragt hat?«

»Willst du, dass ich mich wiederhole, oder was?«

»Dieser Clown – wie du ihn so schön getauft hast – ist bloß höflich, okay? Vielleicht flirtet er auch ein bisschen, aber selbst wenn, hat das noch lange nichts zu bedeuten.«

»Wie du meinst.«

»Gib doch einfach zu, dass du kein Rodeo-Fan bist.« Ich gab mir alle Mühe, den Gedanken beiseitezuschieben, dass er womöglich ein klein wenig eifersüchtig sein könnte.

»Du etwa?«

»Ich habe so was noch nie gesehen.«

Keine halbe Stunde später kamen wir vor einer großen Halle zum Stehen und parkten unmittelbar neben Jace, der mit einem breiten Lächeln ausstieg und mir zuzwinkerte. Deacon schnaubte, stand aber kommentarlos auf.

Ich seufzte, folgte ihm aber. Dabei konnte ich es nicht verhindern, dass sich ein Lächeln auf meinen Lippen verfestigte.

Jace kam unmittelbar auf mich zu, sobald er seine Ausrüstung geschultert hatte, und führte uns zu der Arena. Deacon trottete kommentarlos hinter uns her, und auch wenn ich mich kein einziges Mal zu ihm umdrehte, konnte ich mir den begeisterten Gesichtsausdruck, den er aufgelegt haben musste, nur allzu gut vorstellen.

Er hatte schon recht. Jace war ziemlich auf mich fokussiert und hatte ihn, seit wir hier angekommen waren, kaum beachtet, aber ich dachte mir dabei nichts weiter.

Wollte ich ihn eifersüchtig machen? Nein. Aber es war zugegebenermaßen auf eine verquere Art und Weise interessant, ihn so zu erleben – wenn es denn überhaupt Eifersucht war, was er empfand. Ich wusste nicht genau, was ich darüber denken sollte. Zumindest hatte das Ganze die seltsame Atmosphäre zwischen uns aufgelockert, was schon einmal viel wert war.

»Diese zwei Plätze liegen ganz vorn«, meinte Jace, als er uns zwei Tickets reichte, die er sich von einer der Ticketverkäuferinnen besorgt hatte.

Sie waren jeweils an einem Umhängeband befestigt, und Jace ließ sich die Gelegenheit nicht entgehen, mir eins davon eigenhändig umzulegen. Ich bildete mir ein, Deacon hinter mir murren zu hören, als er sein Ticket lediglich mit einem knappen Lächeln und einem brüderlichen Schlag auf die Schulter überreicht bekam.

»Ich muss leider los. Sucht doch schon mal eure Plätze. Es ist gleich so weit.«

»Was habe ich dir gesagt?« Deacon zog ein Gesicht, als wäre er schnurstracks in eine Beerdigung gelaufen.

»Wie auch immer. Wollen wir?«

Schon nach den ersten Minuten dieser Veranstaltung, in denen bereits zwei der Reiter von den gefährlich aussehenden Bullen abgeschmissen worden waren, war mir klar, dass ich diesen Sport nicht leiden konnte. Ich hatte mich bisher noch nie damit beschäftigt, aber ich empfand ihn als überaus gefährlich für die Reiter, und außerdem taten mir die Bullen leid.

In der Arena war es unheimlich laut, was die Angst und Aggressivität der Tiere nur noch steigern musste. Jace war als dritter Reiter an der Reihe und schaffte es als Erster, nicht abgeschmissen zu werden. Er grinste wie ein Honigkuchenpferd, als er sich bei den Zuschauern bedankte, ehe er in unsere Richtung schaute, sich an die Hutkrempe tippte und unter tosendem Applaus im Backstagebereich verschwand.

»Er war gut«, stellte ich unnötigerweise fest und wusste selbst nicht genau, weshalb.

»Mhm.« Deacon war offensichtlich genervt, streckte seine Beine aus und verschränkte mit versteinertem Gesicht die Arme vor der Brust.

»Ist wohl auch nicht so dein Sport, was?«

»Mir fallen spontan hundert Orte ein, an denen ich aktuell lieber wäre«, sagte er, ohne mich dabei anzusehen.

Je länger wir dieses Spiel spielten oder was auch immer es war, desto sicherer wurde ich, dass Deacon nicht nur genervt war, weil wir nun wegen Jace hier sitzen mussten, sondern auch, dass er ernsthaft eifersüchtig auf ihn war.

Jace war mir vollkommen egal. Er war nett anzusehen, aber ich war kein Mensch für eine schnelle Nummer. Das musste Deacon doch klar sein.

Für den Rest des Rodeos konnte ich mich kaum noch auf das konzentrieren, was sich vor mir abspielte. Wenn mich danach jemand gefragt hätte, was nach dem Ritt von Jace passiert war, hätte ich keinerlei sinnvolle Antwort von mir geben können. Ich hörte keinen Lärm mehr, sah keine Cowboys oder Reiter.

Ich war vollkommen auf den Mann fokussiert, der nur wenige Zentimeter neben mir saß. Unsere Oberschenkel berührten sich fast, und ich ertappte mich mehr als nur einmal dabei, wie ich darüber nachdachte, mit meinen Fingern die tiefen Sorgenfalten auf seiner Stirn fortzuwischen.

Ich war heilfroh, als dieses Spektakel endlich ein Ende gefunden hatte und ich aufstehen konnte. Deacon hatte Mühe, mir durch all die Menschen zu folgen, doch ich konnte nicht stehen bleiben. Ich musste hier raus und an die frische Luft.

Sobald er zu mir nach draußen trat und sich einen Moment lang suchend nach mir umschaute, sah ich die Verwirrung in seinen Augen, doch dieser Ausdruck änderte sich beinahe sofort. Langsam kam er auf mich zu, sein Mund einen Spaltbreit geöffnet, sodass ich der festen Annahme war, dass er mich etwas fragen wollte. Vermutlich, ob bei mir alles in Ordnung sei, da ich so abrupt die Halle verlassen hatte. Doch Jace kam ihm zuvor.

»Hey, da seid ihr ja«, meinte er strahlend und legte sowohl mir als auch Deacon einen Arm um die Schultern, während er sich zwischen uns drängte. »Wie fandet ihr das Rodeo?«

»Ganz nett, aber ich glaube das ist nichts für mich. Für uns beide.«

»Einen Versuch war es wert«, meinte Jace achselzuckend und zeigte keinerlei Anzeichen, gekränkt zu sein. »Direkt hier nebenan gibt es eine klasse Kneipe, wo wir uns immer treffen, wenn solche Events stattfinden.«

»Jace, das ist wirklich sehr nett von dir, aber ich glaube, wir müssen dann mal weiter.«

»Für ein oder zwei Bier haben wir schon noch Zeit«, fuhr Deacon plötzlich dazwischen.

Ich versuchte, Blickkontakt zu ihm herzustellen, um herauszufinden, ob er das wirklich wollte, doch an seiner Haltung veränderte sich rein gar nichts. Das war mir Antwort genug. Er wollte versuchen, höflich zu sein. Oder tat er es mir zuliebe?

Ich hatte gerade den Mund aufgemacht, um ihm zu widersprechen, als Jace uns bereits vorwärtsschob.

Die Kneipe war genau so, wie man sich eine Dorfkneipe vorstellte. Verraucht, dunkel und mit klebrigem Boden, aber ich fühlte mich nicht unwohl, obwohl der Laden zum Bersten gefüllt war. Und das am helllichten Tag! Irgendwie brachte es Jace dennoch fertig, uns einen freien Tisch zu organisieren.

Während Deacon bei einem Bier blieb, weil er später noch fahren musste, waren Jace und ich schnell beim zweiten.

Sobald ich etwas mehr Alkohol intus hatte, fiel es mir deutlich leichter, mich mit ihm zu unterhalten und all die nervenden Hintergedanken, die Deacons Verhalten ihm gegenüber in meinem Kopf ausgelöst hatte, beiseitezuschieben. Wir lachten viel über Dinge, die ich normalerweise im nüchternen Zustand nicht einmal ansatzweise witzig gefunden hätte, während Deacon die meiste Zeit über nur stumm danebensaß und höflich lächelte.

Mich erinnerte das Ganze sehr an den Abend, an dem ich mit ihm und Steve in der *Coyote Lounge* gesessen hatte, nur war es heute umgekehrt. Deacon fühlte sich scheinbar ausgeschlossen, wohingegen ich eine schöne Zeit hatte.

Ich sah in Jace aber unverändert lediglich einen netten Kerl, mit dem man sich gut unterhalten konnte. Nicht mehr, aber auch nicht weniger. Es war nicht mein Ziel gewesen, Deacon auszuschließen, aber immer dann, wenn ich versuchte, ihn zu integrieren, verlor er nicht mehr als ein oder zwei Sätze.

Als sich wenig später jemand mit einer Gitarre an unserem Tisch vorbeischob, entging mir Deacons sehnsüchtiges und gleichzeitig trauriges Leuchten in den Augen nicht. Zumal das Instrument ähnlich aussah wie jenes, welches er diesem Typen in Amarillo über den Schädel gezogen hatte.

Deacon brauchte unbedingt eine neue Gitarre. Ich vermochte mir gar nicht auszumalen, wie sehr er es vermisste, zu spielen, auch wenn er seit diesem Vorfall kein Wort darüber verloren hatte. Nicht nur Deacon fehlte es, wenn er Musik machte.

Irgendwann bemerkte Jace meine Bemühungen, und ich rechnete es ihm hoch an, dass er mich unterstützte und Deacon in ein ausuferndes Gespräch über Autos verwickelte. Ich staunte nicht schlecht, als Jace es tatsächlich schaffte, diesen verbissenen Ausdruck von seinem Gesicht zu verscheuchen und ihn herzhaft zum Lachen zu bringen.

Die kleinen, aber zahlreichen Lachfältchen, die sich dabei an Deacons Augen bildeten, luden mich förmlich dazu ein, ihn ununterbrochen anzusehen. Er war so sexy.

Wie immer erwischte mich Deacon bei meinen unangemessenen Gedanken, doch ich schaute nicht weg, als unsere Blicke sich trafen. Einen winzigen Augenblick schienen wir beide bereit dazu zu sein, diese Nähe zuzulassen, ehe Deacon den Blick zurück auf Jace lenkte.

Die restliche Zeit, die wir zusammen mit Jace in der Kneipe verbrachten, verlief deutlich angenehmer, denn Deacon war sichtlich entspannter. Hatte er in meinen Augen gesehen, wie es um mein Herz bestellt war? War ihm aufgefallen, dass Jace keine Konkurrenz für ihn darstellte?

Deacon bestand darauf, zu zahlen, was Jace überhaupt nicht gefiel, aber er erkannte ebenso schnell wie ich, dass es keinen Sinn hatte, mit ihm über Geld zu diskutieren. Er ließ es sich allerdings nicht nehmen, sich noch mindestens hundert weitere Male bei ihm für seine Hilfe zu bedanken.

Zum Abschied umarmte Jace Deacon, ehe er das Gleiche bei mir machte und mich mit einem schmatzenden Kuss auf die Wange überraschte. Unwillkürlich huschte mein Blick zu Deacon, der sich nichts anmerken ließ, doch ich hatte kurzzeitig etwas aufleuchten sehen, was ihn verriet.

»Mann, ich weiß nicht, was bei euch beiden vorgefallen ist, aber so eine Frau findest du nur einmal im Leben«, sagte Jace aus dem Nichts an Deacon gewandt.

Wir starrten ihn beide entgeistert an.

»Wir sind bloß Freunde«, stellte Deacon klar.

Seine Worte schmerzten wie Schnitte, auch wenn mich seine Aussage nicht hätte überraschen sollen. Es war schließlich nichts, was wir nicht schon längst für uns beide festgelegt hatten.

»Na, wenn ihr das sagt«, erwiderte Jace, während sein Grinsen bloß noch breiter und wissender wurde.

Meine Wangen glühten feuerrot. Auch dann noch, als Deacon den Mini-Bus längst wieder auf die Straße zurückgelenkt hatte, die uns unserem eigentlichen Ziel näher brachte.

Die Uhr zeigte schon kurz vor sieben, und die Sonne war längst untergegangen. Mir fiel auf, dass sich Deacon immer öfter über Nacken und Schultern strich, während er dabei kaum merklich das Gesicht verzog.

Wie gern hätte ich ihm angeboten, ihn ein klein wenig zu massieren, doch natürlich wäre das vollkommen unangemessen gewesen, auch wenn ich damit keine Hintergedanken verfolgte.

Ich fragte mich seit ein oder zwei Stunden, wo er heute noch hinwollte, denn ich war mir ziemlich sicher, dass wir erst die halbe Strecke bis nach Nevada geschafft hatten.

»Wir wollten doch heute eigentlich zum Grand Canyon …« Abwartend musterte ich ihn, doch er verzog keine Miene.

»Dahin fahren wir auch, aber vorher gibt es noch einen kleinen Zwischenstopp. Lass dich einfach überraschen.«

»Genau genommen hasse ich Überraschungen.« Ich grinste. Leider konnte er das nicht sehen.

Auf alle Fälle waren wir – mal wieder – mitten im Nirgendwo. Ab und zu durchquerten wir eine der vielen kleinen Ortschaften, aber die letzte musste wir auch schon vor einigen Meilen hinter uns gelassen haben. Gerade passierten wir einen nicht enden wollenden Waldabschnitt.

»Hast du eigentlich mal über unser Gespräch nachgedacht?«, fragte Deacon und traf mich damit unvorbereitet.

»Da musst du schon etwas präziser werden«, antwortete ich, auch wenn ich mir sehr gut vorstellen konnte, auf welches Gespräch er damit anspielte.

Um ehrlich zu sein, hatte ich keine sonderliche Lust, ausgerechnet jetzt darüber zu reden. Ich wusste jedoch, dass ich mich um diese Unterhaltung nicht mehr drücken konnte. Ich begann unbehaglich auf meinem Platz hin und her zu rutschen.

»Ob wir gemeinsam aufhören, wegzulaufen«, sagte er mit belegter Stimme, eher er sich räusperte. Ihm schien dieses Thema ebenso wenig zu gefallen wie mir, was mich etwas erleichterte. »Ob wir uns dem stellen, was uns erst hierhergebracht hat. Du musst zurück zu deiner Schwester Casey und ich zurück zu meiner Familie. So wie du gesagt hast.«

Ja, das hatte ich gesagt, und ich hatte das auch so gemeint, doch ich merkte, wie sich jede einzelne Faser meines Körpers dagegen sträubte.

»Du hast gesagt, dass du nicht von mir gerettet werden musst«, erwiderte ich ausweichend, sobald ich mich wieder in der Lage fühlte, Worte zu formen – mein Hals war plötzlich wie zugeschnürt.

»Das habe ich nicht so gemeint, Ams. Das weißt du doch. Ich habe mich ausführlich dafür entschuldigt.«

»Ich weiß.«

Ich konnte nichts daran ändern – ich liebte es, wenn er mich so nannte. Ams.

Insgeheim war mir schon seit ein paar Tagen klar gewesen, wohin er uns brachte. Erst recht seitdem wir nicht weiter in den Norden, sondern zurück in den Süden steuerten. Deacon hatte seine Entscheidung getroffen. Das war gut, oder nicht?

Er hatte sich dazu entschlossen, zurück zu seiner Familie zu gehen. Zurück zu Savannah und Charlie und somit in sein altes Leben. Und ich würde mir endlich einen Job suchen, der mir auch Spaß machte. Oder einen Studienplatz. Das, was als Erstes funktionieren würde. Außerdem war es an der Zeit, mich mit Casey auszusprechen …

»Also? Was meinst du?«, fragte er mich vorsichtig, nachdem ich mehrere Minuten geschwiegen hatte.

»Wir machen es gemeinsam.«

»Ja?«

»Ja.« Ich schenkte ihm mein überzeugendstes Lächeln.

Ich kam nicht umhin, festzustellen, wie sich ein Strahlen in seine dunklen Augen stahl.

Ich vermisste Casey seit jenem Tag, an dem sich unsere Wege vermeintlich für immer entzweit hatten, auch wenn ich tief in meinem Herzen wusste, dass wir niemals richtig getrennt gewesen waren. Casey war meine Schwester, meine Familie. Sie war meine beste Freundin.

Doch je mehr ich an dieses Wiedersehen dachte, desto mehr drehte sich mir der Magen um. Ich begriff, dass ich von Deacon Abschied nehmen musste und wir uns nie wiedersehen würden.

»Und willst du … nach Nevada direkt zurück oder …«

»Nein. Ich will erst mal mit dir nach Vegas und dann zum Grand Canyon. Das können wir uns nicht entgehen lassen. Warst du schon einmal dort?« Er sah mich fragend an.

Ich schüttelte den Kopf. »Nein, aber wenigstens muss ich mich jetzt nicht mehr mit einer Überraschung auseinandersetzen.«

»Das musst du sehen«, sagte er und überging mich dabei komplett. »Vegas ist unglaublich! Und wenn wir eh schon am Grand Canyon sind, müssen wir auch entweder den Sonnenaufgang oder den Sonnenuntergang ansehen, das wird dein Leben verändern, glaub mir! Und danach …«

Deacon redete und redete, verfiel förmlich in einen Monolog, doch ich schaffte es nicht länger, zuzuhören. Er schien plötzlich ganz begeistert von der Idee zu sein, zurück zu seiner Familie zu gehen. Es war das einzig Richtige, kein Zweifel, aber dennoch stimmte es mich wehmütig.

Deacon hatte das alles anscheinend schon mehr als ausführlich durchdacht und geplant. Das, was er noch vorhatte, klang ganz wunderbar, und ich freute mich darauf, doch ich konnte und wollte wirklich nicht an das denken, was danach unweigerlich kommen würde. Noch nicht. Vielleicht auch nie.

Erst als Deacon einmal tief und lautstark ein- und ausatmete, begriff ich, dass er längst aufgehört hatte zu sprechen und ich seitdem kein Wort über meine Lippen gebracht hatte. Stattdessen starrte ich stumm nach draußen.

»Weißt du«, begann Deacon und rieb sich dabei über den Bart, was er öfter tat, wenn er nervös war oder über etwas nachdachte. »Das wäre mein erstes Weihnachten ohne meine Familie. Charlie wäre ohne seinen Vater. Ich kann mir gar nicht vorstellen, wie …« Er seufzte. Seine Augen glänzten matt, als ich zu ihm hinübersah.

»Bis Weihnachten ist noch genügend Zeit«, meinte ich, und am liebsten hätte ich nach einer seiner Hände gegriffen, um ihm zu zeigen, dass ich ihn verstand und dass ich für ihn da war. Doch ich tat es nicht. »Ich bin froh, dass du dich dazu entschieden hast, zurückzugehen. Savannah und Charlie werden überglücklich sein, dich wieder zu haben, du wirst schon sehen. Du verdienst das. Eine glückliche und zufriedene Familie. Ein perfektes Leben.«

Ein Lächeln schlich sich zurück auf mein Gesicht, und dieses Mal war es durch und durch echt, auch wenn sich alles in mir zusammenzog, als ich daran dachte, wie Savannah Deacon um den Hals fallen würde, wenn sie ihn das erste Mal nach all der Zeit erblicken würde.

Ich konnte mir nicht anmaßen, über Savannah zu urteilen, aber ich konnte nicht vermeiden, mich immer wieder zu fragen, wie sie solch einen Mann nur hatte betrügen können.

»Weihnachten werden wir wieder bei unseren Familien sein«, murmelte Deacon und nickte, doch seine Vorfreude verblasste nicht. Ich konnte mir nur allzu gut vorstellen, dass er unheimlich nervös war.

»Du tust das Richtige.«

»Glaubst du das wirklich?«

Unsere Blicke prallten so heftig aufeinander, dass ich schwerfällig schlucken musste. Diese Frage hatte mich überrascht.

»Natürlich!«, antwortete ich hastig, doch die Anspannung wollte einfach nicht mehr aus Deacons Gesicht verschwinden. Ich suchte nach einem Ausweg, um dieses Thema für den jetzigen Zeitpunkt beiseitezulegen, weil ich mich nicht länger imstande sah, darüber zu sprechen.

Deacon fasste sich plötzlich an die Brust.

»Ist alles okay? Tut es weh?«

»Nein, mir geht es gut. Wirklich, Ams. Ab und zu zwickt es etwas, aber das liegt wohl nur daran, dass es verheilt.«

»Männer …« Ich stöhnte und rollte mit den Augen.

»Was soll das denn nun bitte wieder heißen?«

»Ihr müsst immer die Obermacker spielen. Wir leben im einundzwanzigsten Jahrhundert. Da dürfen auch Männer mal zugeben, dass ihnen etwas wehtut.«

»Es geht mir blendend.«

»Blendend, aha. Genau wie nach deiner Bekanntschaft mit dem spitzen Steinbrocken, ja?«

»Ich wusste doch, dass wir uns verstehen«, antwortete Deacon und zwinkerte mir auf Jace-Manier zu, was er mit absoluter Sicherheit absichtlich tat.

»Du bist so ein Depp.«

»Und du magst mich trotzdem.«

Ich war mir sicher, dass wir beide das alles nur als reinen Spaß verstanden, auch wenn es genau genommen alles andere als lustig war. Dennoch lachten wir.

Wie ich das vermissen würde, wenn unsere Reise erst einmal vorbei war.

Wenn ich dieses kehlige Lachen nie mehr wieder hören würde.

Utah

Der Mini-Bus war stockfinster, und lediglich das Scheinwerferlicht brachte Helligkeit in unsere unmittelbare Umgebung. Wir hatten uns das Abendessen mal wieder an einer Tankstelle besorgt – ich mir allerdings nur einen Salat.

Deacon hatte mich dazu überredet, mir noch zwei weitere Bücher zu kaufen, nachdem ich das erste in einem Rutsch durchgelesen hatte. Auch wenn es mir unverändert ganz und gar nicht gefiel, dass er Geld für mich ausgab, musste ich doch zähneknirschend zugeben, dass die Bücher mir die Zeit versüßt hatten.

Irgendwann war ich dessen dann doch überdrüssig geworden, permanent rauszugucken. Vor allem deshalb, weil das, was man draußen sah, sich irgendwann immer wiederholte, bis man in eine ganz neue Gegend kam.

Wir waren immer noch in Utah unterwegs, was bedeutete, dass wir Las Vegas an diesem Abend nicht mehr erreichen würden. Ich hatte mich auf meinem Sitzplatz zusammengerollt, damit ich meine Wirbelsäule etwas entlasten konnte.

Je öfter ich meine Sitzposition wechselte, desto erträglicher waren die unzähligen Stunden im Mini-Bus. Im Radio spielte eine emotionale Popballade, und ich erwischte Deacon dabei, wie er den Takt auf dem Lenkrad mittippte, obwohl er immer wieder betonte, dass er Popmusik normalerweise nicht mochte. Ich grinste und setzte mich wieder aufrecht hin.

»Ich dachte, du magst keine Popmusik.«

»Tu ich auch nicht, aber das hier … Das ist echt gar nicht übel, auch wenn es kein Country ist.«

»Dann konnte ich dich also doch noch dafür begeistern, das ehrt mich«, sagte ich grinsend. »Siehst du? Es war die richtige Entscheidung, die Genres jeden Tag zu wechseln.«

»Ich habe lediglich gesagt, dass das eine Lied nicht schlecht ist, mehr auch nicht. Du solltest dir nicht zu viel darauf einbilden.«

»Ich habe dich beobachtet. Du magst Pop, du willst es nur nicht zugeben.«

»Das Gleiche könnte ich von dir und Country behaupten.«

»Touché. Die meisten Countrysongs fand ich gar nicht mal so schlecht«, sagte ich, vermied es aber, ihm zu beichten, dass er mein Lieblingskünstler in diesem Bereich war. Das wäre in der aktuellen Situation wohl nicht ratsam – nachdem er seine Gitarre verloren hatte.

»Wann war das letzte Mal, dass du im Kino warst?«

»Hm?«

Dieser abrupte Themenwechsel brachte mich aus dem Konzept, und ich hatte nicht die geringste Ahnung, wie er da auf einmal drauf gekommen war. Während ich überlegte, setzte Deacon den linken Blinker und bog auf eine zweispurige Straße. Ich runzelte die Stirn, denn wenn mich nicht alles täuschte, brachte uns das nicht weiter in Richtung Nevada, sondern führte uns eher wieder davon weg.

»Äh … Ich schätze, das war vor gut zwei Jahren. Zusammen mit Casey und William. Wieso fragst du mich das?«

»Bei mir ist es ähnlich lange her, und es war irgendein Liebesfilm, den Savannah hatte sehen wollen«, erwiderte er, schien aber direkt zu bemerken, dass mich das aus meiner wieder besser gewordenen Stimmung herausreißen könnte.

Um ehrlich zu sein, tat es das auch, denn ich wollte mir nun wirklich nicht vorstellen, wie Deacon und Savannah in einem Kuschelsitz saßen, einen romantischen Film ansahen und er den Arm um ihre Schultern gelegt hatte, während sie sich an seine Schulter schmiegte.

»Was denn? Magst du etwa keine Liebesfilme?«

»Wenn es nicht sein muss, meide ich dieses Genre komplett.«

»Ich verstehe. Aber wieso fragst du mich das überhaupt?«

Deacon räusperte sich. »Bis nach Vegas sind es noch eine ganze Menge Meilen. Ich glaube, das wird mir heute zu viel, aber ich habe vorhin ein Hinweisschild gesehen, dass es hier in der Nähe ein Autokino gibt. Wir könnten uns einen Film ansehen, irgendwo dort übernachten und morgen früh ausgeruht weiterfahren. Was hältst du davon?«

Dieser Vorschlag überraschte mich. Als ich nicht umgehend reagierte, bemerkte ich, wie Deacon aus den Augenwinkeln immer wieder in meine Richtung linste.

»Du weißt, dass ich dich ablösen würde, richtig?«, meinte ich, doch er rollte nur mit den Augen, ließ meine Worte ansonsten aber unkommentiert.

Mittlerweile war ich mir absolut sicher, dass er mir seinen Mini-Bus durchaus anvertrauen würde, er aber wollte es mir ersparen, stundenlang hinter dem Lenkrad festzusitzen – ohne die Möglichkeit sich mit einem guten Buch zu beschäftigen.

»Und? Was sagst du?«

»Wenn du wirklich mit dem Risiko leben kannst, dass sie eine Schnulze zeigen?«

»Ich glaube die Wahrscheinlichkeit dafür ist nicht gerade hoch, und selbst wenn, werde ich es verkraften.«

»Du machst keinen Rückzieher?«

»Nein«, sagte er ernst und schüttelte den Kopf, doch ich sah das Lächeln, welches an seinen Mundwinkeln zupfte. »Welches Genre wäre für dich das schlimmste?«

»Eigentlich sehe ich mir alles an, aber wenn es irgendwie geht, verzichte ich gern auf Horror.«

»Gruselt sich da etwa jemand?«

»Nein, das nicht, aber ich schlafe dabei ein. Ernsthaft. Ich meine, hallo? Entweder es geht um irgendwelche Zombies oder Werwölfe oder um verfluchte Häuser. Das ist so was von unkreativ und sterbenslangweilig.«

»Ich habe noch nie davon gehört, dass jemand auf diese Weise argumentiert.«

»Und du glaubst mir nicht, was?«

»Kein bisschen, aber wenn ich Glück habe, finde ich die Wahrheit schon sehr bald heraus.«

»Gut, schön. Dann glaub mir eben nicht, aber ich wette mit dir, dass sie einen Liebesfilm zeigen, der nichts mit Zombies oder verwunschenen Häusern zu tun hat.«

Schon von weitem konnte ich die riesige weiße Leinwand ausmachen, die hoch in den Himmel ragte, von dem sich die Sonne immer weiter zurückzog. Der Duft von frischem Popcorn und Corn Dogs vermischte sich zu einer Kombination, die mir das Wasser im Mund zusammenlaufen ließ.

Letzten Endes sollte sich der Film als eine Actionkomödie herausstellen. Zumindest nahmen wir das aufgrund des Titels und der knappen Inhaltsbeschreibung am Ticketverkaufshäuschen an. Damit hatten wir also beide Glück gehabt.

Die Menschen strömten nur so in das Freilichtkino, und wir waren erleichtert, dass wir überhaupt noch zwei Tickets bekommen hatten.

Deacon hatte es sogar geschafft, einen Platz relativ weit vorn zu ergattern, bei dem wir beinahe mittig auf die riesige Leinwand blicken konnten und mit unserem etwas größeren Fahrzeug dennoch niemanden hinter uns störten.

Nachdem Deacon die passende Frequenz eingeschaltet hatte, die uns der Mann am Ticketschalter genannt hatte, damit wir den Ton des Films aus den Lautsprechern des Mini-Busses hören konnten, musterte mich Deacon neugierig von der Seite.

»Was? Habe ich etwas im Gesicht?«, scherzte ich, um darüber hinwegzutäuschen, dass es mich nervös machte, wenn er mich so intensiv musterte.

»Möchtest du noch etwas zu essen?«

»Nein, danke. Wir hatten ja schon unser Abendessen.«

»Ja, ich hatte mein Abendessen schon.«

»Was soll das denn nun wieder heißen?«

»Du hattest einen Salat. Das ist wohl kaum eine richtige Mahlzeit.«

»Ach, aber ein labbriges Sandwich schon, ja?«

»Das habe ich nie behauptet«, erwiderte er amüsiert. »Deshalb hole ich mir jetzt auch noch etwas zu essen. Also? Kann ich dich noch für etwas begeistern? Komm schon, Ams. Ich habe deine heißhungrigen Blicke gesehen, als wir an den Essensständen vorbeigekommen sind.«

Ich stöhnte innerlich auf. Warum musste Deacon ausgerechnet so etwas mit so einer Stimme sagen? Verdammt noch mal.

»Okay, von mir aus. Was holst du dir denn?«

»Weiß ich noch nicht so genau, aber irgendetwas schön Fettiges.«

Deacon schwieg für einen Augenblick, und ich erschauderte unter seinem prüfenden Blick, der langsam über meinen gesamten Körper glitt. Wenn er glaubte, dass mir das nicht aufgefallen war, irrte er sich gewaltig. Ehe sein Blick meinen wiederfand, schluckte er mit Nachdruck. Tat er das aus Absicht?

»Sag jetzt bloß nicht, dass du dir über deine Figur Gedanken machst«, murmelte er düster. »Hat dieser William etwa mal was in der Art zu dir gesagt? Glaub mir: Du bist perfekt, so wie du bist.«

Hatte er das gerade wirklich gesagt, oder spielten mir meine Ohren jetzt schon Streiche?

»Nein, das nicht, aber ich –«

»Gut, dann hör auf dir Gedanken darüber zu machen, und sag mir besser, was du möchtest.«

Vielleicht war es besser, dass er mir keine Zeit dafür ließ, das zu verarbeiten, was er gerade zu mir gesagt hatte. Doch da war für den Bruchteil einer Sekunde diese unterdrückte Traurigkeit gewesen, die ihn manchmal umgab.

»Puh, ich weiß nicht, vielleicht –«

»Das Erste, was dir in den Sinn kommt«, forderte Deacon, öffnete dabei bereits die Fahrertür und stieg aus.

»Eine Portion Chili-Cheese-Fries?« Genau das war es, was mich vorhin so einladend angelächelt hatte.

»Dein Wunsch sei mir Befehl, Mylady«, erwiderte er umgehend, dabei verbeugte er sich übertrieben tief und ausladend.

»Idiot.«

»Und trotzdem magst du mich«, sagte er lächelnd, ehe er davonging.

Die Chili-Cheese-Fries waren die mit Abstand besten, die ich in meinem gesamten bisherigen Leben gegessen hatte. Genüsslich leckte ich meine Finger ab, nachdem ich das letzte bisschen Sauce mit den Pommes aufgesogen hatte.

Deacon schenkte mir mehr als nur einmal einen eigenartigen Blick, und ich machte mir einen Spaß daraus, ihn schelmisch anzugrinsen, wenn er dachte, dass ich das nicht bemerken würde.

Er hatte das gleiche genommen wie ich und noch einen Burger bestellt. Anscheinend war sein Appetit in vollem Ausmaß zurückgekehrt, denn schließlich hatte er auch schon das riesige Sandwich verdrückt. Na ja, für einen Mann mit seiner Statur war das definitiv nicht viel, aber dafür, dass er zuvor kaum etwas herunterbekommen hatte … War also alles wieder gut? Das war für mich nicht leicht zu deuten.

»Was denn?« Ich hatte meine Portion schneller verdrückt als er.

»Nichts, es freut mich nur, dass es dir so gut schmeckt.«

»Okay?«, sagte ich lachend.

Ich kannte ihn mittlerweile gut genug, um zu wissen, dass er das nicht negativ meinte, zumal er mir vorher noch ein Kompliment zu meiner Figur gemacht hatte. Wenn ich bloß daran dachte, wurden meine Wangen glühend heiß.

Der Film, dessen Titel ich schon wieder vergessen hatte, war nicht wirklich außergewöhnlich, aber dennoch war er unterhaltsam. Die Handlung war recht vorhersehbar, aber sie schaffte es doch, mich ein- oder zweimal zu überraschen. Allein schon deswegen, weil Deacon und ich dabei viel lachten und es uns an etwas anderes denken ließ, war der Besuch in diesem Autokino eine super Idee gewesen.

Ich liebte sein Lachen. Es war verdammt ansteckend, und ich mochte es unheimlich, ihn so unbeschwert zu erleben – ohne Sorgen, ohne Probleme. Wir waren einfach nur zwei Freunde, die sich gemeinsam einen Film ansahen.

Wir hatten das große Glück, dass es angrenzend an das Autokino einen provisorischen Campingplatz gab, der extra für die Besucher des Films gedacht war. Anscheinend gab es hier einige Auswärtige, die diese Gelegenheit nutzten – zumindest, wenn man nach den

Autokennzeichen ging. Gleichwohl entdeckte ich aber auch Einheimische, die hier übernachteten, obwohl der Platz doch ziemlich abgelegen war und es bis zur nächsten Ortschaft ein ganzes Stückchen sein musste.

Trotz der eisigen Temperaturen war es im Mini-Bus kuschelig warm. Ich war zufrieden. So zufrieden, wie ich es die ganze Zeit über, die ich in Philadelphia gewohnt hatte, nicht einmal ansatzweise gewesen war.

Während Deacon nur wenige Minuten, nachdem wir uns eine gute Nacht gewünscht hatten, friedlich eingeschlummert war, lag ich noch eine ganze Weile wach und sah an die Decke des Vans. Ich nahm Deacons regelmäßigen Atem und seinen Geruch wahr – auf der wohl gemütlichsten Matratze der Welt.

An diesem Morgen schaffte ich es, vor Deacon aufzuwachen, und schlich mich ins Badezimmer. Nachdem ich mich etwas frisch gemacht hatte, entschied ich mich dafür, das Frühstück für uns vorzubereiten. Viel zu oft kümmerte er sich darum, weil er eigentlich immer als Erstes auf den Beinen war.

Ich bereitete leise Kaffee, Toast und Eier zu. Da wir auch noch ein paar Kartoffeln übrig hatten, zauberte ich frische selbst gemachte Hash Browns auf die Teller.

Es war alles fertig, als Deacons Bettdecke raschelte und er sich kurz darauf aufsetzte. Seine Augen waren noch leicht zusammengekniffen, sein Haar stand in alle Richtungen ab, und der Schlaf stand ihm noch deutlich ins Gesicht geschrieben. Das alles machte ihn exakt in diesem Moment zum wohl anziehendsten Mann, den ich jemals gesehen hatte.

Ich lächelte ihn breit an und schaffte es nur mit Mühe und Not, nicht auf die nackte Brust zu starren und darüber nachzudenken, wie sich seine Haut anfühlte, als er sich an mich geschmiegt und geküsst hatte.

»Guten Morgen, Schlafmütze. Frühstück ist fertig«, verkündete ich und lenkte mich dann damit ab, das Essen auf den beiden bereitgestellten Tellern zu verteilen und den Kaffee auszuschenken.

»Du bist ein Engel, Ams.« Plötzlich tauchte er hinter mir auf, um sich über meine Schulter zu lehnen und genüsslich den Duft der Hash Browns in sich aufzunehmen. »Das riecht einfach unglaublich. Lass mich noch ganz schnell ins Bad verschwinden und etwas überziehen.«

Ja, bitte tu das – schnell.

»Und du dachtest, dass ich nicht kochen könnte.«

Gut gestärkt startete Deacon nur wenig später den Motor und brachte uns zurück auf die Interstate, die uns schnurstracks nach Las Vegas führen würde. Ich freute mich schon riesig auf diese Stadt. Zwar liebte ich die unberührte, einsame Natur, die dichten Wälder, die trockene Wüste, aber manchmal – so wie jetzt gerade – sehnte ich mich auch nach dem wilden Treiben einer Metropole.

Ich wollte mit Deacon die Casinos unsicher machen, denn auch wenn ich kein Geld hatte, konnten wir zumindest zusehen. Für eine Nacht vergessen, dass sich unsere Wege bald trennen würden. Wenn das eine Stadt schaffen konnte, dann war das ohne Zweifel Vegas.

Ich wollte mich so richtig in Schale werfen und mit dem Mann neben mir Spaß haben. Allerdings würde ich mit den Klamotten, die ich am Leibe trug, bestimmt nicht in die Casinos reinkommen. Vielleicht konnte man sich so etwas irgendwo günstig leihen? Vielleicht würde sich Deacon ja sogar den Bart dafür stutzen.

Ich wusste, dass es mittlerweile wieder schwer im Trend lag, als Mann den Bart so lang zu tragen, aber eben der passte eigentlich nicht zu seinem Gesamterscheinungsbild. Wenn ich ihn am Anfang noch als ungepflegt eingestuft hätte, so hatte sich dieser Eindruck von Grund auf geändert.

Seine Kleidung war sauber und ordentlich, sein Haar kämmte er jeden Morgen und benutzte manchmal sogar Gel, um es zu bändigen. Das Einzige, was immer noch nicht dazu passte, war in der Tat der Bart und die noch etwas zu langen Haare. Eine deutlich gekürzte Variante würde ihm so viel besser stehen, da war ich mir sicher.

Mein Hintern schmerzte zwar immer noch vom Vortag, aber Deacon versicherte mir, dass wir heute nicht so viel Zeit im Van verbringen mussten. Die Landschaft flog nur so an uns vorbei, und schon nach kürzester Zeit entdeckte ich das Schild, welches uns in Nevada, dem Silver State, willkommen hieß.

Das Land um uns herum war trocken und rau, und es war für mich in diesem Moment nur schwer zu glauben, dass hier irgendwo eine Stadt lag, die weit über eine halbe Millionen Einwohner beherbergte.

»In welches Land wolltest du schon immer mal reisen?«, fragte mich Deacon abrupt, kaum dass wir die Grenze des Bundesstaates überschritten hatten.

»Hm, lass mich mal überlegen«, murmelte ich, während ich in Gedanken all die Orte durchging, die ich auf meiner imaginären Liste notiert hatte. »Ich war noch nie außerhalb der USA, und es gibt so vieles, was ich einmal sehen will, aber vor allem möchte ich mal nach Europa. In die Toskana. Nach Rom, Venedig und Florenz. Ja, ich glaube Italien wäre dabei mein erstes Ziel.«

»Das ist eine sehr gute Wahl, Ams.«

Ich verstand nicht, worauf er mit dieser Frage, völlig aus dem Kontext gerissen, abgezielt hatte.

»Ich war leider auch noch nie in Europa, aber irgendwann muss ich dort noch eine Rundreise machen.«

Wir vertieften dieses Thema nicht weiter, und dennoch lag nun permanent dieses wissende Grinsen auf seinen Lippen, welches mich ganz schön nervös machte, denn das hatte immer etwas zu bedeuten. Ich spürte, dass Deacon etwas vorhatte.

Ich kam aus dem Staunen überhaupt nicht mehr raus, als wir in Las Vegas an dem berühmten Schild mit der Aufschrift »Welcome to Fabulous Las Vegas« vorbeifuhren. Wir waren an unserem Ziel angekommen. Wir bahnten uns unseren Weg zum Strip, wo sich ein imposantes Hotel an das nächste reihte. Wenn mich diese Stadt schon am helllichten Tag derart beeindruckte, wie musste es dann erst bei Nacht sein?

Als wir an einem gigantischen Hotel mit unzähligen Stockwerken vorbeikamen, vor dem Brücken über einen breit angelegten Pool führten, stockte mir der Atem. Eine der Brücken erkannte ich als eine Kopie der Rialtobrücke, und der große Turm, der in näherer Umgebung gebaut worden war, war ein Klon des Markusturms in Venedig. Auf dem Wasser waren sogar Gondeln unterwegs, die von

Männern in der klassischen Gondoliere-Aufmachung gesteuert wurden.

»Unfassbar«, murmelte ich, gebannt von diesem Anblick.

Deacon manövrierte uns unmittelbar vor den Haupteingang des Hotels und stellte den Motor ab. Sofort sprangen zwei in Anzug mit Fliege und sogar weißen Handschuhen gekleidete Männer an unsere Seite und öffnete uns die Türen.

Irritiert löste ich meinen Blick von dem Hotel und schaute zu Deacon. Sein Grinsen war so breit, dass das wirklich urkomisch aussah. »Willkommen in Italien, Ams.«

Nevada

Ich musste es irgendwie geschafft haben, aus dem Mini-Bus zu klettern, denn als mich der behandschuhte Schlipsträger losließ, stand ich auf einmal neben Deacon vor dem imposanten Eingang dieses atemberaubenden Gebäudes.

The Venetian stand der Länge nach auf dem höchsten Teil des Gebäudes, und die unzähligen mit Vorhängen versehenen Fenster ließen keine Zweifel mehr offen, dass es sich dabei tatsächlich um ein Hotel handelte. Ein ziemlich teuer aussehendes Hotel, um genau zu sein.

Mein Kopf lag immer noch im Nacken, als Deacon mir noch etwas näher kam und mir einen Arm um die Schultern legte. Das war die erste bewusste Berührung, seit wir bei den Sioux gewesen waren, und seine Körperwärme, die von seiner Hand und seinem Arm ausging, brannte sich förmlich durch meine Kleidung hindurch. Ich schluckte hart und zwang mich dazu, meine Gedanken zu ordnen.

»Was genau machen wir hier?«, fragte ich ihn ehrfürchtig, brachte es aber noch nicht fertig, meine Augen von diesem eindrucksvollen Palast abzuwenden.

Deacon lachte, doch auch das konnte mich nicht aus dieser Starre befreien. Auch als hinter uns der Motor des Mini-Busses aufjaulte, war ich unverändert von dem Anblick, der vor mir lag, gebannt.

»Das ist ein Hotel, Ams. Wir übernachten natürlich hier, was denn sonst?«, antwortete er und tat dabei so, als ob ich nicht älter als vier Jahre sei und nicht wusste, wofür ein Hotel da war.

»Das kann unmöglich dein Ernst sein.« Endlich schaffte ich es, meinen Blick von dem Gebäude zu lösen und schaute zu Deacon. »Das ist doch viel zu teuer! Wir brauchen doch auch überhaupt kein Hotel, wenn wir –«

Deacon unterbrach mich entschieden: »Ams.«

Er nahm den Arm von meinen Schultern, ehe er sich vor mich stellte und somit den Blick auf das *The Venetian* endgültig verbaute. »Wie oft muss ich dir eigentlich noch sagen, dass ich mit dir nicht mehr über Geld diskutieren werde?«

»Aber –«

»Nichts aber. Niemand geht nach Vegas ohne in einem dieser legendären Hotels abzusteigen. Wir sind also quasi dazu verpflichtet.«

»Absteigen nennst du das also, ja? In so einem Schuppen? Wenn du aber von einer allumfassenden Erfahrung hier in Las Vegas sprichst, müssten wir auch noch einen Elvis aufsuchen, das ist dir schon klar, oder?«

Deacon hätte das genauso gut auch als Stichelei auffassen können, doch das tat er nicht. Es schien tatsächlich alles wieder normal zwischen uns zu sein. So normal, wie es eben nur ging.

»Ach, wir sind ja gerade erst angekommen. Wir finden sicherlich einen Kandidaten, den wir dir zusammen mit Elvis vor den Altar stellen können«, scherzte er und erntete von mir dafür einen Hieb in die Seite.

Er lachte immer noch, als er auf den Haupteingang des Hotels zusteuerte und mir mit einer ausladenden Armbewegung klarmachte, dass ich ihm folgen sollte.

Schon als wir durch den Eingang traten, begann mein Herz schneller zu schlagen, und als wir in das Innere traten, stockte mir der Atem. Mit offenem Mund sah ich mich um, ehe mein Blick an der Decke hängen blieb, die mit unzähligen bekannten Kunstwerken bemalt worden war.

Die imposanten Marmorsäulen und der glänzende Boden gaben mir das Gefühl, tatsächlich in einem Palazzo in Venedig zu stehen. Das Hotel besaß diesen Namen absolut zurecht. In meinem ganzen Leben war ich noch nie in so einem schicken Laden gewesen.

»Deacon«, hauchte ich ehrfürchtig und ging dabei ohne mein bewusstes Zutun einige Schritte rückwärts, ehe ich gegen etwas Hartes stieß und sich zwei Hände von hinten auf meine Schultern legten. Ich wusste nicht, wo er so plötzlich hergekommen war.

»Das kann einen schon mal umhauen«, murmelte Deacon.

Für alle anderen Leute in der Lobby mussten wir ein wirklich witziges Bild abgeben. Zwei Irre, die nach oben starrten. Deacon stand unverändert hinter mir. So nahe, dass kein Blatt Papier mehr zwischen unsere Körper gepasst hätte.

Die Hitze brannte sich in meinen Rücken, doch ich schaffte es, entgegen dem, was mein Herz eigentlich wollte, mich abrupt von ihm zu lösen.

»Ich weiß, dass du das nicht hören willst, aber: Eine Nacht hier muss unbezahlbar sein. In dieser Aufmachung werden wir hier doch sowieso gleich wieder vor die Tür gesetzt. Ich meine … Hast du mal gesehen, wie die Leute hier rumlaufen?«

»Also, erstens: Ja, es ist nicht gerade günstig, aber mir ist es für eine Nacht absolut jeden Penny wert. Und zweitens: Das ist mir vollkommen gleich. Außerdem hat nicht jeder etwas Schickes an, falls dir das entgangen sein sollte. Komm, lass uns einchecken.«

»Und unsere Sachen?«

Deacon legte seinen Kopf schief. »Ich habe zwei Taschen für uns gepackt, als du nicht hingesehen hast. Die wird man uns aufs Zimmer bringen.«

»Und den Mini-Bus haben sie auch geparkt, nehme ich an?«

»Genau. Ganz schön luxuriös, oder?«

Als ich nun nicht mehr länger an mich halten konnte und lachen musste, zog Deacon fragend eine Augenbraue nach oben, ehe ich dazu kam, mich zu erklären.

»Ich hätte zu gern das Gesicht des Typen gesehen, der das Teil wegfahren musste.«

»Wie soll ich das denn verstehen?«, fragte Deacon gespielt entsetzt, aber mich konnte er nicht täuschen. Er war nicht ernsthaft sauer.

»Na ja, ich könnte mir gut vorstellen, dass die Leute hier eher mit anderen Fahrzeugen vorfahren – einem Lamborghini zum Beispiel oder einem Porsche.«

»Und mein toller Van ist für dich nicht damit vergleichbar?«

Ich kicherte. »Das habe ich nicht gesagt.« Ich folgte ihm nach vorn.

Wir liefen an dem pompösen Brunnen vorbei, in dem das Wasser laut plätscherte und das mit Sicherheit reine Gold der Statue, welche darin platziert worden war, einen fast schon blendete, wenn man sie sich genauer ansah. »Ich meinte damit lediglich, dass so etwas bestimmt nicht jeden Tag passiert.«

»Damit magst du schon richtigliegen, aber das ist mir so was von egal. Geld ist Geld.«

Der Mann am Empfang war ebenso fein gekleidet wie die beiden Männer, die uns die Türen geöffnet hatten. Er musterte uns abschätzig. Deacon hatte durchaus recht: Die wenigsten Menschen hier waren schick gekleidet, aber dennoch fühlte ich mich irgendwie unwohl und beobachtet.

Der Hotelangestellte listete Deacon die freien Zimmer auf: Alles Suiten, bei denen ich mir schon allein bei der Beschreibung denken konnte, in welchem preislichen Rahmen wir uns bewegten.

Deacon achtete tunlichst darauf, dass ich nicht mitbekam, was das Zimmer kostete, für welches er dem Angestellten seine Kreditkarte reichte. Ich seufzte, weil er es immer noch nicht verstanden hatte, dass ich mich echt unwohl fühlte, wenn er Geld für mich ausgab. Und dann auch noch ein so teures Hotel in dieser Stadt. Aber was sollte ich tun?

Bis über beide Ohren strahlend gingen wir zum Fahrstuhl, der ebenso schick war wie der Rest des Hotels. In das Stockwerk, in dem unser Zimmer lag, kam man nur, indem man die Schlüsselkarte in einen dafür vorgesehenen Schlitz steckte.

Ein Hotelmitarbeiter, der scheinbar nur für das Befördern und Willkommen-Heißen der Gäste im Lift zuständig war, beobachtete Deacon, nickte ihm dann freundlich zu und betätigte den entsprechenden Knopf für uns. Als uns der Mann dazu einlud, aus dem Fahrstuhl zu treten, sah ich mich sogleich neugierig um, während wir zu unserem Zimmer liefen.

Der Hotelflur auf unserer Etage wirkte schon so edel, wie mussten dann erst die Zimmer aussehen? Deacon reichte dem Pagen, der uns begleitet hatte, seine Schlüsselkarte, und dieser öffnete die Tür für uns.

Mir klappte die Kinnlade nach unten, als ich begriff, dass das vor uns das Zimmer für die heutige Nacht war. Ich fühlte mich wie eine berühmte Schauspielerin, während ich umherlief und mit Staunen die Suite musterte. Alles war so pompös und wirkte unheimlich teuer und gleichzeitig modern.

Vom Flur aus lag das Badezimmer auf der linken Seite, und als ich die Tür leicht aufstieß, schnappte ich heftig nach Luft – alles voller Marmor, ein riesiger Spiegel und eine sehr einladend wirkende Badewanne. Es gab sogar einen Fernseher oberhalb des Waschbeckens.

Ich hörte, wie Deacon mit dem Typen, der uns nach oben begleitet hatte, sprach und dieser schließlich leise die Tür hinter sich schloss. Wir waren allein. Ehrfürchtig, aber ohne mich nach ihm umzusehen, durchquerte ich den Flur und trat in das eigentliche Zimmer.

Zwei riesige Doppelbetten hatten hier Platz, ebenso wie eine große abgetrennte Sitzecke, die an eine deckenhohe Wand aus Glas anschloss. Die gemalten Bilder, die die Wände zierten, hatten einen italienischen Einschlag, ebenso wie die Möbel und Teppiche, die mich sehr an die Renaissance erinnerten.

Von hier oben – keine Ahnung, in welchem Stockwerk wir waren, aber es musste sehr weit oben sein – hatten wir direkten Blick auf den Strip. Das Herz von Las Vegas.

Ich trat an das Fenster und beobachtete die winzig kleinen Autos auf den Straßen. Wie das wohl bei Nacht aussehen würde?

Als ich mich zu Deacon umdrehte, stellte ich fest, dass er unmittelbar hinter mir stand. Die Hände tief in seiner perfekt auf den Hüften sitzenden schwarzen Jeans vergraben, die sich so ansehnlich an seine Oberschenkel und seinen Hintern schmiegte.

»Wow. Ich weiß echt nicht, was ich sagen soll. Das ist wirklich zu viel, Deacon.«

»Gefällt es dir?«, fragte er und trat dann neben mich, um die Aussicht in Augenschein zu nehmen.

»Soll das ein Scherz sein? Dieses Zimmer ist größer als jede Wohnung, in der ich jemals gewohnt habe. Es ist unfassbar!«

»Dann ist es nicht zu viel. Was möchtest du machen? Wir sind echt gut durchgekommen, was bedeutet, dass wir umso mehr Zeit haben.«

»Ganz ehrlich? Ich bin gerade leicht überfordert. Was kann man denn alles hier machen? Ich meine abgesehen davon, sinnlos Geld zu verprassen.«

Deacon lachte. »Was heißt denn hier sinnlos? Ich habe vor, heute Abend abzusahnen.«

»Du bist also ein Glücksspieler?«

»Ich war auf einem Junggesellenabschied vor ein paar Jahren mal hier. Seitdem habe ich keinen Fuß mehr in ein Casino gesetzt.«

»Na, das klingt ja vielversprechend«, erwiderte ich trocken.

»Ach, ich hatte sehr viel Glück an diesem Abend.«

»Ich schätze, wir müssen uns erst einmal etwas zum Anziehen suchen, damit wir da heute Abend überhaupt reinkommen.«

»Wieso denn das?«

»Hast du mal gesehen, wie wir aussehen?«

»Wie ganz normale Menschen, die etwas Spaß haben wollen?«, Deacon musterte mich neugierig, während ich zwischen ihm und mir hin- und herzeigte. Dann schien es ihm zu dämmern. »Wolltest du mich etwa in einen Anzug stecken?«

»Na ja, ich dachte, dass man das hier tragen muss, wenn man in ein Casino will. Du einen Anzug und ich ein Kleid, auch wenn ich diese Dinger echt nicht leiden kann.«

»Da muss ich dich leider enttäuschen. Inzwischen fällt man in solch einer Aufmachung eher auf, als wenn man einfach so, wie wir jetzt angezogen sind, dort auftaucht. Aber du kannst natürlich zugeben, dass du mich gern in einem Anzug gesehen hättest, kein Thema, Ams.«

Elender Vollidiot.

Manchmal brachte mich dieser Kerl echt auf die Palme. Dummerweise konnte ich aber nicht verhindern, dass mich meine glühenden Wangen mal wieder verrieten, und Deacon das garantiert gesehen hatte, ehe ich mich von ihm abwandte.

»Auf jeden Fall möchte ich diese schicke Badewanne benutzen, solange wir hier sind.«

»Dann mach das doch jetzt. Solange du ein Bad nimmst, lege ich mich noch etwas hin, damit wir heute Nacht lange genug durchhalten.«

»Okay, gut«, murmelte ich sogleich etwas weniger begeistert, weil ich mir ziemlich sicher war, dass es schwer werden würde, in dieser sehr einladenden Wanne zu entspannen, wenn ich wusste, dass Deacon direkt nebenan war.

Er hatte sich bereits für das Bett an der Wand entschieden, wohl damit ich näher am Fenster schlafen konnte, und begann, mit dem Rücken zu mir, sein Hemd aufzuknöpfen.

Ich beeilte mich, zu meiner Tasche zu flitzen, die durch wundersame Weise schon, bevor wir auch nur einen Fuß in das Zimmer gesetzt hatten, im Flur auf uns gewartet hatte. Ich holte mir meinen kleinen Beutel mit Kosmetik, bevor ich ins Badezimmer ging und die Tür schloss.

Einen kurzen Moment überlegte ich, ob ich lieber den Schlüssel umdrehen sollte, entschied mich aber schnell dagegen. Deacon hatte meine Privatsphäre von Anfang an respektiert.

Wie erwartet, fiel es mir unheimlich schwer, mich zu entspannen, auch wenn das warme Wasser und das duftende Schaumbad, welches neben dem Waschbecken bereitgelegt worden war, mich förmlich dazu einluden, für ein paar Minuten vollkommen abzuschalten.

Mit der Zeit lockerten sich meine Muskeln, und ich ließ es zu, dass ich immer weiter in der Wanne versank. Meine Augenlider wurden schwer und mein gesamter Körper träge. Das Wasser war bloß noch lauwarm, als es zaghaft an der Tür klopfte und ich hochschreckte. Mein Puls sprang heftig in die Höhe.

Ich befürchtete einen Augenblick lang, er könnte gleich die Tür aufreißen, doch mir hätte klar sein müssen, dass er so etwas niemals tun würde.

»Tut mir leid, Ams. Ich will dich nicht stören, aber ich muss leider ins Badezimmer.«

»Okay, gib mir einen Moment!«

Ich setzte mich langsam auf, trat vorsichtig aus der Wanne und schlang das zuvor bereitgelegte weiße flauschige Handtuch um meinen Körper. Ich hatte nicht die Absicht gehabt, mich vor Deacon so freizügig zu zeigen. Wir waren uns so nahegekommen, wie es nur irgendwie möglich war, und dennoch wurde mir bei dem Gedanken, nur im Handtuch bekleidet hinauszutreten, unmittelbar flau im Magen.

Ich sollte besser nicht weiter in diese Richtung denken. Ich holte noch einmal tief Luft, ehe ich zur Badezimmertür tapste und sie öffnete.

»Geh ruhig, ich suche mir schon mal meine Klamotten für heute Abend raus«, sagte ich, als Deacon mich entschuldigend anlächelte, doch das allein täuschte mich nicht darüber hinweg, dass er sich beherrschen musste, mir weiterhin ins Gesicht zu sehen.

»Sorry, ich beeile mich«, versicherte er mir und huschte dann eilig an mir vorbei – tunlichst darauf bedacht, mich nicht zu berühren oder anzusehen. Spätestens jetzt hatte ich die Bestätigung für meine Vermutung, dass auch er nicht immun gegen die Chemie zwischen uns war.

Er schloss die Tür hinter sich, und ich zog mir schnell etwas an.

Nachdem wir die Plätze wieder getauscht hatten und ich mit trockenen Haaren aus dem Badezimmer trat, entdeckte ich ihn, wie er an der überdimensionalen Fensterfront stand. Die Sonne war in der Zwischenzeit zwar untergegangen, aber als ich neben ihn trat, konnte ich genau das sehen, was ich mir am Mittag erhofft hatte: Das bunte Lichtermeer des Strips, inklusive all jener angestrahlten Prunkbauten, die man aus diversen Filmen kannte.

Deacon hatte seine dunkelgraue Jeans und sein weißes Shirt angezogen. Als er sich zu mir umdrehte musste ich unmittelbar auf seinen wohldefinierten Brustansatz starren, der durch den weiten Rundhalsausschnitt zum Vorschein kam.

Ich hatte meine Jeans und die blau-weiße Bluse gewählt, die ich zusammen mit Deacon in Amarillo gekauft hatte. Wir könnten schicker aussehen, aber angeblich war das ja auch nicht nötig. Außerdem war das verdammt bequem.

»Bereit, die Casinos unsicher zu machen?« Während er das sagte, musterte er mich zufrieden.

Ich hatte auch schon in dem Laden den Eindruck gehabt, dass ihm diese Kombination an mir besonders gut gefiel, und das, obwohl das Oberteil nicht einmal sonderlich eng anliegend war.

Deacon gab mir das Gefühl, eine der schönsten Frauen auf dieser Welt zu sein – wofür ich ihm wirklich sehr dankbar war, was ich ihm aber unter keinen Umständen gestehen konnte.

In der Vergangenheit hatte ich nicht sonderlich viel Aufmerksamkeit von Männern bekommen, was ich immer darauf zurückgeführt hatte, dass ich keine solch üppige Oberweite wie viele andere Frauen hatte und nicht als Bohnenstange unterwegs war. Aber ich war trotz allem zufrieden mit mir selbst gewesen, und das war meiner Meinung nach das Wichtigste.

»Ich kenne mich hier nicht aus. Wohin gehen wir?«

»Auf ins *Bellagio*«, verkündete Deacon und schnappte sich beim Hinausgehen sein Portemonnaie.

Nevada II

Obwohl sich Deacon offenbar Mühe gab, dass ich nicht sehen konnte, wie viele Scheine er dem Gondoliere zusteckte, ahnte ich längst, dass das hier ein halbes Vermögen kosten musste – ebenso wie der Rest dieses Hotels.

Ich hatte versucht, Deacon das auszureden, aber, wie bei diesem Mann üblich, hatte ich keinerlei realistische Chancen auf Erfolg gehabt.

Deshalb schüttelte ich nur den Kopf und reichte ihm seufzend meine Hand, nach der er mit einem schelmischen Grinsen verlangt hatte.

Ich geriet ins Wanken, doch Deacon war sofort an meiner Seite und packte mich mit beiden Händen fest an den Hüften.

Er lachte schallend, doch mir blieb jeglicher Laut in der Kehle stecken. Ich war ihm viel zu nahe. Anscheinend hatte er von meiner Angespanntheit aber nichts bemerkt.

Dieser Abend konnte ja wirklich heiter werden. Was hatte ich mir nur eingebrockt?

Meine Beine fühlten sich an wie Wackelpudding, als ich nach der Gondelfahrt wieder an Land ging. Ich konnte mir das glückliche Lachen nicht verkneifen, als wir uns mit jedem Schritt weiter vom *Venetian* entfernten und Deacon uns zum *Bellagio* führte.

Er sagte kein Wort, sondern sah mich nur zufrieden von der Seite an.

Ich war fasziniert von der bunten Farbenpracht der Hotels und Casinos um uns herum. Dennoch wurde mir flau im Magen, denn auch wenn ich Deacon sehr dankbar für diese unbezahlbaren Eindrücke und Erfahrungen war, kämpfte sich trotzdem mein schlechtes Gewissen Savannah gegenüber wieder an die Oberfläche. Sie war es, mit der er all dies teilen sollte – nicht ich.

Ich hatte durch Filme, Bilder und Erzählungen ein ganz bestimmtes Bild von Las Vegas in meinem Kopf gehabt, doch die Realität stellte das, was ich mir selbst zusammengereimt hatte, vollständig in den Schatten.

Ich brachte wieder etwas mehr Abstand zwischen uns und sah mich um. Der laute Straßenlärm und das wilde Stimmengewirr der Menschenmassen, die sich mit uns zusammen den Strip entlangschlängelten, um eines der Casinos zu besuchen, erschlugen mich förmlich.

Die unzähligen Eindrücke ließen mich nicht mehr aus dem Staunen herauskommen, und als wir an dem Eifelturm-Klon vorbeikamen, schmerzte mir bereits etwas der Nacken, weil ich permanent nach oben sah. Deshalb bemerkte ich es auch sofort, als mir kühlende Tropfen ins Gesicht fielen und mich blinzeln ließen.

Verwirrt blieb ich stehen, kniff die Augen zusammen und starrte konzentriert in den hell erleuchteten Nachthimmel, ehe mich der nächste Tropfen traf. Ungläubig schüttelte ich den Kopf, reckte die Arme in die Höhe und begann einfach so zu tanzen.

»Es regnet! Deacon, es regnet! Wir sind mitten in der Wüste, und es regnet!«

Deacon, der neben mir ebenfalls zum Stehen gekommen war, sah mich mit schief gelegtem Kopf an, ehe er es mir gleichtat und nach oben blickte.

»Viel mehr als ein leichtes Nieseln ist das zwar nicht, aber für Vegas zu dieser Jahreszeit durchaus recht selten.«

»Riechst du das? Ich liebe diesen Geruch, wenn kalter Regen auf warme Erde trifft.«

Voller Begeisterung drehte ich mich auf der Stelle, genoss das Gefühl des Regens auf meinem Haar, wie die Tropfen mein Gesicht abkühlten und mir eine Gänsehaut bescherten. Gierig sog ich diesen

Geruch in mich auf, den ich schon als kleines Kind geliebt hatte. Obwohl so viele Menschen um uns herum waren, konnte ich hören, wie der Regen auf den Asphalt prasselte. Es war einfach wunderschön.

»Umwerfend, oder?«, sagte Deacon, als er sich hinter mich stellte und mir beide Hände auf die Schultern legte. »Aber das Beste kommt noch. Sieh mal.«

Ich folgte mit meinem Blick seinem ausgestreckten Zeigefinger und entdeckte ein weiteres riesiges Hotel mit unzähligen Stockwerken. Die Fassade wurde in einem warmen Weiß angestrahlt, und in den meisten Fenstern brannte helles Licht. Klein an der in den Himmel ragenden Kuppel konnte ich den Namen *Bellagio* lesen.

»Da wollen wir rein?«

Ich hatte den Fehler begangen und mich zu ihm umgedreht, was bedeutete, dass unsere Gesichter so nahe beieinander waren, dass sich sein warmer Atem unmittelbar auf meine Haut legte. Und was machte Deacon?

Er lächelte vereinnahmend und zeigte keinerlei Anzeichen, dass er begriff, was das mit mir machte. Es tat verdammt weh, dass ihm das gar nicht viel auszumachen schien, auch wenn ich vorhin in unserem Hotelzimmer noch einen gänzlich anderen Eindruck gehabt hatte.

»Okay, dann –«

»Warte, einen Moment noch.« Deacon kam mir noch näher.

Irritiert zog ich meine Augenbrauen zusammen, machte dieses Mal allerdings nicht den Fehler, mich ihm noch mal zuzuwenden. Stattdessen beäugte ich kritisch das Gebäude vor mir, um zu verstehen, was er von mir wollte. »Worauf warten wir denn?«

Unmittelbar vor uns, keine fünfzig Meter entfernt, schossen zahlreiche Wasserfontänen in die Höhe, die so angestrahlt wurden, dass sie sich vor dem imposanten Hotel gut in Szene setzten. Die Wasserstrahlen formten sich zu einem Kreis und wirkten golden, während sie von kleineren Fontänen eingerahmt wurden.

Plötzlich veränderte sich das uns dargebotene Schauspiel, als die Fontänen wieder laut tosend zusammenfielen, nur um sich kurz darauf in wie im Wind wiegende Gräser zu verwandeln, die in allen

möglichen Farben leuchteten. Sie mussten von einem Projektor angestrahlt werden. Unzählige Male schoss das Wasser in die Höhe,
formte und veränderte sich jedes Mal aufs Neue.

Ich strahlte über das ganze Gesicht, während ich diese Show gierig in mich aufsog. Ich hatte beinahe völlig vergessen, dass ich immer noch dicht vor Deacon stand.

»Wow«, hauchte ich. »Das ist ... unglaublich! Was glaubst du,
wie hoch die sind?«

»Bestimmt um die hundertfünfzig Meter«, erwiderte Deacon,
drückte dann nochmals kurz meine Schultern, um schließlich von
mir abzulassen.

Genau zum selben Zeitpunkt fielen die Wassermassen imposant
in sich zusammen und ließen das große Becken kurz darauf wieder
wie einen überdimensionalen Pool wirken.

Während ich Deacon folgte, wartete ich stetig darauf, dass sich
die Wassermassen wieder in den Himmel erheben würden. Doch bis
wir den Eingang des *Bellagio* erreichten, geschah nichts dergleichen,
aber vielleicht hatten wir später ja noch einmal das Glück.

Vor der Lobby reihten sich schwarze und weiße Stretchlimousi-
nen mit getönten Scheiben aneinander. Ich entdeckte zahlreiche
Männer in Anzügen, mit Krawatte oder Fliege und einige Frauen in
eng anliegenden Cocktailkleidern mit tiefem Ausschnitt, aber alles
in allem hatte Deacon recht gehabt.

Der Kleidungsstil war mehrheitlich so, wie wir uns auch gekleidet hatten: leger. Es schien nur darauf anzukommen, dass man ent-
sprechend viel Geld in dem Casino springen ließ, und dabei spielte
ein Dresscode keine Rolle.

Deacon sah sich kurz nach mir um und gab mir ein Zeichen,
dicht bei ihm zu bleiben. Er lief zielstrebig durch die Lobby des Hotels und steuerte unmittelbar auf den Durchgang zum Casino zu. An
einem Schalter reichte er dem Mitarbeiter einen Bündel Scheine und
bekam dafür einen kleinen Stapel an Spielchips.

Ich fühlte mich wie in einem James-Bond-Film, als wir uns den
Weg durch die vielen Menschen bahnten. Einmal hob Deacon die
Hand, als wollte er sie mir auf den unteren Rücken legen. Doch er

schien sich in der allerletzten Sekunde noch eines Besseren zu besinnen und ließ sie wieder sinken.

Ich schluckte hart, während mir das Herz bis zum Hals schlug. Mit einem einfachen Kopfnicken forderte er mich dazu auf, mich ganz nach vorn an einen der unzähligen Spieltische zu stellen.

Ein förmlich gekleideter Casino-Mitarbeiter in Anzug, Fliege und sogar mit weißen Handschuhen schien gerade irgendetwas bezüglich des Spiels zu erklären, doch ich verstand nur Bahnhof. Deacon hingegen lauschte, zückte zwei seiner Chips und platzierte sie für mich als Unwissende wahllos auf dem Spielbrett.

»Was genau ist das hier?«, flüsterte ich ihm ins Ohr, nachdem ich mich gezwungenermaßen etwas zu ihm lehnen musste, um mich zwischen all den Besuchern, die augenscheinlich ganz genau wussten, wie das hier vonstattenging, nicht zu blamieren.

»Das hier ist Roulette. Die Regeln sind sehr simpel, und ich dachte, dass es für dich als Einstieg eigentlich ganz gut ist. Also, das Ganze funktioniert so …«, begann Deacon und erklärte mir mit leisen Worten, weshalb er seine Chips dort hingelegt hatte, wo sie nun lagen, wie der Ablauf aussah und was die Ansagen des Mitarbeiters zu bedeuten hatten.

Ich konnte ihm gut folgen, und nachdem einige Runden vergangen waren, war ich endgültig durchgestiegen.

Nach insgesamt fünf Runden, bei denen Deacon zweimal wollte, dass ich die Chips legte, hatte er dreimal einen kleinen Betrag gewonnen. Es ärgerte mich, dass er bei meinen beiden Runden verloren hatte. Nach zwei weiteren Runden lenkte er mich erst einmal wieder weg von dem Roulettetisch.

Wir waren so vertieft gewesen, dass wir nicht einmal mitbekommen hatten, dass um uns herum Bedienungen angefangen hatten, Häppchen auf silbernen Tabletts zu verteilen. Ganz schön luxuriös.

Da mein Magen mittlerweile wieder ordentlich knurrte, schnappte ich mir gleich drei Springrolls und zwei der Corn Dogs. Die Kellnerin lächelte zwar galant, doch ich konnte ihr klar und deutlich anmerken, dass sie davon irritiert war, dass ich ihr das Essen förmlich aus der Hand riss.

Deacon nahm sich ebenfalls etwas von den Snacks. Er konnte

sich das Lachen nicht verkneifen, als er mir dabei zusah, wie ich mir diese Leckerbissen in den Mund stopfte.

»Was denn?«, nuschelte ich.

Deacon schüttelte nur den Kopf. »Ach, nichts. Ich liebe einfach nur deinen gesunden Appetit.«

Ich errötete leicht, wandte mich aber sofort wieder ab, damit er das nicht bemerkte. »Also, Herr Glücksspieler. Wobei fordern wir als Nächstes unser Glück heraus?«

»Oh, das ist leicht.« Er griff in seine Hosentasche und zog dabei einen weiteren Stapel an Chips hervor.

»Wo kommen die denn so plötzlich her?«

»Da, wo wir hingehen, brauchen wir noch eine ganze Menge hiervon. Na komm, auf geht's!«

»Wie viel Geld willst du eigentlich hierlassen?«

»Das war doch überhaupt noch nicht viel.«

Augenscheinlich steuerte er auf die Spielautomaten zu, die piepten und sich immer wiederholende Melodien von sich gaben.

»Keine Sorge, Ams«, sagte Deacon und blieb dabei so abrupt vor einem der Automaten stehen, dass ich fast mit ihm zusammengestoßen wäre. »Ich habe mir ein Limit von hundertfünfzig Dollar gesetzt. Danach ist Schluss. Ich bin schließlich kein richtiger Spieler.«

Er ließ sich auf einem der beiden Hocker vor dem Spielautomaten nieder, ehe ich es ihm gleichtat.

»Jetzt mach doch nicht so ein Gesicht«, bat er mich und hielt mir dann auffordernd die Hälfte der Chips vor die Nase.

Als ich nicht umgehend danach griff, umfasste er meine Hand und drehte sie so, dass er die Spielchips einfach in sie hineinfallen lassen konnte.

»Komm schon, Ams. Für mich, ja? Wie oft ist man denn in Vegas? Wir sind hier, um Spaß zu haben. Ich bin hier, um mit *dir* Spaß zu haben. Tu mir doch den Gefallen. Bitte.«

Ich war wie gelähmt, während seine Worte mit einem Schlag zu mir durchdrangen. Man musste ihm aber auch zugestehen, dass er ein maßloses Talent dafür besaß, sich unbewusst zweideutig auszudrücken. Mir wurde unheimlich heiß, doch ich beschloss, nicht weiter darauf einzugehen und – vor allem, um diese Diskussion schnellstmöglich zu beenden – einfach mitzuspielen.

»Okay, von mir aus. Aber ich nehme keine Beschwerden entgegen, wenn ich dir Pech bringe.«

»Ist notiert. Dann wollen wir mal.«

Mit diesen Worten betätigte er den Hebel. Der Automat begann wild zu piepen, und die Anzeige geriet abrupt ins Rollen. Glocken und Früchte lieferten sich eine Schlacht, ehe das Ganze wieder zum Stehen kam. Das Ergebnis war zwei aus fünf. Deacon hatte zwei Glocken erhalten, zwei Zitronen und eine Kirsche.

»Nicht schlecht für den Anfang«, erklärte er, sackte den verschwindend geringen Gewinn ein und nickte mir zu. »Du bist an der Reihe.«

Seufzend fütterte ich die Maschine mit dem nächsten Chip, betätigte dieses Mal selbst den Hebel und wartete, nur um wenig später das ernüchternde Ergebnis zu erhalten, dass ich von jedem Symbol eines erhalten hatte.

»Einfach nur super.« Ich stöhnte. »Du solltest mir die wirklich wieder abnehmen, wenn du nicht möchtest, dass ich dein ganzes Geld in den Sand setze.«

»Behalte sie«, entgegnete Deacon entschieden, drehte sich dann kurzerhand um und erleichterte die Bedienung, die gerade hinter uns vorbeigehuscht war, um zwei Sektgläser. »Hier, damit wird es besser, vertrau mir«, behauptete er und reichte mir das Glas, ehe wir anstießen.

Kopfschüttelnd nahm ich einen Schluck und ließ den nächsten Chip im Automaten verschwinden. Triumphierend riss ich eine Faust in die Höhe, als ich dasselbe Ergebnis erzielte wie Deacon, der mir anerkennend den winzigen Gewinn vor die Nase hielt.

»Siehst du? Du musst nur an dein Glück glauben!«

Dieses Spielchen wiederholte sich so viele Male, dass ich es irgendwann aufgab mitzählen. Ich hatte längst keine Ahnung mehr, wie viel Zeit vergangen war, als Deacon den letzten Chip, der uns geblieben war, voller Inbrunst in die Höhe reckte und diesem einen überschwänglichen Kuss verpasste.

War es albern, wenn ich darüber sinnierte, dass es ganz schön unfair war, dass dieser verdammte Spielchip seine Lippen auf sich spüren durfte, wohingegen mir das verwehrt blieb?

»Wünsch mir Glück«, bat er mich und machte unter meinem stetigen Lachen eine Zeremonie daraus, diesen Chip in den dafür vorgesehenen Schlitz zu werfen. Ehe Deacon den Hebel zog, rieb er zuversichtlich die Hände aneinander.

Zum gefühlten hundertsten Mal begannen die Symbole zu tanzen, und mir wurde etwas schwindelig, während ich zusah. Plötzlich brach der Automat in ein ohrenbetäubendes Klingeln aus.

Verwirrt sah ich zurück auf die Anzeige. Jedes Licht schien zu leuchten und zu blinken, doch ehe ich begriff, was das überhaupt zu bedeuten hatte, packte mich Deacon schwungvoll an den Schultern und zog mich von meinem Hocker. »Fuck, Ams! Wir haben gewonnen! Ich fass es nicht!«, rief er gegen den um uns herum auf einmal entstehenden Lärm und Tumult an.

»Was?«

»Fünftausend Dollar, Ams! Verdammte fünftausend Dollar!«, schrie er heiser und versuchte, die sich schier überschlagende, piepende Maschine zu übertönen. »Der glatte Wahnsinn, du bringst eben doch Glück!«

Ehe ich mich versah, verloren meine Füße den Kontakt zum Boden. Deacon hatte mich an den Oberschenkeln gepackt, woraufhin ich ihm instinktiv meine Beine um die Hüften geschlungen hatte.

Er drückte mich so fest an sich, dass ich beinahe keine Luft mehr bekam, ehe er mich euphorisch im Kreis umherwirbelte und dann wieder auf den Boden setzte. Dabei entließ er mich jedoch nicht aus dieser innigen Nähe.

Brust an Brust standen wir da, während wir beide sichtbar Schwierigkeiten hatten, noch genügend Luft in unsere Lungen zu pumpen. Ich konnte die Leute um uns herum klatschen hören, auch wenn das langsam weiter in den Hintergrund rückte.

Ich konnte sehen, wie die Euphorie von Deacons Gesicht abfiel und schlagartig durch einen ganz anderen, mir zwischenzeitlich schon viel zu bekannten Ausdruck ersetzt wurde. Wir starrten uns tief in die Augen, atmeten die Luft des jeweils anderen ein, während sich unsere Lippen immer näher und näher kamen.

Ich wusste, was gleich passieren würde, konnte aber rein gar nichts daran ändern. Ich wollte mich fallen lassen. Meine Nerven waren zum Zerreißen gespannt. Meine Augen drohten zuzufallen, damit ich mich nur auf den Geschmack seiner Lippen fokussieren konnte – auf unseren Kuss.

Deacon beugte sich ein kleines Stückchen weiter nach vorn, ich konnte seinen Mund bereits spüren. Seinen Atem schmecken, seine …

»Herzlichen Glückwunsch!«, rief auf einmal ein Mann hinter uns, der uns beiden jeweils eine Hand auf die Schulter legte und herzlich darauf klopfte. »Ihr solltet besser eure Chips aufsammeln, bevor hier noch jemand auf dumme Gedanken kommt.«

»Danke, Mann«, murmelte Deacon leise, ehe er sich sammelte und entschieden rückwärtsging, um dann vom Boden die Chips aufzuheben, die der Automat ausgespuckt hatte.

Als er sich wieder erhob, war sein Lächeln zwar zurückgekehrt, aber deutlich reservierter als noch vor wenigen Sekunden.

»Ich denke, wir sollten die mal umtauschen gehen. Viel besser kann es eigentlich gar nicht mehr werden«, sagte Deacon, sobald der Typ verschwunden war. Ohne abzuwarten, lief er los.

Hatte dieser Kerl nicht gesehen, wie nahe wir uns gerade gewesen waren? Hatte er nicht begriffen, dass sich beinahe alles verändert hätte?

Ich sollte ihm dankbar sein, konnte es aber nicht. Wir hatten uns fast geküsst, und alles was ich empfand, war endlose Enttäuschung.

Ich brachte es irgendwie fertig, ihm nachzulaufen, während meine Ohren klingelten, als hätte mich gerade jemand lautstark aus einem wunderschönen Traum geweckt.

Nevada III

Wir würden bestimmt kein Wort über die Ereignisse von letzter Nacht verlieren. Zumindest nicht über das, was nach dem unerwarteten Gewinn am Spielautomaten fast passiert wäre.

Deacon hatte noch tief und fest geschlafen, als ich am späten Vormittag zum ersten Mal blinzelnd die Augen aufgeschlagen hatte.

Ich brauchte einen Moment, um zu begreifen, wo ich mich eigentlich gerade befand. In einem Bett, welches so unbeschreiblich weich und komfortabel war, dass ich am liebsten für den Rest des Tages nichts anderes getan hätte, als mich in den Laken zu räkeln.

Ich gab mir alle Mühe, mich leise aus dem Hotelzimmer zu stehlen, damit er noch etwas schlafen konnte. Sich von seinem Anblick loszureißen, fiel mir allerdings längst nicht mehr nur in seinem wachen Zustand schwer, denn so, wie er an diesem Morgen in dem breiten Boxspringbett lag und tief und fest schlief, brachte ich es fast nicht übers Herz.

Die dünne weiße Decke war von seinen Schultern gerutscht und bedeckte gerade noch seine Hüften. Hätte nicht das Schwarz seiner eng anliegenden Boxershorts hervorgeblitzt, hätte mir diese Tatsache mit großer Wahrscheinlichkeit den Schweiß auf die Stirn getrieben.

Doch sein Körper war längst nicht alles, was diesen Mann so verboten unwiderstehlich machte. Immer wieder stellte ich mir vor, wie Deacon sich wohl in seinem gewohnten Umfeld verhielt. Dass er ein richtiger Familienmensch war, stand außer Frage, und dennoch fiel es mir immer noch schwer, mir das wirklich vorzustellen.

Da war auch dieser Businessmensch, der großen Wert auf seine steile Karriere gelegt und gleichzeitig – ohne Zweifel – auch einen großen Teil seiner Freizeit in einem Fitnessstudio verbracht haben musste.

Kaum dass ich die Lobby verlassen hatte, umfing mich der stickige Geruch der Großstadt. Las Vegas war am Morgen bei weitem nicht so mit Menschen überlaufen wie bei Nacht. Ich genoss die noch angenehm kühle Wüstenbrise, die sich, wie auch am Vortag, in den nächsten Stunden rasant aufheizen würde. Gierig sog ich den Flair dieser Straßen in mich auf, während ich den Weg, den ich von gestern kannte, auf der Suche nach einem ganz bestimmten Geschäft zielstrebig entlangging.

Einige Zeit später kam ich in unser gemeinsames Hotelzimmer zurück und entdeckte, dass er in der Zwischenzeit aufgewacht war.

»Wo warst du denn?«, wollte Deacon mit noch vom Schlaf belegter Stimme und mit verwuscheltem Haar von mir wissen.

Die Sonne stand mittlerweile hoch am Himmel und schien durch die Vorhänge der Suite hindurch. Offenbar hatte ihn das geweckt. Obwohl er immer noch so aussah, als wäre er gerade erst aufgewacht, hatte er sich bereits eine Jeans übergestreift und war in eines seiner Holzfällerhemden geschlüpft. Er hatte es dabei irgendwie geschafft, die Knöpfe so falsch zuzuknöpfen, dass ein Großteil seiner Brust immer noch frei lag.

Ob er das wohl überhaupt mitbekommen hatte? Ich bezweifelte es und musste unvermittelt grinsen, als ich seine noch nackten Füße betrachtete. Ein verschlafener Deacon war wie Zucker.

»Nur eine Runde schwimmen«, antwortete ich immer noch schmunzelnd, als ich bemerkte, wie er mich skeptisch in Augenschein nahm.

Gott sei Dank war ich beim Betreten der Lobby noch auf die Idee gekommen, dass er mir das niemals glauben würde, wenn ich mir nicht vorher die Haare am Pool tatsächlich etwas nass machte.

Einen Moment lang blieb Deacons Gesicht etwas verkniffen, und ich ahnte schon Böses – als wollte er den Vorfall von gestern doch nicht stillschweigend unter den Teppich kehren, wie wir es schon mit so vielem getan hatten. Doch in der nächsten Sekunde wich dieser Ausdruck einem müden Lächeln.

»Erstaunlich. Sonst bin ich doch der Aktive am Morgen. War es schön?«

»Unglaublich! Das wollte ich mir nicht entgehen lassen«, log ich und bog dann eilig in das riesige Badezimmer ab, in dem man sich schnell wie eine überprivilegierte Königin fühlen konnte. »Wie hast du geschlafen?«

»Wie ein König.«

Kichernd schüttelte ich aufgrund seiner Wortwahl den Kopf.

Als ich zurück in das Zimmer trat, hatte Deacon seine Haare gerichtet, sein Hemd in Ordnung gebracht und Socken angezogen. Er ließ seinen wachsamen Blick über mein Gesicht wandern.

»Was guckst du denn so? Ist irgendwas?«

»Nein, alles Bestens«, versicherte er mir und verschränkte lässig die Arme vor der Brust. »Ich habe mich nur gerade gefragt, ob du die Diskussion von letzter Nacht noch mal aufgreifen wirst.«

»Darauf kennst du doch längst die Antwort. Aber ich weiß, dass ich gegen deinen Dickkopf sowieso nicht weiter ankomme, von daher ...«

»Dickkopf? Wenn ich ein Dickkopf bin, was bist du dann?«

»Du hättest ähnlich reagiert, mach mir da bloß nichts vor. Ich kenne dich in diesem Bezug schon ziemlich gut, mein Lieber.«

Nachdem er die gewonnenen Spielchips gegen Echtgeld umgetauscht hatte, hatten wir uns auf den Rückweg ins Hotel gemacht. Ich war davon ausgegangen, dass wir uns während des gut zwanzigminütigen Fußwegs anschweigen würden, doch dem war nicht so gewesen.

Deacon hatte nach einer Zeit des Schweigens völlig unvermittelt davon angefangen, dass er mir die Hälfte des Gewinnes geben wollte. Schließlich hätte ich ja auch den Automaten bedient. Einfach so.

Das Argument, dass er es gewesen war, der das Geld, mit dem wir gezockt hatten, überhaupt zur Verfügung gestellt hatte und der erst auf diese Idee gekommen war, hatte bei ihm – Wunder, o Wunder – kein bisschen gezogen.

Ich hatte es irgendwann geschafft, ihn zumindest so weit runterzuhandeln, dass er mir nur ein Drittel des Gewinns gab. Das war immer noch viel zu viel, und das schlechte Gewissen, welches mich immer öfter in Deacons Gegenwart aus vielfältigen Gründen verfolgte, wurde damit nur noch umso größer.

Ich hatte dieses Geld nicht verdient, vor allem, wenn man bedachte, dass er mich in den letzten Wochen komplett mitfinanziert hatte.

Aber ich würde ihm mit diesem Geld etwas zurückgeben. Es gehörte ihm, also sollte ich das auch für ihn verwenden.

Zumindest musste ich so für das, was mir schon länger in meinem Kopf als Idee umherspukte, nicht wie ursprünglich geplant, die Armbanduhr verhökern, die ich bis vor Kurzem in meinem Pappkarton vollkommen vergessen hatte. Außerdem hätte ich von deren Erlös sowieso kaum etwas finanzieren können, so viel stand fest.

»Bist du bereit?«, fragte mich Deacon nur eine Stunde später, als wir wieder im Mini-Bus saßen und der Motor aufheulte.

Ich ließ meinen Blick ein letztes Mal über das *Venetian* gleiten, ehe ich tief Luft holte und nickte. Deacon setzte seine Sonnenbrille auf, legte den Gang ein und gab Gas.

Heute war zwar kein übermäßig warmer Tag, und es hatte schätzungsweise nicht mehr als zweiundzwanzig Grad, aber die Sonnenstrahlen fielen intensiv durch die Frontscheibe auf unsere Haut. Las Vegas zeigte sich zum Abschied von seiner besten Seite.

Während der Strip an uns vorbeizog, konnte ich selbst bei Tag die Magie wahrnehmen, die von diesem Ort ausging. Diese Stadt würde für immer in meinem Gedächtnis bleiben – zusammen mit dem, was ich hier mit Deacon erlebt hatte. Dennoch freute ich mich auf den weiteren Tapetenwechsel, und ein zufriedenes Lächeln stahl sich auf meine Lippen, sobald Deacon aus der Stadt hinausfuhr und ich es mir auf meinem Platz bequem machte.

Nächster Stopp: Grand Canyon.

Der Verkehr hatte es auf unserer weiteren Reise auf jeden Fall sehr gut mit uns gemeint, denn als wir Flagstaff passierten, stand die Sonne noch verhältnismäßig hoch am Himmel. Das kleine auf den ersten Blick gemütlich wirkende Städtchen ließen wir schnell hinter uns, und Deacon lenkte den Mini-Bus zielstrebig weiter nordwärts die Straße entlang. Schnell verschwanden jegliche Anzeichen der Zivilisation, bis auf einige andere Autos, die uns entgegenkamen.

Zwar würden wir es am heutigen Tag wohl nicht mehr schaffen, das ganze beeindruckende Ausmaß dieses National Parks zu sehen, aber das war auch überhaupt nicht das Ziel gewesen.

Die Landschaft ähnelte immer noch sehr der Wüste von Nevada, auch wenn wir die Grenze von Arizona längst hinter uns gelassen hatten. Durch die schon tief stehende Sonne wirkte der glitzernde Sand nur noch röter als sonst.

Ich ließ das Fenster hinunter, legte beide Unterarme auf den Rahmen und stützte meinen Kopf darauf. Der schneidend kalte Wind, der prompt mein Gesicht umfing, ließ mich blinzeln, doch der Geruch, den dieser mit sich brachte, löste in Kombination mit diesem Ausblick ein unbeschreibliches Gefühl in mir aus.

Schon seit einigen Meilen konnten wir die Ausläufer des Grand Canyon sehen, die nur erahnen ließen, wie der Anblick von einem weiter oben gelegenen Punkt sein würde oder wie man sich fühlen musste, wenn man den ganzen Weg hinab in das Tal gewandert war und seinen Kopf Richtung Himmel reckte, um die Formationen aus Sandstein zu bestaunen.

Deacon saß zufrieden lächelnd auf seinem Platz und hatte ebenfalls das Fenster nach unten gekurbelt, um lässig den Ellbogen hinauszustrecken.

Im Radio lief einer meiner Songs, denn es war mal wieder mein Tag, um den Sender auszuwählen, womit Deacon seit einigen Tagen aber anscheinend überhaupt kein Problem mehr hatte. Mittlerweile machte er auch keinen Hehl mehr daraus, dass eine Vielzahl der Songs ihm sehr wohl gefiel. Immer häufiger trommelte er den Takt auf dem Lenkrad mit oder summte sogar.

So, wie es ihm mit Pop-Musik ging, so erging es mir – wie ich doch tatsächlich zugeben musste – auch vermehrt mit den Country-Liedern. Ich hatte nicht den blassesten Schimmer, ob das etwas damit zu tun hatte, dass sich mein Musikgeschmack verändert hatte oder vielmehr mit der Gesellschaft, in der ich mich befand.

Der Parkplatz des Visitor Centers war riesig und so gähnend leer, dass wir mit unserem sperrigen Gefährt freie Platzwahl hatten. Sobald das Knattern des Motors erlosch, nahm Deacon seine Sonnenbrille ab, und wir stiegen aus.

In einem angenehmen Schweigen liefen wir zum Eingang des Besucherzentrums, was bei jedem National Park immer der erste Anlaufpunkt sein sollte. Zwei freundlich lächelnde Parkranger nickten uns von hinter dem Tresen zu, als wir eintraten und uns einen ersten Überblick verschafften.

Dass diese Einrichtung bald für den heutigen Tag schließen würde, erklärte wohl, wieso es hier so ungewöhnlich leer war. Das störte mich jedoch nicht im Geringsten, denn so hatten Deacon und ich alle Ruhe, um die ganzen Informationen aufzusaugen. Je mehr spektakuläre Aufnahmen ich mir ansah, desto mehr begannen meinen Fingerspitzen zu kribbeln. Ich wollte all das endlich selbst sehen, nicht bloß auf Fotografien.

Wir hatten uns gerade durch den letzten Ausstellungsraum gearbeitet, als mich Deacon auf einmal an der Hand nahm und nach draußen zog. Seine Haut war ganz warm, und mir lief umgehend ein wohliger Schauer vom Scheitel bis zu den Fußsohlen. Beiläufig sah er auf die Uhr und wandte sich über das ganze Gesicht strahlend zu mir.

»Vertraust du mir?«, fragte er, während er mir die Beifahrertür öffnete.

Ich nickte, ohne überhaupt erst darüber nachzudenken. Natürlich vertraute ich ihm. Vielleicht sogar mehr als mir selbst.

Vergnügt schwang er sich auf den Fahrersitz und ließ den Motor an. Ohne ein Wort verließen wir den Parkplatz des Besucherzentrums und fuhren weiter in den National Park hinein. Erst als Deacon wenige Meilen später abermals den Motor ausschaltete und sich zu mir wandte, fielen wieder Worte.

»Mach die Augen zu«, forderte er mich auf.

»Deacon, was –«

»Komm schon. Du hast gesagt, du vertraust mir.«

»Das tue ich, aber –«

»Mach schon, Ams.«

»Okay, okay.« Ich gab mich seufzend geschlagen und schloss meine Augen.

Kurz darauf hörte ich es neben mir rascheln, und der Mini-Bus begann leicht zu schwanken. Es klang so, als würde Deacon nach etwas suchen, ehe er wieder nach vorn kam und sich nur Sekunden später ein weicher Stoff über meine Augen legte.

Die feinen Härchen in meinem Nacken stellten sich auf, als sich sein heißer Atem an meine Haut schmiegte. Sobald er mit seinem Werk fertig war, stieg er aus, und ich hörte den Sand unter seinen Lederboots knirschen.

Er nahm mich an den Händen und half mir behutsam aus dem Wagen. Seine Hände blieben auf meinen Schultern, während er mich nach vorn dirigierte und wir uns langsam, aber stetig vorwärtsbewegten.

Während ich anfangs noch fremde Stimmen wahrgenommen hatte, hörte ich nun bis auf das stetige Pfeifen des schneidenden Windes rein gar nichts mehr.

»Wir sind da«, sagte Deacon, als wir nach einiger Zeit stehen blieben und sich seine Hände an meiner Augenbinde zu schaffen machten. »Bist du bereit?«

Ohne auf eine Antwort zu warten, ließ er die Augenbinde verschwinden, und ich öffnete blinzelnd meine Augen. Ich konnte nicht gleich erkennen, wo er mich hingebracht hatte, weil ich mich erst wieder an die strahlende Sonne gewöhnen musste. Als ich jedoch begriff, wo wir uns befanden, konnte ich es kaum fassen.

Vor uns erstreckte sich der Grand Canyon in seiner ganzen Pracht. Die tief stehende Sonne lugte nur noch knapp oberhalb der höchsten Sandsteinformationen empor und tauchte die Hügel und Täler in ein atemberaubendes dunkles Rot. Mir wurde ein wenig schwindelig, als ich vorsichtig nach unten guckte.

Ich schnappte lautstark nach Luft, als ich begriff, dass wir unmittelbar an der Kante zu einem unendlich wirkenden Abgrund standen. Erschrocken wich ich zurück und prallte gegen Deacons Brust.

»Ich hab dich«, versicherte er mir und hielt mich an den Schultern fest. »Und? Habe ich zu viel versprochen? Warte erst einmal ab, bis wir das morgen von unten sehen. Das wird dich für immer verändern.«

Ich war nicht länger in der Lage, zu sprechen. Dieser Anblick war derart hypnotisierend, dass es mir wortwörtlich die Sprache verschlug. Ich verlor mich mit allen Sinnen in dem, was sich vor mir bot. Ein Naturschauspiel, welches ich mir in diesem Ausmaß nicht einmal in meinen kühnsten Träumen ausgemalt hatte.

Es war nicht leicht, zu beschreiben, was ich in diesem Augenblick fühlte, aber während wir stumm hier standen, vollkommen für uns allein und nur mit den letzten wärmenden Sonnenstrahlen auf der Haut und dem pfeifenden Wind in unseren Haaren, wusste ich, dass dieser Ort für mich der Inbegriff von Freiheit war.

»Das hier ...«, begann Deacon irgendwann, als sich der glühende Ball weit in der Ferne immer stärker Richtung Horizont bewegte und die ersten Berggipfel küsste. »Dieser Ort ... Genau jetzt, wenn die Sonne so tief steht, dass sie ihm etwas ganz Majestätisches verleiht ... das ist es, was mich vollkommen unbedeutend fühlen lässt. Was mir das Gefühl gibt, dass meine Probleme und Sorgen von keiner größeren Bedeutung sind. Es fühlt sich genauso an wie beim letzten Mal, als ich hier war. Ich fühle mich ... frei ... Als wäre alles möglich. Als stünden mir noch alle Türen offen.«

Gebannt lauschte ich seinen Gedanken, während wir unverändert in die unendlichen Weiten blickten, die sich, so weit das Auge reichte, erstreckten.

»Aber das tun sie«, murmelte ich, wobei Deacon noch einen Schritt näher auf mich zu machte, sodass sich seine Brust an meinen Rücken schmiegte, wohingegen seine Hände unverändert auf meinen Schultern lagen. Ich schluckte schwer, ließ mir aber nicht weiter anmerken, was das mit mir machte.

»Früher dachte ich immer, dass mein Job meine Erfüllung wäre. Vor Charlie, ja sogar vor Savannah. Ich dachte, dass es das ist, worauf es im Leben ankommt. Ein solides Studium abzuschließen, einen so gut bezahlten Job wie möglich zu ergattern und das gesamte Leben letzten Endes danach auszurichten. Job und Familie. Die einzigen Lebensinhalte, die von Bedeutung sind. Das ist es, was einem durch die Gesellschaft vermittelt wird. Das ist es, worauf es ankommt.«

Der Griff um meine Schultern wurde fester, und ich konnte ihn seufzen hören, ehe er weitersprach. »Aber heute weiß ich, dass das nicht alles ist. Nicht alles sein *kann*. Und ich weiß, dass ich mich entscheiden muss. Ich muss mich zwischen zwei Leben entscheiden, die nicht unterschiedlicher sein könnten. Doch ich spüre auch, dass ich nicht einfach so zurück in mein altes Leben kann.«

Ich hatte keinen blassen Schimmer, was genau er damit meinte, doch als er abrupt die Hände von meinen Schultern nahm und diese auf meinen Bauch legte, eher er mich fest an sich zog, bildete ich mir ein, ganz genau zu wissen, wovon er gerade eigentlich gesprochen hatte.

Kalifornien

Ich mochte Deacons Gesellschaft mehr, als gut für mich war, und dennoch schaffte er es ab und zu, mich so auf die Palme zu bringen, dass ich ihn am liebsten einen ganzen Tag lang nicht gesehen hätte.

So war es auch an diesem Morgen gewesen, als mich Deacon mit einer unverschämt guten Laune in aller Herrgottsfrühe aus dem Bett geschmissen hatte. Die Sonne war noch nicht einmal vollständig aufgegangen.

Er hatte mich sogar ausgelacht, als ich mich für ihn aus dem noch viel zu bequemen Bett gequält hatte. Er war ganz aufgeregt gewesen und hatte mich dazu gedrängt, auf dem Weg zu frühstücken, doch er hatte mit keiner Silbe erwähnt, was genau eigentlich sein Ziel war.

Ein paar wohltuende Schlucke Kaffee hatten es zwar leichter gemacht, aber meine Beine hatten sich unverändert wie Blei angefühlt, als er mich immer wieder dazu angespornt hatte, mit ihm Schritt zu halten.

Ein bereits verblichenes Hinweisschild hatte uns zwischendurch darauf hingewiesen, dass wir den Bright Angel Trail liefen.

Das klang zwar schön, aber auch etwas einschüchternd. Ich hatte nicht wissen wollen, wie lang dieser Weg war. Eine ganze Weile waren wir ohne Steigung gegangen, während die Sonne den Himmel immer weiter emporgeklettert war.

Ich hatte mich bereits gefragt, wieso wir all das unbedingt bei Sonnenaufgang laufen mussten, als ich es gesehen hatte. Meine Müdigkeit war wie weggewischt gewesen. Der Blick an dieser Biegung war so hypnotisierend, dass der Yavapai Point, an welchem wir uns bereits den Sonnenuntergang angesehen hatten, nicht einmal im Entferntesten damit mithalten konnte.

Wir hatten uns unmittelbar an den Rand des Abgrunds gesetzt, auch wenn das einmal mehr eine ganze Menge Überzeugungsarbeit von Deacon gebraucht hatte, doch es hatte sich gelohnt. Das waren so ziemlich die hypnotisierendsten Momente auf meiner Reise mit ihm gewesen – aus diesem Blickwinkel zu beobachten, wie die Sonne langsam am Horizont emporkroch.

Wir hatten den Trail bis zum Ende durchgezogen. Der Colorado River, der auf jeder Seite von Ausläufern des Grand Canyon umrahmt war, hatte vollkommen unberührt ausgesehen, zumal wir die Einzigen dort unten gewesen waren.

Es war ein weiter Weg hinab und ein noch anstrengenderer wieder hinauf gewesen, bei dem ich mehrfach angenommen hatte, dass mir der Kreislauf versagte, doch mit genügend Pausen hatten wir es geschafft.

Noch nie in meinem Leben hatte ich meinem Körper so eine Höchstleistung abverlangt, und zeitweise hatte ich ernsthafte Zweifel daran gehabt, ob ich das überhaupt schaffen konnte. Doch ich war Deacon unheimlich dankbar, dass er mich dazu mehr oder minder gezwungen und mir dadurch gezeigt hatte, wie verdammt schön die Einsamkeit dort unten im Tal sein konnte.

Dass ich, sobald wir wieder im Mini-Bus gesessen hatten, sofort einschlief, war für mich daher nicht wirklich verwunderlich.

Als er mich behutsam an der Schulter rüttelte und mich mit einem strahlenden Lächeln begrüßte – den griesgrämigen Mann vom Anfang gab es offenbar nicht mehr –, deutete er mit einem Kopfnicken bloß zur Frontscheibe.

Ich folgte seinem Blick, sobald ich begriffen hatte, wo ich war, und wurde von einem unendlich scheinenden Meer aus Lichtern begrüßt. Wenn mich nicht alles täuschte, konnte ich ganz in der Ferne sogar das berühmte Hollywood-Schild erkennen.

Es stand so nah an San Francisco, aber ich hatte es trotzdem bisher noch nie aus der Nähe gesehen. Wenn ich ihm davon erzählt hätte, wären wir bestimmt am nächsten Morgen noch dorthin gefahren, doch ich blieb still. Ich war irgendwie nicht in Stimmung dafür.

»Jeder Mensch, der nach Los Angeles kommt, sollte die Stadt einmal so gesehen haben«, erklärte Deacon und stieg dann aus.

»So habe ich L.A. tatsächlich noch nie gesehen, dabei war ich schon einmal mit meiner Schwester hier. Es leben so viele Menschen dort unten, und dennoch wirkt es von hier oben vollkommen friedlich und ruhig«, murmelte ich, als wir schon ganz schön lange an der längst abgekühlten Motorhaube lehnten und auf das Tal mit den Lichtern und das Meer in weiter Ferne blickten. »Es ist ein starker Kontrast zur Einsamkeit des Grand Canyons, aber trotzdem ebenso schön.«

»Mhm.« Deacon wandte sich mir zu. In seinen Augen lag etwas, was ich nicht vermochte, zu deuten.

Ich bemühte mich, meinen Blick hastig wieder von ihm abzuwenden und stattdessen das Firmament genauer zu betrachten. Obwohl unzählige flimmernde Lichter von L.A. ausgingen, waren von hier oben zahlreiche Sterne zu sehen. Zwar hatte sich die Nacht nicht in ein so üppiges Sternenmeer verwandelt, wie ich es zuletzt von unseren Stopps in den National Parks gewohnt war, aber dennoch hatten die Sterne eine beruhigende Wirkung auf mich.

Und wenn ich könnte, würde ich am liebsten diesen kostbaren Moment, einen der letzten gemeinsamen Augenblicke mit ihm, einfangen und sicher in ein Glas stecken. Ich würde es verschließen, die Erinnerung verwahren und immer wieder – so perfekt, wie sie war – hervorholen, wenn Deacon mir fehlte. Wenn mir unsere gemeinsame Zeit fehlte.

Ich wollte nicht, dass mir auch nur eine einzige Erinnerung mit den vergehenden Tagen, Monaten und Jahren abhandenkommen würde.

Nach einer ruhigen Nacht, die wir kurzerhand auf dem Parkplatz des schönsten Aussichtspunktes oberhalb von L.A. verbracht hatten, ging es für uns weiter. Auch wenn es von Los Angeles bis nach San Francisco immer noch ein ganzes Stück zu fahren war und wir auf dem Weg dorthin auch noch den Yosemite National Park besuchen wollten, machte sich immer mehr ein beklemmendes Gefühl in meiner Magengrube breit.

Wir suchten uns einen Parkplatz am Yosemite Valley, direkt am Yosemite Creek gelegen. Von hier hatte man auch ohne viel Anstrengung bereits den perfekten Blick in das Tal und auf die in der Ferne liegenden hohen Yosemite Falls.

Da es bei unserer Ankunft gerade einmal früher Mittag war, entschieden wir uns dafür, diesen National Park auf eine andere Art zu erkunden als die anderen Parks. Wir mieteten uns ein Kanu.

Obwohl ich mit so einem Ding noch nie zuvor unterwegs gewesen war, fiel es uns eigentlich ganz leicht, damit über das ruhige Wasser des Merced River zu gleiten, sofern wir uns absprachen.

Es war allerdings nicht abzustreiten, dass das auf die Dauer sehr anstrengend wurde und ich außer Puste geriet. Erst beim Aufstehen stellte ich fest, wie sehr meine Arme von der Anstrengung zitterten und mir dann auch noch meine von gestern schmerzenden Beine zu schaffen machten. Ich stellte mich so ungeschickt an, dass ich ins Wasser gefallen wäre, wenn Deacon nicht sofort an meine Seite gesprungen wäre und mich gerade noch an den Armen zu fassen bekommen hätte.

Wir starrten uns beide mit hektisch schlagendem Herzen an, was ich deutlich an dem schnellen Rhythmus, in dem sich sein Brustkorb hob und senkte, ablesen konnte.

Sein Blick huschte in einem rasanten Tempo über mein Gesicht, als wollte er feststellen, ob alles in Ordnung war, doch das war es nicht.

Sein Hemd war vollgesogen mit Wasser, weil er abrupt aus dem Kanu gesprungen war, sodass sich der klebende Stoff seines viel zu durchsichtigen Hemdes perfekt an seine Brustmuskeln schmiegte. Allem Anschein nach entging Deacon jedoch mein Starren.

Sobald Deacon das Kanu abgegeben und mir wie schon so oft aufgetragen hatte, Feuerholz zu sammeln, ging er die wenigen Schritte zum Fluss hinab.

Bei meiner Rückkehr zu unserer Lagerstelle war ich echt froh, dass ich das gesammelte Holz längst abgelegt hatte, denn ansonsten hätte ich es mir bei Deacons Anblick garantiert auf die Füße fallen lassen.

Er rasierte sich.

Sein Gesicht war immer noch zur Hälfte mit weißem Rasierschaum bedeckt, wohingegen die andere Hälfte vollständig glatt war. Von dem dichten Vollbart war nichts mehr zu sehen.

»Es war wirklich mal an der Zeit, findest du nicht auch?«

»Ich dachte, du ... du liebst deinen Bart.«

»Ich habe das viel eher als eine Art Experiment angesehen, aber auf Dauer will ich nicht so aussehen. Ich möchte Savannah nach all der Zeit nicht so ungepflegt unter die Augen treten. Vermutlich lasse ich mir in Zukunft einfach wie früher einen Dreitagebart stehen. Du als Frau: Findest du das nicht auch besser an einem Mann?«

Ich musste es mir echt verkneifen, nach Luft zu schnappen. Hatte er mich das gerade ernsthaft gefragt? Er machte nicht den Eindruck, als würde er verstehen, was das eigentlich für eine unpassende Frage war, die er mir da gerade gestellt hatte. Ohne den Bart sah er jetzt nur noch umso heißer und unwiderstehlicher aus. Das machte es mir nur noch schwerer, ihn zurück zu Savannah gehen zu lassen.

Wie konnte man nur so unsensibel sein? Konnte er wirklich nicht sehen, was ich für ihn fühlte? Wieso musste er auch noch Salz in die Wunde streuen und über seine Frau sprechen? Dachte er denn nie an unsere gemeinsame Nacht zurück?

»Du siehst ... auf jeden Fall ... besser so aus.« Ich wandte mich hastig wieder von ihm ab. »Ich habe so weit alles fertig und ehrlich gesagt ziemlichen Hunger.«

»Okay, ich komme gleich. Lass mich das nur noch schnell fertig machen.«

Wir waren beide so erledigt, dass wir uns für den Rest des Abends in aller Ruhe an das leise lodernde Lagerfeuer setzten, um noch ein wenig die Natur zu genießen. Immer wieder machten dumme Tränen Anstalten, sich aus meinen Augenwinkeln hervorzukämpfen, wenn ich daran dachte, dass das unser letzter gemeinsamer Abend sein würde.

Es brach mir förmlich das Herz, denn ich wusste nach wie vor nicht, ob ich Deacon nach diesem Abenteuer jemals wiedersehen würde. Allerdings konnte ich mir nicht vorstellen, dass es gut für uns wäre, auch noch in Zukunft in Kontakt zu bleiben.

»Also, was hältst du davon, wenn wir noch etwas an dem Van anpassen, bevor wir morgen aufbrechen?«

Ich brauchte einen Moment, bis ich begriff, was er gerade gesagt hatte. Unschlüssig kaute ich auf meiner Unterlippe herum und schlang mir schützend die Arme um die Brust.

»Ich weiß nicht.« Am liebsten hätte ich ihn gefragt, was das denn noch für einen Sinn machte, doch ich wollte nicht zu melancholisch klingen. Wenn er das wollte, half ich ihm gern dabei, noch etwas zu verbessern. Das war das mindeste, was ich für ihn tun konnte. »An was hast du denn gedacht?«

»Ich habe schon vor einer ganzen Weile Farbe gekauft, allerdings gab es nie die passende Gelegenheit, sie zu verwenden. Hast du Lust?«

»Warum nicht.« Ich wusste nicht, was ich davon halten sollte. Vermutlich sollte ich es einfach als ein letztes gemeinsames Erlebnis ansehen. »Was für eine Farbe hast du denn gekauft?«

»Eine Art Bordeauxton.«

»Wow, gewagt.«

»Tja, du kennst mich«, erwiderte er und schmunzelte.

»Du kannst froh sein, dass du die Farbe allein gekauft hast. Ich hätte dich zu einem knalligen Pink überredet.«

Als ich zu ihm hinüberschielte, konnte ich sehen, wie er mehrfach hintereinander verwirrt blinzelte und sich dann doch mir zuwendete. Dieser etwas verlorene Ausdruck in seinen Augen ließ mich dahinschmelzen.

»Ich hätte dich nicht für eine Pink-Liebhaberin gehalten, wenn ich ehrlich sein soll.«

»Das bin ich ja auch nicht, aber du solltest mal dein Gesicht sehen.« Ich konnte spüren, wie auch meine Mundwinkel zuckten.

Ich musste mich immer wieder ermahnen, Deacon nicht permanent anzustarren, was bei seinem vollkommen veränderten Aussehen echt alles andere als leicht war. Er sah so anders aus. Wie ein ganz anderer Mann, und ich liebte es. Zwar hätte ich ihn so beinahe nicht mehr erkannt, aber dennoch sah er genauso aus, wie ich ihn mir die ganze Zeit ohne diesen langen Bart vorgestellt hatte.

Auch seine Zotteln hatte er so weit gekürzt, dass es keine Strähnen mehr gab, die ihm einfach so in die Stirn hätten fallen können. Ob er als Banker wohl immer so ausgesehen hatte?

Ob ich jemals wieder auf einen Mann treffen würde, der mich so in seinen Bann zog wie er?

»Ich denke, ich werde mich dann hinlegen«, murmelte ich irgendwann mit einer so festen Stimme, wie ich es eben schaffte, nachdem ich permanent gegen mein buntes Gefühlschaos in meinem Innern angekämpft hatte.

Seit einigen Minuten war mir richtig schlecht. Ich wusste längst, dass ich in dieser Nacht so gut wie kein Auge zubekommen würde. Wenn es nach meinem Herz gegangen wäre, hätte ich die ganze Nacht mit Deacon durchgemacht, um jede noch so kostbare Sekunde auszunutzen. Doch ich konnte dieses Gefühl keine Minute länger ertragen, ohne vor Deacon in Tränen auszubrechen. Eine eisige Kälte erfasste mich, die jedoch am wenigsten auf das Wetter zurückzuführen war.

»Okay, ich komme auch gleich.«

Ob er bemerkt hatte, wie sehr die Stimmung zwischen uns gekippt war? Ob es ihm ähnlich schwerfiel wie mir? Wir hatten den gesamten Abend über kaum miteinander gesprochen, und jedes Mal, wenn ich vorsichtig zu ihm hinübergelugt hatte, hatte ich den Eindruck gehabt, er wäre in irgendwelche düsteren Gedanken abgedriftet.

»Gute Nacht, Ams. Schlaf gut.«

Das Stechen in meiner Brust war derart intensiv, dass ich erst einmal eine Position finden musste, in der meine Matratze zumindest halbwegs bequem war. Jeder Teil meines Körpers schien zu schmerzen und mich mit jedem Atemzug überflüssigerweise daran erinnern zu wollen, dass ich zum allerletzten Mal mit Deacon in diesem Mini-Bus schlafen würde.

Morgen würde ich Casey wiedersehen und versuchen, mich mit ihr auszusprechen. Vielleicht konnte ich zumindest für die ein oder andere Nacht, bis ich etwas Eigenes gefunden hatte, bei ihr schlafen – in unserer früheren gemeinsamen Wohnung. Wahrscheinlich war es das Beste, wenn ich mich direkt in die Jobsuche stürzte. Das würde mich hoffentlich ausreichend von Deacon ablenken.

Ich hatte keine Zweifel daran, dass mich Casey bei sich aufnehmen würde, aber dennoch bereitete mir die Vorstellung, sie morgen nach all der Zeit wiederzusehen, zusätzlich Bauchschmerzen. Hoffentlich würde ich nicht auch noch auf William treffen. Ich war mir nicht sicher, ob ich das aushalten konnte.

Entgegen dem, was Deacon zu mir gesagt hatte, kam er nicht unmittelbar nach. Offenbar musste ich aber derart erschöpft gewesen sein, nachdem ich unzählige stumme Tränen in mein Kissen vergossen hatte, dass ich doch irgendwann in das Land der Träume abgedriftet war, ohne Deacon noch mal gehört oder gesehen zu haben.

Dementsprechend müde wirkte er, als wir uns unmittelbar nach dem Frühstück daranmachten, die Außenfassade des Vans auf Vordermann zu bringen. Dunkle Augenringe zeugten von Deacons kurzer Nacht, wenn er denn überhaupt geschlafen hatte. Die meiste Zeit über schwiegen wir, während im Radio Deacons Country-Sender lief, den wir laut aufgedreht hatten.

Wider Erwarten passte die Farbe perfekt und machte aus seinem von mir liebgewonnenen Gefährt ein richtig ansehnliches Zuhause. Wieso hatten wir das nicht schon viel früher getan?

Schließlich kam es, wie es kommen musste, und wir traten unsere letzte gemeinsame Fahrt an.

Wir hatten am Morgen nur die notwendigsten Worte miteinander gewechselt, und auch während der letzten Meilen war es totenstill zwischen uns. Ich fühlte mich beinahe wieder so wie an den ersten Tagen, in denen wir zusammen hier gesessen hatten.

Dieser Abschied zog sicherlich ebenso wenig spurlos an ihm vorbei wie an mir. Für mich gab es keinerlei Zweifel mehr, dass auch er sich kaum noch länger imstande sah, dieser Anziehungskraft zu widerstehen. Während mir die Umgebung immer vertrauter wurde und uns jede Meile dem endgültigen Lebewohl näher brachte, fragte mich Deacon irgendwann mit belegter Stimme nach der Adresse meiner Schwester.

Erst, als Deacon in die Straße einbog, in der die Wohnung lag, wo ich jahrelang mit Casey gewohnt und sie mit William erwischt hatte, begriff ich wirklich, dass sich unsere Wege hier und jetzt trennen würden.

Er parkte auf der gegenüberliegenden Straßenseite. Die fröhliche, absolut unpassende Musik aus dem Radio erstarb. Deacon rieb sich erschöpft über die Augen, löste dann seinen Sicherheitsgurt und sah zu mir herüber.

»Da wären wir also. San Francisco«, sagte er, gab sich dieses Mal aber gar nicht erst die Mühe, ein Lächeln auf seine Lippen zu befördern.

»Wo ist nur die Zeit geblieben?«, hauchte ich leise, während mein Blick zu dem Wohnhaus wanderte, in dem Casey auf mich wartete. Auf den ersten Blick hatte sich rein gar nichts verändert.

»Das frage ich mich auch … Genau das frage ich mich auch. Was hast du jetzt vor?«

»Erst einmal muss ich abwarten, ob Casey mich überhaupt reinlässt. Mich mit ihr versöhnen und dann … Ein Job im Marketing wäre cool, schätze ich. Ich werde mich auf ein paar Stellen bewerben. Vielleicht muss ich dafür doch noch studieren … Auf jeden Fall will ich in San Francisco bleiben.«

»Sie wird dich mit offenen Armen zurück in ihr Leben lassen. Du bist ihre kleine Schwester, und sie hat dich so lange nicht mehr gesehen«, erwiderte Deacon voller Überzeugung.

»Und du? Was wirst du machen?«

Deacon zuckte unschlüssig mit den Schultern. »Ich denke, ich werde mich bei Michael, meinem früheren Vorgesetzten, melden. Irgendwo habe ich bestimmt noch seine Nummer. Vielleicht hat er für den Übergang etwas für mich …«

»Also war's das mit deiner Karriere als Banker?«

»Schätze, schon … Ich weiß es nicht.«

Erneutes Schweigen entstand. Wir beide warteten ab, zögerten den Abschied weiter hinaus. Als könnten wir nicht genug vom anderen bekommen.

Einen Moment lang hatte ich überlegt, ob ich ihn nach seiner Adresse zu Hause in Washington fragen sollte. Ich wusste ja, dass er kein Handy mehr hatte. Ich kannte zwar seinen Nachnamen, was bedeutete, ich hätte eine reelle Chance, ihn ausfindig zu machen, aber das wollte er bestimmt nicht. Wenn er das nicht schon von selbst vorgeschlagen hatte, war er wohl der Meinung, dass es besser war, einen glatten Schlussstrich zu ziehen.

»Okay, also dann …«, murmelte Deacon schließlich, stand auf und verschwand im hinteren Teil des Vans. Ich folgte ihm. »Hast du alles schon gepackt?«

»Ja, alles erledigt«, krächzte ich und holte den Pappkarton aus Philadelphia und die Taschen mit meinem überschaubaren neuen Hab und Gut hervor. Es war die reinste Qual gewesen, mein ganzes Zeug zusammenzusuchen. »Aber bevor ich gehe, habe ich noch etwas für dich«, offenbarte ich ihm, was mir einen skeptischen Blick einbrachte.

»Für mich? Was denn?«

Ich suchte in einem der Schränke, was ich seit Las Vegas im Mini-Bus versteckt hatte.

Sobald ich es ertastet hatte, drehte ich mich lächelnd zu ihm um, musste kurz darauf aber richtig grinsen, als ich seine Miene sah. Fassungslos starrte er immer wieder zwischen mir und dem Gegenstand in meiner Hand hin und her, ehe ich ihm den Koffer entgegenstreckte.

»Ich weiß, es ist noch etwas früh für ein Weihnachtsgeschenk, aber lange dauert es ja nicht mehr, also … Wenn du willst, kannst du es ruhig schon aufmachen. Leider hatte ich keine Möglichkeit, es zu verpacken, aber na ja …«, brabbelte ich verlegen, weil Deacon immer noch kein Wort gesagt hatte.

Schließlich griff er danach.

Ehrfürchtig öffnete er die beiden Schnallen an der Seite des Koffers. Ich hörte, wie er nach Luft schnappte, ehe er mit seinen Fingern ganz vorsichtig über das hochwertige Holz strich.

»Ams, was zum … Du hast mir eine Gitarre gekauft? Und dann auch noch so eine? Die muss doch ein Vermögen gekostet haben! Wann hast du die denn überhaupt besorgt?«, fragte er, nachdem er sich dann doch getraut hatte, die Gitarre aus dem Koffer hervorzuholen, den Gurt um seine Schultern zu legen und testweise über die Saiten zu streichen, ehe es ihm zu dämmern schien. »Moment mal!«

»Wir sind in Las Vegas an diesem großen Instrumentenladen vorbeigekommen. Du bist so was von talentiert, Deacon. Ich habe es ehrlich gesagt verdammt vermisst, dich spielen zu hören, und ich … wollte dir eine Freude machen und mich bei dir revanchieren, soweit ich das kann. Auch wenn du so viel mehr verdienst für das, was du für mich getan hast, und es streng genommen trotz allem dein Geld war.« Ich streckte hastig einen Zeigefinger in die Höhe, weil Deacon Anstalten machte, mich zu unterbrechen. »Bitte, akzeptiere das einfach. Versprich mir, dass du wieder spielen wirst, dann bin ich glücklich.«

Er setzte mehrfach an, etwas zu sagen, räusperte sich und legte die Gitarre schließlich behutsam zurück in ihren Koffer, ehe er nickte. »Ich verspreche es, Ams. Danke. So ein Geschenk hat mir noch nie jemand gemacht.«

»Das freut mich. Sehr sogar.«

Ein letztes Mal ließ ich meinen Blick durch das Innere des Mini-Busses wandern und versuchte mich darauf vorzubereiten, ihn wegfahren zu sehen.

Da fiel mein Blick auf das einfache schmale Bücherregal, welches mir Deacon aus einigen Holzresten, kurz nach dem ersten geschenkten Buch, zusammengebaut hatte. Ich war nicht einmal dazu gekommen, alle Bücher zu lesen, denn die meiste Zeit über war ich dafür viel zu abgelenkt gewesen. Wenigstens gab es so noch etwas, was mich an ihn erinnern würde.

Behutsam nahm ich sie aus dem Regal und packte sie zu den anderen Sachen. Zum Glück hatte ich die Bücher nicht vergessen.

Es gab keinen Grund mehr, nicht aus dem Van zu steigen und die wenigen Stufen zu meinem alten Zuhause nach oben zu gehen. Ich konnte zwar nirgends Caseys Wagen sehen, aber das Küchenfenster, welches zu unserer Wohnung gehörte, war geöffnet, was darauf schließen ließ, dass sie da war.

Mein Herz setzte mehrere Schläge aus. Deacon stellte die Taschen und den Karton auf der obersten Stufe ab, ehe er die Hände in den Hosentaschen seiner Jeans vergrub und mich unschlüssig musterte.

»Savannah und Charlie werden bestimmt große Augen machen, wenn sie dich nach all der Zeit wiedersehen.«

Deacon nickte, ehe er auf seine Schuhspitzen hinabschaute.

»Ich schätze, Casey auch.«

»Ja.«

»Fährst du also direkt weiter?«

»Zumindest habe ich es vor, ja. Ich hoffe, ich schaffe es an einem Stück, auch wenn es noch ganz schön weit ist bis Seattle.«

»Ich wünsche dir eine gute Fahrt«, erwiderte ich ausdruckslos, auch wenn ich es absolut so meinte. Es tat so verdammt weh, und ich konnte rein gar nichts dagegen tun. »Danke, Deacon. Einfach für alles. Die letzten Wochen mit dir waren … waren einfach etwas ganz Besonderes für mich, und ich … werde dich niemals vergessen.«

»Oh, Ams …«

Sein Blick huschte zurück zu meinen Augen, und ich musste mich zusammenreißen, stark zu bleiben. Mein Herz zersprang in tausend Teile, und ich war mir längst nicht mehr sicher, ob ich es jemals schaffen würde, sie wieder zusammenzusetzen, wenn er erst einmal fort war.

»Ich … Du musst wissen, dass … Ich will, dass du …«, begann er, brach jedoch immer wieder ab, ehe er sich frustriert seufzend abermals über die Augen rieb und dann eine so schnelle Bewegung nach vorn machte, dass ich erst gar nicht wusste, wie mir geschah.

Deacon presste mich so fest an seine Brust, dass ich kaum noch Luft bekam, doch das war okay. Mehr als okay. So fest ich nur konnte, erwiderte ich seine Umarmung, schlang meine Arme um seinen muskulösen Rücken, krallte mich in seinem Hemd fest, sog gierig seinen Geruch ein, lauschte seinem aufgeregten Herzschlag.

Ich wusste nicht, was ich sagen sollte, ebenso wenig wie er offenbar. Manchmal bedurfte es schlichtweg keiner Worte. Manchmal reichte es einfach vollkommen aus, sich festzuhalten.

Doch es kam, wie es nun einmal kommen musste, und als Deacon sich langsam von mir löste und eine Strähne von der Stirn hinter mein Ohr strich, so wie er es so oft getan hatte, stiegen mir endgültig die Tränen in die Augen.

Er lächelte traurig, als er bemerkte, wie sie leise meine Wangen hinabglitten, doch er ließ sie unkommentiert.

»Pass auf dich auf, Ams.«

»Du auch, Deacon.«

Kaum hatte ich das gesagt, beugte er sich in einer fließenden Bewegung nach vorn und legte seine Lippen federleicht auf meine Stirn. Doch ehe ich mich auf das Gefühl konzentrieren konnte, welches das in mir auslöste, war dieser Augenblick auch schon wieder Geschichte.

Deacon machte kehrt und eilte dann, ohne ein weiteres Mal zu mir zu schauen, zurück zu seinem Van. Mit jedem Schritt, den er tat, wurde mein Herz schwerer, und als ich mitansehen musste, wie er den Motor anließ, einen Blinker setzte und davonrauschte, hatte ich das Gefühl, dass ein beachtlicher Teil von mir mit ihm ging.

»Amber?!« Die erstickte Stimme hinter mir konnte nur zu einer Person gehören. Ich war so auf Deacon fokussiert gewesen, dass ich nicht einmal bemerkt hatte, dass die Haustür geöffnet worden war. »Du bist es wirklich, ich fasse es nicht! Meine kleine Schwester ist endlich wieder da! Wer war denn dieser heiße Typ, der dich da gerade abgesetzt hat?«

Doch als ich mich zu ihr umdrehte und sie die Tränen auf meinen Wangen entdeckte, konnte ich sehen, wie die Freude auf ihren Zügen sofort der Sorge wich. »Amber? Was ist denn los?«, fragte sie alarmiert.

Wortlos fiel ich Casey in die Arme und ließ all meinen Emotionen freien Lauf. So fest ich nur konnte, klammerte ich mich an sie, so wie noch vor wenigen Minuten an Deacon. Ich sank zusammen mit meiner schockierten Schwester auf die Knie und heulte dabei wie ein Schlosshund. Einfach hier, mitten auf der Türschwelle, doch das war mir so was von egal.

Ich hatte ihn verloren, nachdem wir so viele Bundesstaaten und unzählige Meilen hinter uns gebracht hatten. Nachdem die Straße und Deacons Mini-Bus mein neues Zuhause geworden waren. Nachdem Deacon mein Zuhause geworden war. Nachdem ich mich

unwiderruflich und mit jeder einzelnen Faser meines Körpers Hals
über Kopf in ihn verliebt hatte und nicht die geringste Ahnung hatte, was ich bloß tun sollte, um jemals über ihn hinwegzukommen.

San Francisco

»Süße, das Frühstück ist fertig«, rief Casey fröhlich durch unsere Wohnung, während ich gerade noch im Badezimmer am Waschbecken vor dem Spiegel lehnte und Make-up auftrug.

»Ich komme gleich!«, erwiderte ich lautstark und zog dabei den letzten Strich mit meinem Eyeliner.

»Wie kann deine Schwester morgens nur immer so gut drauf sein ... Ernsthaft ... Wie schafft sie das?«, jammerte Eric der, kaum dass ich fertig war, mit griesgrämiger Miene und verstrubbeltem Haar zu mir ins Bad getorkelt kam und sich schwerfällig am Waschtisch abstützte.

»Das kann ich dir leider auch nicht sagen, aber das war schon immer so. Du gewöhnst dich schon noch daran.«

»Das wage ich zu bezweifeln, aber vielleicht färbt sie ja irgendwann damit auf mich ab, wer weiß.«

Ich zog mich aus dem Badezimmer zurück und ließ Eric seine Privatsphäre.

Ich mochte ihn wirklich sehr, was auch gut so war, denn schließlich war er inzwischen fast jeden Tag hier. Er und Casey waren nun schon seit etwas mehr als sieben Monaten zusammen, und das, obwohl – oder vielleicht gerade weil – sie nicht unterschiedlicher sein konnten.

Trotz allem vergötterten die beiden sich. Gegensätze zogen sich eben doch an. Wie Casey Eric musterte, wenn wir zusammen am Tisch saßen, erinnerte mich immer noch schmerzlich daran, wie es gewesen war, wenn Deacon mich auf eine ähnlich intensive Weise angesehen hatte. Doch er hatte seine Wahl getroffen, und sie war nicht auf mich gefallen, sondern auf Savannah.

Es hatte einige Zeit gedauert, bis Casey und ich überhaupt dazu gekommen waren, uns auszusprechen. Caseys schlechtes Gewissen war grenzenlos gewesen. Sie hatte William, kurz nachdem ich Hals über Kopf nach Philadelphia geflüchtet war, in die Wüste geschickt. Sie hatte jeden einzelnen Tag bereut, dass sie schwach geworden war und mit William geschlafen hatte – nur dieses eine Mal.

Ich glaubte ihr. Selten hatte ich meine Schwester derart emotional erlebt. Casey machte damals eine schwere Zeit durch, was natürlich trotzdem keine Rechtfertigung für ihr Verhalten war. Sie verstand nicht, wie ich ihr so leicht vergeben konnte. Ich überraschte mich selbst damit.

Doch letzten Endes, wenn ich eine Sache durch die Reise mit Deacon gelernt hatte, dann war es das, was wirklich wichtig im Leben war, nicht aus den Augen zu verlieren. Ich brauchte meine Schwester, meine Familie. Und tief in meinem Innern wusste ich, dass sie mir auf eine seltsame Art und Weise einen Gefallen getan hatte. Ohne William war ich besser dran.

Deshalb redeten wir zunächst auch viel eher über all das, was sich in den letzten Monaten ereignet hatte. Nicht, weil keine von uns es gewagt hatte, den ersten Schritt zu tun, sondern weil ich anfangs pausenlos über Deacon und unsere Reise gesprochen hatte.

Darüber, was wir alles erlebt hatten. Wie uns das mit jeder Meile, die wir hinter uns gebracht hatten, zusammenschweißte. Wie er mich zum Lachen bringen konnte, obwohl es zu Anfang nicht einmal im Entferntesten so ausgesehen hatte, als ob wir uns überhaupt verstehen würden. Wie ich Deacon das erste Mal Gitarre spielen gehört und es mir beinahe das Herz gebrochen hatte.

Ich hatte Casey davon erzählt, wie wir uns geküsst und wie wir in diesem Zelt bei den Sioux miteinander geschlafen hatten. Davon, dass er eigentlich verheiratet war und sein Sohn Charlie zu Hause in Seattle auf ihn wartete. Dass es keinen Sinn hatte, sich in etwas zu verrennen, was ohnehin niemals passieren würde. Dass ich mich in

Deacon verliebt hatte, auch wenn es das Dümmste war, was mir hätte passieren können.

Casey war der festen Überzeugung, dass er ebenfalls etwas für mich fühlte, doch damit hatte sie mir nichts Neues erzählt. Ich hatte Casey so gut wie alles berichtet. Mehr als nur einmal, und sie hatte mich auch mehr als nur einmal fest an sich ziehen müssen, weil ich nicht hatte aufhören können zu weinen.

Sie litt mit mir, wenn sie erkannte, dass ich in Gedanken längst wieder bei ihm war. Deacon war zum Mittelpunkt meines Lebens geworden, und dennoch hatte ich es in den letzten Monaten irgendwie geschafft, zumindest nicht mehr jede freie Minute an ihn zu denken.

Das war alles andere als einfach, wenn ich Tag für Tag sah, wie sehr Casey in Eric vernarrt war, doch ich gönnte es ihr. Sie verdiente es, glücklich zu sein, und ich hatte so ein Gefühl, dass das zwischen ihr und Eric etwas ganz Besonderes war. Dass sie womöglich zusammen alt werden würden.

Eilig bog ich nochmals in mein Zimmer ab, um mir mein Haargummi zu holen, da ich mir für die Arbeit im Diner die Haare hochstecken musste. Das Trinkgeld war gut, und ich konnte nicht klagen, doch das Kellern war nur für den Übergang gedacht.

Ich hatte mich jedoch schon an der University of San Francisco eingeschrieben, um meinen Traum, im Marketing zu arbeiten, in die Tat umsetzen zu können. Endlich wusste ich, was ich vom Leben wollte. Die Vorlesungen waren spannend und bestätigten mich Tag für Tag darin, dass das meine Zukunft darstellen und mich – hoffentlich auch in der Praxis – erfüllen würde.

Ich wollte Menschen mit meiner Liebe zu Büchern anstecken und erreichen, dass sie sich darüber kennenlernen und vernetzen konnten. Möglicherweise auch ein bisschen deswegen, weil sie für mich, seit Deacon mir das erste geschenkt hatte, einen noch höheren Stellenwert einnahmen, als das ohnehin schon der Fall gewesen war. Wobei mein Wunsch, irgendwann einmal im Marketing eines großen Verlags zu arbeiten, wahrscheinlich ähnlich wenig dazu beitragen würde, ihn jemals aus meinem Herzen streichen zu können.

Das Kellnern war glücklicherweise nur so lange erforderlich, bis ich irgendwo eine qualifiziertere Stelle annehmen konnte. Schon nächste Woche hatte ich ein Vorstellungsgespräch bei einer der größten Marketingagenturen der Stadt. Zwar hatte ich gehörigen Respekt davor, aber ich würde so gut wie alles dafür geben, um dort neben meinem Studium einsteigen zu können.

Damit könnte ich Casey weiterhin Geld für Miete und Essen zahlen und gleichzeitig nach meinem Bachelor im Idealfall direkt ins Berufsleben starten. So sollte der Studienkredit mich nicht allzu lange begleiten.

Mein Blick fiel auf das überdimensionale Bücherregal, welches jede Wand in meinem überschaubaren Zimmer, einschließlich der Fläche oberhalb meines Bettes, vereinnahmte. Noch herrschte eine gähnende Leere im Großteil davon, doch ich hatte auf unserer Reise zurück zu meiner Liebe zu guten Geschichten gefunden.

Schon als Kind hatte ich meine Nase tagtäglich in Bücher gesteckt, doch das Geld war knapp gewesen, und unsere Mutter hatte nie verstanden, warum ich auf diese Weise vermeintlich meine Zeit verschwenden wollte.

Heute war die Situation jedoch glücklicherweise anders. Jeder Dollar, den ich erübrigen konnte, wanderte in meine Sammlung, bei der ich mir geschworen hatte, sie über die Jahre so weit zu vervollständigen, dass jeder Zentimeter der Regale mit Seiten befüllt war. Nicht zuletzt auch deswegen, weil mich das Lesen von Deacon ablenkte. Die Bücher, die er mir geschenkt hatte, besaßen ihren Ehrenplatz unmittelbar über meinem Bett.

Ehrfürchtig strich ich über deren Buchrücken, als könnte ich dadurch automatisch auch näher bei Deacon sein. Gelesen hatte ich sie bis auf eines immer noch nicht. Ich wurde das Gefühl nicht los, dass das den Schmerz nur noch verstärken würde. Irgendwann, wenn ich ihn ganz besonders vermisste, vielleicht …

Es war immer noch schwer, diese Reise mit Deacon hinter mir zu lassen und nach vorn zu sehen.

Sobald mein Pferdeschwanz fertig war, wollte ich mein Zimmer verlassen und zu Casey in die Küche gehen, aus der es schon bis hierher gut duftete, als mein Blick auf den Pappkarton fiel, den ich seit meiner Zeit mit Deacon kein einziges Mal mehr angefasst hatte.

Ich verharrte in der Bewegung, ehe ich mich bückte und den Karton behutsam unter meinem Bett hervorzog. Unschlüssig starrte ich darauf, öffnete dann aber doch den Deckel und spähte hinein. Ein eigenartiges Gefühl machte sich in mir breit. Ich entdeckte das Pfefferspray, mit dem ich Deacon erwischt und er uns damit wenig später vermutlich das Leben gerettet hatte.

Ich lächelte traurig, als ich mich vor der Kiste in den Schneidersitz setzte und weiter darin herumkramte. Die Relikte von meiner alten Stelle in Philadelphia mussten dringend verschwinden. Was sollte ich noch damit?

Die Hulapuppe geriet mir in die Finger. Eine Weile hielt ich sie in den Händen und überlegte, ob ich sie mir vielleicht doch mal wieder irgendwohin stellen oder ins Auto aufs Armaturenbrett kleben sollte, doch da erregte etwas links davon meine Aufmerksamkeit.

Mit zusammengezogenen Augenbrauen legte ich die Puppe zurück und griff danach. Irritiert drehte und wendete ich den aus dünnen Lederbändern geflochtenen Traumfänger, der mit Federn und Perlen geschmückt war. Ich wunderte mich sehr darüber, wie dieses hübsche Stück hier gelandet war, bis ich den kleinen Zettel entdeckte, der an ihm befestigt war.

Mahkah meinte, dass es eine gute Idee wäre, wenn ich dir so ein Teil mitnehme. Also habe ich seinen Rat befolgt.

Schöne Weihnachten, Ams.

Deacon

Mir fielen beinahe die Augen aus dem Kopf, als ich diese Worte in Deacons krakeliger Handschrift las.

Wehmütig fuhr ich mit dem Daumen über seinen Namen auf dem Papier, als könnte ihn das zu mir zurückbringen. Meine Augen füllten sich wie auf Knopfdruck schon wieder mit Tränen, als ich seine Worte ein zweites Mal las und dann den Traumfänger vorsichtig vor mich hielt, um ihn besser begutachten zu können.

Das war sein Weihnachtsgeschenk gewesen, welches er mir nicht persönlich hatte überreichen wollen. Vermutlich hatte er mir etwas geben wollen, was mich an ihn und unser Abenteuer erinnern sollte.

Ich musste traurig lachen, als ich daran dachte, wie er sich heimlich an meinen Sachen zu schaffen gemacht haben musste, um den Traumfänger nach unserem Abstecher bei den Sioux zu verstauen. Nicht, dass mich das auch nur im Geringsten gestört hätte.

Er hatte wissen müssen, dass ich den Karton auf unserer Reise ohnehin nicht mehr anrühren würde. Anscheinend war er aber durchaus der Annahme gewesen, dass ich nach meiner Rückkehr recht zeitnah einen Blick dort hineinwerfen würde. Tja, das hatte nicht ganz so geklappt, wie von ihm geplant. Weihnachten war schon wieder gute fünf Monate her, doch das störte mich kein bisschen.

Deacon hatte schon bei den Sioux daran gedacht, mir etwas zu schenken. Zu Weihnachten. Etwas, was mich für alle Zeit an ihn erinnern würde.

Mit zitternden Händen befestigte ich den Traumfänger oberhalb meines Bettes und musterte ihn nochmals mit tränenverschleierten Augen.

Schlagartig bereute ich es, nicht schon früher in meine alten Sachen gesehen zu haben. So hatte ich nun etwas, was mich für immer an ihn erinnern würde – jedes Mal, wenn ich ins Bett ging und an ihn denken musste. Ob das allerdings gut oder schlecht war, konnte ich nicht sagen, wenn man bedachte, dass dieser Fund mein gesamtes Make-up gerade wieder zunichtegemacht hatte.

»Amber, wo bleibst du denn?«, hörte ich Casey wieder aus der Küche rufen.

»Eine Sekunde noch!« Ich riss mich endgültig von Deacons Geschenk los und verschwand noch mal schnell im Badezimmer, um mein Make-up aufzubessern.

Als ich in die Küche kam, saßen Eric und Casey längst auf ihren Plätzen und fielen über das Frühstück her. Obwohl wir morgens alle drei nur wenig Zeit hatten, ließ Casey es sich nie nehmen, ein aufwendiges Frühstück auf den Tisch zu zaubern.

Von Toast über Müsli bis hin zu Eiern war alles da. Sie war einer jener Menschen, die der festen Überzeugung waren, dass das Frühstück die wichtigste Mahlzeit am Tag war.

»Da bist du ja endlich, ich dachte schon du … Du siehst aus, als ob du einen Geist gesehen hättest. Was ist denn los?«

»Ich habe Deacons Weihnachtsgeschenk gefunden.«

»Du hast *was?*«, fragte Casey erschrocken nach, ehe sie die Kaffeetasse abstellte, die sie gerade eben noch in Händen gehalten hatte. Ohne abzuwarten, kam sie zu mir, um mich fest in den Arm zu nehmen. »Wie meinst du das?«

Eric mischte sich ein: »Deacon? Der Typ von dem Roadtrip?«

Casey brachte ihn mit einem vielsagenden Funkeln in den Augen zum Schweigen.

»Okay, okay. Mädelsgespräch, hab's kapiert. Beachtet mich einfach gar nicht, ich bin nicht hier.«

»Es war in dem Karton aus Philadelphia. Ich habe, seit ich wieder hier bin, nur seine Bücher rausgeholt und es dabei nicht bemerkt. Er hat mir einen Traumfänger geschenkt. Aus dem Sioux-Reservat, in dem wir zusammen waren.«

»Oh, Süße«, murmelte meine Schwester mitfühlend an mein Haar und zog mich noch fester an sich.

Auf der Arbeit war ich überhaupt nicht bei der Sache. Vermutlich hatte Casey recht gehabt, und ich hätte schlichtweg zu Hause bleiben sollen, doch das konnte ich mir nicht leisten. Dafür brauchte ich diesen Job als Kellnerin viel zu sehr, und ich arbeitete auch noch nicht lange genug hier, um damit keinen schlechten Eindruck zu erzeugen. Zumindest waren für heute keine Vorlesungen anberaumt, weil Semesterferien waren.

Bereits zweimal hatte ich mir Kaffee über die Mitarbeitermontur geschüttet und auch einen Teller mit Pancakes fallen lassen, was mir einige wütende Blicke meines Chefs eingebracht hatte. Lediglich Jessica, eine Kollegin, die etwa in meinem Alter sein musste, hatte mir schon mehrfach ein mitfühlendes Lächeln geschenkt und mir geholfen, das Chaos zu beseitigen.

Ich musste mich dringend dafür bei ihr revanchieren, dass sie mir heute so unter die Arme griff. Ich war vollkommen durch den Wind. Sie musste mir das angesehen haben. Zwar kannte sie nicht die ganze Geschichte, aber zumindest wusste sie, dass es um einen

Mann ging. Vor einigen Wochen hatte ich ihr alles erzählt. Jessica war nicht einer jener Menschen, die nicht in der Lage waren, eins und eins zusammenzuzählen.

Immer wieder versank ich in trüben Gedanken, während ich wie in Trance Bestellungen aufnahm, Kaffee ausschenkte und einen Teller nach dem anderen aus der Küche und zu den wartenden Gästen trug. Ich bekam kaum noch etwas um mich herum mit, und die Zeit schien stillzustehen. Wie eine programmierte Maschine lief ich immer wieder hin und her.

Auch wenn ich nach meiner Heimkehr dringend irgendeinen Job gebraucht hatte, um mich über Wasser zu halten und Casey nicht zur Last zu fallen, war es womöglich auch kein sonderlich kluger Schachzug gewesen, in einem Diner anzufangen. Auch wenn es mir zumindest ein wenig Trost spendete.

Überall konnte ich Deacon und mich sitzen sehen. Tagein und tagaus. Der Laden hier sah dem, in dem ich mit ihm in diesem kleinen Städtchen in Colorado gesessen hatte, so unfassbar ähnlich. Das gab mir das absurde Gefühl, irgendwie mit ihm verbunden zu sein, auch wenn uns unzählige Meilen trennen mussten.

Auch nach all den Monaten, die ich nun schon wieder in San Francisco war, fühlte es sich immer noch fremd an. Überall war es laut. Die Straßen waren voll und hektisch. Ständig hörte ich Sirenen, die durch die Häuserschluchten schallten.

Ich hatte mich wohl viel zu sehr daran gewöhnt, in absoluter Stille zu leben – mit der Einsamkeit der Natur. Ich hatte vergessen, wie das Leben in einer Großstadt war, oder das bunte Treiben war mir nie so bewusst aufgefallen wie jetzt. Oh, wie ich die Ruhe vermisste. Vielleicht war es mal wieder an der Zeit, am Wochenende mit Casey aus der Stadt rauszufahren, um einen klaren Kopf zu bekommen. Ich liebte unsere Ausflüge an den Strand.

»Und was darf es für Sie sein?«, fragte ich beiläufig den neuen Gast, der keine fünf Minuten zuvor hier hereinspaziert war und sich auf einer der roten Bänke niedergelassen hatte, während ich den Tisch unmittelbar nebenan abwischte.

»Ein Kaffee würde mir erst einmal reichen, danke.«

Als ich diese Stimme hörte, erschreckte ich mich so sehr, dass mir beinahe die Kaffeekanne aus den Fingern geglitten und auf dem Boden mit Schachbrettmuster garantiert in Tausende Einzelteile zerbrochen wäre.

Wie in Zeitlupe schaute ich auf.

Da saß er.

Einfach so.

Ich blinzelte hektisch und rieb mir mehrfach über die Augen, weil ich befürchtete, jetzt endgültig durchzudrehen, doch das war Deacon. Aus Fleisch und Blut. Er saß wirklich dort und verfolgte aufmerksam mein schräges Benehmen.

Er sah gut aus. Seine Haare waren wieder etwas länger geworden, jedoch immer noch ein ganzes Stück kürzer als zur Zeit unserer Reise. Ein gepflegter Dreitagebart zierte sein Kinn. Er trug ein weißes Hemd, welches ebenso hell strahlte wie das Lächeln, das er mir zuwarf. Die obersten beiden Knöpfe standen offen, und ich konnte es mir nur mit Müh und Not verkneifen, auf die freigelegte Hautpartie zu starren.

»Amber, du siehst gut aus«, sagte er, was allerdings nach einer Floskel klang. Außerdem wusste ich, dass er log, denn ich musste unheimlich erledigt aussehen.

»Deacon, was … was tust du hier?«

Mein Blick wanderte zurück zu seinen Augen – diesen wunderschönen dunklen Augen, die ich seit Monaten vermisst hatte und in denen ich ebenso intensiv versank wie zuvor. Es war, als wäre er niemals fort gewesen. Es war, als hätte ich ihn niemals verloren. Ich konnte nicht anders, als ihn anzustarren, auch wenn ich ihn bloß umarmen, festhalten und nie mehr gehen lassen wollte.

»Casey hat mir gesagt, wo ich dich finde«, sagte er, als wäre es das Normalste der Welt, dass er in dieser Sekunde vor mir an diesem Tisch saß und mich strahlend anlächelte.

»Du hast … nach mir gesucht?«

»Ja, das habe ich.«

Er wirkte so souverän, so gefasst – zumindest für einen Außenstehenden. Ich hatte ihn während unserer gemeinsamen Reise gut genug kennengelernt, um zu wissen, wie es in diesem Moment wirklich um ihn stand, wie es hinter seiner Fassade aussah. Außerdem verriet ihn das Funkeln in seinen Augen, welches ich in der Vergangenheit so oft an ihm gesehen hatte.

Dennoch verunsicherte er mich, und ich konnte nicht einmal im Geringsten einordnen, wie ich nun darüber denken sollte und was mich hier gleich erwartete. Was gäbe ich dafür, jetzt in seinen Kopf zu schauen … Wie oft hatte ich mir das auf unserer gemeinsamen Reise gewünscht? Wie oft hatte ich mir ausgemalt, wie es wohl sein würde, wenn er eines Tages auftauchen würde. Wenn er zurück zu mir kam.

Doch hier saß er nun vor mir. Wie aus dem Nichts war er in diesem Diner aufgetaucht, und ich konnte überhaupt nicht sagen, was ich davon halten sollte. War er hier, um mir zu sagen, dass er sich für mich entschied? Für das andere neue Leben – ein Leben ohne Savannah? War er hier, um mir zu sagen, dass er sich in mich verliebt hatte?

Eine ganze Weile, in der die Zeit stillzustehen schien, sagte ich kein Wort, sondern starrte ihn einfach nur an.

Plötzlich senkte Deacon seinen Blick und zupfte an seinem Hemdkragen, als wäre ihm auf einmal unerträglich heiß. Er war nervös.

»Also, du … Wann hast du Feierabend?«

Um mich für einige Augenblicke hinter reiner Routine zu verstecken, schenkte ich ihm den gewünschten Kaffee ein. »In zwei Stunden bin ich fertig.«

»Okay, ich werde auf dich warten.«

Deacon sah mir abermals tief in die Augen, während unverändert dieses warme Lächeln auf seinen Lippen lag, welches mein Herz wie auf Knopfdruck höherschlagen ließ – so, als wären wir niemals getrennt gewesen. Immer noch spürte ich diese unleugbare Verbindung zwischen uns, die meine Beine weich werden ließ. Es hatte sich rein gar nichts verändert.

»Gut.« Ein einfaches, schlichtes Wort. Doch mein Mund war auf einmal so staubtrocken, dass selbst, wenn mein gelähmtes Hirn mitgespielt hätte, wohl nichts weiter herausgekommen wäre.

Deacon nickte, nippte an seinem Kaffee und machte es sich dann auf seinem Platz gemütlich.

War er erleichtert, dass ich ihn nicht abgewiesen hatte?

»Ich muss dann weitermachen.«

»Oh, ja, natürlich. Bis nachher, Ams.«

Beinahe wäre ich über meine eigenen Füße gestolpert, als ich ihn meinen vertrauten Spitznamen sagen hörte.

Zurück hinter der Theke zitterten meine Hände so stark, als ich verzweifelt versuchte, die Kaffeekanne aufzufüllen, dass Jessica mich im Vorbeigehen bereits besorgt musterte. Gott sei Dank fragte sie nicht, als ich sie beschwichtigend anlächelte.

Noch nie in meinem Leben hatten sich zwei Stunden derart lange angefühlt wie heute. Ständig ertappte ich mich dabei, wie ich in seine Richtung sah. Deacon saß einfach nur da und trank in aller Seelenruhe seinen Kaffee.

Glücklicherweise schenkte meine Kollegin ihm nach, sodass ich die Möglichkeit hatte, ihm geschickt aus dem Weg zu gehen, bis ich wusste, wie ich mich verhalten sollte. Mir war klar, dass das vollkommen albern und kindisch war, aber ich wusste mir nicht anders zu helfen.

Nervös auf meiner Unterlippe kauend sah ich nun immer wieder zum Eingang. Er war nach einer guten halben Stunde verschwunden und hatte neben einer leeren weißen Keramiktasse und zwei grünen Scheinen nichts zurückgelassen. Wie sollte das nur werden, wenn er mich abholen und aus der Geborgenheit des Restaurants entführen würde?

Als es Zeit wurde, mich wieder in meine Alltagsklamotten zu zwängen, ging ich missmutig nach hinten in den Mitarbeiterraum. Mich beschlich die Angst, dass er es sich anders überlegt haben könnte. Dass er nicht hier sein würde, wenn ich frisch umgezogen zurückkam.

Doch als ich wieder in meinen Klamotten in das immer voller werdende Diner trat, sah ich ihn. Ein unsicheres Lächeln breitete sich auf seinen Lippen aus, sobald er mich entdeckt hatte. Die Art, wie er unter seinen langen Wimpern hervor zu mir sah ... Ich krallte mich an meiner Handtasche fest, um zumindest irgendwo Halt zu finden.

»Du siehst überrascht aus.« Deacon hatte die Hände in üblicher

Manier in den Hosentaschen vergraben. »Dachtest du etwa, dass ich nicht mehr wiederkommen würde?«

»Ganz kurz vielleicht?« Mein Herz klopfte so kräftig in meiner Brust, dass mir prompt ein klein wenig schwindelig wurde. Diese körperliche Reaktion war mir viel zu vertraut geworden, wenn ich in seiner Nähe war …

Er ließ mich vorgehen und öffnete mir, ganz der Gentleman, die Tür. Für den Bruchteil einer Sekunde hatte ich seinen Geruch in der Nase, der meine Knie weich werden ließ.

Sobald wir nach draußen traten, sog ich gierig den frischen Sauerstoff in meine Lungen – in der Hoffnung, dass mir das irgendwie helfen würde, meine Nervosität in den Griff zu bekommen. Es war auch nicht sonderlich förderlich, dass Deacon stumm blieb.

Offenbar wusste er ganz genau, wohin er wollte, während er uns zielstrebig durch die hügeligen Straßen von San Francisco führte. Plötzlich griff er nach meiner Hand und ließ mich hinter ihm her durch die Menschentrauben stolpern.

»Wo willst du denn hin?«

»An einen Ort, den ich schon immer einmal sehen wollte.«

Da begriff ich. Wir entfernten uns immer weiter vom Kern der Stadt und kamen dafür dem Meer immer näher.

»Du hast noch nie die Golden Gate Bridge aus nächster Nähe gesehen?« Ich konnte es kaum fassen. Seattle und San Francisco lagen nicht so weit voneinander entfernt.

»Du weißt doch, wie das ist. Selbst wenn man Dinge direkt vor der Nase hat, kommt man nur selten dazu, sie auch wirklich wertzuschätzen.« Der alles vereinnahmende Ausdruck in seinen dunklen Augen verwandelte meinen Mund innerhalb weniger Worte abermals in die verdammte Sahara.

Die Wärme, die von seiner Hand ausging, bereitete mir eine intensive Gänsehaut – als bräuchte ich eine Erinnerung daran, wie sehr ich diesem Mann verfallen war.

Als wir den Strand betraten, schmiegte sich der feuchte, kühle Sand an unsere Füße, die Schuhe baumelten in unseren Händen. Der raue Meereswind brachte selbst Deacons kurzes Haar vollkommen durcheinander. Ich konnte mich nur mit Müh und Not von ihm abwenden.

Noch immer begriff ich kaum, dass er tatsächlich hier war. Hier, bei mir. Und sosehr ich diese unerwartete Nähe und Vertrautheit auch genoss, die sich kein bisschen verändert hatte, seit wir uns das letzte Mal gesehen hatten: Ich musste wissen, warum er gekommen war. Was er mit alldem bezweckte. Mein armes zersprungenes Herz beschwor das Universum, dass er all die Teile wieder zusammensetzen sollte.

»Wo warst du eigentlich vorhin?«

Ich konnte sehen, wie sich ein verträumtes Lächeln auf seinen Lippen ausbreitete, sobald wir sie am Horizont, hinter all den Bäumen, aufragen sehen konnte: die Golden Gate Bridge in all ihrer Pracht.

»Ich musste meinen Kopf freibekommen. Für das, was jetzt kommt.« Seine kryptische Aussage ließ mich hellhörig werden und schürte das Flattern meiner Nerven nur noch umso mehr.

»Wieso bist du hier?« Es war längst an der Zeit, die alles entscheidende Frage zu stellen, auch wenn sich dabei ein mulmiges Gefühl immer weiter in meiner Magengrube ausbreitete.

»Im Moment versuche ich, meine alte Band wieder zusammenzutrommeln, und San Francisco lag ohnehin auf dem Weg. Aber eigentlich wollte ich … sehen, wie es dir geht. Ich habe das echt vermisst. Ich habe *dich* vermisst.« Es war, als hätte er meine Gedanken gelesen.

»Wie lief es mit Savannah? Ist bei euch alles wieder in Ordnung?« Zu sagen, es bereite mir nicht unsagbare Schmerzen, ihren Namen auszusprechen und ihn danach zu fragen, wäre eine glatte Lüge gewesen. Es fühlte sich an wie damals, als er mich auf der Türschwelle zurückgelassen hatte, um in sein altes Leben zurückzukehren.

Deacon räusperte sich und schüttelte dann schließlich den Kopf. »Es hat nicht funktioniert«, gestand er. Sein Blick lag unverändert auf der weltberühmten rot lackierten Brücke. »Wir haben wirklich alles versucht. *Ich* habe alles versucht. Aber das, was zwischen mir und Savannah war … Es war nicht mehr dasselbe.«

»Ich verstehe.« Die Wahrheit war, dass ich keinen blassen Schimmer hatte, was er mir damit eigentlich sagen wollte, was er von mir erwartete.

Wir waren an der schmalen Betontreppe angekommen, die uns nach oben zum beliebtesten Aussichtspunkt brachte, wenn man das Wahrzeichen von San Francisco bestaunen wollte. Er führte mich zu einer der freien Bänke, setzte sich nur mit wenig Abstand neben mich. Meine Hand hatte er immer noch fest mit seiner umschlungen.

»Savannah und ich habe uns getrennt. Selbst nach all den Monaten … Ich konnte dich nicht aus meinen Gedanken verbannen. Du warst immer da. Überall sah ich dich.« Hilflos schüttelte er den Kopf. Noch nie hatte ich ihn so … verzweifelt erlebt. »Ich habe Savannah gestanden, dass ich pausenlos an dich denken muss. Dass ich nicht mehr auf die Art für sie empfinde, wie ein guter Ehemann es sollte. Wie sich herausstellte, hatte sie den gleichen Gedanken. Wir bleiben wohl so etwas wie Freunde.«

»Und Charlie?« Meine eigene Stimme klang fremd in meinen Ohren. Ich war wie gelähmt. Ich wagte es nicht einmal, ihn direkt anzusehen. Meine Augen fixierten einen Punkt am Horizont.

»Wir haben uns darauf geeinigt, dass wir ihn zu gleichen Teilen bei uns haben werden. Charlie soll nicht ohne einen von uns aufwachsen.«

»Du bist ein guter Vater. Ich freue mich sehr für dich, dass du so für ihn da sein kannst.« Ich lächelte versonnen.

Nur die Motorengeräusche all der bunten Autos, die sich über die mehrspurige Straße schoben, und das Tosen der Wellen verhinderten, dass er hören konnte, wie laut mein Herz schlug.

»Ams«, begann Deacon und räusperte sich. Der Druck um meine Hand wurde fester, jedoch nicht unangenehm. »Ich weiß nicht, ob … ob du in der Zwischenzeit jemanden kennengelernt hast. Und ich habe kein Recht, nach all der Zeit anzunehmen, dass du dein Leben nicht weitergelebt hast. So oder so musst du aber wissen … Ich liebe dich. Und ich bereue, dass ich dir das nicht viel früher sagen konnte.«

»Deacon, ich –«

»Nein, warte. Bitte lass mich ausreden. Lass mich … nur das sagen: Ich bin wegen dir zurückgekommen. Wenn du das auch willst, dann würde ich das mit uns gern richtig machen. Ich möchte dich auf ein Date ausführen. Ganz offiziell. Sehen, wohin das mit uns führt. Ich habe mich in einem Hotel eingemietet.«

»Ja.«

»Du kannst also in Ruhe darüber nachdenken, was du willst. Und falls du …« So, als hätte er erst jetzt begriffen, dass ich ihm längst eine Antwort gegeben hatte, hielt er in seinem Monolog inne.

Nur mit aller Mühe konnte ich verhindern, dass einzelne stumme Tränen meine Wangen hinabkullerten. Er war hier, um sich mir zu öffnen. Er war so unfassbar süß, wenn er in einen Redefluss verfiel, wie ich es noch nie bei ihm erlebt hatte.

»Es gibt niemand anderen. Ich liebe dich.«

Endlich sah er mich wieder an. Umgehend versank ich in seinen Augen, während sein Blick hektisch über mein Gesicht huschte. Als müsste *er* dieses Mal erst verarbeiten, was ich ihm gestanden hatte.

»Oh, Ams …«

Ich fühlte mich abermals zurückversetzt zu eben jenem schrecklichen Tag, an dem sich unsere Wege vermeintlich für immer getrennt hatten. Doch dieses Mal, als er sich zu mir beugte, legte er seine Hände an meine Wangen und küsste mich.

Unser Kuss war so voller Liebe und Sehnsucht, dass ich das Gefühl hatte, den Schmerz der letzten Monate mit der langsam hinter uns untergehenden blutroten Sonne versinken zu lassen. Eine unheimliche Last fiel von mir ab.

Ich schmiegte mich noch enger an ihn.

Nachdem wir uns nach einer halben Ewigkeit wieder voneinander gelöst hatten, legte er mir seinen Arm um meine Schultern und zog mich noch weiter an sich. Deacon seufzte zufrieden, als ich mich – als würde ich schon immer dort hingehören – an seine Brust lehnte. Sein hektischer, ungleichmäßiger Herzschlag zeugte von einer ähnlichen Aufregung wie ebenjene, die sich bei mir eingenistet hatte.

»Ich bin so froh, dass du zurückgekommen bist.«

Deacon küsste mich federleicht auf den Scheitel, wischte mir meine Freudentränen weg und strich mir eine verirrte Strähne hinters Ohr, wie er es auf unserer Reise immer wieder getan hatte.

»Wann darf ich dich ausführen? Auf ein richtiges erstes Date.«

»Heute Abend habe ich noch nichts vor …«

Zufrieden legte er beide Arme um mich, küsste mich erst auf die Stirn und dann auf den Mund.

Noch nie in meinem Leben hatte ich mich so sicher gefühlt.

Noch nie war ich so wunschlos glücklich gewesen.

Im Hier und Jetzt. Mit ihm an meiner Seite.

Danksagung

Das war sie jetzt. Die Veröffentlichung meines allerersten Buchs. Ich kann es immer noch gar nicht richtig fassen. Seit ich vor etwa einem Jahr die Zusage erhalten habe, hat sich so vieles bei mir verändert. Daher gilt ein ganz besonderer Dank …

Lena. Dir will ich an dieser Stelle zuallererst danken. Du warst die Erste in der großen, weiten Verlagswelt, die an mich geglaubt und mir eine Chance gegeben hat. Ich hätte mir kein besseres Zuhause für Deacon & Amber vorstellen können! Ohne dich wäre ich nicht da, wo ich heute bin. Das werde ich dir nie vergessen.

Anne, denn ohne dich wäre die Geschichte von Deacon & Amber nicht so rund und ausgeglichen, wie sie jetzt ist. Deine Anmerkungen und Vorschläge habe ich gern aufgenommen und dadurch unglaublich viel für meine kommenden Werke gelernt.

Meinen Wattpad-Lesern, die mich schon seit Jahren durch unzählige Nachrichten und Kommentare unterstützen und die dieses Buch schon in seiner Rohfassung gelesen haben. Ihr habt mir jeden Tag aufs Neue den Mut gegeben, meinen Traum nie aufzugeben.

Meinen Eltern, die mich durch unzählige Absagewellen getröstet haben. Danke, dass ihr mir immer wieder zeigt, wie stolz ihr auf mich seid. Ich hab euch lieb.

Meinen Omas, die über die Jahre immer wieder meine Geschichten gelesen haben, schon als ich sie mit Bleistift auf Blockseiten gekritzelt habe und Rechtschreibung für mich noch ein Fremdwort darstellte. Leider hat nur noch eine von euch das Endergebnis miterlebt. Oma Inge: Ich werde nie vergessen, wie ich dir noch letzten Sommer den Unterschied zwischen einem Verlag und einer Literaturagentur erklärt habe.

Didi, denn ohne dich gäbe es von mir überhaupt nichts zu lesen. Von dir habe ich die Liebe zum Schreiben geerbt, und ich weiß, wie sehr du dich darüber gefreut hättest, meine erste Veröffentlichung mitzuerleben. Du fehlst mir.

Meinem Freund, denn ohne dich hätte ich das Schreiben wohl schon vor langer Zeit aufgegeben. Danke, dass du immer für mich da warst, wenn ich eine Phase des Zweifels hatte. Dafür, dass du mit mir Ideen durchspinnst und mich immer den roten Faden finden lässt. Du bist mein Deacon. Ich liebe dich.

Meinen Freunden, die mich nicht für verrückt erklären, wenn ich sie mal wieder ohne Punkt und Komma über meine Charaktere zutexte und weil sie immer an mich geglaubt und mich unterstützt haben.

Dir, weil du dieses Buch gekauft und Deacon & Amber in dein Herz gelassen hast. Ich hoffe sehr, dass ich dich ein wenig aus deinem Alltag entführen und in die Schönheit der amerikanischen Natur eintauchen lassen konnte. Ich würde mich sehr darüber freuen, wenn du dir einen Moment Zeit nimmst und für *The Way to Your Heart* ein kurzes Feedback hinterlässt.

Abschließend will ich noch eine Sache loswerden: Bitte umklammert eure Träume so fest ihr könnt und lasst sie nie wieder los. Lasst euch von niemandem einreden, dass ihr etwas nicht könnt!

Die Community für alle, die Bücher lieben

In der Lesejury kannst du

★ Bücher lesen und rezensieren, die noch nicht erschienen sind

★ Gemeinsam mit anderen buchbegeisterten Menschen in Leserunden diskutieren

★ Autoren persönlich kennenlernen

★ An exklusiven Gewinnspielen und Aktionen teilnehmen

★ Bonuspunkte sammeln und diese gegen tolle Prämien eintauschen

Jetzt kostenlos registrieren: www.lesejury.de

Folge uns auf Instagram & Facebook:
www.instagram.com/lesejury
www.facebook.com/lesejury